Os sete maridos de Evelyn Hugo

TAYLOR JENKINS REID

Os sete maridos de Evelyn Hugo

Tradução
ALEXANDRE BOIDE

paralela

A Editora Paralela é uma divisão da Editora Schwarcz S.A.

Grafia atualizada segundo o Acordo Ortográfico da Língua Portuguesa de 1990, que entrou em vigor no Brasil em 2009.

TÍTULO ORIGINAL The Seven Husbands of Evelyn Hugo

CAPA Joana Figueiredo

FOTO DE CAPA Inara Prusakova/ Shutterstock

PREPARAÇÃO Fábio Bonillo

REVISÃO Adriana Bairrada, Jane Pessoa e Renato Potenza Rodrigues

Dados Internacionais de Catalogação na Publicação (CIP)
(Câmara Brasileira do Livro, SP, Brasil)

Reid, Taylor Jenkins
Os sete maridos de Evelyn Hugo / Taylor Jenkins Reid ; tradução Alexandre Boide. — 1ª ed. — São Paulo : Paralela, 2019.

Título original: The Seven Husbands of Evelyn Hugo.
ISBN 978-85-8439-150-9

1. Ficção norte-americana I. Título.

19-29277 CDD-813

Índice para catálogo sistemático:
1. Ficção : Literatura norte-americana 813

Cibele Maria Dias - Bibliotecária - CRB-8/9427

23ª reimpressão

Todos os direitos desta edição reservados à
EDITORA SCHWARCZ S.A.
Rua Bandeira Paulista, 702, cj. 32
04532-002 — São Paulo — SP
Telefone: (11) 3707-3500
editoraparalela.com.br
atendimentoaoleitor@editoraparalela.com.br
facebook.com/editoraparalela
instagram.com/editoraparalela
twitter.com/editoraparalela

Para Lilah
Destrua o patriarcado, querida

NEW YORK TRIBUNE

Evelyn Hugo leiloa vestidos

Por Priya Amrit

2 DE MARÇO DE 2017

A lenda do cinema e sensação dos anos 1960 Evelyn Hugo acaba de anunciar que vai leiloar doze de seus mais memoráveis vestidos na Christie's a fim de arrecadar fundos para pesquisas de combate ao câncer de mama.

Aos setenta e nove anos, Hugo é considerada há décadas uma personificação do glamour e da elegância. Conhecida pelo estilo ao mesmo tempo sensual e recatado, muito de seus looks mais famosos são vistos como ícones da moda e da história de Hollywood.

Os interessados em adquirir uma parte da história de Hugo têm como atrativo não apenas os vestidos em si, mas também o contexto em que foram usados. Entre as peças leiloadas estão o Miranda La Conda verde-esmeralda que Hugo usou na cerimônia do Oscar de 1959, o vestido suflê em organdi com gola canoa com que compareceu à estreia de *Anna Kariênina* em 1962, e o Michael Maddax em seda azul-marinho que ela vestia em 1982 quando ganhou o prêmio da Academia por sua atuação em *Tudo por nós*.

Hugo se notabilizou por seus escândalos em Hollywood, entre eles seus sete casamentos, nos quais se inclui um relacionamento de longa data com o produtor cinematográfico Harry Cameron. O célebre casal hollywoodiano tinha uma filha, Connor Cameron, que sem dúvida é a maior influência por trás da iniciativa do leilão. A srta. Cameron faleceu no ano passado, vítima de câncer de mama, pouco depois de completar quarenta e um anos.

Evelyn Elena Herrera nasceu em 1938, filha de imigrantes cubanos, e foi criada no distrito de Hell's Kitchen, em Nova York. Em 1955, foi para Hollywood, tingiu os cabelos de loiro e adotou o nome artístico Evelyn Hugo. Quase da noite para o dia, tornou-se membro da elite da indústria cinematográfica. Hugo permaneceu sob os holofotes por mais de três décadas, até se aposentar, no final dos anos 1980, e se casar com o executivo do mercado financeiro Robert Jamison, irmão mais velho da atriz Celia St. James, ganhadora de três Oscars. Hoje viúva do sétimo marido, Hugo vive em Manhattan.

Dona de uma beleza quase sobrenatural e sinônimo de glamour e sensualidade, Hugo é uma figura histórica do cinema, que desperta fascínio em cinéfilos do mundo inteiro. Espera-se que o valor de arrecadação do leilão ultrapasse os 2 milhões de dólares.

"Vamos até a minha sala um minutinho?"

Olho para as mesas ao redor e depois de novo para Frankie, para tentar saber com quem exatamente ela está falando. Em seguida aponto o dedo para mim mesma. "É comigo?"

Frankie não é lá muito paciente. "Sim, Monique, é com você. Foi por isso que eu disse: 'Monique, vamos até a minha sala um minutinho?'."

"Desculpa, é que eu só ouvi a última parte."

Frankie se vira e sai andando. Pego meu caderno e vou atrás.

Há qualquer coisa em Frankie que chama a atenção. Não sei se dá para dizer que se trata de uma mulher atraente no sentido tradicional da palavra — suas feições são severas, os olhos muito separados —, mas é uma pessoa impossível de não olhar e admirar. Com sua silhueta magra, seu um metro e oitenta, seu cabelo afro bem aparado e seu gosto por cores vivas e joias grandes, quando Frankie aparece, todo mundo repara.

Ela foi um dos motivos para eu aceitar meu emprego. Já era uma admiradora sua desde a época da faculdade de jornalismo, quando lia suas matérias na revista que hoje ela dirige e para a qual eu trabalho. E, para ser bem sincera, é bastante inspirador ver uma mulher negra na chefia. Como eu mesma sou birracial — a pele morena e os olhos escuros puxei do meu pai, que é negro, e as sardas herdei da minha mãe, que é branca —, a presença de Frankie me faz acreditar que algum dia posso chegar a um alto cargo também.

"Pode sentar", Frankie diz enquanto se acomoda no seu lugar e aponta para uma cadeira laranja do outro lado da mesa de tampo de acrílico.

Eu me sento sem pressa e cruzo as pernas. Deixo que ela fale primeiro.

"Então, tivemos uma reviravolta inesperada", ela anuncia, olhando para o computador. "A assessoria da Evelyn Hugo veio nos sondar. Ofereceram uma entrevista exclusiva."

Meu primeiro instinto é dizer *Puta merda*, mas também *Por que você está me contando isso?* "Sobre algum assunto específico?", pergunto.

"Aposto que tem a ver com o leilão de vestidos que ela vai fazer", diz Frankie. "Pelo que sei, ela está empenhada em arrecadar a maior soma possível para a Fundação Americana do Câncer de Mama."

"Mas a assessoria não confirmou isso?"

Frankie faz que não com a cabeça. "Eles só confirmaram que Evelyn está disposta a falar."

Evelyn Hugo é uma das maiores estrelas de cinema de todos os tempos. Mesmo se *não* estiver disposta a falar, as pessoas querem ouvir.

"Pode ser uma tremenda capa para a gente, né? Afinal, a mulher é uma lenda viva. Não foi ela que casou oito vezes ou coisa do tipo?"

"Sete", diz Frankie. "E sim. O potencial é gigantesco. E é por isso que espero que você me ajude na parte que vou explicar agora."

"Como assim?"

Frankie respira fundo e me olha de um jeito que me faz pensar que estou prestes a ser demitida. Mas aí ela diz: "Evelyn pediu para falar especificamente com você".

"Comigo?" É a segunda vez em cinco minutos que fico surpresa por alguém demonstrar interesse em falar comigo. Preciso trabalhar melhor a questão da confiança. Por enquanto basta dizer que minha autoestima sofreu um tremendo baque há bem pouco tempo. Mas também não posso fingir que alguma vez já esteve nas alturas.

"Sendo bem sincera, foi essa a minha reação também", diz Frankie.

Agora é a *minha* vez de ser sincera: esse comentário me deixou um pouco ofendida. Mas dá para entender por que ela falou isso, claro. Eu trabalho na *Vivant* há menos de um ano, e na maior parte do tempo escrevendo conteúdo patrocinado. Antes disso, eu alimentava o *Discourse*, um site de notícias e cultura que se define como revista mas na prática é um blog com manchetes chamativas. Eu escrevia principalmente para uma seção chamada "Vida Moderna", cobrindo atualidades e fazendo artigos de opinião.

Depois de anos como freelancer, esse trabalho no *Discourse* foi a minha salvação. Mas, quando a *Vivant* me ofereceu um emprego, não dava para deixar passar. Agarrei a oportunidade de fazer parte de um veículo que é uma verdadeira instituição, de trabalhar com lendas do jornalismo.

No meu primeiro dia, passei por paredes decoradas com capas icônicas, de inegável importância cultural — uma com a ativista feminista Debbie Palmer nua, numa pose cuidadosamente estudada, no alto de um arranha-céu em Manhattan em 1984; outra com o artista Robert Turner pintando um quadro com uma manchete que revelava que ele tinha aids, em 1991. Era uma sensação surreal fazer parte do mundo da *Vivant*. Sempre quis ver meu nome naquelas páginas de papel brilhante.

Infelizmente, porém, nas últimas doze edições, meu trabalho vem se resumindo a fazer perguntas antiquadas para gente velha e endinheirada, enquanto meus ex-colegas de *Discourse* estão tentando mudar o mundo com textos virais. Portanto, sendo bem direta, não estou muito orgulhosa de mim mesma.

"Olha, não é que a gente não goste de você", diz Frankie. "Achamos que você tem futuro na *Vivant*, mas eu estava pensando em atribuir uma matéria como essa a uma pessoa mais experiente e tarimbada. Por isso eu quero deixar bem claro que nós não sugerimos o seu nome para a assessoria da Evelyn. Mandamos uma lista de cinco nomes de peso, mas eles responderam assim."

Frankie vira o computador para mim e me mostra um e-mail de um homem chamado Thomas Welch, que suponho que seja o assessor de imprensa de Evelyn Hugo.

De: Thomas Welch
Para: Troupe, Frankie
Cc: Stamey, Jason; Powers, Ryan

Tem que ser Monique Grant ou a Evelyn está fora.

Olho de novo para Frankie, atordoada. E, para ser sincera, um tanto maravilhada por Evelyn Hugo ter vontade de fazer alguma coisa comigo.

"Você por acaso *conhece* Evelyn Hugo? O que está acontecendo afinal?", Frankie me pergunta, virando o computador de volta para seu lado da mesa.

"Não", respondo, surpresa inclusive com a pergunta. "Já vi alguns filmes dela, mas não são exatamente do meu tempo."

"Você tem alguma relação pessoal com ela?"

Faço que não com a cabeça. "Absolutamente nenhuma."

"Você não é de Los Angeles?"

"Sim, mas a única ligação que posso ter com Evelyn Hugo é se meu pai tiver trabalhado em algum filme dela na época. Ele era fotógrafo de cena. Posso perguntar para minha mãe, se for o caso."

"Legal. Obrigada." Frankie fica me olhando com uma cara de expectativa.

"Você quer que eu pergunte agora?"

"Pode ser?"

Tiro meu celular do bolso e mando uma mensagem para minha mãe: *O papai trabalhou em algum filme da Evelyn Hugo?*

Vejo os três pontinhos aparecerem e, quando levanto os olhos, percebo que Frankie está tentando espiar minha tela. Ela parece sacar que está sendo invasiva e se inclina para trás.

Meu telefone apita.

Minha mãe responde: *Talvez. Foram tantos filmes que fica difícil lembrar. Por quê?*

É uma longa história, respondo, *mas estou tentando descobrir se tenho algum tipo de ligação com Evelyn Hugo. Você acha que o papai a conhecia?*

Minha mãe responde: *Ha! Não. Seu pai nunca se envolvia com os famosos no set de filmagem. Por mais que eu pedisse que ele arrumasse uns amigos celebridades para a gente.*

Eu dou risada. "Pelo jeito não. Não tenho nenhuma ligação com Evelyn Hugo."

Frankie assente com a cabeça. "Certo. Bom, então a outra teoria é que o pessoal dela escolheu alguém com menos calibre para poder controlar você e, por tabela, a história que vai ser contada."

Sinto meu celular vibrar de novo. *Bem lembrado, preciso te enviar uma caixa com uns trabalhos antigos do seu pai. Umas coisas lindas. Gosto de ter tudo por aqui, mas acho que você vai saber apreciar melhor. Mando ainda esta semana.*

"Você acha que eles estão procurando uma presa fácil", digo para Frankie.

Ela abre um sorrisinho. "Tipo isso."

"Então a assessoria da Evelyn deu uma olhada no expediente da revista, viu meu nome entre o pessoal do baixo escalão e acha que pode me manipular. É essa a ideia?"

"É esse o meu medo."

"E você está me dizendo isso porque..."

Frankie mede bem as palavras. "Porque não acho que eles consigam manipular você. Estão subestimando a sua capacidade. E eu quero essa capa. Quero essa visibilidade."

"O que você está me dizendo, exatamente?", pergunto, me mexendo de leve na cadeira.

Frankie bate as mãos na mesa e se inclina na minha direção. "Estou pedindo para você ir criando coragem para encarar um tête-à-tête com Evelyn Hugo."

De todas as coisas que pensei que pudessem me pedir hoje, essa deve ser a milionésima nona da lista. Se eu tenho coragem de ficar cara a cara com Evelyn Hugo? Não faço ideia.

"Sim", respondo por fim.

"Só isso? Um sim e pronto?"

Eu quero essa oportunidade. Quero escrever essa matéria. Estou cansada de ficar na base da pirâmide alimentar. E preciso me dar bem alguma vez na vida, ora essa. "Hã, sim, porra?"

Frankie balança a cabeça, pensativa. "Assim é melhor, mas ainda não estou convencida."

Tenho trinta e cinco anos de idade. Sou jornalista há mais de uma década. Quero escrever um livro algum dia. Quero propor minhas próprias pautas. Quero ser o primeiro nome que lembram quando alguém como Evelyn Hugo entra em contato. E estou sendo subutilizada aqui na *Vivant*. Para chegar aonde quero, alguma coisa precisa acontecer. Alguém vai ter que sair do meu caminho. E precisa acontecer depressa, porque a porcaria da minha carreira é a única coisa que me resta. Se eu quero que as coisas mudem, tenho que mudar a maneira como faço as coisas. E provavelmente de uma forma bem drástica.

"Evelyn quer falar comigo", digo. "Você quer Evelyn na revista. Não me parece necessário ter que te convencer de nada, Frankie. Pelo jeito é *você* que precisa me convencer."

Frankie fica em silêncio, me encarando com os dedos apoiados na mesa. Eu estava tentando causar um impacto positivo. Mas posso ter exagerado na dose.

Foi a mesma coisa quando comecei a fazer musculação e fui logo pegando os halteres de vinte quilos. Querer dar um passo maior que a perna é um sinal claro de que a pessoa não sabe o que está fazendo.

Preciso me esforçar ao máximo para não retirar o que disse e começar a pedir mil desculpas. Minha mãe me ensinou a ser educada, a ser contida. Sempre me guiei pelo princípio de que a subserviência é um requisito da civilidade. Mas esse tipo de postura não me levou muito longe. O mundo prefere respeitar as pessoas que querem dominá-lo. Nunca entendi isso, mas cansei de nadar contra a corrente. Estou aqui para assumir o lugar de Frankie algum dia, talvez até um cargo mais alto que o dela. Realizar trabalhos importantes, que me deem orgulho. Deixar minha marca. Ainda não cheguei nem perto disso.

O silêncio se prolonga tanto que me sinto prestes a capitular. A tensão cresce a cada segundo. Mas é Frankie quem se manifesta primeiro.

"Muito bem", ela diz, estendendo a mão e ficando de pé.

Uma mistura de choque e orgulho intenso me domina quando a cumprimento. Faço questão de que meu aperto de mão seja bem firme. A mão de Frankie parece uma prensa.

"Arrasa, Monique. Pela revista e por você, por favor."

"Pode deixar."

Nós nos afastamos e eu me viro para sair. "Ela pode ter lido sua matéria sobre suicídio assistido para o *Discourse*", Frankie comenta quando chego à porta.

"Quê?"

"Foi muito impressionante. Talvez seja por isso que ela queira falar com você. Foi assim que te descobrimos. A matéria é ótima. Não só pela quantidade de cliques que atraiu, mas por sua causa, pelo belo trabalho que você fez."

Essa foi uma das primeiras matérias relevantes que fiz por iniciativa própria. Sugeri a pauta depois que me fizeram escrever sobre a popularidade cada vez maior dos microvegetais, sobretudo nos restaurantes do Brooklyn. Fui à feira do Park Slope para entrevistar um produtor local, mas, quando confessei que não via a menor graça nas folhas de mostarda, ele me falou que eu parecia a irmã dele, que era uma carnívora convicta até o ano anterior, quando tinha adotado uma dieta vegana e totalmente orgânica enquanto lutava contra um tumor no cérebro.

Conversando um pouco mais, ele me falou sobre um grupo de apoio ao suicídio assistido de que sua irmã fazia parte, e que servia tanto para quem queria encerrar a própria vida como para ajudar seus familiares. Havia um monte de gente no grupo lutando pelo direito de morrer com dignidade. A alimentação saudável não ia salvar a vida da irmã dele, e ninguém queria que ela sofresse além da conta.

Nesse momento senti que queria muito, muito mesmo, dar voz às pessoas que faziam parte desse grupo de apoio.

Voltei para a redação do *Discourse* e sugeri a pauta. Imaginei que seria recusada, porque antes disso só vinha escrevendo sobre as últimas tendências entre os hipsters e artigos de opinião sobre o comportamento de celebridades. Mas, para minha surpresa, recebi o sinal verde.

Trabalhei incansavelmente na matéria, comparecendo a reuniões em porões de igrejas, entrevistando membros do grupo, escrevendo e reescrevendo até achar que tinha um texto que desse conta de toda a complexidade do ato de ajudar a encerrar a vida de pessoas submetidas a um sofrimento extremo — tanto em termos de compaixão como do dilema moral por parte dos médicos.

É a matéria que mais me orgulho de ter escrito. Mais de uma vez, já cheguei em casa do trabalho e reli esse texto, para lembrar a mim mesma do que sou capaz, e da satisfação de sentir que compartilhei uma verdade, por mais difícil que seja encará-la.

"Obrigada", digo para Frankie.

"Só estou tentando dizer que você tem talento. O motivo pode ser esse."

"Mas provavelmente não."

"Pois é", ela responde. "Provavelmente não mesmo. Mas, se você escrever essa matéria como se deve, da próxima vez vai ser."

THESPILL.COM

Evelyn Hugo pronta para abrir o jogo

Por Julia Santos

4 DE MARÇO DE 2017

Dizem por aí que a musa/ LENDA VIVA/ loira mais linda do mundo Evelyn Hugo vai leiloar vestidos *e* dar uma entrevista, coisa que não faz há décadas.

POR FAVOR me digam que finalmente ela vai falar sobre os benditos maridos (quatro eu até entendo, talvez cinco, seis já é forçar a barra, mas sete? Sete maridos? Isso sem falar que todo mundo sabia que ela teve um caso com o deputado Jack Easton no começo dos anos 80. A mulher não perdia tempo.)

Se ela não quiser discutir sobre os maridos, vamos torcer pelo menos para que diga como fez para conseguir aquelas sobrancelhas. Poxa, COMPARTILHE SEU TESOURO, EVELYN.

Quando a gente vê fotos da E. no auge, com os cabelos loiros bem dourados, e as sobrancelhas escuras com um arco perfeito, a pele morena e os olhos castanho-acobreados, é impossível não parar para ficar admirando.

E isso sem falar no corpo dessa mulher.

Bunda discreta, cintura fina — só aqueles peitões num corpo esguio.

Passei praticamente toda a minha vida adulta tentando ter um corpo como esse. (P.S.: Estou bem longe disso. Pode ser por causa do bucatini que estou comendo no almoço todos os dias esta semana.)

Mas tem outra coisa me dando nos nervos nessa história: Evelyn poderia ter escolhido qualquer uma para essa entrevista. (Hã, que tal eu?) Mas em vez disso vai falar com uma novata qualquer da *Vivant*? Poderia ser quem ela quisesse. (Hã, que tal eu?) Por que essa tal de Monique Grant (e não eu)?

Argh, tudo bem. Só estou amargurada por não ter sido eu.

Seria bom arrumar um emprego na *Vivant*. O pessoal de lá sempre consegue as pautas mais legais.

COMENTÁRIOS:

Hihello565 diz: Nem o pessoal da *Vivant* quer trabalhar na *Vivant* hoje em dia. São um bando de capachos controlados pelo mercado escrevendo matérias censuradas para puxar o saco dos anunciantes.

Ppppppppppppps responde para Hihello565: Sei, tá bom. Alguma coisa me diz que se uma das revistas mais sofisticadas e respeitadas do país te oferecesse um emprego você aceitaria.

EChristine999 diz: A filha da Evelyn não morreu de câncer pouco tempo atrás? Acho que li alguma coisa a respeito. Uma pena. Por falar nisso, e aquela foto da Evelyn ao lado do túmulo do Harry Cameron? Aquilo me deixou arrasada por meses. Uma família linda. Que tristeza ela ter perdido os dois.

MrsJeanineGrambs diz: Não estou NEM AÍ para Evelyn Hugo. PAREM DE ESCREVER SOBRE ESSA GENTE. Os casamentos dela, os casos dela, e a maioria dos filmes dela só dizem uma coisa: piranha. *Três da manhã* é uma vergonha para todas as mulheres. Vamos dar atenção para quem merece.

SexyLexi89 diz: Evelyn Hugo é uma das mulheres mais lindas de todos os tempos. E aquela cena em *Boute-en-Train* em que ela sai nua da água e a cena escurece um momentinho antes de aparecerem os mamilos? É demais.

PennyDriverKLM diz: Todos os elogios do mundo para Evelyn Hugo por transformar o cabelo loiro com sobrancelha escura no LOOK PERFEITO. Evelyn, você tem meus parabéns.

YuppiePigs3 diz: Magra demais! Não faz meu tipo.

EvelynHugoWasASaint diz: Essa mulher doou MILHÕES DE DÓLARES para instituições que ajudam mulheres que sofrem abuso e para a causa LGBTQ+, e agora está leiloando vestidos para pesquisas de combate ao câncer e você só fala sobre as sobrancelhas dela? Sério mesmo?

JuliaSantos@TheSpill responde para EvelynHugoWasASAint: Acho que você tem razão. DESCULPA. Em minha defesa, posso dizer que ela começou a ganhar milhões sendo uma figura fodona do showbiz nos anos 60. E ela nunca teria conseguido fazer isso sem beleza e sem talento, e jamais seria tão linda sem aquelas BENDITAS SOBRANCELHAS. Mas o.k., bem lembrado.

EvelynHugoWasASaint responde para JuliaSantos@TheSpill: Argh. Desculpa por ser tão implicante. Cabulei o almoço hoje. Foi mal. Para ser bem justa, a *Vivant* não vai chegar nem perto da matéria que você faria. Evelyn devia ter escolhido você.

JuliaSantos@TheSpill responde para EvelynHugoWasASaint: Né????? Quem é Monique Grant, aliás? QUE PÉSSIMO. Ela que me aguarde...

Passei os últimos dias pesquisando tudo sobre Evelyn Hugo. Nunca fui muito ligada em cinema, muito menos em estrelas de Hollywood das antigas. Mas a vida de Evelyn — pelo menos a versão registrada até hoje — é suficiente para render umas dez novelas de TV.

Tem um casamento precoce que terminou em divórcio quando ela estava com dezoito anos. Depois a paquera no ambiente do estúdio e o casamento tumultuado com Don Adler, da elite de Hollywood. Os boatos dizem que a separação aconteceu porque ele batia nela. Em seguida veio a retomada, com um filme da nouvelle vague francesa. O casamento às escondidas em Las Vegas com o cantor Mick Riva. O matrimônio cheio de glamour com o estiloso Rex North, que terminou com traições de ambas as partes. A linda história de amor com Harry Cameron e o nascimento da filha Connor. O divórcio arrasador e a união quase às pressas com seu antigo diretor, Max Girard. O suposto caso com o deputado Jack Easton, um homem muito mais jovem, que causou o fim da relação com Girard. E finalmente o enlace com o executivo do mercado financeiro Robert Jamison, que segundo dizem se deveu pelo menos em parte à vontade de Evelyn de irritar sua antiga colega Celia St. James — irmã de Robert. Todos os maridos dela já morreram, portanto Evelyn é a única fonte disponível para falar sobre esses relacionamentos.

Em resumo, vou ter que suar a camisa para conseguir fazê-la falar a respeito de tudo isso.

Depois de trabalhar até tarde na redação, enfim chego em casa, um pouco antes das nove da noite. Meu apartamento é pequeno. Acho que a descrição mais apropriada é *lata de sardinha minúscula*. Mas é incrível o quanto um lugarzinho de nada pode parecer gigante quando metade das suas coisas vai embora.

David saiu de casa há cinco semanas, e ainda não consegui repor as louças que ele levou, nem a mesinha de centro que a mãe dele deu no ano passado como presente de casamento. Meu Deus. Não chegamos nem a comemorar um ano de casados.

Quando entro e ponho a bolsa no sofá, mais uma vez me dou conta de como foi mesquinho da parte dele levar a mesinha embora. O apartamento em que David mora hoje em San Francisco veio todo mobiliado, como parte do generoso pacote de transferência que ele ganhou quando foi promovido. Desconfio que tenha colocado a mesa num depósito, junto com uma das mesas de cabeceira que ele dizia ser sua por direito, e todos os nossos livros de receitas. Disso não sinto falta. Eu não cozinho mesmo. Mas, quando as coisas vêm com uma dedicatória escrita "Para Monique e David, com os votos de muitos anos de felicidade", fica meio claro que são metade minhas também.

Penduro meu casaco e me pergunto, mais uma vez, qual das opções se aproxima mais da verdade: David aceitou o novo emprego e foi para San Francisco *sem mim*? Ou fui eu que me recusei a ir embora de Nova York *por ele*? Enquanto tiro os sapatos, mais uma vez concluo que a verdade está mais próxima de um meio-termo. Porém sempre me vem à cabeça o pensamento que nunca para de doer: *A verdade é que ele foi embora.*

Peço um pad thai para o jantar e entro no chuveiro. Deixo a água quase escaldante. Adoro água quente a ponto de quase queimar. E adoro o cheiro de xampu. O lugar onde me sinto mais feliz é debaixo de uma ducha. É aqui no meio do vapor, coberta de espuma, que consigo não me sentir Monique Grant, a mulher abandonada. Ou Monique Grant, a jornalista com uma carreira empacada. Sou apenas Monique Grant, usuária de produtos de banho de primeira linha.

Depois de lavar a alma, eu me seco, visto uma calça de moletom e penteio o cabelo bem a tempo de o entregador chegar.

Sento no sofá com a embalagem e tento ver TV. Tudo para me distrair. Preciso que o meu cérebro faça alguma coisa, qualquer coisa que não seja pensar no trabalho ou em David. Mas, quando a comida acaba, percebo que é inútil. Então melhor trabalhar.

É uma coisa bem intimidadora — a ideia de entrevistar Evelyn Hugo, a obrigação de conduzir a história que ela vai contar, o cuidado de não deixar que ela me manipule. Em geral tenho a tendência de exagerar nos preparativos. Ou melhor, sempre fui meio como um avestruz, disposta a enterrar a cabeça na areia para não ter que encarar aquilo que não quero.

Então, por três dias seguidos, não faço nada além de pesquisar sobre Evelyn Hugo. Passo os dias lendo matérias antigas sobre seus casamentos e os escândalos em que se envolveu. As noites eu ocupo assistindo a seus filmes.

Separo trechos de sua atuação em *Pôr do sol na Carolina do Norte*, *Anna Kariênina*, *Jade Diamond* e *Tudo por nós*. Vejo tantas vezes o GIF com ela saindo da água em *Boute-en-Train* que quando vou dormir a cena aparece nos meus sonhos.

E começo a me apaixonar por ela um pouco, bem pouquinho, ao ver esses filmes. Entre onze da noite e duas da manhã, enquanto o resto do mundo dorme, meu notebook está ligado com imagens dela, e o som da sua voz preenche a minha sala de estar.

Não há como negar que se trata de uma mulher extraordinariamente bela. As pessoas sempre falam de suas sobrancelhas grossas e de formato perfeito, mas não consigo deixar de reparar na estrutura de seu rosto. O maxilar é marcante, os zigomas são pronunciados, e tudo se arranja de forma a apontar para os lábios bem cheios. Os olhos são enormes, mas não tão redondos, com formato mais amendoado. A pele bronzeada em contraste com os cabelos claros lhe dá um ar praieiro, mas também elegante. Sei que não é natural — ter cabelos tão loiros com uma pele tão morena —, mas é impossível não pensar que *deveria* ser assim, que os seres humanos deveriam nascer desse jeito.

Sem dúvida nenhuma essa é parte da razão por que o historiador do cinema Charles Redding uma vez afirmou que o rosto de Evelyn parecia "inevitável. Tão primoroso, tão próximo da perfeição, que olhando para ela temos a sensação de que suas feições, naquela combinação exata, naquela proporção, estavam destinadas a surgir no mundo mais cedo ou mais tarde".

Abro imagens de Evelyn nos anos 50 usando blusas apertadas e sutiãs pontudos, fotografias publicadas na imprensa ao lado de Don Adler no Sunset Studios depois que os dois se casaram, retratos dela no início dos anos 60 com os cabelos bem compridos e lisos, franja no rosto e usando short curto.

Em uma foto ela está de maiô branco, sentada à beira do mar numa praia cristalina, com um chapéu preto de aba larga cobrindo quase todo o rosto, e os cabelos loiros puxados para o lado esquerdo da cabeça, iluminados pelo sol.

Uma das minhas favoritas é uma imagem em preto e branco capturada na entrega do Globo de Ouro em 1967. Ela aparece sentada na primeira poltrona do corredor, com os cabelos presos no alto da cabeça, mas não totalmente esticados. Evelyn está usando um vestido claro de renda com um decote profundo, revelador na medida certa, mostrando a perna direita pela abertura da saia.

Há dois homens — cujos nomes se perderam na história — sentados ao seu lado olhando para ela, enquanto Evelyn permanece virada para o palco. O da poltrona vizinha espia seu decote. O outro, sua coxa. Os dois parecem fascinados, loucos para poder ver um pouco mais.

Talvez eu esteja indo longe demais nas observações, mas essa foto me faz começar a pensar que existe um padrão: Evelyn sempre deixa as pessoas querendo ver um pouco mais. E nunca permite.

Mesmo na tão falada cena de sexo em *Três da manhã*, de 1977, em que ela se contorce toda montada em Don Adler, seus peitos aparecem inteiramente descobertos na tela por menos de três segundos. Durante anos se comentou que as cifras altíssimas arrecadas pelo filme nas bilheterias só foram possíveis porque os casais iam ao cinema várias vezes para rever essa cena.

Como é que ela sabe exatamente o quanto deve expor e o quanto deve dissimular?

Será que isso vai mudar, agora que ela se dispôs a falar? Ou ela vai fazer comigo o que fez durante décadas com as plateias de cinema?

Será que Evelyn Hugo vai me contar apenas o suficiente para me deixar intrigada sem revelar nada de fato?

Acordo meia hora antes de o despertador tocar. Leio os meus e-mails, inclusive um de Frankie com o título "ME MANTENHA INFORMADA", gritando comigo em caixa-alta. Tomo um café da manhã bem frugal.

Visto uma calça social preta, uma camiseta branca e meu blazer espinha de peixe favorito. Prendo meus cachos compridos e densos num coque no alto da cabeça. Deixo de lado as lentes de contato e escolho os óculos com a armação preta mais grossa que tenho.

Olho no espelho e percebo que meu rosto está mais fino depois que David foi embora. Apesar de sempre ter sido magra, minha bunda e minha cara sempre revelam quando saio um pouco do peso. E com David — nos dois anos de namoro e nos onze meses de casamento — ganhei vários quilinhos extras. David gosta de comer. E, enquanto ele acordava cedo para correr e queimar calorias, eu dormia até mais tarde.

Me olhando do jeito como estou, mais arrumada e mais fininha, fico mais confiante. Estou bonita. Me sinto bem.

Antes de tomar o caminho da porta, pego o cachecol de caxemira marrom que a minha mãe me deu de Natal no ano passado. Em seguida saio, desço as escadas e pego o metrô até a área mais nobre de Manhattan.

Evelyn mora perto da Quinta Avenida, com vista para o Central Park. Minha investigação na internet foi extensa o suficiente para descobrir que ela também é proprietária de uma mansão à beira-mar perto de Málaga, na Espanha. O apartamento em Manhattan é dela desde o fim dos anos 60, quando o comprou junto com Harry Cameron. A casa de praia ela herdou quando Robert Jamison morreu, quase cinco anos atrás. Na minha próxima encarnação, por favor alguém me lembre de voltar como uma estrela de cinema com direito a porcentagem na bilheteria dos filmes.

O prédio de Evelyn, pelo menos por fora — fachada de pedra, estilo arquitetônico do pré-guerra —, é incrível. Assim que me aproximo, sou recebida pelo porteiro, um senhor mais velho bonitão com olhos simpáticos e sorriso gentil.

"Pois não?", ele diz.

Sinto até vergonha de dizer. "Vim ver Evelyn Hugo. Meu nome é Monique Grant."

Ele sorri e abre a porta para mim. Está na cara que a minha visita já tinha sido comunicada. O porteiro me acompanha até o elevador e aperta o botão do último andar.

"Tenha um bom dia, srta. Grant", ele diz antes de desaparecer quando a porta do elevador se fecha.

Toco a campainha do apartamento de Evelyn às onze da manhã em ponto. Uma mulher de calça jeans e camisa azul-marinho me atende. Parece ter uns cinquenta anos, talvez mais. Tem origem asiática, e os cabelos bem escuros presos num rabo de cavalo. Está segurando uma pilha de correspondências abertas pela metade.

Ela sorri e estende a mão. "Você deve ser a Monique", a mulher diz enquanto me cumprimenta. Parece ser do tipo que gosta mesmo de conhecer outras pessoas, e simpatizo com ela de imediato, apesar da promessa que fiz de me manter neutra em relação a tudo que eu ouvir hoje.

"Eu sou Grace."

"Oi, Grace", respondo. "Prazer em conhecê-la."

"Igualmente. Vamos entrando."

Grace dá um passo para o lado e me convida a entrar. Coloco a bolsa no chão e tiro o casaco.

"Pode pôr suas coisas aqui", ela diz, abrindo um closet no hall de entrada e me entregando um cabide de madeira.

O closet para os casacos das visitas é do tamanho do banheiro do meu apartamento. Não é segredo nenhum que Evelyn é podre de rica. Mas eu preciso me controlar para não deixar que isso me intimide. Ela é linda, milionária, poderosa, sensual e charmosa. E eu sou só uma pessoa normal. De alguma forma, preciso me convencer de que estamos em pé de igualdade, caso contrário isso nunca vai dar certo.

"Legal", digo com um sorriso. "Obrigada." Penduro meu casaco no cabide, coloco de volta no varão e deixo que Grace feche a porta.

"Evelyn está lá em cima se arrumando. Quer alguma coisa? Uma água, um café, um chá?"

"Um café seria ótimo", digo.

Grace me conduz até uma sala de visitas. É um espaço iluminado e arejado, com prateleiras brancas cheias de livros do chão até o teto e duas poltronas estofadas cor de creme.

"Pode sentar", ela diz. "Como você prefere?"

"O café?", pergunto, insegura. "Pode ser com creme? Com leite também está bom. Mas com creme está ótimo. Ou o que você tiver." Eu tento me controlar. "O que estou tentando dizer é que quero com um pouco de creme, se for possível. Dá para perceber que estou nervosa?"

Grace sorri. "Um pouco. Mas você não tem com que se preocupar. Evelyn é muito gentil. Gosta de manter a privacidade, o que pode exigir um pouco de jogo de cintura. Mas já trabalhei para muita gente, e posso garantir que Evelyn é uma pessoa acima da média."

"Ela pagou você para dizer isso?", pergunto. É para ser uma piada, mas meu tom de voz saiu um pouco mais acusatório do que deveria.

Por sorte, Grace dá risada. "Ela pagou uma viagem a Londres e Paris para mim e meu marido como bônus de Natal no ano passado. Então, de um jeito meio indireto, é, acho que ela pagou, sim."

Minha nossa. "Então está decidido. Quando você pedir demissão, me avisa que eu vou querer seu emprego."

Grace ri. "Combinado. E o seu café com um pouco de creme chega daqui a pouquinho."

Eu sento e pego meu celular. Tem uma mensagem da minha mãe me desejando sorte. Toco a tela para responder, e enquanto estou tentando impedir que o corretor ortográfico transforme a palavra "cedo" em "ceder" ouço passos na escada. Quando me viro para olhar, Evelyn Hugo está vindo na minha direção, do alto dos seus setenta e nove anos.

Está tão maravilhosa quanto em qualquer fotografia.

Tem uma postura de bailarina. Está usando uma calça preta justa e uma blusa de lã comprida por cima, cinza e azul-marinho. Continua magrinha como sempre, e o único indício de que fez plástica no rosto é que ninguém dessa idade pode ter uma aparência assim sem a intervenção de um médico.

Sua pele está reluzente e um pouco avermelhada, como se tivesse sido lavada com um esfoliante. Ela está usando cílios postiços, ou talvez implantes permanentes de cílios. Nos pontos onde seu rosto era mais angulado, hoje é um pouco côncavo, mas um leve toque de maquiagem rosada disfarça bem isso. Os lábios têm um tom nude e escuro.

Os cabelos chegam até logo abaixo dos ombros — numa bela mistura de branco, grisalho e loiro, com as cores mais claras emoldurando o rosto. Com certeza tem três tipos de tintura ali, mas o efeito aparente é de uma mulher que está envelhecendo com elegância e tem o costume de tomar sol.

As sobrancelhas, porém — aquelas linhas grossas, escuras e perfeitas que eram sua marca registrada —, afinaram com a passagem do tempo. Agora são da mesma cor dos cabelos.

Quando ela se aproxima, percebo que não tem nada nos pés além de meias grossas de tricô.

"Monique, oi", diz Evelyn.

Por um instante fico surpresa com sua maneira informal e confiante de me chamar pelo nome, como se me conhecesse há anos. "Oi", respondo.

"Sou a Evelyn." Ela estende a mão e me cumprimenta. Para mim parece uma demonstração singular de afirmação dizer o próprio nome tendo plena consciência de que a outra pessoa, assim como o mundo inteiro, já sabe quem você é.

Grace aparece com uma xícara branca de café sobre um pires da mesma cor. "Aqui está. Com um pouquinho de creme."

"Muito obrigada", digo ao aceitar.

"É assim que eu gosto também", diz Evelyn, e fico com vergonha de admitir que isso me deixa feliz. De sentir que estou agradando.

"Alguma das duas quer mais alguma coisa?", Grace pergunta.

Faço que não com a cabeça, e Evelyn não responde. Grace se retira.

"Venha comigo", diz Evelyn. "Vamos para a sala de estar, onde é mais confortável."

Quando pego minha bolsa, Evelyn tira o café da minha mão e o leva para mim. Uma vez li que carisma é "o charme que inspira devoção". É impossível não pensar nisso agora, quando ela segura o café para mim. A combinação de uma mulher tão poderosa com um gesto tão humilde é sem dúvida encantadora.

Entramos numa sala grande e cheia de luz natural, com janelas que vão do chão ao teto. Diante de um sofá azul-ardósia, há duas poltronas cinza-claras. O carpete sob nossos pés é bem grosso, de uma coloração viva de marfim, e conduz meus olhos a um piano preto de cauda, aberto sob a luz que entra pelas janelas. Nas paredes há duas ampliações em preto e branco.

A foto que está acima do sofá retrata Harry Cameron num set de filmagem.

A pendurada em cima da lareira é o pôster de uma adaptação de 1959 de *Mulherzinhas*. Formam a imagem os rostos de Evelyn, Celia St. James e outras duas atrizes. As quatro deviam ser conhecidas nos anos 50, mas apenas Evelyn e Celia resistiram ao teste do tempo. Reparando bem, Evelyn e Celia parecem brilhar mais que as outras. Mas com certeza é só um viés cognitivo. Estou vendo o que quero ver, já sabendo de tudo o que aconteceu depois.

Evelyn põe o pires e a xícara na mesinha de centro de laca preta. "Fique à vontade", ela diz enquanto se acomoda em uma das poltronas estofadas, sentando em cima dos pés. "Sente onde você quiser."

Concordo com a cabeça, ponho a bolsa no chão, sento no sofá e pego meu caderninho.

"Então você está leiloando seus vestidos", digo enquanto me ajeito. Aperto o botão para acionar a ponta da caneta e me ponho a postos para escutar.

É quando Evelyn diz: "Na verdade, eu chamei você aqui sob um falso pretexto".

Olho bem para ela, com a certeza de que ouvi mal. "Como é?"

Evelyn se remexe na poltrona e me encara. "Não tenho muito o que dizer sobre entregar um monte de vestidos para a Christie's vender."

"Bom, então..."

"Chamei você aqui para conversar sobre outra coisa."

"E o que seria?"

"Minha história de vida."

"Sua história de vida?", repito, atordoada, tendo que me esforçar para acompanhar o rumo da conversa.

"Sem censura."

Uma entrevista sem censura com Evelyn Hugo seria... sei lá. Alguma coisa bem próxima ao furo jornalístico do ano. "Você quer dar uma entrevista sem censura para a *Vivant*?"

"Não", ela responde.

"Você não quer fazer a entrevista?"

"Não estou interessada em dar entrevista para a *Vivant*."

"Então o que eu estou fazendo aqui?" Estou ainda mais perdida do que instantes atrás.

"É para você que vou contar a minha história."

Olho para ela, tentando decifrar exatamente o que está me dizendo.

"Você quer abrir o jogo sobre sua vida, e vai fazer isso comigo, mas não para a *Vivant*?"

Evelyn confirma com a cabeça. "Agora você está me entendendo."

"Qual é exatamente a sua proposta?" Não existe a menor possibilidade de eu ter entrado por acaso numa situação em que uma das pessoas mais intrigantes do mundo esteja me oferecendo sua história de vida *sem motivo nenhum*. Tem alguma coisa aqui que ainda não sei.

"Vou contar minha história de vida de uma forma que seja benéfica para nós duas. Mas, sendo bem sincera, principalmente para você."

"De que nível de profundidade estamos falando?" E se ela quiser só uma retrospectiva atualizada? Ou uma matéria chapa-branca publicada por um veículo de sua escolha?

"Tudinho, de cabo a rabo. O que há de bom, de ruim e de podre. Ou qualquer clichê capaz de explicar que vou contar a verdade sobre absolutamente tudo que fiz na vida."

Uau.

Estou me sentindo uma idiota por ter vindo aqui achando que ela ia se limitar a responder perguntas sobre vestidos. Ponho o caderninho na minha frente e baixo a caneta. Quero lidar com isso da maneira mais perfeita possível. Como se uma ave linda e delicada tivesse voado ao meu encontro e pousado em meu ombro, e se eu fizer algum movimento brusco, ela pode sair voando.

"Então, se entendi direito, o que você está me dizendo é que pretende confessar seus inúmeros pecados..."

A postura de Evelyn, que até então vinha se mostrando relaxada e tranquila, se altera. Ela se inclina na minha direção. "Não falei nada sobre confessar pecados. Eu não mencionei essa palavra em momento nenhum."

Eu recuo ligeiramente. Acabei de estragar tudo. "Me desculpe", digo. "Usei um termo infeliz."

Evelyn mantém o silêncio.

"Me desculpe, sra. Hugo. Isso tudo é uma situação meio surreal para mim."

"Pode me chamar de Evelyn", ela diz.

"Certo, Evelyn, então qual seria o próximo passo? O que exatamente nós vamos fazer juntas?" Pego a xícara e levo aos lábios, dando um golinho de nada.

"Não vai ser uma matéria de capa para a *Vivant*", ela avisa.

"Sim, essa parte eu entendi", respondo, baixando a xícara.

"Vamos escrever um livro."

"Ah, vamos?"

Evelyn confirma com a cabeça. "Você e eu", diz. "Eu li suas reportagens. Gosto da sua maneira de se comunicar de forma clara e sucinta. Sua escrita tem um estilo sem frescuras que admiro e acho que seria bom para o meu livro."

"Está me pedindo para ser a ghost-writer da sua biografia?" Isso é fantástico. Absolutamente fantástico, com certeza. Essa *sim* é uma boa razão para continuar em Nova York. Uma ótima razão. Coisas desse tipo não acontecem em San Francisco.

Evelyn faz que não com a cabeça outra vez. "Vou entregar minha história de vida nas suas mãos, Monique. Vou contar toda a verdade. E você vai escrever um livro a respeito."

"E aí colocamos seu nome na capa e dizemos que foi você que escreveu. É isso que significa ser ghost-writer." Pego a xícara de novo.

"Meu nome não vai estar na capa. Porque já vou estar morta."

Engasgo com o café, e acabo manchando o carpete clarinho com gotas marrons.

"Ai, meu Deus", exclamo, talvez alto demais, quando ponho a xícara de volta no pires. "Derrubei café no seu carpete."

Evelyn releva o ocorrido com um gesto de mão, mas Grace bate na porta e abre uma fresta, por onde enfia a cabeça.

"Está tudo bem?"

"Eu fiz uma sujeira aqui, perdão", digo.

Grace escancara a porta e entra para olhar.

"Me desculpe. Eu levei um susto aqui, só isso."

Miro os olhos de Evelyn e, apesar de não a conhecer muito bem, sinto que ela está tentando me mandar ficar quieta.

"Sem problemas", diz Grace. "Pode deixar que eu resolvo isso."

"Está com fome, Monique?", pergunta Evelyn, pondo-se de pé.

"Como é?"

"Tem um lugar aqui na rua que faz umas saladas ótimas. Eu pago."

Ainda não é hora do almoço e, quando fico ansiosa, a primeira coisa que desaparece é o meu apetite, mas aceito mesmo assim, porque fico com a nítida impressão de que não foi uma pergunta.

"Ótimo", diz Evelyn. "Grace, você liga no Trambino's para avisar?"

Evelyn põe a mão no meu ombro e, menos de dez minutos depois, estamos caminhando pelas calçadas bem conservadas do Upper East Side.

O vento frio me surpreende, e percebo que Evelyn aperta o casaco contra a cintura fina.

À luz do sol, fica mais fácil ver os sinais de envelhecimento. O branco de seus olhos está opaco, e a pele das mãos está chegando ao ponto da transparência. O azul-claro das veias que as atravessam me faz lembrar da minha avó. Eu adorava a textura suave de sua pele fina como papel, e o fato de não se esticar de volta quando eu puxava.

"Evelyn, o que quis dizer com aquilo?"

Evelyn ri. "Só quis dizer que quero que você publique minha biografia autorizada, como autora, quando eu morrer."

"Certo", respondo, como se fosse a coisa mais natural do mundo ouvir aquilo. Mas então percebo que é loucura. "Sem querer ser indelicada, mas você está me dizendo que está prestes a morrer?"

"Todo mundo vai morrer, querida. Você vai morrer, eu vou morrer, aquele cara vai morrer."

Ela aponta para um homem de meia-idade que passeia com um cachorro preto bem peludo. Ele escuta, vê o dedo apontado em sua direção e percebe quem está falando. A expressão no rosto dele é de triplo choque.

Entramos no restaurante, descendo os dois degraus que dão na porta. Evelyn escolhe uma mesa mais ao fundo. Ninguém nos conduz até lá. Ela simplesmente sabe para onde quer ir, e o resto do mundo que se adapte. Um garçom de camisa branca e calça e gravata pretas vem até nossa mesa e serve dois copos d'água. O de Evelyn não tem gelo.

"Obrigada, Troy", diz Evelyn.

"Salada verde?", ele pergunta.

"Bom, para mim sim, claro, mas para minha amiga eu não sei", diz Evelyn.

Pego o guardanapo da mesa e ponho sobre o colo. "Uma salada verde está ótimo, obrigada."

Troy sorri e sai.

"Você vai gostar da salada", diz Evelyn, como se fôssemos duas amigas em um bate-papo casual.

"Muito bem", digo, tentando assumir as rédeas da conversa. "Me conta mais sobre esse livro que vamos escrever."

"Já contei tudo o que você precisa saber."

"Na verdade, só que eu vou escrever e que você vai morrer."

"Você precisa tomar mais cuidado com seu jeito de expressar as coisas."

Eu até posso estar fora do meu habitat — e minha vida não anda lá essas maravilhas —, mas se tem uma coisa que sei bem é como me comunicar.

"Eu devo ter interpretado mal alguma coisa. Mas garanto que sou muito cuidadosa com as minhas palavras."

Evelyn encolhe os ombros. É uma conversa que muda muito pouca coisa na vida dela. "Você é jovem, e a sua geração tem esse costume de usar palavras com um significado muito forte de uma forma bem leviana."

"Entendi."

"E eu não falei nada sobre confessar *pecados*. Dizer que aquilo que tenho para contar é pecado seria ofensivo e errado. Não me arrependo de nada do que fiz — pelo menos das coisas que seriam de esperar —, por mais difíceis e repugnantes que possam parecer quando forem expostas."

"*Je ne regrette rien*", digo, dando um gole na minha água.

"É esse o espírito", diz Evelyn. "Apesar de essa música ter mais a ver com não ter arrependimentos porque não se pode viver de passado. O que estou dizendo é que eu tomaria várias dessas decisões de novo hoje. Sendo bem clara, eu tenho arrependimentos, *sim*. Só que... não é nenhuma coisa sórdida. Não me arrependo das mentiras que contei, ou de ter magoado as pessoas. Aceito o fato de que às vezes fazer a coisa certa obriga a gente a pegar pesado. E tenho compaixão por mim mesma. E acredito em mim. Por exemplo, quando te repreendi lá no apartamento, por causa dessa coisa de confessar pecados. Não foi a atitude mais gentil a tomar, e não sei nem se você mereceu. Mas não me arrependo. Porque sei que tenho meus motivos, e fiz meu melhor para lidar com os pensamentos e sentimentos que me trouxeram até onde estou."

"Você se ofendeu com a palavra 'pecado' porque ela implica que tem coisas a lamentar."

Nossa salada chega, e Troy mói um pouco de pimenta sobre o prato de Evelyn sem dizer nada, até ela levantar a mão para interrompê-lo e abrir um sorriso. Eu recuso.

"A gente pode lamentar algumas coisas sem necessariamente se arrepender delas", diz Evelyn.

"Com certeza", digo. "Eu entendo. E espero merecer um voto de confiança da sua parte, agora que estamos pondo tudo em pratos limpos. Apesar de existirem várias formas de interpretar o que você está me dizendo."

Evelyn ergue o garfo, mas não faz nada com ele. "Acho muito importante, para uma jornalista que vai ter meu legado nas mãos, comunicar exatamente o que eu quis dizer com cada coisa que falei", diz. "Se eu for contar minha vida para você, o que realmente aconteceu, a verdade por trás de todos os meus casamentos, os meus filmes, os meus amores, os meus amantes, as pessoas que magoei, as coisas que tive que aceitar e as consequências de tudo isso, então preciso saber que estou sendo *entendida*. Preciso ter certeza de que você vai ouvir *exatamente* o que estou dizendo, e não sair tirando suas próprias conclusões a respeito da minha história."

Eu estava enganada. Essa não é uma conversa que muda muito pouca coisa na vida dela. Evelyn é do tipo que usa um tom casual para falar de assuntos de tremenda importância. Mas agora, neste momento em que ela está se esforçando para ser bem específica, me dou conta de que tudo isso é *real*. Está mesmo acontecendo. A intenção dela aqui é me contar sua história de vida — uma história que sem dúvida inclui verdades incômodas sobre sua carreira e sua imagem. É um grande poder que ela está me concedendo. Não sei *por quê*, mas isso não muda o fato de que *vai* acontecer. E minha tarefa aqui é mostrar que sou merecedora dessa confiança, e que vou saber valorizá-la.

Eu baixo meu garfo. "Claro, faz todo o sentido, e me desculpe se eu tratei a questão como se fosse uma banalidade."

Evelyn faz um gesto com a mão. "Nossa cultura como um todo é baseada em banalidades hoje em dia. Essa é a nova onda."

"Tudo bem se eu fizer mais algumas perguntas? Quando me situar melhor, prometo me concentrar só no que me contar e no significado de tudo, para que você se sinta compreendida a ponto de achar que não exista ninguém mais apropriado para a tarefa de revelar seus segredos do que eu."

Minha sinceridade a deixa desconcertada por um brevíssimo instante. "Pode começar", ela diz enquanto dá uma garfada na salada.

"Se eu vou publicar o livro depois da sua morte, que tipo de ganho financeiro você tem em mente?"

"Para mim ou para você?"

"Vamos começar por você."

"Para mim, nenhum. Eu vou estar morta, né."

"Pois é, você já tinha dito isso."

"Próxima pergunta."

Eu me inclino para a frente, numa postura confabulatória. "Me perdoe por colocar a coisa em termos tão vulgares, mas qual é o cronograma que você imagina? Eu preciso segurar o livro por quantos anos até você..."

"Morrer?"

"Bom... é", digo.

"Próxima pergunta."

"Quê?"

"Próxima pergunta, por favor."

"Você não me respondeu essa."

Evelyn fica muda.

"Certo, então que tipo de benefício financeiro existe para mim?"

"Uma pergunta muito mais interessante, com certeza, e não sei por que você demorou tanto para tocar no assunto."

"Bom, agora eu perguntei."

"Você e eu vamos nos reunir por quantos dias forem necessários, e vou contar absolutamente tudo. Depois nossas relações vão ser cortadas, e você vai estar livre para escrever o livro — ou melhor, vai ter a obrigação de fazer isso — e vender para a editora que fizer a melhor oferta. E estou falando de dinheiro graúdo mesmo. Faço questão de que você seja implacável nessa negociação, Monique. Eles precisam oferecer o mesmo que pagariam para um homem branco. E cada centavo que você conseguir com o livro vai ser só seu."

"Só meu?", repito, atordoada.

"É melhor você tomar um gole d'água. Está parecendo que vai desmaiar."

"Evelyn, uma biografia autorizada sua, falando sobre os sete casamentos..."

"Sim?"

"Um livro como esse vale milhões de dólares, mesmo se eu não abrir negociação nenhuma."

"Mas você vai fazer isso", diz Evelyn, dando um gole em sua água e parecendo bem satisfeita consigo mesma.

Há uma pergunta que precisa ser feita. E já a evitamos por tempo demais. "E por que você faria isso por mim?"

Evelyn balança a cabeça. É um questionamento que ela já esperava. "Por enquanto, encare a coisa toda como um presente."

"Mas por quê?"

"Próxima pergunta."

"É sério."

"Estou falando sério, Monique, próxima pergunta."

Derrubo meu garfo sem querer sobre a toalha cor de marfim. A gordura do molho se infiltra no tecido, tornando-o mais escuro e mais transparente. A salada verde é deliciosa, mas veio um pouco carregada na cebola, e consigo sentir a acidez do meu hálito tomando o espaço ao meu redor. Que diabos está acontecendo aqui?

"Não quero parecer ingrata, mas acho que mereço saber por que uma das atrizes mais famosas de todos os tempos me tiraria da obscuridade para escrever sua biografia e me daria a oportunidade de ganhar milhões de dólares contando sua história."

"O *Huffington Post* especulou que uma autobiografia minha poderia render um contrato de até doze milhões."

"Meu Deus."

"Tem muita gente por aí querendo saber, acho."

O jeito como Evelyn parece estar se divertindo com a situação, seu prazer aparente em me deixar chocada, dão a entender que se trata, no mínimo, em certo sentido, de um joguinho de poder. Ela gosta de tratar com desdém coisas que podem mudar a vida das pessoas. Não é essa a definição de poder? Ver as pessoas se matarem por coisas que não significam nada para você?

"Doze milhões é muito dinheiro, não me entenda mal...", ela diz, e nem precisa terminar a frase para que seu sentido se complete na minha mente. *Mas para mim não significa muita coisa.*

"Mesmo assim, Evelyn, por quê? Por que eu?"

Evelyn me encara com o rosto impassível. "Próxima pergunta."

"Com todo o respeito, você não está sendo muito justa comigo."

"Estou oferecendo uma chance para você ganhar uma fortuna e alavancar sua carreira para a estratosfera. Não preciso ser justa. Com certeza não nessa sua definição do termo."

Por um lado, não tenho nem o que pensar para decidir. Por outro, Evelyn não está me oferecendo absolutamente nada de concreto. E eu posso perder meu emprego por passar a perna na revista e ficar com a história para mim. Meu trabalho é a única coisa que tenho no momento. "Posso tirar um tempinho para pensar?"

"Para pensar sobre o quê?"

"Sobre tudo isso."

Evelyn estreita os olhos. "E por que você precisaria pensar?"

"Não quero que você fique ofendida", eu digo.

Evelyn me interrompe. "Eu não estou *ofendida*." Só a insinuação de que eu tenho o poder de tirá-la do sério já a tira do sério.

"Tem um monte de coisas que preciso levar em conta", digo. Eu posso ser demitida. Ela pode desistir. Eu posso me revelar um fracasso total na hora de escrever.

Evelyn se inclina para a frente, para me ouvir melhor. "Por exemplo?"

"Por exemplo, como eu vou explicar essa situação na *Vivant*? Eles acham que vão publicar uma entrevista exclusiva sua. Devem estar inclusive selecionando fotógrafos neste exato momento."

"Eu pedi que Thomas Welch não prometesse nada. Se o pessoal de lá achou que um simples contato significava uma matéria de capa, problema deles."

"Mas é problema meu também. Porque agora eu sei que você não tem a menor intenção em colaborar com a revista."

"E daí?"

"Então o que eu faço? Volto para a redação e digo para minha chefe que você não vai falar com a *Vivant*, e que em vez disso nós vamos escrever um livro? Vai parecer que eu passei a revista para trás e roubei a história para mim, e enquanto era paga por eles para estar aqui com você, ainda por cima."

"Isso não é problema meu", diz Evelyn.

"Mas é por isso que preciso tirar um tempo para pensar. Porque para *mim* isso é um problema."

Evelyn entende o que estou dizendo. Percebo que está me levando a sério pela maneira como põe o copo na mesa e me encara diretamente, apoiando os antebraços na mesa. "Você está tendo a oportunidade da sua vida, Monique. E consegue entender isso, né?"

"Claro."

"Então faça um favor para si mesma e a agarre com unhas e dentes, querida. Não se preocupe tanto em fazer a coisa certa quando a escolha mais inteligente se mostra de uma forma tão óbvia."

"Você não acha que eu preciso ser honesta com meus patrões nesse caso? Eles vão pensar que foram apunhalados pelas costas."

Evelyn faz que não com a cabeça. "Quando minha assessoria citou seu nome, eles responderam sugerindo pessoas mais tarimbadas. Só concordaram em mandar você quando deixei bem claro que eu não falaria com mais ninguém. Sabe por que fizeram isso?"

"Porque eles não acreditam que eu..."

"Porque eles agem em benefício dos próprios interesses. Então faça isso você também. No momento você tem uma chance de se beneficiar absurdamente. E tem uma decisão a tomar. Vamos escrever esse livro juntas ou não? Já vou avisando, se você não escrever, não vou contar essa história para ninguém. Vai morrer tudo comigo, nesse caso."

"Por que só *eu* posso contar a história da sua vida? Você nem me conhece. Isso não faz sentido."

"Não tenho a mínima obrigação de fazer sentido para você."

"O que está por trás disso tudo, Evelyn?"

"Você faz perguntas demais."

"Estou aqui para entrevistar você."

"Mesmo assim." Ela beberica a água, engole e me olha bem nos olhos. "Quando a gente terminar, você não vai ter mais nenhuma pergunta a fazer", ela diz. "Tudo isso que você está tão desesperada para saber, prometo que vou esclarecer antes de acabarmos nosso trabalho. Mas só vou falar sobre essas coisas quando eu quiser. Sou eu quem dá as cartas por aqui. E é assim que vai ser."

Quando penso a respeito, percebo que eu seria uma idiota completa se deixasse essa chance passar, não importa quais sejam os termos dela. Não fiquei em Nova York e deixei David ir para San Francisco porque gosto da Estátua da Liberdade. Foi por querer subir na carreira o máximo possível. Fiz isso porque algum dia quero ver o meu nome, o nome que meu pai me deu, impresso em letras garrafais. E essa é a minha chance.

"Certo", respondo.

"Muito bem, então. Fico feliz em saber." Os ombros de Evelyn relaxam, e ela pega a água de novo, com um sorriso. "Acho que gostei de você, Monique", ela diz.

Respiro fundo, e só então percebo como estava com a respiração acelerada. "Obrigada, Evelyn. Sou muito grata por isso."

Evelyn e eu estamos de volta ao hall de entrada de seu apartamento. "Encontro você no meu escritório daqui a meia hora."

"O.k.", respondo quando Evelyn desaparece no corredor. Tiro o casaco e o penduro no closet.

Eu deveria usar esse tempo livre para falar com Frankie. Se não entrar em contato em breve, ela vai me procurar.

Preciso decidir como lidar com a situação. Como garantir que ela não tente arrancar essa chance de mim?

Acho que minha única opção é fingir que tudo está saindo de acordo com o esperado. Meu único plano de ação é mentir.

Eu respiro fundo.

Uma das minhas primeiras lembranças de infância é de ter ido com meus pais à praia em Zuma Beach, em Malibu. Era primavera, acho. A água ainda não estava quente o bastante para a gente poder entrar no mar.

Minha mãe ficou na areia, estendendo a toalha e fixando o guarda-sol, enquanto meu pai me pegou no colo e correu comigo até a beira d'água. Lembro de me sentir levíssima nos braços dele. E, quando ele pôs meus pés na água, dei um grito, dizendo que estava gelada demais.

Ele concordou comigo. Estava fria *mesmo*. Mas aí falou: "Respire fundo cinco vezes. Depois disso, aposto que não vai sentir tanto frio".

Vi quando ele colocou os pés na água. E respirou fundo. Então pus os pés de volta e fiz a mesma coisa. Ele tinha razão, claro. Não estava mais tão gelada.

Depois disso, meu pai passou a respirar comigo todas as vezes em que eu me via à beira das lágrimas. Quando ralei o cotovelo, quando meu primo me pôs o apelido de Oreo, quando minha mãe me falou que eu não podia ter cachorro, meu pai veio até mim e respirou fundo comigo. Ainda é doloroso pensar nesses momentos, mesmo depois de tantos anos.

Mas, por ora, continuo respirando no hall de entrada de Evelyn, me controlando do jeitinho como ele me ensinou.

Então, quando me acalmo, pego o celular e ligo para Frankie.

"Monique." Ela atende no segundo toque. "Me conta. Como estão as coisas?"

"Estão indo bem", respondo. Fico surpresa com a tranquilidade na minha voz. "Evelyn é tudo o que se pode esperar de um ícone. Ainda está maravilhosa. Carismática como sempre."

"E?"

"E... estamos avançando."

"Ela está disposta a falar de algum outro assunto que não sejam os vestidos?"

O que eu posso dizer agora para já começar a salvar minha pele? "Ela está bem reticente sobre qualquer outra coisa que não seja divulgar o leilão, sabe. Estou sendo boazinha por enquanto, tentando ganhar a confiança dela antes de começar a insistir."

"Ela posaria para uma capa?"

"Ainda é cedo demais para saber. Confia em mim, Frankie", digo, detestando a sinceridade com que minhas palavras saem. "Sei o quanto isso é importante. Mas no momento só estou concentrada em fazer Evelyn gostar de mim, para tentar ganhar alguma influência e conseguir o que a gente quer."

"Certo", Frankie responde. "Obviamente, vou querer mais que algumas aspas sobre vestidos, mas só isso já seria mais do que as outras revistas conseguiram em décadas, então..." Frankie continua falando, mas eu paro de ouvir. Estou concentrada demais no fato de que Frankie não vai conseguir nem essas aspas.

E eu vou ter mais, muito mais.

"Preciso desligar", aviso. "Eu e ela vamos retomar a conversa daqui a pouco."

Desligo o telefone e solto o ar com força. *Eu dou conta dessa porra toda.*

Quando entro no apartamento, escuto a voz de Gracie na cozinha. Abro a porta vaivém e vejo que ela está cortando caules de flores.

"Desculpe incomodar. Evelyn falou para a gente se encontrar no escritório dela, mas não sei onde é."

"Ah", diz Grace, baixando a tesoura e limpando as mãos numa toalha. "Vou mostrar para você."

Ela me conduz por uma escada até o gabinete de Evelyn. As paredes têm um belíssimo tom de cinza, combinando com um tapete bege puxando para o dourado. As janelas enormes são emolduradas por cortinas azul-escuras, e do outro lado da sala há prateleiras de livros embutidas nas paredes. O sofá cinza-azulado fica diante da escrivaninha enorme com tampo de vidro.

Grace sorri e me deixa à espera de Evelyn. Largo a bolsa no sofá e verifico meu celular.

"Fica você com a mesa", Evelyn diz quando entra, e me entrega um copo d'água. "Acho que isso só vai funcionar se eu falar e você escrever."

"Pois é", respondo, me acomodando na cadeira atrás da mesa. "Nunca tentei escrever uma biografia antes. Afinal, não sou biógrafa."

Evelyn me lança um olhar daqueles. Ela se senta à minha frente, no sofá. "Me deixe explicar uma coisa para você. Quando eu tinha catorze anos, minha mãe já era falecida, e eu morava com meu pai. Quanto mais velha eu ficava, mais ficava claro que era uma questão de tempo até meu pai querer me casar com um amigo seu, ou um chefe, ou alguém que facilitasse a vida dele. E, sendo bem sincera, quanto mais meu corpo se desenvolvia, menos segura eu me sentia de que meu pai não fosse tentar alguma gracinha comigo também.

"A penúria era tanta que a gente roubava eletricidade do vizinho de cima. Tinha uma tomada do nosso apartamento ligada no quadro de força dele, então era para lá que iam todos os aparelhos elétricos da casa. Se eu precisasse fazer lição de casa, ligava o abajur naquela tomada e sentava lá com meu livro.

"Minha mãe era uma santa. De verdade. Era de uma beleza estonteante, uma cantora maravilhosa, com um coração de ouro. Durante anos antes de morrer, ela sempre me dizia que a gente ia embora de Hell's Kitchen para ir direto para Hollywood. Ela dizia que ia ser a mulher mais famosa do mundo, e ia comprar uma mansão na praia para nós. Eu fantasiava com nós duas nessa casa, dando festas, bebendo champanhe. Aí ela morreu, e foi como despertar de um sonho. Eu ia continuar em Hell's Kitchen para sempre.

"Eu era linda, mesmo aos catorze anos. Ah, eu sei que o mundo prefere mulheres que não têm noção do próprio poder, mas estou de saco cheio disso. A verdade é que quando eu passava, as pessoas olhavam. E eu não tinha orgulho nenhum disso. Não fui eu que fiz meu rosto assim. Nem meu corpo. Mas também não vou sentar aqui e dizer: 'Ai, sério? As pessoas me achavam bonita mesmo?', como uma garotinha fútil.

"Minha amiga Beverly conhecia um cara do prédio dela chamado Ernie Diaz, que era eletricista. E Ernie conhecia um cara na MGM. Pelo menos era o que diziam no bairro. E um dia Beverly me contou que ouviu falar que Ernie estava arrumando um emprego como instalador de iluminação em Hollywood. Então, nesse fim de semana, inventei uma razão para ir até a casa da Beverly e 'sem querer' bati na porta do Ernie. Eu sabia exatamente onde Beverly estava. Mas bati na porta do Ernie e perguntei: 'Você viu a Beverly Gustafson por aí?'.

"Ernie tinha vinte e dois anos. De bonito não tinha nada, mas também não era feio. Disse que não tinha visto minha amiga, mas continuou olhando para mim. Vi quando seus olhos grudaram nos meus depois foram descendo, examinando cada centímetro do meu corpo no meu vestido verde favorito.

"E aí Ernie falou: 'Você já tem dezesseis anos, menina?'. Eu tinha catorze, não esqueça. Mas sabe o que fiz? Eu disse: 'Ah, acabei de fazer.'"

Evelyn me lança um olhar cheio de significado. "Você entendeu o que estou dizendo? Quando surge uma oportunidade para mudar sua vida, esteja pronta para fazer o que for preciso. O mundo não dá nada *de graça* para ninguém, só *tira* de você. Se conseguir aprender alguma coisa comigo, provavelmente vai ser isso."

Uau. "Certo", digo.

"Você nunca foi biógrafa, mas agora está dando o primeiro passo para isso."

Faço que sim com a cabeça. "Entendi."

"Ótimo", diz Evelyn, relaxando um pouco no sofá. "Então, por onde você quer começar?"

Pego meu caderno e vejo as palavras que rabisquei nas últimas páginas que usei. Tem datas e títulos de filmes, referências a imagens clássicas dela, boatos marcados com pontos de interrogação. E então, com uma letra maior, que repassei várias vezes com a caneta, escurecendo cada letra até alterar a textura da folha, escrevi: "Quem foi o amor da vida da Evelyn???".

Essa é a grande pergunta. É o ponto central deste livro.

Sete maridos.

Qual ela amou mais? Qual era seu *verdadeiro* amor?

Nas qualidades de jornalista e de consumidora de cultura, é isso o que quero saber. Não vai ser o começo do livro, mas talvez possa ser o nosso início. Quero saber, quando for falar desses casamentos, qual foi o mais significativo.

Olho para Evelyn e vejo que ela está a postos, me esperando.

"Quem foi o amor da sua vida? Harry Cameron?"

Evelyn pensa um pouco, e responde sem pressa. "Não nesse sentido que você está perguntando."

"Em que sentido, então?"

"Harry foi meu melhor amigo. Foi ele quem me inventou. E foi a pessoa que me dedicou o amor mais incondicional. A pessoa que eu amei da forma mais pura, acho. Além da minha filha. Mas não, ele não foi o amor da minha vida."

"Por que não?"

"Porque teve outra pessoa."

"Certo, *quem* foi o amor da sua vida, então?"

Evelyn balança a cabeça, como se fosse uma pergunta já prevista, como se a situação estivesse se desenrolando exatamente da maneira como ela esperava. Mas em seguida faz um gesto negativo. "Sabe de uma coisa?", ela diz, se levantando. "Está ficando meio tarde, né?"

Olho para o relógio. Estamos no meio da tarde. "Ah, é?"

"Acho que sim", ela responde, andando na minha direção, a caminho da porta.

"Certo então", digo, ficando de pé também.

Evelyn me envolve com o braço e me leva para o corredor. "Vamos recomeçar na segunda-feira. Tudo bem para você?"

"Hã... claro. Evelyn, eu disse alguma coisa que te ofendeu?"

Evelyn me leva até a escada. "De jeito nenhum", ela diz, dissipando meu medo com um gesto de mão. "De jeito nenhum."

Fica uma tensão no ar que não consigo descrever muito bem. Evelyn me acompanha até o hall de entrada e abre o closet. Eu pego meu casaco.

"De novo aqui?", diz Evelyn. "Na segunda de manhã? Que tal começarmos às dez?"

"Tudo bem", digo, colocando o casaco pesado sobre os ombros. "Se assim estiver bom para você."

Evelyn confirma com a cabeça. Seus olhos se afastam de mim por um momento e ela espia por cima do meu ombro, mas sem parecer interessada em nada em particular. Então volta a falar. "Passei muito tempo da vida me dedicando a... maquiar a verdade", ela explica. "Fica difícil retirar todas as camadas depois. Fiquei boa demais nisso, acho. Inclusive, agora há pouco, eu não sabia como contar a verdade. Não tenho muita prática nisso. Me parece uma coisa contrária à minha própria sobrevivência. Mas eu chego lá."

Eu balanço a cabeça, sem saber como responder. "Então... segunda-feira?"

"Segunda-feira", diz Evelyn com uma piscadinha e um aceno de cabeça. "Até lá já vou estar pronta."

Volto para o metrô enfrentando o ar gelado. Me enfio num vagão lotado de gente, me segurando na barra de apoio acima da minha cabeça. Vou andando até meu apartamento e entro.

Sento no sofá, abro o notebook e respondo alguns e-mails. Penso em pedir alguma coisa para o jantar. E é só quando vou pôr os pés para cima que lembro que não tenho mais uma mesinha de centro. Pela primeira vez desde que ele foi embora, não pensei imediatamente em David ao entrar no apartamento.

O que fica na minha cabeça no fim de semana — da sexta à noite ao domingo de manhã no parque — não é *Como meu casamento foi por água abaixo?*, e sim *Quem diabos foi o grande amor da vida de Evelyn Hugo?*

Estou de novo no escritório de Evelyn. O sol bate diretamente nas janelas, iluminando o rosto dela com tanta luz que obscurece o lado direito de seu corpo.

Estamos mesmo trabalhando juntas. Evelyn e eu. Biografada e biógrafa. Tudo começa agora.

Ela está de legging preta e uma camisa social masculina azul-marinho presa com um cinto. Eu visto minha combinação habitual de jeans, camiseta e blazer. Escolhi uma roupa com que pudesse passar o dia e a noite aqui, caso fosse necessário. Enquanto ela quiser falar, vou estar a postos, escutando.

"Então", começo.

"Então", Evelyn repete, num tom que me convida a determinar o rumo da conversa.

Ficar sentada atrás da mesa com ela no sofá instaura certa sensação de conflito. Quero que a gente se sinta parte da mesma equipe. Porque é isso que somos, não é mesmo? Apesar da minha impressão de que, no caso de Evelyn, nunca dá para saber.

Será que ela de fato consegue dizer a verdade? Será que é capaz de fazer isso?

Passo para uma poltrona perto do sofá. Me inclino para a frente com o caderno no colo e a caneta na mão. Pego o celular, abro o aplicativo e começo a gravar.

"Tem certeza de que está pronta?", pergunto.

Evelyn confirma com a cabeça. "Todo mundo que eu amei já morreu. Não tenho mais ninguém a quem proteger. Ninguém mais por quem mentir, a não ser por mim mesma. As pessoas sempre acompanharam de perto os detalhes mais intricados da minha falsa história de vida. Mas não é... Eu não... Quero que elas conheçam a verdadeira história. Quem eu sou de verdade."

"Muito bem", digo. "Me mostre quem você é de verdade, então. E eu vou tratar de fazer o mundo entender."

Evelyn olha para mim e abre um breve sorriso. Percebo que falei o que ela gostaria de ouvir. Ainda bem que estava sendo sincera.

"Vamos seguir em ordem cronológica mesmo", sugiro. "Me conta mais sobre Ernie Diaz, seu primeiro marido, o que tirou você de Hell's Kitchen."

"Tudo bem", Evelyn concorda, assentindo com a cabeça. "Começar por ele ou por qualquer outro dá na mesma."

O POBRE
Ernie Diaz

Minha mãe era corista no circuito off Broadway. Veio de Cuba com meu pai aos dezessete anos. Quando fiquei mais velha, descobri que *corista* também era um eufemismo para prostituta. Não sei se ela era ou não. Prefiro achar que não — mas não porque existe alguma vergonha nisso, mas porque sei como é ceder o corpo a alguém quando a gente não quer, e espero que ela não tenha precisado fazer isso.

Eu tinha onze anos quando ela morreu de pneumonia. Obviamente não tenho muitas lembranças dela, mas me recordo de seu cheiro de baunilha barato, e que ela fazia um *caldo gallego* incrível. Nunca me chamava de Evelyn, só de *mi hija*, o que fazia com que eu me sentisse muito especial, como se existisse no mundo uma coisa só nossa. Acima de tudo, minha mãe queria ser estrela de cinema. Realmente achava que precisava tirar a gente de onde estava e largar meu pai para conquistar um lugar sob os holofotes.

Eu queria ser igualzinha a ela.

Muitas vezes desejei que ela tivesse me dito alguma coisa no leito de morte que eu pudesse levar comigo para sempre. Mas só descobrimos o quanto ela estava doente quando era tarde demais. A última coisa que ela me falou foi: *Dile a tu padre que estaré en la cama.* "Diga para o seu pai que vou estar na cama."

Depois que ela morreu, eu só chorava no chuveiro, onde ninguém podia me ver nem me ouvir e não dava para saber o que eram lágrimas e o que era água. Não sei por que fazia isso. Só sei que, depois de alguns meses, já conseguia tomar banho sem chorar.

E então, no verão seguinte à morte dela, comecei a tomar corpo.

Meus peitos começaram a crescer e não pararam mais. Aos doze anos tive que revirar as coisas da minha mãe em busca de um sutiã que me servisse. O único que encontrei era pequeno demais, mas passei a usar mesmo assim.

Aos treze anos, eu tinha mais de um metro e setenta, cabelos castanho-escuros bem longos e brilhantes, pernas compridas, pele morena e um busto que quase rebentava os botões dos meus vestidos. Homens adultos paravam para me olhar na rua, e algumas meninas do meu prédio não queriam mais andar comigo. Foi uma época solitária. Órfã de mãe, com um pai abusivo, sem amigas, e uma sensualidade que minha cabeça não tinha preparo para entender.

O caixa do mercadinho da esquina era um menino chamado Billy. Era irmão de uma menina que sentava perto de mim na escola, e tinha dezesseis anos. Num dia de outubro, fui até lá comprar um doce e ele me beijou.

Eu não queria que ele me beijasse. E o empurrei. Mas ele me segurou pelo braço.

"Ah, qual é", ele falou.

A loja estava vazia. Ele tinha mais força que eu. E me apertou mais forte. Nesse momento, percebi que ele ia conseguir o que queria de mim, com a minha permissão ou não.

Então eu tinha duas escolhas. Podia fazer o que ele queria de graça. Ou podia ganhar doces grátis.

Nos três meses seguintes, eu pude pegar o que queria naquele mercadinho. E, em troca, saía com Billy aos sábados à noite e deixava que ele tirasse minha blusa. Nunca tive muita escolha nesse sentido. Ser desejada significava a obrigação de satisfazer os outros. Pelo menos era essa a minha visão na época.

Lembro que um dia ele falou, no depósito escuro e apertado, com as minhas costas prensadas contra um caixote de madeira: "Você meio que tem um poder sobre mim".

Ele deu um jeito de se convencer de que seu desejo por mim era culpa minha.

E eu acreditei.

Olha só o que eu faço com os coitados desses meninos, eu pensava. Mas por outro lado: *Esse é o meu valor, a minha força.*

Então, quando ele me dispensou — porque enjoou de mim, porque encontrou alguém mais interessante —, foi ao mesmo tempo um alívio e uma sensação de fracasso.

Houve mais um garoto para quem eu tirava a blusa porque achava que tinha essa obrigação, antes que começasse a entender que *eu* é quem poderia ditar a escolha.

Eu não queria ninguém; esse era o problema. Sendo bem clara e direta, não demorei muito para compreender como meu corpo funcionava. Não precisava de garotos para experimentar sensações boas. E esse entendimento me proporcionou um grande poder. Eu não tinha interesse por ninguém em termos sexuais. Mas queria, sim, uma *coisa.*

Queria ir para bem longe de Hell's Kitchen.

Queria sair daquele apartamento, sair de perto do bafo de tequila e da mão bruta do meu pai. Queria alguém que cuidasse de mim. Queria uma casa bonita e dinheiro no bolso. Queria fugir, escapar da minha vida. Queria ir para onde minha mãe tinha prometido que a gente moraria um dia.

Hollywood é um troço curioso. É ao mesmo tempo um lugar e um sentimento. Se você fugir para lá, vai estar na direção do Sul da Califórnia, onde faz sempre sol, e em vez das calçadas escorregadias e das sarjetas imundas vai encontrar palmeiras e laranjeiras. Mas também vai estar na direção de um modo de vida que só é retratado nos filmes.

Vai estar em busca de um mundo de moralidade e justiça, onde os mocinhos sempre vencem e os vilões se dão mal, onde a dor estampada no seu rosto só vai deixar você mais forte, para conquistar coisas muito maiores no final.

Demorei anos para entender que a vida não se torna mais fácil só porque ficou mais glamorosa. Mas eu não tinha como entender isso aos catorze anos.

Então coloquei meu vestido verde favorito, que já ficara pequeno. E fui bater na porta do sujeito que, segundo ouvi dizer, estava indo para Hollywood.

Só de olhar para a cara dele deu para perceber que Ernie Diaz ficou contente em me ver.

E foi assim que perdi minha virgindade: em troca de uma carona até Hollywood.

Ernie e eu nos casamos em 30 de janeiro de 1953. Eu me tornei Evelyn Diaz. Tinha só quinze anos na época, mas meu pai topou assinar a papelada. Acho que Ernie desconfiava que eu era menor de idade. Mas menti na cara dura, e ele não pareceu dar muita bola. Não era um cara feio, mas também não era nem inteligente nem charmoso. Não ia ter muitas outras chances de casar com uma menina linda. Acho que ele sabia disso. E foi esperto o bastante para agarrar a chance quando apareceu.

Alguns meses depois, Ernie e eu entramos no seu Plymouth 49 e partimos para o Oeste. Moramos com uns amigos dele até Ernie conseguir um emprego como contrarregra. Logo tínhamos dinheiro suficiente para conseguir um apartamento só nosso. Ficava na esquina da Detroit Street com a De Longpre. Ganhei umas roupas novas e ainda sobrava alguma coisa para preparar um assado nos fins de semana.

Eu precisava terminar o colégio, mas Ernie não ia ficar conferindo meus boletins, e estava na cara que a escola era perda de tempo. Eu tinha ido a Hollywood com um objetivo, e era isso que eu ia fazer.

Em vez de ir à aula, eu ia almoçar no Formosa Café todos os dias e ficava para o happy hour. Tinha ficado sabendo da existência desse lugar pelas revistas de fofocas. Sabia que era um ponto de encontro de gente famosa. E ficava bem ao lado de um estúdio de cinema.

Aquele predinho vermelho com letreiro em letra cursiva e toldo preto virou meu ponto de peregrinação diária. Eu sabia que era uma coisa meio patética, mas era minha única opção. Se eu quisesse ser atriz, teria que ser descoberta. E não sabia como conseguir isso, a não ser estando nos lugares onde a fauna do cinema poderia estar também.

Então eu aparecia todos os dias e ficava lá, com um copo de coca-cola à minha frente.

Passei tanto tempo nessa palhaçada que no fim o balconista cansou de fingir que não entendia o que estava rolando.

"Olha só", ele me falou depois de umas três semanas, "se quiser ficar aqui esperando que o Humphrey Bogart apareça algum dia, tudo bem. Mas precisa fazer alguma coisa útil enquanto isso. Não dá para ficar ocupando um lugar que poderia ser de um cliente só comprando uma garrafa de refrigerante."

Ele era mais velho, devia ter uns cinquenta anos, mas seus cabelos ainda eram grossos e escuros. As rugas da testa dele me faziam lembrar do meu pai.

"O que você quer que eu faça?", perguntei.

Senti um pouco de temor de que ele fosse pedir uma coisa que eu já tinha entregado para Ernie, mas ele me jogou um avental e me mandou ir anotar uns pedidos.

Eu não fazia ideia de como era o trabalho de uma garçonete, mas claro que não ia falar nada. "Tudo bem", respondi. "Por onde eu começo?"

Ele apontou para as mesas do café, enfileiradas uma do lado da outra. "Aquela é a mesa um. O resto você pode descobrir contando."

"Certo", falei. "Entendido."

Levantei do banquinho do balcão e saí andando na direção da mesa dois, onde três homens de terno estavam sentados conversando, com os cardápios fechados.

"Ei, garota!", o balconista me chamou.

"Sim?"

"Você é uma belezura. Aposto cinco pratas que vai conseguir o que quer."

Anotei dez pedidos, entreguei o sanduíche errado para três clientes e faturei quatro dólares pelo dia de trabalho.

Quatro meses depois, Harry Cameron, na época um jovem produtor do Sunset Studios, foi até o café para conversar com um executivo que estava no set de filmagem ao lado do café. Os dois pediram filés. Quando entreguei a conta, Harry me olhou de cima a baixo e falou: "Meu Deus".

Duas semanas depois, eu tinha um contrato com o Sunset Studios.

Fui para casa e falei para o Ernie que tinha sido um choque alguém do Sunset Studios se interessar por mim. Disse que ser atriz poderia ser um bico divertido, uma forma de passar o tempo até virar mãe e assumir meu verdadeiro trabalho. Um papo-furado de marca maior.

Não tinha nem dezessete anos na época, mas Ernie achava que eu era mais velha. Foi no fim de 1954. Então passei a acordar de manhã cedo e ir para o Sunset Studios.

Apesar de não ter a mínima noção do ofício de atriz quando comecei, tratei de tentar aprender. Fui figurante em algumas comédias românticas. Ganhei uma fala num filme de guerra.

"E por que ele não faria isso?" Era essa a fala.

Interpretei uma enfermeira que cuidava de um soldado ferido. Numa cena, o médico dizia em tom brincalhão que o soldado estava dando em cima de mim, e eu respondia: "E por que ele não faria isso?". Minha atuação foi digna de uma criança de quinto ano numa peça de escola, com um leve sotaque nova-iorquino. Nessa época, muita coisa que eu falava saía com esse sotaque. Eu falava inglês como uma nova-iorquina. E falava espanhol como uma americana.

Quando o filme foi lançado, Ernie e eu fomos assistir. Ele achou divertido ver a mulherzinha dele dizer uma fala no cinema.

Eu nunca tinha ganhado dinheiro na vida, e a essa altura estava tirando o mesmo que Ernie, depois de ele ser promovido a chefe dos contrarregras. Então perguntei se podia usar meu pagamento para fazer aulas de teatro. Preparei um *arroz con pollo* para ele nessa noite, e não tirei meu avental quando toquei no assunto. Queria parecer inofensiva, uma dona de casa qualquer. Achei que conseguiria ir mais longe se não representasse uma ameaça. Era irritante ter que pedir a ele uma coisa que seria paga com meu próprio salário. Mas eu não via alternativa.

"Claro", ele falou. "Acho uma ideia inteligente. Você vai progredir, e quem sabe pode até estrelar um filme algum dia."

Eu tinha *certeza* de que isso ia acontecer.

Me deu vontade de dar um soco na fuça dele.

Mas hoje entendo que não era culpa do Ernie. Nada daquilo era. Eu fingia ser outra pessoa para ele. E depois comecei a me irritar porque Ernie não via quem eu era de verdade.

Seis meses depois, eu já conseguia recitar uma fala de forma convincente. Não era uma boa atriz, de jeito nenhum, mas já era aceitável.

Trabalhei em mais três filmes, todos com participações pequenas. Tinha ouvido falar que o papel de filha adolescente do Stu Cooper numa comédia romântica estava disponível. E decidi que era isso que queria.

Então fiz uma coisa que nem todas as atrizes do meu nível na época teriam coragem de arriscar. Fui bater na porta de Harry Cameron.

"Evelyn", ele falou, todo surpreso ao me ver. "A que devo a honra?"

"Eu quero o papel de Caroline", falei. "Em *O amor não é tudo*".

Harry fez um gesto para eu me sentar. Era bem bonitão para um executivo. No estúdio tinha um monte de produtores barrigudos, já ficando carecas. Mas Harry era alto e magro. Era jovem. Eu achava que ele não devia ter nem dez anos a mais que eu. Usava ternos com bom caimento, que sempre combinavam com seus olhos azuis. Tinha um estilo um pouco Meio-Oeste, não tanto pela aparência, mas pelo jeito de tratar as pessoas, primeiro com gentileza, mas depois de uma maneira bem firme.

Harry era um dos únicos homens no estúdio que não ficavam olhando só para o meu peito. Isso na verdade me incomodava, fazia parecer que eu não estava conseguindo chamar a sua atenção. O que só serve para mostrar que, se você disser para uma mulher que sua única qualidade é ser desejável, ela vai acreditar. Eu pensava assim antes mesmo de completar dezoito anos.

"Não vou ficar de papo-furado aqui, Evelyn. Ari Sullivan jamais aprovaria você para esse papel."

"Por que não?"

"Você não tem o tipo físico certo."

"O que isso significa?"

"Ninguém acreditaria que você é filha do Stu Cooper."

"Mas eu posso ser."

"Não pode, não."

"Por quê?"

"*Por quê?*"

"Sim, eu quero saber o motivo."

"Seu nome é Evelyn Diaz."

"E daí?"

"Eu não posso te colocar num filme e tentar fingir que você não é mexicana."

"Eu sou cubana."

"Na prática, é a mesma coisa."

Não era a mesma coisa, mas não adiantaria nada tentar explicar isso para ele. "Tudo bem", falei. "Então que tal aquele filme com Gary DuPont?"

"Você não pode fazer um par romântico com Gary DuPont."

"Por que não?"

Harry me olhou como quem perguntava se seria obrigado mesmo a explicar tudo.

"Porque eu sou *mexicana*?", questionei.

"Porque um filme com Gary DuPont precisa ter uma moça loira e comportada."

"Eu posso ser uma moça loira e comportada."

Harry me encarou.

Resolvi insistir. "Eu quero muito, Harry. E você sabe que eu sou capaz. Sou uma das garotas mais interessantes que vocês têm no momento."

Harry deu risada. "Você é ousada. Isso eu admito."

A secretária de Harry bateu na porta. "Desculpe interromper, sr. Cameron, mas o senhor tem um compromisso em Burbank à uma."

Harry olhou no relógio.

Fiz uma última tentativa. "Pensa bem, Harry. Eu sou boa, e posso ficar ainda melhor. Mas vocês estão desperdiçando meu potencial com esses papéis minúsculos."

"Nós sabemos o que estamos fazendo", ele falou, ficando de pé.

Eu me levantei também. "Como você imagina minha carreira daqui a um ano, Harry? Fazendo um papel de professorinha com três falas?"

Harry passou por mim, abriu a porta do escritório e me pôs para fora. "Vamos ver", ele falou.

Eu perdi a batalha, mas estava determinada a vencer a guerra. Então, quando voltei a ver Ari Sullivan no restaurante do estúdio, derrubei minha bolsa e "sem querer" lhe proporcionei uma bela visão ao me agachar para pegá-la. Ele tentou contato visual e eu saí andando, como se não estivesse nem aí, como se nem soubesse quem ele era.

Uma semana depois, fingi que estava perdida no local onde ficavam os escritórios dos executivos, e cruzei com ele no corredor. Era um sujeito robusto, mas aquele peso todo combinava com ele. Seus olhos eram de um castanho tão escuro que mal dava para ver as pupilas, e estava sempre com a barba por fazer. Mas tinha um sorriso bonito. E foi nisso que me concentrei.

"Sra. Diaz", ele falou. Fiquei ao mesmo tempo surpresa e nem um pouco surpresa por ouvir meu nome na boca dele.

"Sr. Sullivan", eu disse.

"Por favor, me chame de Ari."

"Ah, então oi, Ari", falei, pondo a mão no braço dele.

Eu tinha dezessete anos. Ele, quarenta e oito.

Naquela noite, depois que a secretária foi embora, fui parar em cima da mesa dele, com a saia levantada até a cintura e o rosto de Ari no meio das minhas pernas. Descobri que Ari tinha um fetiche por proporcionar prazer oralmente a meninas menores de idade. Depois de sete minutos de ação, fingi ser dominada por uma onda de prazer irrefreável. Não sei dizer se foi bom ou não. Mas estava feliz por estar ali, porque isso significava conseguir o que eu queria.

Se sexo bom é sinônimo de sentir prazer, então eu fiz muito sexo ruim na vida. Mas se com isso eu pudesse ser feliz na minha carreira, então, bom, não era nada assim tão insuportável.

Quando fui embora, vi a fileira de Oscars que Ari recebeu numa prateleira no escritório. E disse a mim mesma que um dia teria uma estatueta daquelas também.

O amor não é tudo e o filme do Gary DuPont em que eu queria um papel acabaram saindo quase na mesma semana. *O amor não é tudo* gorou. E Penelope Quills, a atriz que ficou com o papel que eu queria, fazendo par com Gary, foi malhada pela crítica.

Recortei uma resenha que falava mal de Penelope e mandei pelo correio interno do estúdio para Harry e Ari, com um bilhete que dizia: "Eu teria arrasado".

Na manhã seguinte, tinha um recado do Harry no meu trailer: "Certo, você venceu".

Harry me chamou no escritório e falou que tinha conversado com Ari, e que eles tinham dois papéis em potencial para mim.

Eu podia interpretar uma herdeira italiana como coadjuvante num romance de guerra. Ou fazer o papel de Jo em *Mulherzinhas*.

Eu sabia o que significava interpretar Jo. Sabia que ela era uma mulher branca. E mesmo assim era isso o que eu queria. Não abri as pernas para ficar pensando pequeno.

"Jo", respondi. "Pode me dar o papel da Jo."

E, com essa escolha, fiz as engrenagens da máquina do estrelato começarem a girar a meu favor.

Harry me apresentou para Gwendolyn Peters, a esteticista do estúdio. Gwen clareou meu cabelo e cortou mais curtinho, até a altura do ombro. E desenhou minhas sobrancelhas. Tirou os pelos que eu ainda tinha entre elas. Fui me consultar com um nutricionista, que me mandou perder exatamente três quilos, me aconselhando a começar a fumar e a trocar algumas refeições por sopa de repolho. Trabalhei com um fonoaudiólogo, que me fez perder o sotaque nova-iorquino e me proibiu de falar qualquer coisa em espanhol.

E, como era de esperar, preenchi um questionário de três páginas sobre minha vida até então. O que meu pai fazia da vida? Como eu gostava de passar meu tempo livre? Tinha algum animal de estimação?

Respondi tudo com sinceridade, o pesquisador leu em uma sentada e falou: "Ah, não, não, não. Isso não serve. De hoje em diante, sua mãe morreu num acidente, e você foi criada pelo pai. Ele trabalhava na construção civil em Manhattan, e nos fins de semana te levava para passear em Coney Island. Se alguém perguntar, você adora jogar tênis e nadar, e tem um são-bernardo chamado Roger".

Posei para pelo menos uma centena de fotos de divulgação. Com meus cabelos loiros, minha silhueta mais fininha, meus dentes mais brancos. É quase inacreditável o tanto de coisas que me mandaram fazer. Imagens sorrindo numa praia, jogando golfe, correndo pela rua sendo puxada por um são-bernardo que alguém pegou emprestado de um cara da cenografia. Tinha fotos minhas pondo sal numa toranja, atirando de arco e flecha, entrando num avião de mentira. Isso sem falar nas especiais para as festas de fim de ano. Num dia de calor escaldante em setembro, eu estava com um vestido de veludo vermelho, ao lado de uma árvore de Natal toda acesa, fingindo abrir uma caixa com um gatinho dentro.

O pessoal do figurino era consistente e exigente a respeito de como me vestir, por ordem de Harry Cameron, o que sempre incluía uma blusa de lã apertada, abotoada até a altura certa.

Não fui agraciada pela natureza com um corpo em forma de violão. Minha bunda era reta como uma tábua. Dava para pendurar um quadro nela. Era meu peito que mantinha o interesse dos homens. E as mulheres admiravam o meu rosto.

Para ser sincera, não sei exatamente quando saquei qual era a imagem que todos queriam para mim. Mas foi durante essas semanas de sessões de fotos que me dei conta.

Eu estava sendo preparada para ser duas coisas opostas, uma figura complicada, que era difícil de dissecar, mas fácil de gostar. Era para ser ingênua *e* erótica ao mesmo tempo. Como se eu fosse complexa demais para me preocupar com as ideias pouco complexas que as pessoas faziam de mim.

Era tudo papo-furado, óbvio. Mas uma coisa bem fácil de fingir. Às vezes acho que a diferença entre uma atriz e uma estrela é que a estrela se sente à vontade sendo aquilo que o mundo deseja. E eu me sentia confortável sendo inocente e também sugestiva.

Quando as fotos foram reveladas, Harry Cameron me chamou no escritório dele. Eu sabia qual ia ser a conversa. Sabia que tinha uma última peça a ser encaixada.

"Que tal Amelia Dawn? Tem uma sonoridade interessante, não?", ele disse. Nós estávamos na sala dele, um de cada lado da mesa.

Eu pensei a respeito. "E se fosse alguma coisa com as iniciais EH?", perguntei. Queria me manter o mais perto possível do nome que minha mãe me deu, Evelyn Herrera.

"Ellen Hennessey?" Ele sacudiu a cabeça. "Não, pomposo demais."

Olhei para ele e disse aquilo que já tinha pensado na noite anterior como se estivesse passando pela minha cabeça naquele exato momento. "Que tal Evelyn Hugo?"

Harry sorriu. “Tem um toque francês”, ele comentou. “Gostei.”

Eu me levantei e apertei a mão dele, com meus cabelos loiros, com os quais ainda estava me acostumando, emoldurando meu rosto.

Virei a maçaneta da porta, mas Harry me pediu para esperar.

“Tem mais uma coisa”, ele falou.

“Certo.”

“Li suas respostas no questionário de entrevistas.” Ele olhou bem para mim. “Ari ficou muito satisfeito com as mudanças de visual que você fez. Acha que você tem muito potencial. O estúdio considera uma boa ideia você ser vista em público com caras como Peter Greer e Brick Thomas. De repente até Don Adler.”

Don Adler era o ator mais badalado do Sunset. Os pais dele, Mary e Roger Adler, foram dois dos maiores astros do cinema dos anos 1930. Ele era da elite de Hollywood.

“Isso seria um problema?”, Harry questionou.

Ele não mencionou o nome de Ernie diretamente, porque sabia que não precisava.

“Não”, respondi. “Problema nenhum.”

Harry balançou a cabeça e me entregou um cartão de visitas.

“Ligue para o Benny Morris. Ele é advogado, trabalha aqui dentro. Foi quem cuidou da anulação da Ruby Reilly com o Mac Riggs. Ele vai te ajudar a resolver sua situação.”

Fui para casa e avisei Ernie que ia pedir a separação.

Ele chorou por seis horas seguidas, e no meio da madrugada, comigo deitada ao seu lado na cama, falou: “*Bien*. Se é isso o que você quer”.

O estúdio deu um dinheiro como cala-boca para ele, e eu entreguei uma carta toda doída dizendo o quanto estava sofrendo com a separação. Não era verdade, mas eu achava que nosso casamento deveria terminar como começou, com um amor de fachada da minha parte.

Não me orgulho do que fiz com ele; magoá-lo daquele jeito não me pareceu uma coisa banal. Não me pareceu na época, e nem parece agora.

Mas eu também sabia que precisava muito sair de Hell’s Kitchen. Sei como é a sensação de não querer que seu próprio pai olhe muito para você, muito menos que acabe decidindo que te odeia e resolva te bater, ou que acabe concluindo que te ama um pouquinho mais do que deveria. E sei como é ver um futuro pela frente em que seu marido é só uma diversão diferente de seu pai, se entregar para ele na cama mesmo sendo a última coisa que quer fazer e ter que cozinhar só tortilha com milho enlatado no jantar porque não tem dinheiro para comprar carne.

Então como posso condenar a menina de catorze anos que fez o que era preciso para sair daquele lugar? E como julgar a moça de dezoito que abandonou o casamento quando sentiu que já estava segura para poder fazer isso?

Ernie acabou casando de novo, com uma mulher chamada Betty, com quem teve oito filhos. Acredito que ele morreu no começo dos anos 90, depois de ser avô uma porção de vezes. Ele usou a bolada que recebeu do estúdio para dar entrada numa casa em Mar Vista, não muito longe da sede da Fox. Nunca mais nos falamos depois disso.

Então, se for possível dizer que tudo fica bem quando termina bem, acho que posso afirmar que não me arrependo de nada.

"Evelyn", Grace diz ao entrar na sala. "Você tem um jantar marcado com Ronnie Beelman daqui a uma hora. Só vim lembrar."

"Ah, verdade", diz Evelyn. "Obrigada." Ela se vira para mim quando Grace sai. "Que tal continuarmos amanhã? No mesmo horário?"

"Tá, tudo bem", respondo, já começando a guardar minhas coisas. Minha perna esquerda está dormente, e bato o pé no piso de madeira nobre para tentar reativar a circulação.

"Como acha que estamos indo até agora?", Evelyn pergunta enquanto se levanta e me acompanha até a porta. "Você acha que consegue contar uma história a partir disso?"

"Não tem nada que eu não consiga fazer", respondo.

Evelyn dá risada e diz: "Boa menina".

"Como estão as coisas?", minha mãe me pergunta assim que atendo ao telefone. Ela diz "coisas", mas sei que isso significa *sua vida sem David*.

"Está tudo bem", respondo enquanto ponho minha bolsa no sofá e vou até a geladeira. Minha mãe me avisou desde o início que David talvez não fosse o cara certo para mim. A gente já namorava fazia alguns meses quando fui com ele passar o feriado de Ação de Graças na nossa casa em Encino.

Ela gostou de ver que David era educado, tinha se oferecido para pôr e tirar a mesa. Mas no dia de ir embora, antes de David acordar, minha mãe veio me perguntar se o lance entre a gente era sério. Porque ela disse que não via como dar certo.

Falei que ela não precisava ver nada. Porque eu *sentia*, e isso bastava.

Mas a pergunta ficou na minha cabeça. Às vezes como um sussurro, às vezes como um eco muito alto.

Quando liguei para contar sobre o nosso noivado, pouco mais de um ano depois, fiquei torcendo para minha mãe conseguir ver o quanto ele era gentil, ou como a gente se dava bem sem fazer esforço. Ele sempre fazia tudo comigo de bom grado, e nessa época isso me parecia uma coisa muito valiosa, muito rara. Só que fiquei com medo de que ela expressasse sua preocupação de novo, que me dissesse que eu estava cometendo um erro.

Isso não aconteceu. Na verdade, ela deu a maior força.

Hoje me pergunto se não foi mais por respeito do que por aprovação.

"Eu andei pensando...", minha mãe diz enquanto eu abro a geladeira. "Ou melhor, bolei um plano."

Pego uma garrafa de Pellegrino, um pote de plástico com tomates-cereja e uma embalagem aguada de queijo burrata. "Ah, não", respondo. "O que foi que você fez?"

Minha mãe ri. Ela sempre teve uma risada formidável. Despreocupada, jovial. A minha é inconsistente. Às vezes sai alta; às vezes sai abafada. E tem horas que eu pareço um velho rindo. David dizia que minha risada de velho era a mais autêntica, porque ninguém em sã consciência iria querer *fingir* que está rindo desse jeito. Hoje eu me pergunto quando foi a última vez que isso aconteceu.

"Ainda não fiz nada", minha mãe responde. "Por enquanto é só uma ideia. Mas acho que estou a fim de te fazer uma visita."

Fico em silêncio por um instante, pesando os prós e os contras, enquanto mastigo o enorme pedaço de queijo que enfiei na boca. Contra: ela vai criticar todas as roupas que eu vestir em sua presença. Pró: ela vai fazer macarrão com queijo e bolo de coco. Contra: ela vai perguntar se está tudo bem comigo a cada três segundos. Pró: por pelo menos alguns dias, quando eu chegar, meu apartamento não vai estar vazio.

Eu engulo meu queijo. "Certo", digo por fim. "Ótima ideia. A gente pode sair para ver algum show, sei lá."

"Ai, ainda bem", ela responde. "Já até reservei a passagem."

"Mãe", eu resmungo.

"Que foi? Eu poderia ter cancelado se você não me quisesse aí. Mas não foi o caso. Então ótimo. Chego em duas semanas. Pode ser, né?"

Eu sabia que isso ia acontecer assim que a minha mãe pediu aposentadoria parcial do emprego de professora, no ano passado. Ela passou décadas como coordenadora de ciências numa escola particular de ensino médio e, quando me contou que ia passar a dar aulas só para duas turmas, eu sabia que esse tempo e essa atenção iam ser desviados para alguma outra coisa.

"Sim, pode ser", respondo enquanto corto os tomates e despejo azeite em cima.

"Só quero saber se você está bem mesmo", ela diz. "Quero estar com você. Você não precisa..."

"Eu sei, mãe", interrompo. "Sei, sim. Já entendi. Obrigada por querer vir. Vai ser divertido."

Não necessariamente *divertido*. Mas vai ser bom. Como uma festa ao final de um dia ruim. A gente não quer ir, mas sabe que vai ser melhor. Sabe que, mesmo se for um saco, pelo menos vai ser melhor ter saído um pouco de casa.

"Recebeu a encomenda que eu mandei?", ela pergunta.

"Encomenda?"

"Com as fotos do seu pai?"

"Ah, não", respondo. "Não chegou, não."

Ficamos quietas por um instante, e minha mãe acaba se irritando com meu silêncio. "Ah, pelo amor, estava esperando você tocar no assunto, só que não aguento mais esperar. Como está indo sua matéria com a Evelyn Hugo?", ela pergunta. "Estou morrendo de curiosidade, e você não me diz nada!"

Sirvo minha água e digo que Evelyn é ao mesmo tempo direta e difícil de entender. E depois conto que ela não quer fazer matéria nenhuma para a *Vivant*. Quer que eu escreva um livro.

"Não entendi", ela diz. "Você vai escrever a biografia dela?"

"É", confirmo. "E, por mais promissor que isso possa parecer, tem alguma coisa esquisita nessa história. Enfim, parece que em momento algum ela pensou em fazer uma matéria para a *Vivant*. Acho que só estava..." Eu me detenho, porque não sei ao certo o que estou tentando dizer.

"O quê?"

Penso mais um pouco. "Só estava usando a *Vivant* para chegar até mim. Não sei direito. Mas Evelyn é muito calculista. Alguma coisa ela está tramando."

"Bom, não me surpreende ela ter feito isso. Você é talentosa. É inteligente..."

Começo a revirar os olhos por causa da previsibilidade dos comentários da minha mãe, mas gosto de ouvir os elogios mesmo assim. "Não, é sério, mãe. Tem alguma coisa por trás disso. Com certeza."

"Isso não está cheirando bem."

"Pois é."

"Eu tenho algum motivo para me preocupar?", minha mãe pergunta. "Quer dizer, *você* está preocupada?"

Não tinha parado para pensar nisso em termos tão diretos, mas acho que a resposta é não. "Estou curiosa demais para me preocupar", digo.

"Bom, então trate de compartilhar as fofocas mais quentes com a sua mãe. Eu encarei um trabalho de parto de vinte e duas horas por sua causa. Acho que mereço isso."

Eu dou risada, e acho que soou um pouco, só um pouquinho, parecida com a de um velho. "Tudo bem", respondo. "Eu prometo."

“Certo”, diz Evelyn. “Estamos prontas?”

Ela está de novo em seu lugar. E eu atrás da mesa. Grace trouxe uma bandeja de muffins de mirtilo, duas xícaras brancas, um bule de café e um açucareiro de inox cheio de creme. Eu levanto, sirvo meu café, acrescento o creme, volto para trás da mesa, aciono o gravador do celular e respondo: “Sim, tudo pronto. Pode ir em frente. O que aconteceu depois?”.

O MALDITO
Don Adler

No fim, *Mulherzinhas* continuou sendo um projeto ainda distante para mim. Porque bastou eu virar "Evelyn Hugo, a jovem loira" para que o Sunset de repente tivesse todo tipo de filmes para mim. Umas comédias bobas, cheias de sentimentalismo.

Eu não me importava, e por duas razões. Primeira: não tinha opção a não ser aceitar, porque não apitava nada dentro do estúdio. Segunda: minha fama estava crescendo. E depressa.

O primeiro filme que me deram para estrelar foi *Pai e filha*. Foi filmado em 1956. Ed Baker interpretou o meu pai viúvo, e nós dois estávamos nos apaixonando ao mesmo tempo. Ele pela secretária, eu pelo aprendiz dele.

Nessa época, Harry insistiu demais para que eu saísse com Brick Thomas.

Brick era um antigo astro mirim e ídolo das matinês que se achava o próprio messias encarnado. Só de chegar perto eu sentia medo de ser arrastada para o poço de egocentrismo que emanava dele.

Uma vez, numa sexta-feira à noite, fui me encontrar com Brick, junto com Harry e Gwendolyn Peters, a alguns quarteirões do Chasen's. Gwen me fez colocar um vestido com meia-calça e salto alto. Brick apareceu de jardineira e camiseta, e Gwen arrumou um belo terno para ele. Percorremos no Cadillac Biarritz vermelho e novo em folha do Harry os quinhentos metros até a porta do restaurante.

As pessoas começaram a tirar fotos minhas e do Brick antes mesmo de descermos do carro. Colocaram nós dois numa mesa redonda, bem pertinho um do outro. Eu pedi um coquetel sem álcool.

"Quantos anos você tem, querida?", Brick me perguntou.

"Dezoito", respondi.

"Então deve ter um pôster meu pendurado na parede do seu quarto, né?"

Precisei me segurar com todas as forças para não jogar minha bebida na cara dele. Em vez disso, abri o sorriso mais educado de que era capaz e falei: "Como é que você sabe?".

Os fotógrafos continuaram clicando nós dois sentados juntos. Fingimos que não vimos, fazendo parecer que estávamos rindo e nos divertindo lado a lado.

Uma hora depois, encontramos Harry e Gwendolyn de novo e vestimos nossas roupas normais.

Pouco antes de nos despedirmos, Brick virou para mim e sorriu. "Amanhã teremos um monte de boatos sobre nós dois", ele comentou.

"Com certeza."

"Se quiser fazer virar verdade, é só me avisar."

Eu poderia ter ficado quieta. Ou só dado um sorrisinho educado. Mas em vez disse falei: "Melhor esperar sentado".

Brick olhou bem para mim, deu risada e se despediu com um aceno, como se não tivesse acabado de levar um tremendo corte.

"Dá para acreditar nesse cara?", falei. Harry já tinha aberto a porta e estava esperando que eu entrasse no carro.

"*Esse cara* rende uma nota preta para nós", ele disse enquanto eu me acomodava.

Harry tomou seu lugar atrás do volante, ligou o motor, mas não arrancou com o carro. Em vez disso, virou para mim: "Não estou falando para você se derreter toda por esses atores de quem não gosta", ele disse. "Mas seria bom se gostasse de um deles, se a coisa fosse além de uma ou outra foto. O estúdio ia ficar satisfeito. Os fãs também."

Ingenuamente, pensei que já não precisava fingir que queria atenção de todo e qualquer homem que cruzasse meu caminho. "Certo", respondi de um jeito bem petulante. "Vou tentar."

E, apesar de saber que seria bom para minha carreira, só consegui forçar alguns sorrisos quando saí com Pete Greer e Bobby Donovan.

Mas aí Harry marcou para mim um encontro com Don Adler, o que me fez esquecer por que tinha ficado tão incomodada com essa ideia, para começo de conversa.

Don Adler me convidou para ir ao Mocambo, sem dúvida a casa noturna mais badalada da cidade, e foi me buscar no meu apartamento.

Quando abri a porta, dei de cara com ele vestindo um belo terno, com um buquê de lírios nas mãos. Era só um pouquinho mais alto que eu, quando estava de salto. Cabelos castanho-claros, olhos cor de avelã, e um sorriso impossível de não retribuir. Era o mesmo sorriso que tornara sua mãe famosa, só que num rosto mais masculino e bonito.

"Para você", ele falou, meio tímido.

"Uau", disse, pegando as flores. "Que lindas. Entra. Entra. Vou achar um vaso."

Eu estava usando um vestido de noite azul-safira com gola canoa, e os cabelos num coque. Peguei um vaso embaixo da pia e abri a torneira.

"Não precisava ter se dado ao trabalho", falei enquanto Don me esperava, de pé na minha cozinha.

"Bom", ele respondeu, "mas eu queria. Estava atormentando Harry para me apresentar para você fazia um tempão. Então o mínimo que podia fazer era tentar demonstrar que é uma ocasião especial."

Coloquei as flores na bancada. "Vamos?"

Don assentiu e me pegou pela mão.

"Eu vi *Pai e filha*", ele comentou enquanto estávamos em seu conversível a caminho do Sunset Strip.

"Ah, é?"

"É, Ari exibiu para mim um primeiro corte. Acha que vai ser um sucesso. Ele disse que *você* vai ser um sucesso."

"E o que *você* acha?"

Paramos num sinal vermelho na Highland. Don virou para mim. "Acho que você é a mulher mais linda que já vi na vida."

"Ah, para com isso", respondi. Percebi que estava rindo. Corada, até.

"É verdade. E muito talentosa também. Quando o filme acabou, olhei para Ari e falei: 'Essa é a garota certa para mim'."

"Falou nada", eu disse.

Don ergueu a mão. "Palavra de escoteiro."

Não havia absolutamente nenhuma razão para alguém como Don Adler exercer sobre mim um efeito diferente de qualquer outro homem no mundo. Não era mais bonito que Brick Thomas, nem mais confiável que Ernie Diaz, e eu não precisava gostar dele para virar uma estrela. Mas esse tipo de coisa desafia a razão. No fim, acho que a culpa é dos feromônios.

Isso além do fato de que, pelo menos no início, Don Adler me tratava com um ser humano. Tem gente que não pode ver uma flor bonita que já quer pôr a mão, já quer ser dono dela. Querem dominar a beleza da flor, querem que esteja em sua posse, sob seu controle. Don não era assim. Pelo menos não logo de cara. Don se contentava em estar perto da flor, em observá-la, em *deixá-la* ser o que era.

Tem uma coisa quando você se casa com um cara assim — um cara como Don era na época. Você está dizendo para ele: "Essa coisa linda que você se contentava em apenas apreciar, bom, agora ela é sua".

E então Don e eu fomos curtir a noite juntos no Mocambo. Uma cena e tanto. Uma multidão se apertando lá fora, todo mundo querendo entrar. O lado de dentro era um playground das celebridades. Mesa após mesa cheias de gente famosa, teto alto, números incríveis no palco e pássaros por toda parte. Aves de verdade, presas em viveiros com paredes de vidro.

Don me apresentou a um pessoal da MGM e da Warner Brothers. Conheci Bonnie Lakeland, que tinha acabado de começar a fechar contratos avulsos e estava ganhando uma fortuna com *Vintém, meu bem*. Mais de uma vez ouvi Don ser chamado de príncipe de Hollywood, e achei um charme quando ele se virou para mim na ocasião em que alguém falou isso de novo e sussurrou: "Estão me subestimando aqui. Eu ainda vou ser rei um dia desses".

Don e eu ficamos no Mocambo até bem depois da meia-noite, dançando junto até nossos pés começarem a doer. Toda vez que acabava uma música, um dos dois sugeria que fôssemos sentar, mas, quando começava outra, continuávamos na pista.

Ele me levou para casa pelas ruas vazias de madrugada, com a cidade toda às escuras. Quando chegamos ao meu prédio, me acompanhou até a porta do apartamento. Mas não pediu para entrar. Simplesmente perguntou: "Quando vou poder ver você de novo?".

"Liga para o Harry e marca um encontro", respondi.

Don apoiou a mão na porta. "Não", ele disse. "Só nós dois. De verdade."

"E as câmeras?", questionei.

"Se você quer câmeras por perto, tudo bem", falou. "Se achar que não precisa, eu também vou achar." Ele abriu um sorriso meigo e sedutor.

Eu dei risada. "Tudo bem", respondi. "Que tal sexta que vem?"

Don pensou por um instante. "Posso ser bem sincero com você?"

"Se quiser."

"Tenho um compromisso marcado para ir ao Trocadero com Natalie Ember na sexta que vem."

"Ah."

"É o lance do nome. O sobrenome Adler. O Sunset está querendo se aproveitar da minha fama o máximo que pode."

Eu sacudi a cabeça. "Não acho que seja só o nome", disse para ele. "Eu vi *Irmãos de armas*. Você é muito bom. A plateia toda ficou encantada."

Don me olhou com um sorriso tímido. "Você acha mesmo?"

Dei risada de novo. Ele sabia que era verdade; acontece que gostava de ouvir aquilo da minha boca.

"Eu não vou te dar essa satisfação", falei.

"Seria bom se desse."

"Vamos parar com isso", eu disse. "Já falei quando vou estar livre. Você que faça o que quiser a respeito."

Ele se empertigou todo, como se eu tivesse acabado de dar uma ordem. "Certo, vou cancelar com a Natalie então. Pego você aqui na sexta às sete horas."

Eu sorri e assenti com a cabeça. "Boa noite, Don", eu disse.

"Boa noite, Evelyn", ele disse.

Comecei a fechar a porta, mas Don estendeu o braço e me impediu.

“Você se divertiu hoje à noite?”, ele quis saber.

Fiquei pensando no que dizer, e em como dizer. Mas acabei perdendo o controle, na empolgação de me sentir animada por causa de alguém pela primeira vez na vida. “Foi uma das melhores noites da minha vida”, respondi.

Don sorriu. “Da minha também.”

No dia seguinte, nossa foto apareceu na revista *Sub Rosa* com a legenda: “Don Adler e Evelyn Hugo formam um casal e tanto”.

Pai e filha foi um grande estouro. E, como uma mostra da empolgação do Sunset em torno da minha nova persona, o crédito no início do filme dizia "Apresentando Evelyn Hugo". Foi a última — e única — vez que meu nome não apareceu no alto dos letreiros dos cinemas.

Na noite de estreia, pensei na minha mãe. Sabia que, se ela estivesse lá comigo, estaria explodindo de alegria. *Eu consegui*, eu queria dizer para ela. *Tirei nós duas de lá.*

Com o filme indo bem, pensei que o Sunset fosse dar o sinal verde para *Mulherzinhas*. Mas Ari queria que eu e Ed Baker fizéssemos outro filme o quanto antes. Não existiam sequências na época. Em vez disso, os estúdios meio que refaziam o mesmíssimo filme com outro título e um contexto ligeiramente alterado.

Então logo começamos as filmagens de *Os vizinhos*. Ed fazia o papel de um tio meu, que ficou responsável por mim depois da morte dos meus pais. E nós dois iniciamos relacionamentos românticos simultâneos, ele com uma mãe viúva que morava ao lado, e eu com o filho dela.

Don estava filmando um thriller no estúdio nessa época, e ia me visitar todos os dias nas pausas para o almoço no set.

Eu estava caidinha por ele, sentindo paixão e desejo por alguém pela primeira vez na vida.

Ficava toda derretida assim que punha os olhos nele, sempre procurando um pretexto para tocá-lo, e sempre dando um jeito de mencioná-lo quando ele não estava por perto.

Harry não aguentava mais ouvir falar nele.

"Ev, querida, é sério", Harry me disse uma vez no escritório enquanto nós dois tomávamos uns drinques. "Já estou por aqui com essa história de Don Adler." Eu visitava Harry todos os dias nessa época, só para ver como ele estava. Sempre fazia parecer que era alguma coisa relacionada ao trabalho, mas ele era a coisa mais próxima que eu tinha de um amigo.

Também mantinha boas relações com outras atrizes do Sunset, claro. Ruby Reilly, em especial, era uma das minhas favoritas. Bem alta e magra, com uma risada explosiva e um ar meio blasé. Nunca media as palavras, mas era capaz de conquistar quase qualquer um com seu charme.

Às vezes Ruby e eu, junto com outras meninas do estúdio, íamos almoçar e fofocar sobre os assuntos do momento, mas, para ser sincera, eu teria acabado com qualquer uma delas para conseguir um papel. E acho que elas teriam feito a mesma coisa comigo.

É impossível ter intimidade sem confiança. E seria uma idiotice da nossa parte confiar umas nas outras.

Mas com Harry era diferente.

Harry e eu queríamos a mesma coisa. Queríamos que Evelyn Hugo se tornasse um nome de peso. E também gostávamos um do outro.

"Podemos falar sobre o Don ou podemos conversar sobre você dar o sinal verde para *Mulherzinhas*", provoquei.

Harry deu risada. "Não depende de mim. Você sabe disso."

"Bom, então por que Ari está enrolando tanto?"

"Você não vai querer fazer *Mulherzinhas* agora", disse Harry. "É melhor esperar alguns meses."

"Eu *com certeza* quero fazer agora."

Harry sacudiu a cabeça e levantou para pegar outra dose de uísque. Não me ofereceu o segundo martíni, e sabia que era porque eu não devia nem ter bebido o primeiro.

"Você ainda tem muito a conquistar", disse Harry. "Está todo mundo falando. Se *Os vizinhos* for tão bem quanto *Pai e filha* e você e Don continuarem juntos, pode ir às alturas."

"Eu sei", respondi. "É com isso que estou contando."

"É melhor que *Mulherzinhas* apareça justamente quando as pessoas pensarem que você só sabe fazer uma coisa."

"Como assim?"

"Você fez muito sucesso com *Pai e filha*. As pessoas sabem que você é engraçada. E que é adorável. E sabem que gostam de você nesse papel."

"Claro."

"Agora você vai repetir a dose. Vai mostrar que é capaz de reproduzir a magia. Que não é só fruto de um acaso."

"Certo..."

"De repente pode até fazer um filme com Don. Afinal, a imprensa não cansa de publicar fotos suas dançando no Ciro's ou no Trocadero."

"Mas..."

"Me escuta. Você e Don fazem um filme juntos. Um romance de matinê, talvez. Alguma coisa para fazer todas as garotas quererem ser você, e todos os garotos quererem *você*."

"Sei."

"E, quando as pessoas começarem a achar que te conhecem, que já 'sacaram' qual é a de Evelyn Hugo, você aparece no papel de Jo. E deixa todo mundo de queixo caído. Aí a plateia vai pensar: 'Eu sabia que ela era especial'."

"Mas por que eu não posso fazer *Mulherzinhas* agora? Para fazer todo mundo pensar assim *hoje*?"

Harry balançou a cabeça. "Porque as pessoas precisam de tempo para se apegarem a você. Para te conhecerem."

"Você está me dizendo que eu preciso ser previsível, então."

"Estou dizendo para você ser previsível e então fazer uma coisa imprevisível, e assim conquistar o amor das pessoas para sempre."

Eu ouvi o que ele disse e pensei a respeito. "Você está só jogando uma isca", comentei.

Harry deu risada. "Escuta só, esse plano todo é do Ari. Você gostando ou não, ele quer fazer alguns outros filmes antes de *Mulherzinhas*. Mas você vai fazer *Mulherzinhas*."

"Tudo bem", respondi. Que opção eu tinha, na verdade? Meu contrato com o Sunset ainda se estendia por mais três anos. Se eu começasse a dar dor de cabeça, eles podiam me dispensar a qualquer momento. Podiam me repassar para outro estúdio, me forçar a aceitar projetos, me colocar na geladeira, sem remuneração, qualquer coisa. Eles podiam fazer o que quisessem comigo. Eu era propriedade do Sunset.

"Sua tarefa agora", disse Harry, "é tentar entabular alguma coisa com o Don. Isso é do interesse dos dois."

Eu dei risada. "Ah, *agora* você quer falar do Don."

Harry sorriu. "Não quero é ficar aqui sentado ouvindo você falar que ele é um sonho. Isso é um saco. Quero mesmo é saber se vocês dois estão dispostos a oficializar a relação."

Don e eu tínhamos sido vistos juntos pela cidade e fotografados em todos os lugares mais badalados de Hollywood. Jantar no Dan Tana's, almoço no Vine Street Derby, partida de tênis no Beverly Hills Tennis Club. E tudo isso sabendo o que significava desfilar assim em público.

Eu precisava ter o nome do Don vinculado ao meu, e Don tinha que fazer parecer que era parte integrante da Nova Hollywood. Fotos nossas com outros casais de famosos eram excelentes para solidificar a imagem dele como um homem bem relacionado na cidade.

Mas nós nunca tínhamos conversado sobre nada disso. Porque estávamos felizes — de verdade — na companhia um do outro. O fato de isso ajudar nossas carreiras era só um bônus.

Na noite de estreia do filme dele, *A grande enrascada*, Don foi me buscar usando um terno escuro lindo e uma caixa da Tiffany na mão.

“O que é isso?”, perguntei. Eu estava usando um Christian Dior florido preto e roxo.

“Abre”, Don falou, sorrindo.

Dentro da caixa tinha uma aliança enorme de platina com diamante. Era trançado nas laterais, com a pedra de corte quadrado no meio.

Cheguei a engasgar. “Você está…”

Eu sabia que isso estava para acontecer, principalmente porque Don estava com tanta vontade de ir para a cama comigo que aquilo o corroía por dentro. Eu resistia aos avanços dele. Mas isso estava ficando cada vez mais difícil. Quanto mais a gente se beijava no escurinho, quanto mais se agarrava nos bancos traseiros das limusines, mais difícil se tornava afastá-lo.

Eu nunca tinha experimentado essa sensação antes — o desejo físico por alguém. Nunca tinha sentido aquela vontade de ser tocada, até conhecer Don. Quando estava perto dele, ficava desesperada para sentir o seu toque na minha pele.

E adorava a ideia de ter alguém com quem fazer amor. Já tinha feito sexo, o que nunca significou nada para mim. Com Don, eu queria *fazer amor*. Estava apaixonada por ele. E queria as coisas do jeito certo.

E lá estava. Um pedido de casamento.

Estendi a mão para tocar a aliança, para me certificar de que era real. Don fechou a caixa antes que eu pudesse fazer isso. “Não estou pedindo você em casamento”, ele avisou.

“Quê?” Eu me senti uma idiota. Tinha me deixado levar e sonhado alto demais. Quem era eu, Evelyn Herrera, para desfilar por aí dizendo que me chamava Evelyn Hugo e pensando que poderia me casar com um astro do cinema?

“Pelo menos ainda não.”

Tentei esconder minha decepção. “Você que sabe, então”, falei, me virando para pegar minha bolsinha.

“Não precisa ficar emburrada”, Don falou.

“Quem está emburrada aqui?”, retruquei. Saímos do meu apartamento, e eu tranquei a porta.

“Vou fazer o pedido hoje à noite.” A voz dele soou como um apelo, quase um pedido de desculpas. “Lá na estreia. Na frente de todo mundo.”

Isso bastou para me amolecer.

“Eu só queria ter certeza… Queria saber…” Don segurou minha mão e se apoiou sobre um dos joelhos. Ele não abriu a caixa de novo. Só me olhou com toda a sinceridade. “Você vai aceitar?”

“É melhor a gente ir”, falei. “Você não pode chegar atrasado na estreia do seu próprio filme.”

“Você vai aceitar? É só isso que eu preciso saber.”

Olhei bem para ele e disse: “Claro que sim, seu tonto. Eu sou louca por você”.

Ele me agarrou e me beijou. Me machucou um pouco. Cravou os dentes no meu lábio inferior.

Eu ia me casar. E dessa vez com alguém que amava. Com alguém que me provocava as sensações que eu fingia sentir nos filmes.

O que pode ser mais distante de um apartamento minúsculo e miserável em Hell’s Kitchen do que isso?

Uma hora depois, no tapete vermelho, no meio de um mar de fotógrafos e jornalistas, Don Adler se apoiou sobre um dos joelhos. “Evelyn Hugo, você quer casar comigo?”

Eu dei um grito e fiz que sim com a cabeça. Ele ficou de pé e pôs a aliança no meu dedo. Depois me abraçou e me girou no ar.

Quando Don me pôs no chão, vi Harry Cameron na porta do cinema, aplaudindo a gente. Ele me deu uma piscadinha.

Sub Rosa

4 DE MARÇO DE 1957

DON E EV, E PARA SEMPRE!

Vocês ficaram sabendo aqui em primeira mão, pessoal: o mais novo casal hollywoodiano, Don Adler e Evelyn Hugo, vai juntar as escovas de dente!

O mais cobiçado dos solteiros escolheu ninguém menos que a loiraça do momento para ser sua noiva. Os dois pombinhos vinham sendo vistos juntos por toda parte, e agora decidiram oficializar o romance.

Segundo os boatos, Mary e Roger Adler, os orgulhosíssimos pais do ator, não podiam estar mais contentes com a entrada de Evelyn na família.

Podem apostar cada centavo que essas bodas vão ser o grande evento da temporada. Com uma família hollywoodiana tão glamorosa e uma noiva tão linda, este vai ser o único assunto da cidade.

Nosso casamento foi lindo. Trezentos convidados, recebidos por Mary e Roger Adler. Ruby foi minha madrinha. Eu usei um vestido de tafetá com gola adornada com pedras, coberto com renda de Bruxelas, com mangas compridas até os punhos e a saia também coberta de renda. Foi uma criação de Vivian Worley, figurinista-chefe do Sunset. Gwendolyn fez meu cabelo, que ficou preso num coque simples e impecável, onde afixaram o véu de tule. Pouca coisa naquela cerimônia foi planejada por nós; Mary e Roger cuidaram de quase tudo, e o estúdio se encarregou do resto.

Don precisava dançar conforme a música tocada pelos pais. Mesmo nessa época eu sentia como ele estava ávido por sair da sombra dos dois, de eclipsar o brilho de Mary e Roger com seu estrelato. Don fora criado acreditando que a fama era a única forma de poder que valia a pena perseguir, e o que eu amava nele era sua disposição para se tornar a pessoa mais poderosa em qualquer ambiente apenas sendo o mais querido.

E, apesar de nosso casamento ter sido fruto de um capricho alheio, isso não impediu que a gente sentisse que nosso amor e comprometimento eram sagrados. Quando Don e eu nos olhamos nos olhos no momento do "sim" lá no Beverly Hills Hotel, cercados por metade de Hollywood, foi como se só houvesse nós dois no mundo.

Perto do fim da noite, depois que os sinos tocaram, anunciando os recém-casados, Harry me puxou para um canto. Me perguntou como eu estava me sentindo.

"Hoje sou a noiva mais famosa do mundo", falei. "Estou ótima."

Harry deu risada. "Você vai ser feliz?", ele questionou. "Com Don? Ele vai cuidar bem de você?"

"Não tenho a menor dúvida disso."

Eu acreditava do fundo do coração que havia encontrado alguém que me entendia, ou pelo menos compreendia o que eu estava tentando me tornar. Aos dezenove anos, achava que ia ter meu final feliz com Don.

Harry me abraçou e disse: "Estou feliz por você, menina".

Segurei a mão dele antes que se afastasse. Tinha tomado duas taças de champanhe, e estava toda soltinha. "Por que você nunca tentou nada?", perguntei. "A gente já se conhece há alguns anos. Nunca teve nem um beijinho no rosto."

“Eu posso te dar um beijo no rosto, se você quiser”, Harry respondeu com um sorriso.

“Não foi o que eu quis dizer, e você sabe muito bem disso.”

“Você queria que acontecesse alguma coisa?”, ele rebateu.

Eu não sentia atração por Harry Cameron. Apesar do fato inegável de que ele era atraente. “Não”, confessei. “Acho que não.”

“Mas queria que eu quisesse que alguma coisa acontecesse?”

Eu sorri. “E daí se quisesse? Algum problema? Eu sou uma atriz, Harry. Não se esqueça disso.”

Harry deu risada. “Isso está estampado bem na sua cara. Me lembro disso todos os dias.”

“Qual o motivo então, Harry? Fale a verdade!”

Harry deu um gole no uísque e afastou o braço de mim. “É difícil explicar.”

“Tente.”

“Você é jovem.”

Fiz um gesto relevando aquilo. “Esse detalhe não parece ser nenhum empecilho para os homens. Veja só o meu marido, que é sete anos mais velho que eu.”

Virei para ver Don, que dançava com a mãe na pista. Mary ainda era linda aos cinquenta e poucos anos. Tinha ganhado fama na época do cinema mudo, e fez só alguns filmes falados antes de se aposentar. Era alta e intimidadora, e tinha um rosto que era imponente, mais do que qualquer outra coisa.

Harry deu mais um gole no uísque e baixou o copo. Parecia pensativo. “É uma história longa e complicada. Mas acho que basta dizer que você não faz meu tipo.”

Pela maneira como ele falou, eu sabia que estava tentando me dizer alguma coisa. Harry não se interessava por garotas como eu. Não se interessava por garota nenhuma.

“Você é o melhor amigo que eu tenho no mundo, Harry”, falei. “Sabia disso?”

Ele sorriu. Fiquei com impressão de que fez isso porque gostou de ouvir aquilo e também porque estava aliviado. Ele se revelou para mim, ainda que de forma vaga. E eu reagi com aceitação, ainda que de forma indireta.

“Sou mesmo?”, perguntou.

Fiz que sim com a cabeça.

“Bom, então você é a minha.”

Levantei minha taça. “Os melhores amigos contam tudo um para o outro”, falei.

Ele sorriu e ergueu o copo. “Nisso eu não acredito”, ele brincou. “Nem por um minuto.”

Don apareceu e interrompeu nossa conversa. “Você se importaria se eu dançasse com a minha noiva, Cameron?”

Harry levantou as mãos como se estivesse se rendendo. “Ela é toda sua.”

“É mesmo.”

Peguei a mão de Don, que me girou pela pista de dança. Ele me olhou profundamente. Concentrado só em mim, me enxergando de verdade.

“Você me ama, Evelyn Hugo?”, ele perguntou.

“Mais do que tudo. Você me ama, Don Adler?”

“Amo seus olhos, seus peitos, seu talento. Amo o fato de você não ter bunda. Amo tudo em você. Então dizer que sim seria eufemismo.”

Eu dei risada e o beijei. Estávamos cercados de gente, a pista estava lotada. Roger, o pai dele, estava num canto, fumando um charuto com Ari Sullivan. Eu me senti a milhares de quilômetros da minha antiga vida, do meu antigo eu, aquela menina que precisava de Ernie Diaz para tudo.

Don me puxou para mais perto e cochichou no meu ouvido: “Imagine eu e você. Esta cidade vai ser nossa”.

Com dois meses de casamento, ele começou a me bater.

Seis semanas depois da cerimônia, Don e eu gravamos um romance meloso em Puerto Vallarta. O título era *Pelo último dia*, e o enredo era sobre Diane, uma menina rica que passava o verão com os pais na casa de praia, e Frank, um garoto da região que se apaixona por ela. Naturalmente, eles não podem ficar juntos, porque os pais não aprovam.

As primeiras semanas de casamento com Don foram de uma paz quase celestial. Compramos uma casa em Beverly Hills e mandamos decorar com mármore e linho. Dávamos festas na piscina quase todo fim de semana, bebendo champanhe e coquetéis a tarde toda até o cair da noite.

Don fazia amor como um rei. De verdade. Com a confiança e o poder de um verdadeiro líder entre os homens. Eu me derretia toda embaixo dele. Havia momentos em que sentia que faria qualquer coisa que ele me pedisse.

Ele virou uma chavinha dentro de mim. Uma chave que me fez deixar de ser uma mulher que via o sexo como uma ferramenta e me transformou em alguém que entendia o sexo como uma necessidade. Eu precisava dele. Precisava ser vista. Ganhava vida sob seu olhar. Ser casada com Don me revelou um outro lado meu que eu estava só começando a conhecer. Um lado de que gostava.

Quando chegamos a Puerto Vallarta, ficamos alguns dias passeando antes das filmagens. Alugamos um barco e fomos para o alto-mar. Mergulhamos juntos. Fizemos amor na praia.

Mas, quando começaram as gravações e o estresse diário da rotina de Hollywood passou a se infiltrar no nosso casulo de recém-casados, dava para sentir que a maré estava virando.

O filme mais recente de Don àquela altura, *O pistoleiro de Point Dume*, não estava indo bem nas bilheterias. Era o primeiro faroeste dele, a primeira tentativa de ser um herói de ação. A *PhotoMoment* tinha acabado de publicar uma crítica dizendo: "Don Adler não é nenhum John Wayne". A *Hollywood Digest* escreveu: "Adler parece um tolo com uma arma na mão". Senti que ele estava incomodado, duvidando de si mesmo. Ele achava fundamental se estabelecer como uma figura masculina e heroica, como parte de seu plano. Seu pai havia interpretado sobretudo papéis em comédias pastelão, era um palhaço. Don queria provar que era um caubói.

E nem o fato de ter ganhado um prêmio baseado na opinião do público — o Audience Appreciation Award de maior astro em ascensão — estava ajudando muito.

Um dia, quando filmamos nossa despedida final, em que Diane e Frank se beijam pela última vez na praia, Don e eu acordamos no nosso chalé alugado e ele me mandou preparar o café da manhã. Deixando bem claro: ele não me *pediu*. Me deu uma ordem. Mesmo assim, decidi ignorar aquele tom de voz e chamei a empregada.

Era uma mexicana chamada Maria. Quando chegamos, eu não sabia se deveria falar espanhol com o pessoal de lá. Então, mesmo sem tomar nenhuma decisão pensada, acabei me comunicando em inglês mesmo, falando devagar e articulando exageradamente as palavras.

"Maria, você pode preparar o café da manhã do sr. Adler?", falei pelo interfone. Em seguida me virei para Don e falei: "O que vai querer? Café e ovos?".

Paula, nossa empregada em Los Angeles, preparava o café da manhã dele todos os dias. Ela sabia do que ele gostava. E nesse momento percebi que nunca tinha prestado atenção nisso.

Irritado, Don colocou o travesseiro em cima do rosto e começou a gritar.

"O que deu em você?", perguntei.

"Se você vai ser o tipo de esposa que não prepara nem meu café da manhã, pelo menos poderia saber como eu gosto." Ele escapou para o banheiro.

Fiquei incomodada, mas não exatamente surpresa. Já tinha entendido que Don só era gentil quando estava feliz, e só estava feliz quando estava por cima. Eu o conheci na crista da onda, e casei com ele quando estava em ascensão. E logo ficou claro que aquele Don meigo não era o único Don que havia.

Mais tarde, no nosso Corvette alugado, Don saiu da garagem e tomou o rumo do set, que ficava a dez quadras.

"Está preparado para hoje?", perguntei. Essa era eu tentando levantar os ânimos.

Don parou no meio da estrada. Ele se virou para mim. "Tenho mais tempo de carreira do que você tem de vida." Seria verdade, não fosse uma ressalva técnica. Ele apareceu num dos filmes mudos de Mary quando era bebê. E só voltou a aparecer diante das câmeras aos vinte e um anos.

Havia alguns carros parados atrás de nós. Estávamos segurando o trânsito. "Don...", falei, tentando fazer com que ele voltasse a dirigir. Não adiantou nada. A caminhonete branca atrás de nós embicou para o lado, tentando uma ultrapassagem.

"Sabe o que Alan Thomas me disse ontem?", disse Don.

Alan Thomas era seu novo agente. Estava tentando convencer Don a sair do Sunset Studios, a fechar contratos avulsos. Muitos atores estavam começando a administrar as próprias carreiras. Isso estava rendendo cachês cada vez maiores aos grandes astros. E Don estava ficando inquieto. Vivia se justificando, falando que ganhava mais por um filme do que seus pais faturaram na vida inteira.

Desconfie de homens que precisam muito provar alguma coisa.

"Tem gente na cidade perguntando por que você ainda se chama Evelyn Hugo."

"Eu mudei meu nome oficialmente. Do que você está falando?"

"Dos letreiros dos cinemas. Deveria aparecer 'Don e Evelyn Adler'. É isso que as pessoas estão dizendo."

"Quem está dizendo isso?"

"As pessoas."

"Que pessoas?"

"Estão achando que é você quem usa calça lá em casa."

Apoiei a cabeça entre as mãos. "Don, não seja ridículo."

Mais um carro contornou o nosso, e vi que Don e eu fomos reconhecidos. Estávamos a poucos segundos de uma matéria de página inteira na *Sub Rosa* dizendo que o casal favorito de Hollywood andava às turras. Provavelmente com uma manchete do tipo: "Casal Adler: casamento ou tormento?".

Acho que Don pensou a mesma coisa ao mesmo tempo, porque engatou o carro e dirigiu até o set. Quando paramos no estacionamento, comentei: "Não acredito que estamos quase quarenta e cinco minutos atrasados".

E Don respondeu: "Bom, nós somos o casal Adler. Temos esse privilégio".

Achei esse comentário absolutamente repugnante. Esperei até chegarmos ao trailer dele para falar: "Você parece um idiota quando fala assim. Não dá para dizer essas coisas em lugares onde as pessoas podem ouvir".

Ele estava tirando a jaqueta. O pessoal do figurino ia chegar a qualquer momento. Eu deveria ter ido logo para o meu trailer. Devia ter esperado que ele se acalmasse.

"Acho que você não entendeu direito uma coisa, Evelyn", Don disse.

"O quê?"

Ele aproximou o rosto do meu. "Nós não somos iguais, querida. E sinto muito se tratei você bem demais a ponto de se esquecer disso."

Eu emudeci.

"Acho que esse deveria ser seu último filme", ele continuou. "Está na hora de termos filhos."

A carreira dele não estava tomando o rumo desejado. E, se ele não fosse a pessoa mais famosa da família, também não iria deixar que eu fosse.

Olhei bem para ele e disse: “Negativo. De jeito nenhum”.

E ele me deu um tapa na cara. Em cheio. Um golpe rápido e forte.

Quando me dei conta, já tinha acontecido. A pele do meu rosto estava ardendo, e eu não conseguia acreditar naquilo.

Para quem nunca levou um tapa na cara, vou dizer uma coisa: é bem humilhante. Principalmente quando os olhos começam a se encher de lágrimas, e a pessoa fica sem saber se deve chorar ou não. O choque e a força do golpe estimulam os canais lacrimais.

Não tem como levar um tapa na cara e se manter impassível. Você só fica parada e encara o vazio, com o rosto vermelho e os olhos marejados.

Então foi isso o que eu fiz.

Da mesma forma como reagia quando apanhava do meu pai.

Levei a mão ao queixo e senti a pele esquentar sob a minha mão.

O assistente de direção bateu na porta. “Sr. Adler, a srta. Hugo está aí?”

Don não conseguiu dizer nada.

“Só um minuto, Bobby”, respondi. Fiquei impressionada com o tom da minha voz, que parecia confiante e inabalado. Parecia a voz de uma mulher que nunca tinha apanhado na vida.

Não havia nenhum espelho à vista. Don estava de costas, bloqueando minha visão. Eu mostrei o queixo.

“Está vermelho?”, perguntei.

Don não conseguia nem olhar para mim. Mas deu uma espiada e confirmou com a cabeça. Estava todo envergonhado, parecendo um menininho, como se eu tivesse perguntado se foi ele quem quebrou a janela dos vizinhos.

“Vai lá e diz para o Bobby que estou com problemas de mulher. Ele vai ficar sem graça demais para fazer perguntas. Depois diz para a sua figurinista te encontrar no meu camarim. E pede para o Bobby mandar a minha para cá daqui meia hora.”

“Certo”, ele disse. Em seguida pegou a jaqueta e saiu.

Assim que ele passou pela porta, tranquei a fechadura, me encostei na parede e deslizei até o chão. As lágrimas caíram quando não tinha ninguém por perto para ver.

Eu estava a quase cinco mil quilômetros do lugar onde nasci. Consegui me colocar no lugar certo na hora certa. Tinha mudado de nome. Tinha mudado meu cabelo. Tinha mudado meus dentes e meu corpo. Tinha aprendido a atuar. Tinha feito os amigos certos. Tinha entrado numa família famosa. A maioria dos americanos me conhecia.

E mesmo assim...

E mesmo assim.

Levantei e limpei os olhos. Recobrei a compostura.

Sentei diante da pia, com três espelhos à minha frente, cheios de lâmpadas nas molduras. Como fui idiota em achar que, se algum dia tivesse um camarim de estrela de cinema, meus problemas estariam resolvidos!

Um minuto depois, Gwendolyn bateu na porta para arrumar meu cabelo.

"Um instantinho!", gritei.

"Evelyn, vamos acelerar. Vocês já estão atrasados."

"Só um instantinho!"

Me olhei no espelho e vi que não tinha como fazer o vergão sumir. A questão ali era se Gwen era de confiança. E concluí que sim, que não havia outro jeito. Levantei e abri a porta.

"Ai, querida", ela comentou. "Você está um horror."

"Eu sei."

Ela me olhou mais de perto e entendeu melhor o que estava vendo. "Você caiu?"

"Sim", respondi. "Eu caí. Tombei em cima do balcão. Acertei o queixo em cheio."

Nós duas sabíamos que era mentira.

E até hoje não sei se Gwen me perguntou aquilo para me poupar de mentir ou para sugerir que eu não abrisse a boca.

Eu não era a única mulher a apanhar na época. Muitas outras estavam passando pela mesma situação naquele momento. Existia todo um código social para coisas assim. A primeira regra era ficar de bico fechado.

Uma hora depois, fui levada para o set. A cena ia ser filmada em frente a uma mansão na praia. Don estava sentado numa cadeira enterrada na areia, bem atrás do diretor. Ele veio correndo até mim.

"Como é que você está, meu bem?" O tom de voz dele era tão animador, tão consolador, que por um momento achei que tivesse se esquecido do que aconteceu.

"Estou bem. Vamos logo com isso."

Nós assumimos nossas posições. O cara do som posicionou os microfones. Os assistentes conferiram a luz. Eu tirei tudo aquilo da cabeça.

"Espera aí, espera aí!", o diretor gritou. "Ronny, qual o problema com esse boom..." Distraído na conversa com o pessoal da técnica, ele se afastou da câmera.

Don tapou o microfone dele e pôs a mão no meu peito para abafar o meu.

"Evelyn, me desculpa", ele murmurou no meu ouvido.

Eu me afastei para encará-lo, perplexa. Nunca ninguém tinha se desculpado por me bater.

"Eu jamais deveria ter levantado a mão para você", disse. Seus olhos se encheram de lágrimas. "Estou envergonhado. Não devia ter feito nada que pudesse te machucar." Ele parecia atormentado. "Faço tudo para obter seu perdão."

Talvez a vida que eu imaginava não estivesse tão distante assim.

"Você consegue me perdoar?", ele perguntou.

Talvez tivesse sido só um erro. Talvez não significasse que tudo havia mudado.

"Claro que posso", respondo.

O diretor voltou correndo para trás da câmera, e Don se inclinou para trás, tirando as mãos dos microfones.

"E... ação!"

Don e eu fomos indicados ao Oscar pela nossa atuação em *Pelo último dia*. E acho que o consenso estabelecido era de que não fazia diferença se tínhamos talento ou não. As pessoas simplesmente adoravam nos ver juntos.

Até hoje não sei se nosso desempenho foi mesmo bom. É o único filme meu que não consigo ver.

Um homem bate em você e pede desculpas, e você acha que nunca mais vai acontecer de novo.

Mas então você diz que não tem certeza de que quer ter filhos, e apanha de novo. Diz que é compreensível o que ele fez. Admite que falou aquilo de um jeito meio rude. Até quer ter filhos algum dia. De verdade. Só não sabe como conciliar isso com os filmes. E acha que deveria ter deixado isso mais claro.

Na manhã seguinte, ele pede perdão e traz flores. Fica de joelhos na sua frente.

Na terceira vez, é um desentendimento sobre ir ao Romanoff's ou ficar em casa. Uma questão que — você conclui ao ser empurrada contra a parede — na verdade diz respeito à *imagem* pública do seu casamento.

Na quarta vez, é porque nenhum dos dois ganhou um Oscar. Você está usando um vestido de seda verde-esmeralda, que deixa um dos ombros de fora. Ele está de fraque. Bebeu um pouco demais na festa depois da cerimônia, para afogar as mágoas. Você está no banco dianteiro, no acesso à casa, se preparando para entrar com o carro. Ele está chateado por ter perdido.

Você diz que vai ficar tudo bem.

Ele diz que você não entende.

Você o lembra que também não ganhou.

Ele diz: "Sim, mas os seus pais são da escória de Long Island. Ninguém espera nada de você".

Você sabe que é melhor ficar quieta, mas responde: "Eu sou de Hell's Kitchen, seu cretino".

Ele abre a porta do carro parado e empurra você para fora.

Quando aparece rastejando e aos prantos na manhã seguinte, você não acredita mais nele. Mas agora *virou um hábito* remendar a situação desse jeito.

Do mesmo jeito que você tenta esconder um buraco no vestido com um alfinete, ou colocar fita isolante numa rachadura na janela.

Era nessa parte que eu estava empacada — considerando mais fácil aceitar uma desculpa esfarrapada do que ir à raiz do problema — quando Harry Cameron apareceu no meu camarim e me deu a notícia: *Mulherzinhas* ia entrar em produção.

"Vai ter você como Jo, Ruby Reilly como Meg, Joy Nathan como Amy e Celia St. James como Beth."

"Celia St. James? Do Olympian Studios?"

Harry assentiu. "Por que o desânimo? Pensei que fosse ficar radiante."

"Ah", respondi, me virando mais para ele. "E estou. Pode acreditar."

"Você não gosta da Celia St. James?"

Eu sorri para ele. "Uma menina mais nova que vai querer me varrer para debaixo do tapete?"

Harry jogou a cabeça para trás e deu risada.

Celia St. James tinha ganhado as manchetes naquele ano. Aos dezenove anos, interpretou uma mãe viúva num filme de guerra. Todo mundo dizia que ia ser indicada pela Academia no ano seguinte. Era exatamente o tipo de pessoa que o estúdio ia querer no papel de Beth.

E exatamente o tipo de pessoa que Ruby e eu acabaríamos detestando.

"Você tem vinte e um anos, é casada com o astro do cinema do momento e acabou de ser indicada ao Oscar, Evelyn."

Harry tinha lá sua razão, mas eu também. Celia seria um problema.

"Tudo bem. Estou preparada. Vai ser a melhor atuação da minha vida, e quando as pessoas assistirem ao filme vão dizer: 'Que Beth? Ah, a irmã do meio que morre? O que tem ela?'."

"Não duvido nem um pouco disso", ele falou, pondo o braço sobre o meu ombro. "Você é sensacional, Evelyn. O mundo inteiro sabe disso."

Eu abri um sorriso. "Você acha mesmo?"

Tem uma coisa que precisa ser dita sobre as celebridades. Nós gostamos de ouvir que somos adoradas, e queremos que as pessoas repitam isso o tempo todo. Quando eu já estava mais velha, as pessoas vinham me procurar e diziam: "Com certeza você não aguenta mais ouvir o quanto é incrível", e eu sempre respondia em tom de brincadeira: "Ah, mas ouvir mais uma vez nunca é demais". A verdade é que os elogios são como um vício. Quando a pessoa se acostuma a ouvir, precisa de cada vez mais só para se manter equilibrada.

"Sim", ele disse. "Pra valer."

Levantei da cadeira para dar um abraço em Harry, mas nisso a luz do camarim destacou o lado do meu rosto em que havia um inchaço embaixo do olho.

Percebi o olhar de Harry percorrendo meu rosto.

Ele viu o leve hematoma que eu estava escondendo, a coloração roxa-azulada que eu escondia sob uma camada de pancake na pele.

"Evelyn...", ele falou, colocando o polegar no meu rosto, como se precisasse se certificar de que aquilo era real.

"Harry, não."

"Eu vou matar esse cara."

"Não vai, não."

"Nós somos melhores amigos, Evelyn. Eu e você."

"Eu sei", falei. "Sei muito bem disso."

"Você diz que os melhores amigos contam tudo um para o outro."

"E você sabe que isso é papo-furado."

Ele me encarou, e eu devolvi o olhar.

"Me deixe ajudar", ele pediu. "O que eu posso fazer?"

"Me deixe mais bonita que Celia, mais que todas elas, no primeiro corte."

"Não é disso que eu estou falando."

"Mas isso é tudo o que você pode fazer para ajudar."

"Evelyn..."

Eu mantive a pose de durona. "Não tem questão nenhuma a ser resolvida aqui, Harry."

Ele entendeu o que eu quis dizer. Que não ia me separar de Don Adler.

"Eu posso falar com Ari."

"Eu sou apaixonada por ele", falei, virando para o espelho e prendendo os brincos nas orelhas.

Era a verdade. Don e eu tínhamos nossos problemas, assim como muita gente no mundo. E ele era o único homem que tinha conseguido causar uma reação profunda em mim. Às vezes eu tinha raiva de mim mesma por querê-lo, por me derreter toda quando ele me dava atenção, por precisar de sua aprovação. Mas era impossível negar. Eu o amava, e o queria na minha cama. Além de querer continuar nos holofotes.

"Fim de papo."

Um instante depois, houve outra batida na minha porta. Era Ruby Reilly. Ela estava filmando um drama em que fazia o papel de uma jovem freira. Apareceu diante de nós dois a caráter, com uma túnica preta e colarinho branco. O véu estava em sua mão.

"Você ficou sabendo?", Ruby me perguntou. "Ora, claro que sim. Harry está aqui."

Harry deu risada. "Os ensaios começam daqui a três semanas."

Ruby deu um tapinha brincalhão no braço de Harry. "Não estou falando do meu papel! Você ouviu falar que Celia St. James vai fazer a Beth? Essazinha vai dar projeção a todas nós."

"Está vendo, Harry?", falei. "Celia St. James vai arruinar tudo."

Na manhã em que começaram os ensaios para *Mulherzinhas*, Don me acordou com um café da manhã na cama. Meia toranja e um cigarro, aceso. Achei extremamente romântico, porque era bem o que eu queria.

"Boa sorte hoje, querida", ele falou enquanto se vestia e saía. "Sei que você vai mostrar para Celia St. James o que é ser uma atriz de verdade."

Eu sorri e lhe desejei um bom dia. Comi a toranja e deixei a bandeja na cama antes de ir para o banho.

Quando saí do chuveiro, Paula, a empregada, estava no quarto arrumando tudo. Ela tirou a guimba do cigarro de cima do edredom. Tinha deixado na bandeja, mas devia ter caído.

Eu não mantinha a casa muito arrumada.

Minhas roupas da noite anterior estavam espalhadas pelo chão. Minhas pantufas estavam em cima da cômoda. A toalha, largada na pia.

O trabalho de Paula não era nada fácil, e ela não gostava muito de mim. Isso estava bem claro.

"Você pode fazer isso mais tarde?", perguntei. "Me desculpa, mas eu preciso ir correndo para o estúdio."

Ela sorriu educada e saiu.

Eu não estava com pressa coisa nenhuma. Só queria me trocar, e não ia fazer isso na frente de Paula. Não queria que ela visse a mancha roxa, já ficando amarelada, nas minhas costelas.

Don tinha me empurrado escada abaixo nove dias antes. Mesmo tantos anos depois, ainda sinto a necessidade de defendê-lo. Dizer que não é tão ruim quanto parece. Dizer que estávamos perto da base da escada, e que o empurrão me fez rolar apenas quatro degraus antes de ir para o chão.

Infelizmente, a mesinha que ficava perto da porta, onde púnhamos as chaves e a correspondência, foi o que aparou minha queda. Caí para o lado esquerdo, e o puxador da primeira gaveta me acertou bem do meu lado.

Quando falei que achava que tinha quebrado uma costela, Don disse: "Ai, não, benzinho. Está tudo bem?", como se não tivesse sido ele a me empurrar.

Como uma perfeita idiota, respondi: "Acho que está tudo bem, sim".

Aquele hematoma não ia sumir tão cedo.

Paula entrou porta adentro no instante seguinte.

"Desculpa, sra. Adler, eu esqueci o..."

Eu entrei em pânico. "Pelo amor, Paula! Já pedi para você sair daqui!"

Ela se virou e sumiu do quarto. E o que mais me enfurecia era que, já que ela iria mesmo vender uma história para a imprensa, por que não escolheu essa? Por que não contou ao mundo que Don Adler batia na esposa? Por que, em vez disso, resolveu prejudicar a *mim*?

Duas horas mais tarde, eu estava no set de *Mulherzinhas*. Uma parte do estúdio tinha sido transformada numa cabana na Nova Inglaterra, com direito a neve nas janelas e tudo.

Ruby e eu estávamos unidas contra Celia St. James, que tinha roubado o filme de nós, apesar de o papel de Beth ser o mais importante para fazer a plateia chorar.

Não dá para dizer para uma atriz que um bom desempenho individual de cada uma vai beneficiar todas. Não é assim que a coisa funciona na nossa cabeça.

Só que, no primeiro dia de ensaios, enquanto Ruby e eu tomávamos um café no bufê, ficou bem claro que Celia St. James não fazia ideia do quanto era odiada por nós.

"Ai, meu Deus", ela falou, se aproximando de mim e de Ruby. "Estou morrendo de medo."

Ela estava com uma calça cinza e uma blusa de manga curta rosa-bebê. Tinha um ar meio infantil, bem familiar. Olhos grandes e redondos, de um azul-clarinho, cílios compridos, boca em forma de coração, cabelos avermelhados e longos. Era o exemplo perfeito da simplicidade.

Já eu tinha um tipo de aparência que mulheres como ela nunca conseguiriam imitar. Os homens sabiam que eu não era para o bico deles.

Ruby era de uma beleza mais elegante e blasé. Ruby era cool. Ruby era chiquérrima.

Mas Celia era bonita de um jeito menos intangível, que fazia parecer que, com um pouco de sorte e sabendo como agir, qualquer um tinha chance de se casar com uma garota como Celia St. James.

Ruby e eu sabíamos o poder que isso tinha, essa acessibilidade.

Celia pôs uma fatia na torradeira da mesa do bufê, passou creme de amendoim e deu uma mordida.

"Do que é que você está com medo?", Ruby questionou.

"Eu não tenho ideia do que estou fazendo!", Celia respondeu.

"Celia, essa sua pose de menina ingênua não cola", eu disse.

Ela olhou para mim. E esse olhar provocou em mim uma sensação que ninguém tinha conseguido despertar antes. Nem mesmo Don. "Nossa, isso magoa, sabia?", ela falou.

Fiquei me sentindo um pouco mal. Mas não iria demonstrar de jeito nenhum. "Não foi essa a minha intenção", eu disse.

"Ah, foi, sim", Celia disse. "Acho que ser cínica assim é a sua cara."

Ruby, como uma típica falsa amiga, fingiu que tinha ouvido o assistente de direção chamar seu nome e se mandou.

"Eu só não acredito que uma mulher que a cidade inteira está dizendo que vai ser indicada ao Oscar no ano que vem está duvidando da sua capacidade de interpretar Beth March. É o papel mais palatável e cativante da história."

"Se é assim, por que *você* não ficou com o papel?", ela perguntou.

"Já sou velha demais para isso, Celia. Mas obrigada por achar que eu serviria."

Celia sorriu, e percebi que eu tinha dito a coisa certa para ela.

Foi nesse momento que comecei a gostar de Celia St. James.

"Vamos continuar a partir daqui amanhã", diz Evelyn. O sol já se pôs há muito tempo. Quando olho ao redor, vejo os restos do café da manhã, do almoço e do jantar espalhados pela sala.

"Certo", digo.

"Aliás", ela acrescenta, quando começo a juntar minhas coisas. "Meu assessor de imprensa recebeu um e-mail da sua chefe hoje. Perguntando quando vai ser a sessão de fotos para a capa de junho."

"Ah", eu digo. "Frankie me procurou algumas vezes nos últimos dias. Sei que preciso ligar para ela, prestar contas do que estou fazendo. Só que... não sei bem qual será minha próxima jogada."

"Imagino que você não tenha falado sobre o projeto", diz Evelyn.

Guardo meu notebook na bolsa. "Ainda não." Detesto perceber o quanto minha voz saiu tímida e envergonhada.

"Tudo bem", diz Evelyn. "Não estou te julgando, se é com isso que você está preocupada. Deus está vendo que eu estou longe de ser uma paladina da verdade."

Eu dou risada.

"Você vai fazer o que for preciso", ela complementa.

"Vou, sim", digo.

Só não sei ainda o que vai ser.

Quando chego em casa, a encomenda enviada pela minha mãe está na porta do prédio. Pego a caixa, mas percebo que é pesadíssima. Sou obrigada a empurrar porta adentro com o pé. Depois vou puxando, degrau por degrau, escada acima. E depois arrasto para dentro do apartamento.

Vejo que a caixa está cheia de álbuns de fotografias do meu pai.

Cada um tem gravado no canto inferior direito da capa o nome "James Grant".

Nesse momento, nada vai ser capaz de me impedir de sentar no chão e olhar aquelas imagens uma por uma.

São fotos tiradas em sets de filmagens, de diretores, atores e atrizes famosos, figurantes entediados, assistentes de direção — de tudo um pouco.

Meu pai adorava trabalhar como fotógrafo de cena. Adorava surpreender as pessoas desavisadas com sua câmera.

Lembro que, um ano antes de morrer, ele foi fazer um trabalho de dois meses em Vancouver. Minha mãe e eu fomos visitá-lo duas vezes lá no Canadá. Era um lugar incomparavelmente mais frio que Los Angeles, e ele estava fora de casa fazia um tempão. Perguntei o motivo. Por que ele não podia fotografar perto de casa mesmo? Por que aceitar aquele trabalho?

Ele respondeu que queria fazer coisas que fossem revigorantes. E me disse: "Você precisa fazer isso também, Monique. Quando for mais velha. Precisa encontrar um trabalho que faça seu coração bater mais forte, e não um que deixe seu peito apertado. Certo? Me promete?". Ele estendeu a mão, e eu a apertei, como se a gente estivesse fechando um acordo. Eu tinha seis anos. Aos oito, já havia perdido meu pai.

Sempre levei comigo isso que ele me disse. Passei a adolescência me pressionando para encontrar uma paixão, alguma coisa que conversasse com a minha alma. Não era uma tarefa fácil. No ensino médio, quando meu pai não estava mais entre nós havia muito tempo, tentei fazer teatro e música. Tentei cantar no coral. Tentei jogar futebol e fazer parte da equipe de debates. Em um momento que me pareceu ser uma epifania, tentei a fotografia, na esperança de que aquilo que acalentava o coração do meu pai pudesse acalentar o meu.

Mas só quando fui chamada para escrever um perfil de um colega de classe na aula de redação no meu primeiro ano na Universidade do Sul da Califórnia que senti meu coração bater mais forte. Eu gostava de escrever sobre pessoas de verdade. Gostava de encontrar diferentes maneiras de interpretar o mundo real. Gostava da ideia de me conectar com as pessoas contando as histórias delas.

Foi seguindo esse chamado do meu coração que vim estudar jornalismo na Universidade de Nova York. O que me levou a um estágio na rádio WNYC. Continuei correndo atrás de minha paixão enquanto escrevia como freelancer para uns blogs vergonhosos, sempre dura, vivendo com o dinheiro contado, até que fui parar no *Discourse*, onde conheci David, que estava cuidando da reconstrução do site, e de lá cheguei à *Vivant*, e agora a Evelyn.

Uma coisinha de nada que meu pai me falou num dia de frio em Vancouver me serviu de base para toda a minha trajetória de vida.

Por um breve momento, me pergunto se teria levado isso tão a sério se ele não tivesse morrido. Eu teria me apegado tanto a essas palavras se o visse como uma fonte ilimitada de conselhos?

No fim do último álbum, vejo certas imagens que não parecem ter sido feitas num set. Foram tiradas em um churrasco. Em algumas, reconheço minha mãe. E então, no finalzinho, há uma foto minha com os meus pais.

Eu devia ter no máximo uns quatro anos. Estou comendo um pedaço de bolo com a mão, olhando para a câmera, enquanto minha mãe me segura no colo e meu pai abraça a gente. Nessa época as pessoas ainda me chamavam de Elizabeth, meu primeiro nome. Elizabeth Monique Grant.

Minha mãe achava que eu iria ser chamada de Liz ou Lizzy quando fosse maiorzinha. Mas meu pai sempre adorou o nome Monique, e era assim que se referia a mim. Sempre fiz questão de lembrar que meu nome era Elizabeth, e ele respondia que como tinha dois nomes eu podia usar qual quisesse. Quando ele morreu, logo ficou claro para minha mãe e para mim que eu ia ser Monique. Fazer essa última homenagem a ele era uma forma de aliviar um pouco nossa dor. Foi assim que essa forma de tratamento carinhoso virou meu nome oficial. E minha mãe sempre me lembra que meu nome é uma herança do meu pai.

Olhando para essa foto, me chama a atenção como meus pais ficavam bonitos juntos. James e Angela. E sei o quanto custou para os dois construírem uma vida, terem uma filha. Uma mulher branca e um homem negro nos anos 80, nenhuma das duas famílias exatamente satisfeita com a união. Mudamos de casa várias vezes antes da morte do meu pai, à procura de um bairro onde os dois se sentissem à vontade, bem acolhidos. Minha mãe não se sentia bem-vinda em Baldwin Hills. Meu pai se sentia desconfortável em Brentwood.

Só quando entrei na escola conheci uma pessoa parecida comigo. O nome dela era Yael. Seu pai era dominicano, e a mãe, israelense. Ela gostava de jogar futebol. Eu gostava de brincar de faz de conta. Não concordávamos em nada. Mas gostava de ouvir quando alguém perguntava se ela era judia, e Yael respondia: "Sou metade judia". Eu não conhecia mais ninguém que fosse *metade* alguma coisa.

Por muito tempo eu mesma senti que tinha duas metades diferentes.

Então meu pai morreu, e parecia que uma das metades havia se perdido. E eu me sentia cortada ao meio, totalmente incompleta sem aquela minha outra parte.

Olhando agora para essa foto nossa em 1986, eu de jardineira, meu pai de camiseta polo, minha mãe de jaqueta jeans, estava na cara que tudo se encaixava quando estávamos *juntos*. Eu não pareço metade uma coisa e metade outra, e sim uma só, e parte deles. Uma criança amada.

Sinto falta do meu pai. Eu sinto saudade dele o tempo todo. Mas, em momentos como este, quando estou prestes a finalmente encontrar um trabalho que faça meu coração bater mais forte, eu gostaria de poder pelo menos escrever para ele, contar o que estou fazendo. E gostaria que ele pudesse responder.

Já até imagino o que ele escreveria. Alguma coisa do tipo: "Estou orgulhoso de você. Te amo". Mas seria legal receber mesmo assim.

"Certo", eu digo. Meu lugar à mesa de Evelyn virou uma espécie de segunda casa. Passei a contar com o café servido por Grace todas as manhãs. Isso substituiu meu hábito de passar sempre no Starbucks. "Vamos continuar de onde paramos ontem. Você estava prestes a começar a filmar *Mulherzinhas*. Pode continuar."

Evelyn dá risada. "Você está parecendo uma veterana nesse trabalho."

"Eu aprendo depressa."

Depois da primeira semana de ensaios, eu estava deitada com Don na cama. Ele me perguntou como as coisas estavam indo, e admiti que Celia era boa mesmo, como achei que fosse.

"Bom, *O povo do condado de Montgomery* vai ser a maior bilheteria da semana de novo. Eu voltei ao meu auge. E meu contrato vence no fim do ano. Ari está disposto a fazer o que eu quiser para me deixar contente. Então é só falar, amor, e *puf*, ela sai de cena."

"Não", falei para ele, apoiando a mão em seu peito e a cabeça em seu ombro. "Está tudo certo. Eu sou a protagonista. Ela é coadjuvante. Não vou me preocupar muito com isso. E tem umas coisas nela que eu gosto, aliás."

"Tem umas coisas em você que eu gosto também", ele falou, me puxando para cima de seu corpo. E, por um momento, minhas preocupações todas desapareceram.

No dia seguinte, na hora do almoço, Joy, Ruby e eu fomos pegar saladas de peito de peru. Celia olhou para mim. "Alguma chance de você sair comigo para tomar um milk-shake?", ela perguntou.

O nutricionista do Sunset não iria gostar. Mas se ele não ficasse sabendo, não faria diferença.

Dez minutos depois, estávamos no Chevy 1956 cor-de-rosa de Celia, a caminho do Hollywood Boulevard. Ela era péssima motorista. Fiquei agarrada à maçaneta, temendo pela minha vida.

Celia parou num sinal vermelho na esquina do Sunset Boulevard com o Cahuenga. "Pensei em irmos ao Schwab's", ela disse com um sorriso.

O Schwab's era um lugar que, na época, todo mundo frequentava durante o dia. E todo mundo sabia que Sidney Skolsky, da *Photoplay*, batia ponto por lá.

Celia queria ser vista. Queria ser vista andando comigo.

"Que tipo de joguinho você está fazendo aqui?", perguntei.

"Não estou fazendo joguinho nenhum", ela disse, fingindo estar ofendida com a minha insinuação.

"Ah, Celia", falei, fazendo um gesto com a mão. "Eu já estou nesta vida há alguns anos. É você que acabou de descer do ônibus. Não confunda nossos papéis aqui."

O sinal ficou verde, e Celia acelerou.

"Eu sou da Geórgia", ela falou. "De uma cidadezinha perto de Savannah."

"E daí?"

"Só estou dizendo. Eu não vim para cá de ônibus. Vim de avião com um funcionário da Paramount."

Achei meio intimidante — e até ameaçador — que um estúdio tivesse mandado alguém até tão longe para trazê-la para cá. Eu tinha aberto caminho com sangue, suor e lágrimas. No caso de Celia, Hollywood foi até *ela* antes mesmo de fazer qualquer coisa como atriz.

"Pode até ser", respondi. "Mas mesmo assim conheço muito bem esse seu joguinho, querida. Ninguém vai ao Schwab's para tomar milk-shake."

"Escute", ela falou, mudando um pouco o tom de voz, falando de um jeito mais sincero. "Eu estou precisando mesmo aparecer em uma notinha ou outra na imprensa. Se quiser estrelar algum filme em breve, meu nome tem que ir para as cabeças."

"E essa história de milk-shake é só uma desculpa para ser vista comigo?" Aquilo tudo era uma ofensa. Tanto por ser usada como por ser subestimada.

Celia sacudiu a cabeça. "Não, de jeito nenhum. Eu queria, sim, tomar um milk-shake com você. E, quando saí do estacionamento do estúdio, o que passou pela minha cabeça foi: *A gente poderia ir até o Schwab's.*"

Ela freou bruscamente no sinal da esquina do Sunset com a Highland. Nesse momento percebi que era assim mesmo que ela dirigia. Enfiando o pé no acelerador e no freio com a mesma intensidade.

"Vire à direita", falei.

"Quê?"

"Vire à direita."

"Por quê?"

"Celia, vire à direita logo antes que eu abra a porta e me atire do carro."

Ela me olhou como se eu estivesse maluca, o que fazia sentido. Eu tinha ameaçado me matar caso ela não fizesse uma curva.

Celia virou à direita na Highland.

"Vire à esquerda no próximo sinal", falei.

Ela não criou caso. Só deu seta. E quando pegou o Hollywood Boulevard, eu pedi que estacionasse numa rua lateral. Fomos andando até o CC Brown's.

"O sorvete daqui é melhor", falei quando entramos.

Eu estava colocando Celia no seu devido lugar. Só seria fotografada com ela se eu quisesse, se fosse ideia minha. Não ia ser manipulada por alguém que não estava no meu patamar de fama.

Celia assentiu, assimilando o golpe.

Nós nos sentamos e o balconista se aproximou, sem saber o que dizer.

"Hã...", ele falou. "Vocês querem ver o cardápio?"

Eu fiz que não com a cabeça. "Já sei o que vou querer. Celia?"

Ela olhou para o balconista. "Um chocolate maltado, por favor."

Vi como os olhos dele ficaram fixos em Celia, e no jeito dela de se inclinar para a frente juntando os braços, para salientar o decote. Parecia uma coisa involuntária, o que deixou o balconista ainda mais embasbacado.

"E eu vou querer o milk-shake de morango", pedi.

Quando ele virou para mim, vi seus olhos se arregalarem, como se quisesse me ver o máximo possível enquanto tinha chance.

"Você é... Evelyn Hugo?"

"Não", respondi, olhando bem nos olhos dele. Foi uma resposta irônica e provocadora, como costumava fazer quando era reconhecida na cidade.

Ele se afastou.

"Se anima, docinho", eu disse quando me virei para Celia. Ela estava olhando para o balcão. "De quebra, você ganhou um milk-shake muito melhor."

"Você ficou chateada comigo", ela disse. "Por causa do negócio do Schwab's. Desculpa."

"Celia, se você quer ser famosa, como parece querer, precisa aprender duas coisas."

"Que coisas?"

"Primeira: você precisa aprender a se impor e a não se sentir mal com isso. Ninguém vai te dar nada de graça se você não pedir. Você tentou. E levou um não. Supere isso."

"E a segunda coisa?"

"Quando for usar alguém, use direito."

"Eu não estava tentando te usar..."

"Estava, sim, Celia. E eu não ligo. Não pensaria duas vezes se precisasse usar você. E sei que você faria a mesma coisa. Mas sabe qual é a diferença entre nós duas?"

"Tem um monte de diferenças entre nós duas."

"Sabe de qual estou falando, especificamente?", perguntei.

"Qual?"

"Eu sei usar as pessoas. Não me incomodo com a ideia de usar as pessoas. E toda essa energia que você gasta tentando se convencer de que não está *usando* as pessoas eu gasto me aperfeiçoando nisso."

"E isso é motivo para ter orgulho?"

"Eu tenho orgulho do lugar aonde cheguei com isso."

"Você está me usando? Neste momento?"

"Se eu estivesse, você nunca saberia."

"É por isso que estou perguntando."

O balconista apareceu com os milk-shakes. Parecia ter preparado todo um discurso para nos servir.

"Não", falei para Celia quando ele se afastou de novo.

"Não o quê?"

"Não estou usando você."

"Bom, isso é um alívio", Celia falou. Me pareceu um comentário terrivelmente ingênuo. Ela acreditou em mim com a maior facilidade, com toda a disposição. Era verdade, mas mesmo assim.

"Sabe *por que* não estou te usando?", perguntei.

"Seria bom saber", Celia falou, dando um gole no milk-shake. Eu dei risada, surpresa com o tom malicioso de sua voz e a velocidade com que ela deu aquela resposta.

Celia ganharia mais Oscars que qualquer uma do nosso círculo de convivência na época. E sempre por papéis intensos e dramáticos. Mas sempre achei que ela seria arrasadora em uma comédia. Sua língua era bem ligeira e afiada.

"O motivo por que não estou te usando é que você não tem nada a me oferecer. Pelo menos ainda não."

Celia deu mais um gole no milk-shake, ofendida. Eu me inclinei para a frente e bebi um pouco do meu.

"Não acho que isso seja verdade", disse Celia. "Admito que você é mais famosa que eu. Ser casada com o Sr. Hollywood é uma vantagem e tanto. Mas, fora isso, estamos no mesmo patamar, Evelyn. Você fez alguns bons papéis. Eu também. E estamos num filme juntas, em papéis que aceitamos porque queremos um Oscar. E, vamos ser sinceras, nisso eu tenho vantagem em relação a você."

"E posso saber por quê?"

"Porque eu sou uma atriz melhor."

Parei de puxar a bebida grossa pelo canudo e me virei para ela.

"De onde você tirou isso?"

Celia encolheu os ombros. "Não é uma coisa que dê para mensurar, eu acho. Mas é verdade. Eu vi *Pelo último dia*. Você é muito boa. Mas eu sou melhor. E você sabe disso. Foi por isso que você e Don quase me tiraram do filme."

"Nós não fizemos isso."

"Fizeram, sim. Ruby me contou."

Não fiquei brava por Ruby contar para Celia uma coisa que eu tinha confidenciado a ela, da mesma forma que ninguém fica aborrecido com um cachorro por latir para o carteiro. Essas coisas são assim mesmo.

"Tudo bem. Então você é uma atriz melhor. E, sim, Don e eu pensamos em pedir para o estúdio te dar um pé na bunda. O que é que tem? Grande coisa."

"Então, é justamente isso que eu estou falando. Eu tenho mais talento, e você tem mais poder."

"E daí?"

"E daí que você tem razão, eu não sou boa em usar as pessoas. Então preciso de uma abordagem diferente. Vamos ajudar uma à outra."

Dei outro gole no milk-shake, ligeiramente intrigada. "E de que jeito?", perguntei.

"Nas horas de folga, vou te ajudar com as suas cenas. Vou ensinar o que eu sei."

"E em troca eu vou com você ao Schwab's?"

"Você me ajuda com o que já conseguiu fazer. Virar uma estrela."

"Mas e depois?", questionei. "Nós duas viramos atrizes talentosas e famosas? Competindo por cada papel que aparecer?"

"Acho que essa é uma das opções."

"E a outra?"

"Eu gosto de você de verdade, Evelyn."

Lancei um olhar atravessado para ela.

Celia deu risada. "Sei que nenhuma atriz da cidade diria isso com sinceridade, mas eu não quero ser como elas. Gosto de você de verdade. Gosto de te ver nos filmes. Gosto de saber que, quando você surge numa cena, não vou prestar atenção em mais nada. Gosto do fato de seu cabelo ser claro demais para sua pele morena, de ver que essa coisa que não combina lhe cai tão bem. E, para ser bem sincera mesmo, gosto desse seu jeito terrível e calculista."

"Eu não sou terrível!"

Ela riu de novo. "Ah, mas é sim. Me tirar do filme por achar que eu ia ganhar projeção? Isso é terrível. É, sim, Evelyn. E se gabar de saber usar as pessoas? Terrível. Mas gosto de ouvir você falando assim. Gosto da sua forma direta de falar, da sua desenvoltura. Tem um monte de mulheres aqui que são pura falsidade em tudo o que dizem e fazem. Gosto de saber que você só faz isso quando quer alguma coisa."

"Essa sua lista de elogios tem um monte de ofensas embutidas", comentei.

Celia balançou a cabeça. "Você sabe o que quer, e vai atrás. Acho que não existe ninguém que duvide que Evelyn Hugo ainda vai se tornar a maior estrela de Hollywood algum dia. E não só porque é bonita. É porque você decidiu que ia ser importante, e vai ser de qualquer jeito. Quero ter uma mulher assim como amiga. Simples assim. Amiga de verdade. Não como Ruby

Reilly, que apunhala os outros pelas costas e fala mal de você assim que sai de perto. Uma amizade mesmo. Em que as duas pessoas se beneficiem e vivam melhor porque podem contar uma com a outra."

Olhei bem para ela. "Nós vamos ter que fazer o cabelo uma da outra e coisas assim?"

"O Sunset tem profissionais para isso. Então não."

"Eu vou precisar ficar ouvindo sobre os seus problemas com os homens?"

"Com certeza não."

"Então o quê? Nós passamos um tempo livre juntas e tentamos dar apoio uma para a outra?"

"Evelyn, você já teve alguma amizade na vida?"

"Claro que já."

"Uma amizade de verdade, com aquela proximidade? Com intimidade mesmo?"

"Eu já tenho uma amizade assim, muito obrigada."

"Quem é?"

"Harry Cameron."

"Harry Cameron é seu amigo?"

"Meu melhor amigo."

"Muito bem, então", Celia falou, estendendo a mão para mim. "Vou ser sua segunda melhor amiga, depois de Harry Cameron."

Eu apertei a mão dela com firmeza. "Tudo bem. Amanhã vou com você ao Schwab's. Depois disso, vamos ensaiar juntas."

"Obrigada", ela disse, abrindo um sorriso reluzente, como se tivesse conseguido tudo o que queria no mundo. Ela me abraçou e, quando nos afastamos, o balconista estava nos encarando.

Eu pedi a conta.

"É por conta da casa", ele falou, o que considerei a maior idiotice do mundo. Se é para dar comida de graça para alguém, que pelo menos não seja para gente rica.

"Pode falar para o seu marido que adorei *O pistoleiro de Point Dume?*", o balconista falou quando Celia e eu levantamos para ir embora.

"Que marido?", falei com a maior desfaçatez possível.

Celia deu risada, e eu abri um sorriso.

Mas o que passou mesmo pela minha cabeça foi: *Eu não posso falar para ele. Ele vai pensar que estou sendo irônica, e vai me bater.*

Sub Rosa

22 DE JUNHO DE 1959

A FRIEZA DE EVELYN

Por que um casal de gente bonita com uma casa maravilhosa de cinco quartos não iria querer encher o lugar de crianças? Essa é uma pergunta que precisa ser feita a Don Adler e Evelyn Hugo.

Ou talvez apenas a Evelyn.

Don quer bebezinhos, e com certeza estamos todos babando de curiosidade para saber como seria a prole de duas criaturas tão lindas. Com certeza essa criança seria a coisa mais encantadora do mundo.

Mas Evelyn não quer nem saber.

Em vez disso, só fala de sua carreira, e de seu novo filme, *Mulherzinhas*.

Não é só isso, Evelyn nem sequer se esforça em manter a casa limpa ou atender aos pedidos mais elementares do marido, e nem ao menos trata com gentileza as pessoas que a ajudam.

Em vez disso, prefere sair para passear com moças solteiras como Celia St. James!

O pobre Don em casa, ansiando por um bebê, enquanto Evelyn está por aí curtindo a vida.

Naquela casa tudo se resume a *Evelyn, Evelyn, Evelyn.*

E isso deixa seu marido *muito* insatisfeito.

"Isso está mesmo acontecendo?", perguntei, jogando a revista na mesa de Harry. Ele também já tinha visto, claro.

"Até que não é tão ruim."

"Bom é que não é."

"Não mesmo."

"Por que ninguém se encarregou de segurar isso?", perguntei.

"Por que a *Sub Rosa* não consulta mais a gente."

"Como assim?"

"Eles não estão mais preocupados em apurar a verdade ou ter acesso às pessoas. Estão simplesmente publicando o que der na telha."

"Mas de dinheiro eles ainda precisam, não?"

"Sim, só que ganham mais se intrometendo no seu casamento do que nós poderíamos pagar."

"Vocês no caso são o Sunset Studios."

"E, caso você não tenha percebido, não estamos faturando nem uma fração do que costumávamos ganhar no passado."

Meus ombros desabaram. Sentei numa das cadeiras diante da mesa de Harry. Alguém bateu na porta.

"É a Celia", ela falou lá de fora.

Fui abrir.

"Pelo jeito você já leu o texto", falei.

Celia me encarou. "Até que não é tão ruim."

"Bom é que não é", retruquei.

"Não mesmo."

"Obrigada. Que dois gênios vocês me saíram."

Celia e eu tínhamos terminado as filmagens de *Mulherzinhas* uma semana antes. Nós duas, junto com Harry e Gwendolyn, fomos celebrar com um jantar regado a coquetéis no Musso & Frank no dia seguinte.

Harry deu a boa notícia para Celia e para mim. Ari achava que nós duas tínhamos chance de indicação.

Todas as noites durante as filmagens Celia e eu ficávamos até tarde no meu trailer, ensaiando as cenas. Celia era adepta do método do Actors Studio. Tentava "encarnar" a personagem. Meu estilo não era esse. Mas ela me ensinou como evocar sentimentos verdadeiros em situações encenadas.

Era uma época esquisita em Hollywood. Parecia haver duas coisas paralelas acontecendo ao mesmo tempo.

Tinha o esquema dos estúdios, com os atores de estúdio e as dinastias dos estúdios. Mas também havia uma Nova Hollywood conquistando o coração das plateias, com atores seguindo um outro método de atuação em filmes áridos, com anti-heróis e finais infelizes.

Só a partir daquelas noites com Celia, fumando cigarros e bebendo uma garrafa de vinho em vez de jantar, é que comecei a prestar atenção nessa novidade.

Mas, se isso teve alguma influência sobre mim, foi boa, porque Ari Sullivan achava que eu tinha chance no Oscar. E isso me fez gostar ainda mais de Celia.

Nossas saídas semanais para lugares badalados como a Rodeo Drive nem pareciam mais um favor. Eu fazia aquilo de bom grado, atraindo atenção para ela simplesmente porque gostava da sua companhia.

Então, enquanto estava lá sentada no escritório do Harry, me fingindo de possessa por nenhum deles estar sendo muito útil, ao mesmo tempo sabia que estava ao lado de duas das pessoas que eu mais amava no mundo.

"O que Don disse a respeito?", Celia quis saber.

"Com certeza ele deve estar vasculhando o estúdio inteiro atrás de mim."

Harry me deu uma encarada. Ele sabia o que ia acontecer se Don estivesse de mau humor quando lesse a revista. "Celia, você tem filmagem hoje?", ele perguntou.

Ela fez que não com a cabeça. "*O orgulho da Bélgica* só começa na semana que vem. Só tenho provas de figurino para fazer, depois do almoço."

"Eu posso adiar suas provas de figurino. Por que você e Evelyn não saem para fazer umas compras? Podemos ligar para a *Photoplay*, avisar que vocês vão estar na Robertson."

"E ser vista passeando na cidade com uma moça solteira como Celia St. James?", questionei. "Esse parece ser o exemplo perfeito de uma coisa que eu nao deveria fazer."

Repasso na minha mente o texto daquela matéria idiota. *Ela nem ao menos trata com gentileza as pessoas que a ajudam.*

"Aquela maldita", falei quando entendi tudo. Dei um murro no braço da cadeira.

"Do que você está falando?", Harry perguntou.

"Minha maldita empregada."

"Você acha que a sua empregada falou com a *Sub Rosa*?"

"Tenho certeza absoluta de que a minha empregada falou com a *Sub Rosa*."

"Certo, então ela está demitida", disse Harry. "Posso mandar Betsy ir até lá hoje mesmo e resolver isso. Quando você chegar em casa, ela já vai ter ido embora."

Refleti a respeito das minhas opções.

A última coisa de que eu precisava era que o público se recusasse a ver meu filme porque eu não queria ter um filho com Don. Eu sabia que nenhum espectador falaria sobre isso abertamente. As pessoas podiam nem perceber que estavam *pensando* assim. Mas, depois de ler uma matéria dessas, quando saísse o meu próximo filme, elas pensariam consigo mesmas que sempre teve alguma coisa em mim de que não gostavam, apesar de não saberem definir o quê.

As pessoas não são muito solidárias e acolhedoras com uma mulher que põe a própria carreira em primeiro lugar. E não respeitam um homem que não consegue manter a esposa na linha. Então aquilo tudo ia pegar mal para Don também.

"Preciso conversar com Don", falei, ficando de pé. "Harry, você pode pedir para o dr. Lopani ligar na minha casa hoje à noite? Lá pelas seis horas?"

"Por quê?"

"Preciso que ele ligue para mim e, quando Paula atender, fale com uma voz bem séria, como se tivesse uma coisa importantíssima a tratar comigo. Precisa parecer bem preocupado mesmo, para atiçar a curiosidade dela."

"O.k...."

"Evelyn, o que você está tramando?", Celia perguntou, olhando bem para mim.

"Quando eu atender, ele precisa dizer exatamente isto aqui", falei, pegando um papel e uma caneta e começando a escrever.

Harry leu e depois passou o papel para Celia. Ela me encarou.

Alguém bateu na porta e, sem que ninguém o convidasse, Don entrou.

"Estava procurando você por toda parte", ele falou, num tom de voz que não demonstrava nem raiva, nem afeto. Mas eu conhecia Don, e sabia que, com ele, nunca existia meio-termo. A ausência de carinho era mau sinal. "Creio que você já leu essa bobagem." Ele estava com a revista na mão.

"Eu já tenho um plano", eu disse.

"É bom mesmo que você tenha um plano. Que alguém faça alguma coisa. Eu é que não vou andar pela cidade com essa imagem de frouxo estampada na testa. Cameron, como foi que isso aconteceu?"

"Já estou resolvendo tudo, Don."

"Ótimo."

"Mas, enquanto isso, acho que você deveria se inteirar dos planos da Evelyn. É importante que ela garanta a sua participação antes de colocar a coisa em prática."

Don sentou numa cadeira na frente de Celia. Ele fez um aceno de cabeça. "Celia."

"Don."

"Com todo o respeito, mas esse assunto não diz respeito só a nós três?", ele disse

"Claro", Celia falou, levantando da cadeira.

"Não", eu disse, erguendo a mão para impedi-la. "Você fica."

Don me lançou um olhar.

"Ela é minha amiga."

Don revirou os olhos e deu de ombros. "Então, qual é o plano, Evelyn?"

"Vou fingir que tive um aborto espontâneo."

"E por que diabos?"

"As pessoas vão me odiar e provavelmente perder o respeito por você se acharem que estou me recusando a engravidar", falei, apesar de ser exatamente o que estava acontecendo entre nós. Esse era o elefante branco na sala, claro. Era a mais pura verdade.

"Mas vão ficar com pena se acharem que ela não consegue", Celia complementou.

"Pena? Do que você está falando? Não quero que sintam pena de mim. Isso não me dá poder nenhum. Não dá para vender filmes com base na pena."

Então foi a vez de Harry elevar a voz para falar: "Não uma ova".

Quando o telefone tocou, às 18h10, Paula atendeu e correu até o quarto para me avisar que era o meu médico.

Atendi com Don ao meu lado.

O dr. Lopani seguiu o roteiro combinado.

Comecei a chorar, e o mais alto que podia, caso Paula tivesse resolvido cuidar da própria vida, para variar.

Meia hora depois, Don desceu e contou para Paula que íamos demiti-la. Não foi nem um pouco educado; na verdade, foi ríspido de propósito para irritá-la ainda mais.

Porque a pessoa até *pode* correr para avisar aos tabloides se ficar sabendo que os patrões perderam um bebê. Mas *com certeza* vai correr para avisar aos tabloides que os patrões — que acabaram de demiti-la — perderam um bebê.

Sub Rosa

29 DE JUNHO DE 1959

REZEM POR DON E EVELYN! ELES PRECISAM!

Existe um casal que tem tudo, menos o que deseja de verdade...

No lar de Don Adler e Evelyn Hugo, as coisas não são o que parecem. À primeira vista Evelyn estava negando a Don a possibilidade de ter filhos, mas a verdade é bem diferente.

Porque durante todo esse tempo em que pensamos que Evelyn estava evitando Don, ela estava mesmo era fazendo hora extra. Evelyn e Don querem muito ter um pequeno Don e uma pequena Evelyn correndo pela casa, mas a natureza não está ajudando.

Ao que parece, todas as vezes que eles se veem perto de "fazer a família crescer", alguma coisa dá errado — e a mesma tragédia se abateu sobre eles este mês pela terceira vez.

Vamos mandar nossos pensamentos positivos para Evelyn e Don.

Eis aí algo que serve para mostrar que o dinheiro não compra a felicidade, pessoal.

Na noite seguinte à publicação da nota, Don ainda não estava convencido de que era a coisa certa a fazer, e Harry estava ocupado, mas não queria falar com o quê — e eu sabia que isso significava que ia sair com alguém.

E eu queria comemorar.

Então Celia foi lá em casa, para dividirmos uma garrafa de vinho.

"Você está sem empregada", Celia comentou enquanto vasculhava a cozinha à procura de um saca-rolha.

"Pois é", falei com um suspiro. "E vou continuar sem enquanto o estúdio não aprovar uma candidata."

Celia encontrou o saca-rolha, e eu entreguei a ela uma garrafa de cabernet.

Nunca passei muito tempo na cozinha, e era meio surreal estar ali sem ninguém me espiando, ou se oferecendo para me fazer um sanduíche, ou para encontrar para mim o que estava procurando. Quando a pessoa é rica, tem partes da casa que não são dela de verdade. A cozinha, para mim, era assim.

Comecei a abrir meus armários, tentando lembrar onde ficavam as taças. "Ah", falei quando encontrei. "Aqui estão."

Celia viu o que eu estava fazendo. "Essas daí são de champanhe."

"É mesmo", falei, pondo-as de volta no lugar. Havia outras, de dois tamanhos diferentes. Mostrei uma de cada para Celia. "Qual das duas?"

"A mais redonda. Você não entende de taças?"

"De taças, de louças, não entendo de nada disso. Não esqueça, querida, que eu sou uma nova-rica."

Celia deu risada enquanto servia a bebida.

"Ou eu não tinha dinheiro, ou já estava rica o bastante para ter alguém para cuidar disso para mim. Nunca fiquei no meio-termo."

"Eu adoro isso em você", disse Celia ao me entregar uma taça cheia e pegar outra para si. "Sempre tive dinheiro, a vida toda. Meus pais agem como se existissem títulos oficiais da nobreza na Geórgia. E todos os meus irmãos, a não ser o mais velho, Robert, são iguaizinhos a eles. Minha irmã Rebecca acha que a minha entrada no cinema é uma vergonha para a família. Não tanto por fazer parte do mundo de Hollywood, mas por eu 'trabalhar'. Ela diz que, para uma mulher, é indigno. Eu amo e odeio meus parentes ao mesmo tempo. Mas família é família, acho."

"Sei lá", respondi. "Eu... eu não tenho muitos parentes. Nenhum, na verdade." Meu pai e o resto dos meus familiares em Hell's Kitchen nunca entraram em contato comigo, e pelo jeito não tinham nem tentado. Mas não perdi um único minuto de sono por causa deles.

Celia me olhou. Não parecia estar com pena de mim, nem sem graça por ter tido a vida toda uma coisa que para mim nunca existiu. "É um motivo a mais para eu continuar admirando você", disse. "Por tudo o que você passou e conseguiu sozinha." Celia ergueu a taça para mim, e fizemos um brinde. "A você", ela falou. "Por ser essa pessoa absolutamente incansável."

Dei risada e bebi com ela. "Vem cá", falei, saindo da cozinha e indo para a sala de estar. Deixei a taça na mesinha de centro com pernas em forma de grampo e fui até a vitrola. Tirei *Lady in Satin* do fundo da pilha de discos. Don detestava Billie Holiday. Mas ele não estava em casa.

"Sabia que o verdadeiro nome dela é Eleonora Fagan?", eu disse para Celia. "Billie Holiday é tão mais bonito."

Sentei num dos nossos sofás azuis de botões. Celia se acomodou à minha frente. Cruzou as pernas sob o corpo, segurando os pés com a mão livre.

"E o seu?", ela quis saber. "É Evelyn Hugo mesmo?"

Peguei minha taça de vinho e confessei a verdade. "Herrera. Evelyn Herrera."

Celia não esboçou nenhuma reação. Não disse: "Então você é latina *mesmo*". Ou: "Eu sabia que sua história toda era papo-furado", como eu temia que ela pudesse pensar. Não comentou que isso explicava por que a minha pele era mais morena que a dela ou a de Don. Só ficou em silêncio e então falou: "Que lindo".

"E o seu?", perguntei. Fiquei de pé e fui sentar ao lado dela no sofá, diminuindo a distância entre nós. "Celia St. James..."

"Jamison."

"Quê?"

"Cecelia Jamison. Esse é meu nome verdadeiro."

"Que nome ótimo. Por que eles quiseram mudar?"

"Fui eu que mudei."

"Por quê?"

"Porque o meu nome parece o de uma menina qualquer do bairro. E eu sempre quis ser o tipo de garota que as pessoas consideram especial." Ela inclinou a cabeça para trás e terminou o vinho. "Como você."

"Ah, para com isso."

"Pare você. Evelyn, você sabe muito bem o que é. O efeito que causa nas pessoas ao redor. Eu faria qualquer coisa para ter um peito como o seu, uma boca como a sua. Você faz as pessoas sentirem vontade de arrancar sua roupa quando entra em algum lugar toda arrumada."

Fiquei vermelha ao ouvir alguém falando sobre mim daquele jeito. Ao ouvi-la falar sobre o que os homens pensavam quando me viam. Nenhuma mulher nunca tinha me dito aquilo.

Celia tirou o vinho da minha mão e virou tudo goela abaixo. "Precisamos reabastecer", ela falou, balançando a taça vazia.

Eu sorri e levei as duas taças para a cozinha. Celia veio atrás de mim. Ela se recostou no balcão de fórmica enquanto eu servia.

"Na primeira vez em que vi *Pai e filha*, sabe o que pensei?", ela perguntou. A voz de Billie Holiday soava mais distante.

"O quê?", falei, lhe entregando a taça. Ela a pegou e deixou de lado por um instante, pulando para sentar no balcão e depois a apanhando novamente. Estava usando uma calça capri azul-escura e uma blusa de gola rulê sem mangas.

"Que você era a mulher mais linda que já existiu no mundo, e que todas as outras deveriam parar de tentar competir." Ela voltou a beber o conteúdo da taça.

"Não pensou, não", eu disse.

"Pensei, sim."

Dei um gole no meu vinho. "Não faz sentido", disse. "Você me admirar assim, sendo que não é muito diferente. Você é um arraso, pura e simplesmente. Com esses olhos azuis redondos e esse corpo violão... Acho que juntas proporcionamos uma bela visão aos rapazes."

Celia sorriu. "Obrigada."

Terminei minha taça e coloquei sobre o balcão. Celia encarou isso como um desafio, e fez o mesmo com a sua. Ela limpou a boca com a ponta dos dedos. Eu servi mais vinho.

"Como você aprendeu todas essas malandragens?", Celia quis saber.

"Não sei do que você está falando", respondi, maliciosa.

"Você é muito mais esperta do que demonstra para quase todo mundo."

"Eu?", perguntei.

Percebi que Celia estava arrepiada, então sugeri ir para a sala de tevê, onde era mais quentinho. O vento do deserto estava soprando, deixando gelada a noite de verão, em pleno mês de junho. Quando comecei a sentir frio também, perguntei se ela sabia acender a lareira.

"Já vi as pessoas fazendo isso antes", ela falou, encolhendo os ombros.

"Eu também. Já vi Don acender. Mas nunca acendi sozinha."

"A gente dá conta", ela falou. "A gente é capaz de fazer qualquer coisa."

"Isso mesmo!", respondi. "Vai abrir outra garrafa de vinho, e eu vou tentar entender como acender essa coisa."

"Ótima ideia!" Celia tirou o cobertor dos ombros e foi para a cozinha.

Ajoelhei diante da lareira e comecei a remexer nas cinzas. Em seguida peguei duas achas de lenha e as posicionei de forma perpendicular.

"Vamos precisar de jornal", ela disse ao voltar. "E cheguei à conclusão de que beber na taça a esta altura é perda de tempo."

Quando olhei para ela, vi que estava virando o vinho no gargalo.

Eu dei risada, peguei um jornal de cima da mesa e o joguei na lareira. "Tenho uma ideia melhor!", falei, e corri para o andar de cima para pegar o exemplar da *Sub Rosa* que me descrevia como uma mulher fria e sem coração. Desci correndo para mostrar para ela. "Vamos queimar isto aqui!"

Atirei a revista na lareira e acendi um fósforo.

"Vai em frente!", ela falou. "Bota fogo nesses cretinos."

As chamas retorceram as páginas, se aquietaram por um instante e então se extinguiram. Acendi outro fósforo e joguei lá dentro.

De alguma forma consegui algumas brasas e uma pequena chama quando uma parte do jornal começou a queimar.

"Certo", falei. "Agora acho que em algum momento vai dar certo."

Celia se aproximou e me entregou a garrafa de vinho. Eu peguei e dei um gole. "Você precisa se esforçar mais se quiser me acompanhar", ela falou quando fiz menção de devolver.

Eu dei risada e levei a garrafa de novo à boca.

Era um vinho caro. E eu gostava de beber como se fosse água, como se aquilo não fizesse a menor diferença para mim. *Meninas pobres de Hell's Kitchen não podem beber um vinho como esse que nem água como se não fosse nada.*

"Tudo bem, tudo bem, já pode devolver", Celia falou.

Eu fingi que ia entregar, mas continuei segurando.

Ela pôs a mão sobre a minha. E puxou com força. Eu falei: "Tá bom, é todo seu". Mas demorei muito para falar, e soltei a garrafa antes.

A blusa dela ficou toda suja de vinho.

"Ai, meu Deus", falei. "Desculpa."

Peguei a garrafa, coloquei sobre a mesinha, peguei Celia pela mão e subi as escadas. "Eu posso te emprestar uma blusa. Tenho uma que vai ficar perfeita em você."

Fomos para o meu quarto e entramos no closet. Vi que Celia estava olhando ao redor, observando o quarto que eu dividia com Don.

"Posso te perguntar uma coisa?", ela disse. Seu tom de voz tinha um quê curioso, especulativo. Pensei que ela fosse perguntar se eu acreditava em fantasmas ou amor à primeira vista.

"Claro", eu disse.

"E você promete que vai me dizer a verdade?", ela perguntou conforme sentava na beirada da cama.

"Não exatamente", respondi.

Celia riu.

"Mas pode perguntar", eu disse. "E aí eu vejo."

"Você é apaixonada por ele?"

"Pelo Don?"

"Quem mais seria?"

Pensei antes de responder. Eu já tinha sido. Em um determinado momento o amei muito. Mas se eu ainda o amava? "Não sei", falei.

"Foi tudo pelas aparências? Você virar uma Adler?"

"Não", respondi. "Eu não acho."

"Então...?"

Fui até ela e sentei na cama. "É difícil dizer se sou apaixonada ou não por ele, ou se estamos juntos por uma razão ou por outra. Eu amo Don, mas em grande parte do tempo também o odeio. E estou com ele por causa do sobrenome, sim, mas também porque nós nos divertimos. A gente se divertia um bocado juntos antes, e hoje em dia um pouquinho, às vezes. Não é fácil explicar."

"Ele transa com você?", ela perguntou.

"Sim, bastante. Às vezes sinto tanta vontade dele que fico até com vergonha. Não sei se uma mulher deveria sentir tanto desejo por um homem quanto eu sinto por Don."

Don pode ter me ensinado que eu era capaz de amar e desejar um homem. Mas também me ensinou que é possível desejar alguém de que a gente não gosta, e *principalmente* quando tem raiva dele. Acho que hoje em dia tem até um nome para definir quem trepa com ódio. Mas é um termo bem vulgar para uma experiência sensual e profundamente humana.

"Esquece que eu perguntei", disse Celia, levantando da cama. Dava para ver que ela estava incomodada.

"Eu vou pegar a blusa para você", falei, indo até minha cômoda.

Era uma das minhas camisas favoritas, uma lilás de abotoar com um brilho meio prateado. Mas não me servia direito. Mal fechava no peito.

Celia era menor que eu, tinha uma silhueta mais delicada.

"Aqui", falei quando entreguei a peça.

Ela pegou da minha mão para olhar mais de perto. "Essa cor é linda."

"Eu sei", respondi. "Roubei do set de *Pai e filha*. Mas não conta para ninguém."

"Espero que você saiba que seus segredos estão a salvo comigo", Celia falou enquanto começava a desabotoar a camisa para vestir.

Acho que ela falou só da boca para fora. Mas foi uma coisa importante para mim. Não por ela ter falado, acho. Mas porque, quando ela falou, eu percebi que *acreditava* nela.

"Eu sei", respondi. "Sei, sim."

As pessoas acham que intimidade tem a ver com sexo.

Mas intimidade tem a ver mesmo é com a verdade.

Quando a pessoa percebe que pode contar a verdade para alguém, que pode se abrir, que pode desabafar totalmente e receber como resposta: "Comigo essas coisas estão a salvo". Isso é intimidade.

Então, por esse padrão, esse momento com Celia era o mais íntimo que eu já tivera com uma pessoa na vida.

Isso me fez sentir tanta gratidão que tive vontade de abraçá-la e nunca mais soltar.

"Não sei se vai me servir", Celia falou.

"Experimenta. Aposto que vai. E, se servir, é sua."

Eu queria dar um monte de coisas para Celia. Queria que tudo que fosse meu também fosse dela. Fiquei me perguntando se era isso que significava amar alguém. Eu já sabia como era estar *apaixonada*. Havia experimentado isso, e agido de acordo com meu sentimento. Mas *amar* alguém... Esse querer bem... Colocar tudo o que eu tinha na mão da outra pessoa e pensar: *O que quer que aconteça, vou encarar ao seu lado...*

"Certo", Celia falou. Ela jogou a camisa na cama. Enquanto tirava a blusa, me peguei observando o tom clarinho de sua pele sobre as costelas. O sutiã branco. Reparei que, no caso dela, ao contrário do meu, o sutiã não servia para empurrar os seios para cima. Parecia mera peça decorativa.

Segui com os olhos a trilha de sardas marrons que subia pelo lado direito do seu quadril.

"Ora, olá", disse Don.

Eu tive um sobressalto. Celia deu um grito de susto e se vestiu de novo às pressas.

Don começou a rir. "Mas o que está acontecendo aqui?", ele perguntou num tom brincalhão.

Fui até ele e disse: "Absolutamente nada".

PhotoMoment

2 DE NOVEMBRO DE 1959

VIDA DE FESTEIRA

Celia St. James está mesmo ganhando fama na cidade! E não só porque está se provando uma atriz e tanto. A jovem dama da Geórgia sabe como fazer amizade com as pessoas certas.

A mais interessante é a estrela em ascensão favorita de todo mundo, Evelyn Hugo. Celia e Evelyn são vistas juntas em todo lugar pela cidade, fazendo compras, conversando e até arrumando tempo para uma partida ou outra no Beverly Hills Golf Club.

E, para tornar tudo ainda mais perfeito, parece que em breve as duas amigas terão muitos programas para fazer com seus respectivos. Celia foi flagrada no Trocadero com ninguém menos que Robert Logan, grande amigo do marido de Evelyn, Don Adler.

Um belo par, amigos glamorosos e perspectiva de uma estatueta no futuro — Celia St. James está com tudo!

"Eu não quero fazer isso", Celia falou.

Estava usando um vestido preto feito sob medida, com um decote em V bem cavado. Era o tipo de roupa que eu jamais usaria na rua se não quisesse ser presa por prostituição. E ela estava também com um colar de diamantes que Don tinha conseguido convencer o estúdio a emprestar.

O Sunset não era nada a favor de ajudar atrizes sem contrato de exclusividade, mas Celia queria os diamantes, e eu queria que Celia tivesse o que quisesse. E Don queria que eu tivesse o que quisesse — pelo menos na maior parte do tempo.

Don tinha acabado de estrelar seu segundo faroeste, *Em nome dos justos*, depois de ter feito um lobby pesado com Ari para ganhar mais uma chance no gênero. Dessa vez, porém, os críticos disseram outra coisa. Don tinha "amadurado". Na segunda tentativa, estava conseguindo convencer todo mundo de que era um astro de filmes de ação.

Como Don estava de volta ao topo das bilheterias dos Estados Unidos, Ari Sullivan faria de tudo para agradá-lo.

Foi assim que os diamantes foram parar no pescoço de Celia, com um rubi enorme no centro, descansando sobre seu colo.

Eu estava de verde-esmeralda de novo. Isso estava se tornando minha marca registrada. Dessa vez era um modelo que deixava os ombros de fora, feito de *peau de soie*, cinturado, de saia comprida, com acabamento em pedraria no decote. Meus cabelos estavam soltos e enrolados nas pontas.

Olhei para Celia, que estava se observando no espelho da minha penteadeira, remexendo em seu penteado bouffant.

"Você precisa fazer isso", falei.

"Não estou com vontade. Isso não conta?"

Peguei minha bolsinha, que combinava com o vestido. "Na verdade não", respondi.

"Você sabe que não é minha chefe, né?", ela retrucou.

"Por que nós somos amigas mesmo?", questionei.

"Sinceramente? Nem lembro mais", ela respondeu.

"Porque nós duas juntas somos maiores que a soma das duas partes sozinhas."

"E daí?"

"E daí que, quando a questão é quais papéis pegar e como interpretar, quem é que manda?"

"Eu."

"E quando a questão é a estreia do nosso filme? Quem é que sabe o que é melhor?"

"Acho que é você."

"Pois achou certo."

"Eu detesto esse cara, Evelyn", Celia falou. Ela estava começando a estragar a maquiagem.

"Larga esse ruge", falei. "Gwen fez maravilhas com você. Não vá estragar o que está perfeito."

"Você não me ouviu? Eu disse que detesto esse cara."

"E com razão. Ele é asqueroso."

"Não tem mais ninguém disponível?"

"Não tão em cima da hora."

"E eu não posso ir sozinha?"

"Na estreia do seu filme?"

"Por que eu não posso ir com você?"

"Eu vou com Don. Você vai com Robert."

Celia fechou a cara e virou de novo para o espelho. Vi seus olhos se estreitarem e seus lábios se franzirem, como se estivesse pensando em nada além da raiva que estava sentindo.

Peguei a bolsa dela e lhe estendi. Estava na hora de ir.

"Celia, quer parar com isso? Se você não está disposta a fazer o que é preciso para pôr seu nome nas manchetes dos jornais, então que diabos está fazendo aqui?"

Ela levantou, pegou a bolsa da minha mão e saiu porta afora. Vi quando desceu a escada e entrou na minha sala de estar com um sorriso no rosto, correndo para os braços de Robert como se o considerasse o salvador da humanidade.

Fui caminhando até Don. Ele sempre ficava bem de smoking. Não havia como negar que ele seria o homem mais bonito do evento. Mas eu estava me cansando dele. Como é que dizem por aí mesmo? Por trás de cada mulher maravilhosa existe um cara de saco cheio de transar com ela? Bom, o contrário também é verdadeiro. Isso ninguém diz.

"Vamos?", disse Celia, como se mal pudesse esperar para entrar no cinema de braço dado com Robert. Ela era uma ótima atriz. Isso todos eram obrigados a reconhecer.

"Não quero perder nem um minuto", respondi, dando o braço para Don e me agarrando a ele como se minha vida dependesse disso. Ele olhou para o meu braço e depois para mim, surpreso com a demonstração de afeto.

"Então vamos lá ver nossas mulherzinhas em *Mulherzinhas?*", Don disse. Quase dei na cara dele. Don estava merecendo uns bons tapas. E não eram poucos.

Entramos nos carros mandados para nos levar ao Grauman's Chinese Theatre.

Alguns trechos do Hollywood Boulevard tinham sido interditados para nossa chegada. O motorista parou atrás do carro onde estavam Celia e Robert, na frente do cinema. Éramos os últimos de uma fila de quatro veículos.

Quando um filme reúne grandes estrelas e o estúdio quer fazer barulho, ele garante que todas cheguem ao mesmo tempo em quatro carros diferentes, devidamente acompanhadas de um solteirão de fazer inveja. No meu caso, o homem de fazer inveja era o meu marido.

Nossos acompanhantes desceram primeiro, estendendo a mão depois de saírem do carro. Fiquei esperando Ruby aparecer, depois Joy, depois Celia. E continuei dentro do carro por mais um tempinho. Só então desci, mostrando só uma perna primeiro, e pisei no tapete vermelho.

"Você é a mulher mais linda aqui", Don disse no meu ouvido quando me pus ao seu lado. Mas eu já sabia que era isso que ele achava. Tinha certeza de que, se não fosse essa sua opinião, Don não estaria comigo.

Os homens nunca manifestaram interesse por mim por causa da minha personalidade.

Não estou dizendo que as garotas que têm charme deveriam sentir pena das que são apenas bonitas. Só estou explicando que ser amada por uma coisa que não é mérito seu não é tão legal assim.

Os fotógrafos começaram a chamar nossos nomes enquanto entrávamos. Minha cabeça foi invadida por uma gritaria tremenda. "Ruby! Joy! Evelyn!" "Sr. e sra. Adler! Aqui!"

Eu mal conseguia ouvir meus próprios pensamentos com os cliques das câmeras e o burburinho da multidão ao redor. Mas, agindo como eu tinha me treinado a fazer muito tempo antes, fingi que estava absolutamente tranquila, como se ser tratada como um animal de zoológico fosse a coisa mais agradável do mundo.

Don e eu andamos de mãos dadas, sorrindo para cada flash que disparava. No fim do tapete vermelho havia alguns homens com microfones. Ruby conversava com um deles. Joy e Celia com outro. O terceiro enfiou o microfone na minha cara.

Era um cara baixinho, com olhos miúdos e um nariz largo e avermelhado de bêbado. Um rosto ideal para o rádio, como dizem por aí.

"Srta. Hugo, está animada com o lançamento do filme?"

Dei a risada mais educada de que era capaz, para disfarçar o quanto achei a pergunta idiota. "Esperei a vida toda para representar o papel de Jo March. Estou animadíssima com a estreia de hoje."

"E parece ter feito uma bela amizade durante as filmagens", ele disse.

"Perdão?"

"Você e Celia St. James parecem ter ficado bem amigas."

"Ela é maravilhosa. E está maravilhosa no filme. Absolutamente maravilhosa."

"Ela e Robert Logan pelo jeito estão se dando muito bem."

"Ah, mas isso você precisa perguntar para eles. Eu não sei de nada."

"Mas não foi você que apresentou os dois?"

Don tratou de intervir. "Acho que já chega de perguntas por hoje", disse.

"Don, quando você e sua esposa vão começar uma família?"

"Eu disse que já chega de perguntas, amigo. Então chega. Obrigado."

Don me empurrou para a frente.

Chegamos à porta, e fiquei observando Ruby entrar com seu acompanhante, seguida de Joy com o dela.

Don abriu a porta para nós e ficou à minha espera. Robert fez o mesmo na porta ao lado para Celia.

E eu tive uma ideia.

Segurei a mão de Celia e me virei.

"Acene para as pessoas", eu disse, com um sorriso no rosto. "Acene como se fosse a própria rainha da Inglaterra."

Celia abriu um sorriso radiante e seguiu minha deixa. Ficamos lá de pé, uma de verde e a outra de preto, a loira e a ruiva, uma peituda e a outra bunduda, acenando para os presentes como se fôssemos as donas do evento.

Ruby e Joy já tinham entrado. E a plateia vibrou para *nós*.

Em seguida viramos e entramos no cinema, nos dirigindo aos assentos reservados para nós.

"Que momento", Don comentou.

"Eu sei."

"Daqui a alguns meses, você vai ganhar sua estatueta por esse filme, e eu por *Em nome dos justos*. Daí para a frente, o céu é o limite."

"Celia vai ser indicada também", murmurei no ouvido dele.

"As pessoas vão sair daqui falando sobre você", ele disse. "Sem dúvida nenhuma."

Olhei para o lado e vi Robert cochichando na orelha de Celia. Ela estava rindo como se ele fosse engraçado de verdade. Mas fui eu quem conseguiu os diamantes para ela, e aquela nossa foto maravilhosa para os jornais do dia seguinte. Enquanto isso, ela agia como se ele fosse capaz de arrancar aquele vestido apenas na base do charme. E eu não conseguia parar de pensar nas sardas do quadril dela. Era uma coisa que eu conhecia, e ele não.

"Ela tem muito talento, Don."

"Ah, para com isso", Don falou. "Não aguento mais ouvir o nome dela o tempo todo. A imprensa não tem nada que ficar fazendo perguntas sobre ela. Deveriam perguntar sobre *nós*."

"Don, eu..."

Ele fez um gesto para me interromper, mostrando que tudo que eu dissesse seria inútil, não importava o que fosse.

As luzes se apagaram. A plateia fez silêncio. Os créditos subiram. E o meu rosto apareceu na tela.

Toda a assistência cravou os olhos em mim na tela quando eu soltei a fala: "Sem presentes, o Natal não seria o Natal!".

Mas, quando Celia falou: "Nós temos a mamãe e o papai, e umas às outras", eu soube que não teria a menor chance.

Todo mundo sairia do cinema falando de Celia St. James.

Era para eu ter sentido medo, inveja, insegurança. Era para eu ter tramado alguma para jogá-la para baixo, plantando o boato de que Celia era puritana ou que dormia com qualquer um. Afinal, essa é a forma mais rápida de destruir a reputação de uma mulher — insinuar que ela não aprendeu direito a arte de *dar prazer* ao homem sem deixar transparecer que quer *sentir* prazer.

Mas, em vez de passar uma hora e quarenta e cinco minutos lambendo minhas feridas, precisei me segurar durante o filme para conter meu sorriso.

Celia iria ganhar um Oscar. Estava na cara. Mas saber disso não me deixou com inveja. Me deixou feliz.

Quando Beth morreu, eu chorei. E me debrucei por cima de Robert e Don para apertar a mão dela.

Don revirou os olhos para mim.

E eu pensei: *Ele vai encontrar uma desculpa para me bater ainda hoje. E sei que vai ser por isso.*

Eu estava na mansão de Ari Sullivan no alto do Benedict Canyon. Don e eu tínhamos percorrido as ruas sinuosas até lá sem trocar uma palavra.

Desconfiei que ele tivesse ficado com a mesma impressão que eu depois de ver Celia naquele filme. A de que ninguém ia prestar atenção em mais nada além dela.

Quando o motorista nos deixou na porta e nós entramos, Don falou: "Preciso ir ao banheiro", e desapareceu.

Fui atrás de Celia, mas não consegui encontrá-la.

Em vez disso, fui parar no meio de um bando de puxa-sacos, que queriam ser vistos comigo enquanto tomavam seus drinques açucarados e conversavam sobre Eisenhower.

"Você me dá licença?", falei para uma mulher com um corte de cabelo horroroso, que parecia um capacete. Ela estava tagarelando sobre o diamante Hope.

Mulheres que colecionam joias raras me passavam a mesma impressão dos homens que fariam de tudo por uma noite comigo. No mundo dessa gente, tudo se resumia a objetos; só faziam pensar em possuir as coisas.

"Ah, aí está você, Ev", Ruby falou quando me encontrou no corredor. Ela estava com dois drinques verdes na mão. Sua voz estava meio alterada, mas não dava para entender o motivo.

"Como está sendo sua noite?", perguntei.

Ela olhou por cima do ombro, segurou as taças pela haste em uma mão e com a outra me puxou pelo cotovelo, derramando a bebida em mim.

"Poxa, Ruby", falei, visivelmente incomodada.

Ela fez um aceno discreto com o queixo para a lavanderia à nossa frente.

"Mas o que diabos...", comecei a dizer.

"Você pode abrir a maldita porta, Evelyn?"

Quando virei a maçaneta, Ruby entrou, me arrastou para dentro e fechou a porta.

"Toma", ela falou, me entregando um dos drinques no escuro. "Eu ia levar para Joy, mas pode ficar. Combina com seu vestido, inclusive."

Depois que os meus olhos se adaptaram à penumbra, eu peguei a bebida. "*Sorte* sua que combina com meu vestido. Você derramou metade em mim."

Com uma das mãos agora livre, Ruby puxou a correntinha para acender a lâmpada acima de nós. O pequeno cômodo se iluminou, fazendo meus olhos arderem.

"O seu comportamento está uma vergonha hoje, Ruby."

"Acha que eu estou preocupada com o que você pensa de mim, Evelyn Hugo? Agora me escuta: o que é que nós vamos fazer?"

"Em relação a quê?"

"A quê? Celia St. James, ora essa."

"O que tem ela?"

Ruby baixou a cabeça, irritada. "Evelyn, estou falando sério."

"O desempenho dela foi ótimo. O que a gente pode fazer?", falei.

"Foi exatamente isso que eu falei para Harry que ia acontecer. E ele disse que não."

"Bom, o que você quer que eu faça?"

"Você vai sair perdendo também. Ou será que não percebe?"

"Claro que percebo!" E me importava com isso, claro. Mas também sabia que ainda tinha chance de vencer o prêmio de Melhor Atriz. Celia e Ruby disputariam a indicação de Melhor Atriz Coadjuvante. "Não sei o que dizer, Ruby. Todo mundo tinha razão sobre Celia. Ela é talentosa, linda e cheia de charme. Quando a gente fica para trás, às vezes o melhor a fazer é reconhecer a derrota e seguir em frente."

Ruby olhou para mim como se tivesse levado um tapa na cara.

Eu não tinha nada a dizer, mas ela estava bloqueando minha passagem e me impedindo de sair dali. Então levei a taça à boca e virei a bebida em dois goles.

"Essa não é a Evelyn que eu conheço e aprendi a respeitar", Ruby falou.

"Ah, Ruby, vê se esquece isso."

Ela terminou o drinque. "Andam dizendo um monte de coisas sobre vocês duas, e eu me recusei a acreditar. Mas agora... sei lá."

"E o que é que as pessoas andam dizendo?"

"Ora, você sabe."

"Juro, não faço a menor ideia."

"Por que você precisa dificultar tanto as coisas?"

"Ruby, você me arrastou para uma lavanderia contra a minha vontade, e começou a reclamar comigo sobre coisas que estão fora do meu controle. Não sou eu quem está sendo difícil aqui."

"Ela é 'lésbica', Evelyn."

Até aquele momento, os sons da festa ao nosso redor continuavam audíveis, mas indistintos. Mas assim que Ruby disse aquilo, assim que ouvi a palavra "lésbica", meu coração se acelerou de tal maneira que eu só conseguia escutar meu coração batendo. Parei de prestar atenção no falatório de Ruby. Só deu para captar algumas palavras, como *garota*, *sapatão*, *pervertida*.

Fiz o que pude para me acalmar. Quando consegui — quando voltei a me concentrar nas palavras de Ruby —, enfim escutei o resto da informação que ela queria me passar.

"E é bom você segurar as rédeas do seu marido, aliás. Ele está no quarto do Ari, sendo chupado por uma piranha da MGM."

Quando Ruby disse isso, eu não pensei: *Ai, meu Deus. Meu marido está me traindo.* O que me passou pela cabeça foi: *Preciso encontrar Celia.*

Evelyn levanta do sofá, pega o telefone e pede para Grace encomendar nosso jantar no restaurante de comida mediterrânea da esquina.

"Monique? Você prefere o quê? Carne ou frango?"

"Frango, acho." Fico olhando para ela, esperando que volte a se sentar para retomar a história. Mas, depois de fazer isso, Evelyn se limita a me observar. Não confia no que acabei de dizer, nem admite aquilo de que eu já vinha desconfiando fazia um tempinho. Não me resta escolha a não ser ir direto ao ponto: "Você sabia?".

"O quê?"

"Que Celia St. James era gay?"

"Estou revelando as coisas à medida que foram acontecendo."

"Sim, eu sei", digo. "Mas..."

"Mas o quê?" Evelyn mantém a calma, não perde nem um pouco a compostura. E não sei se é porque ela sabe que estou desconfiada e por isso pode enfim revelar a verdade ou porque estou completamente enganada e Evelyn nem imagina o que está se passando na minha cabeça.

Não sei se quero fazer essa pergunta antes de ter certeza da resposta.

Os lábios de Evelyn estão franzidos numa linha reta. Seus olhos estão voltados diretamente para mim. Eu percebo, porém, que enquanto me espera falar seu peito está subindo e descendo de forma acelerada. Ela está nervosa. Não é tão confiante quanto aparenta. É uma atriz, afinal de contas. Eu já deveria ter entendido que, com Evelyn, o que transparece nem sempre é o que parece.

Então faço a pergunta que vai permitir que ela me conte tudo, ou pelo menos o quanto quiser. "Quem foi o grande amor da sua vida?"

Evelyn mira meus olhos, e sinto que está precisando de um empurrãozinho.

"Pode falar, Evelyn. Sério mesmo."

É um assunto importante. Mas está tudo bem. O mundo de hoje não é mais como o mundo de outrora. Apesar de também não ser totalmente seguro, devo admitir.

Mas mesmo assim.

Ela pode falar.

Comigo ela pode falar.

Pode admitir livremente. Aqui. Agora.

"Evelyn, quem foi o grande amor da sua vida? Pode me falar."

Evelyn olha pela janela, respira fundo e responde: "Celia St. James".

Nós duas ficamos em silêncio enquanto Evelyn assimila suas próprias palavras. E então abre um sorriso bem largo, radiante e sincero. Ela começa a rir sozinha, e então complementa: "Acho que fui apaixonada por ela a minha vida toda".

"Então este livro, a sua biografia... você está disposta a ser retratada como uma mulher gay?"

Evelyn fecha os olhos por um instante, e a princípio penso que ela está medindo o peso das minhas palavras, mas, quando volta a me encarar, percebo que está se esforçando para lidar com a minha estupidez mesmo.

"Será possível que você não ouviu uma palavra do que eu disse? Eu amava Celia, mas, antes disso, era apaixonada por Don. Inclusive tenho certeza de que, se Don não tivesse se revelado um cretino de quinta categoria, eu jamais conseguiria me apaixonar por mais ninguém. Sou bissexual. Não ignore metade do que eu sou só para colocar um rótulo em mim, Monique. Não faça isso."

Essa doeu. E muito. Sei muito bem como é quando as pessoas tiram conclusões e categorizam os outros com base na aparência. Passei a vida inteira tentando explicar para todo mundo que, embora eu pareça negra, sou birracial. Sempre me considerei ciente da importância de permitir que cada um diga o que é, em vez de sair rotulando todos.

E acabei de fazer com Evelyn o que tanta gente fez comigo.

Seu caso amoroso com uma mulher me levou a concluir que Evelyn era gay, e não deixei espaço para ela se afirmar como bissexual.

A questão aqui é exatamente essa, não? É por isso que ela faz tanta questão de ser compreendida, de ser descrita nos termos exatos. Porque quer ser vista como é de verdade, com todas as nuances possíveis. Assim como eu sempre quis ser vista.

Isso quer dizer que eu cometi uma cagada. Das grandes. E, apesar da minha vontade de seguir em frente e fingir que isso não aconteceu, sei que preciso me desculpar.

"Me desculpe", falei. "Você tem toda a razão. Eu deveria ter perguntado como você se define, em vez de pensar que sabia. Então me deixa tentar de novo. Você está disposta a ser retratada no livro como uma mulher bissexual?"

"Sim", ela diz, assentindo com a cabeça. "Estou, sim." Evelyn parece satisfeita com meu pedido de desculpas, apesar de ainda um pouco indignada. Mas estamos de volta ao assunto, pelo menos.

"E como foi exatamente que você descobriu?", pergunto. "Que era apaixonada por ela? Afinal, você poderia ter percebido que ela gostava de mulheres, mas ignorado o fato de que estava interessada nela, por um motivo ou outro."

"Bom, o fato de que meu marido estava no andar de cima me traindo ajudou. Porque fiquei me mordendo de ciúmes em ambos os casos. Fiquei enciumada quando descobri que Celia era gay, porque isso significava que ela estava, ou no mínimo já tinha estado, com outra mulher que não *eu*. E fiquei enciumada porque meu marido estava com outra mulher naquela mesma festa, uma coisa embaraçosa e que ameaçava meu estilo de vida. Eu estava vivendo num mundo em que achava que podia manter uma proximidade com Celia e um distanciamento de Don, e que os dois ficariam satisfeitos com isso e não iam querer nada com mais ninguém. Era uma espécie de bolha, que tinha acabado de estourar na minha cara."

"Imagino que na época não fosse fácil chegar a uma conclusão dessas... de que estava apaixonada por alguém do mesmo sexo."

"Claro que não! Se eu tivesse passado a vida inteira até ali reprimindo minha atração por outras mulheres, pelo menos teria um padrão a seguir. Mas não era o caso. Fui ensinada a gostar de homens, e tinha descoberto — pelo menos por um tempo — que era capaz de amar e desejar um homem. O fato de querer ficar perto de Celia o tempo todo, e de valorizar a felicidade dela inclusive acima da minha, de adorar ficar relembrando o momento em que ela tirou a blusa na minha frente... Enfim, considerando tudo isso, fica fácil somar um mais um e concluir que eu estava apaixonada por uma mulher. Mas nessa época, pelo menos no meu caso, eu não tinha como fazer esse cálculo. E, se você nem imagina que essa fórmula existe, como é que vai saber resolver o problema?"

Ela continua: "Pensei que finalmente tinha conseguido estabelecer uma amizade com uma mulher. Pensei que meu casamento estava indo pelo ralo porque meu marido era um cretino. E, aliás, as duas coisas são verdade. Só não eram toda a verdade".

"Então o que você fez?"

"Na festa?"

"É, quem você procurou primeiro?"

"Bom", Evelyn responde, "um dos dois me achou antes."

Ruby me deixou lá, do lado da secadora de roupas, com uma taça vazia na mão.

Eu precisava voltar para a festa. Mas fiquei lá, paralisada, pensando: *Dê o fora*. Mas não conseguia estender a mão e virar a maçaneta. Então a porta se abriu sozinha. Era Celia. Com a festa barulhenta e iluminada atrás de si.

"Evelyn, o que você está fazendo?"

"Como foi que você me encontrou?"

"Encontrei com Ruby, e ela me disse que você estava 'bebendo na lavanderia'. Pensei que fosse só um jeito estranho de falar."

"Não era."

"Percebi."

"Você vai para a cama com outras mulheres?", perguntei.

Chocada, Celia fechou a porta. "Do que é que você está falando?"

"Ruby falou que você é lésbica."

Celia desviou os olhos de mim. "Quem se importa com o que a Ruby fala?"

"Você é?"

"Você vai deixar de ser minha amiga? É esse o problema?"

"Não", respondi, sacudindo a cabeça. "Claro que não. Eu não... Eu nunca faria isso. Jamais."

"Então o que está acontecendo?"

"Eu quero saber, só isso."

"Por quê?"

"Você não acha que eu tenho o direito de saber?"

"Depende."

"Então você é?", insisti.

Celia pôs a mão na maçaneta para sair. Por instinto, me inclinei para a frente e a segurei pelo pulso.

"O que você está fazendo?", ela disse.

Gostei da sensação do pulso dela na minha mão. E da forma como seu perfume preenchia todo aquele pequeno espaço. Eu me inclinei para a frente e a beijei.

Eu não sabia o que estava fazendo. E o que quero dizer com isso é: além de não estar totalmente no controle dos meus movimentos, eu também *não sabia* como beijá-la. Deveria ser como se ela fosse um homem, ou precisava ser um pouco diferente? Eu também não tinha como entender o significado emocional daquele gesto. Não sabia a importância que aquilo poderia ter, nem o risco que estava correndo.

Eu era uma celebridade beijando outra mulher famosa na casa do chefão do maior estúdio de Hollywood, cercada de produtores, atores e provavelmente uma boa quantidade de bisbilhoteiros da revista *Sub Rosa*.

Mas só o que fazia diferença para mim naquele momento era o macio daqueles lábios. Sua pele não tinha nenhuma aspereza. Só o que fazia diferença era que ela estava retribuindo o beijo, tinha tirado a mão da maçaneta e colocado na minha cintura.

Celia exalava um cheiro floral, de lilás, e seus lábios estavam úmidos. Tinha um hálito doce, mas temperado pelo gosto de cigarro e creme de menta.

Quando ela se encostou em mim, quando nossos peitos se tocaram, quando sua pelve roçou na minha, só consegui pensar que não era tão diferente assim, apesar de a sensação ser completamente outra. Celia tinha saliências onde Don tinha linhas retas. E tinha linhas retas onde Don tinha saliências.

Mas o coração disparado no peito, o corpo pedindo mais, a vontade de se perder no cheiro, no aroma e no toque da outra pessoa — isso era a mesma coisa.

Celia se afastou primeiro. "Nós não podemos continuar aqui", ela falou, limpando a boca com o dorso da mão. Em seguida passou o polegar no meu lábio inferior.

"Espera, Celia", falei, tentando detê-la.

Mas ela saiu, fechando a porta atrás de si.

Eu fechei os olhos, sem saber como iria me controlar, como sossegar meu facho.

Respirei fundo. Abri a porta e fui direto para a escada, subindo dois degraus por vez.

Abri a porta de todos os cômodos do andar de cima até encontrar o que estava procurando.

Don estava se vestindo, enfiando a camisa para dentro da calça, com uma mulher num vestido dourado calçando o sapato logo atrás.

Saí pisando duro de lá. E Don veio atrás de mim.

"Vamos conversar sobre isso em casa", ele falou, me segurando pelo cotovelo.

Eu me desvencilhei e fui procurar Celia. Não havia nem sinal dela.

Harry apareceu na porta da frente, bem alinhado e aparentemente sóbrio. Corri até ele, deixando Don para trás na escada, onde ele foi emboscado por um produtor meio bêbado que queria sua participação num melodrama.

"Onde foi que você se enfiou a noite toda?", perguntei para Harry.

Ele sorriu. "Está aí uma coisa que prefiro manter só para mim."

"Você pode me levar?"

Harry olhou para mim e então para a escada, onde estava Don. "Você não vai para casa com o seu marido?"

Fiz que não com a cabeça.

"Ele sabe disso?"

"Se não souber, é um verdadeiro imbecil."

"Certo", Harry falou, assentindo, confiante e obediente. Ele faria o que eu quisesse.

Me acomodei no assento da frente do Chevy de Harry, e ele estava começando a dar ré no momento em que Don saiu da casa. Ele foi correndo até o carro. Eu não baixei o vidro.

"Evelyn!", ele gritou.

Era bom ter aquele vidro entre nós, para abafar o tom de sua voz, dando a impressão de que ele estava longe. Era bom poder controlar em que volume eu iria ouvi-lo.

"Me desculpa", ele falou. "Não é o que você está pensando."

Continuei olhando só para a frente. "Vamos."

Eu estava colocando Harry numa posição difícil, forçando-o a escolher um lado. Mas ele não hesitou nem por um instante.

"Cameron, não ouse levar minha mulher para longe de mim!"

"Don, nós conversamos sobre isso amanhã", Harry gritou pela janela e arrancou com o carro, descendo as ruas estreitas do cânion.

Quando chegamos ao Sunset Boulevard, meu coração já estava menos acelerado. Virei para Harry, e começamos a conversar. Quando contei que Don estava no andar de cima com uma mulher, ele simplesmente balançou a cabeça, sem demonstrar o menor estranhamento.

"Por que você não ficou surpreso?", perguntei enquanto cruzávamos a esquina da Doheny com o Sunset, onde Beverly Hills começava. As ruas a partir dali eram mais largas e arborizadas, com gramados bem cuidados e calçadas limpíssimas.

"Don sempre teve um fraco por mulheres que acabou de conhecer", Harry respondeu. "Eu não tinha certeza se você sabia. Ou se fazia diferença."

"Eu não sabia. E faz diferença, sim."

"Bom, então eu lamento muito", ele disse, me olhando por um instante antes de voltar a atenção para a rua. "Nesse caso, eu deveria ter te contado antes."

"Pelo jeito tem um monte de coisas que nós não contamos um para o outro", comentei, olhando pela janela. Um homem passeava com o cachorro na calçada.

Eu precisava de alguém.

Naquele momento, estava precisando de um ombro amigo. Alguém para revelar minhas verdades, que me aceitasse, que me dissesse que ia ficar tudo bem.

"E se a gente fizesse isso?", sugeri.

"Contar a verdade um para o outro?"

"Contar tudo um para o outro?"

Harry me olhou. "Não quero jogar um fardo em você."

"Talvez seja um fardo para você também", falei. "Não é só você que tem segredos."

"Você é cubana, é calculista e tem sede de poder", disse Harry, sorrindo para mim. "Seus segredos não têm nada de mais."

Joguei a cabeça para trás e dei risada.

"E você sabe o que eu sou", ele continuou.

"Sei, sim."

"Mas no momento você pode dizer que tem uma dúvida válida. Nunca ouviu nem viu nada."

Harry virou à esquerda, tomando o caminho da parte plana do distrito, em vez das colinas. Estava me levando para sua casa, não para a minha. Estava com medo do que Don poderia fazer comigo. Eu também estava, de certa forma.

"Talvez eu esteja pronta para isso. Para ser uma amiga de verdade. Com tudo preto no branco", falei.

"Não sei se é um segredo que quero obrigar você a guardar, meu bem. É bem cabeludo."

"Acho que esse segredo é muito mais comum do que estamos fazendo parecer", eu disse. "Acho que todo mundo tem um pouco desse segredo dentro de si. Acho que eu também posso ter esse segredo dentro de mim também."

Harry virou à direita e embicou na entrada de sua garagem. Ele pôs o carro em ponto morto e virou para mim. "Você não é como eu, Evelyn."

"Eu posso ser um pouco, sim", respondi. "Eu posso ser, e Celia também."

Harry se voltou para o volante, pensativo. "É", ele concordou. "Celia pode ser."

"Você sabia?"

"Eu desconfiava", ele disse. "E também desconfiava que ela pudesse... sentir algo por você."

Eu me senti como a última pessoa do mundo a enxergar o que estava bem debaixo do meu nariz.

"Eu vou me separar do Don", falei.

Harry balançou a cabeça, sem demonstrar surpresa. "Fico feliz em saber", ele disse. "Mas espero que você entenda todas as consequências disso."

"Sei muito bem o que estou fazendo, Harry." Eu estava errada. Na verdade, não fazia ideia.

"Don não vai aceitar a separação assim tão fácil", Harry falou. "É isso o que estou dizendo."

"Então eu tenho que continuar com essa farsa? Deixar que ele durma com outras e me bata quando estiver a fim?"

"De jeito nenhum. Você sabe que eu jamais diria isso."

"Então o que você está me dizendo?"

"Quero que você se prepare para o que vem pela frente."

"Não quero mais falar sobre isso", disse.

"Tudo bem", Harry falou. Ele abriu a porta do carro e desceu. Depois veio até o meu lado e abriu a minha.

"Vamos lá, Ev", ele disse, com toda a gentileza, estendendo a mão. "Foi uma noite puxada. Você precisa descansar."

De repente me senti exausta, como se, a partir do comentário dele, eu tivesse percebido que o cansaço já estava me consumindo fazia tempo. Fui com Harry para dentro da casa.

A sala de estar tinha poucos móveis, mas era linda, com decoração em tons de madeira e couro. A passagem de um ambiente a outro, inclusive as portas, eram arqueadas, e as paredes, branquíssimas. Havia uma única obra de arte pendurada, um Rothko azul e vermelho que ficava sobre o sofá. Isso me fez perceber que Harry não tinha escolhido ser produtor em Hollywood para ganhar dinheiro. A casa era bacana, claro. Mas não havia nenhuma ostentação ali, nada muito performático. Era só um lugar para descansar.

Harry era como eu. Estava no cinema pela glória. Porque o show business o ocupava, o tornava importante, o deixava sempre vigilante.

Harry, assim como eu, tinha sido atraído para aquele mundo pelo ego.

E nós dois tivemos a sorte de encontrar nosso lado humano nele, ainda que aparentemente por acaso.

Nós subimos a escadaria em curva, e Harry me mostrou o quarto de hóspedes. A cama tinha um colchão fino e um cobertor grosso de lã. Tirei a maquiagem do rosto lavando com sabonete, e Harry abriu o zíper das costas do meu vestido com toda a gentileza antes de me emprestar um pijama.

"Se precisar de alguma coisa, estou no quarto ao lado", ele disse.

"Obrigada. Por tudo."

Harry assentiu. Ele se virou para sair, mas se voltou de novo para mim enquanto eu me cobria. "Nossos interesses não são os mesmos, Evelyn", ele disse. "Os seus e os meus. Você entende, né?"

Olhei para ele, tentando determinar se entendia *mesmo*.

"Meu trabalho é fazer o estúdio ganhar dinheiro. E, se você fizer a vontade do estúdio, então meu trabalho é deixar você feliz. Só que, mais do que nunca, Ari quer..."

"Deixar Don feliz."

Harry olhou bem para mim. Eu tinha entendido certo.

"Tudo bem", falei. "É compreensível."

Harry abriu um sorriso tímido e fechou a porta.

Seria normal pensar que passei a noite toda me revirando na cama, preocupada com o futuro, com a implicação de ter beijado uma mulher, com o que minha separação de Don significaria.

Mas é para essas coisas que existe a negação.

Na manhã seguinte, Harry me levou para casa. Eu estava me preparando para uma briga. Mas, quando cheguei, Don não estava lá.

Nesse momento eu soube que meu casamento tinha acabado, e que a decisão — que eu pensava ser minha — já estava tomada.

Don não estava me esperando, não pretendia lutar por mim. Estava em algum lugar por aí, me deixando antes que eu pudesse deixá-lo.

Quem eu de fato encontrei na minha porta foi Celia St. James.

Harry esperou diante da garagem até eu chegar a ela. Então me virei e fiz um aceno para ele.

Assim que ele se foi e minha linda rua arborizada ficou silenciosa como seria de esperar em Beverly Hills às sete da manhã, peguei Celia pela mão, e nós entramos.

"Eu não sou...", Celia falou quando fechei a porta atrás de nós. "Eu só... Eu tinha uma amiga no colégio, minha melhor amiga. E nós duas..."

"Eu não quero ouvir essa história", falei.

"Tudo bem", ela disse. "É que... Eu não... Não tem nada de errado comigo."

"Eu sei que não tem nada de errado com você."

Ela olhou para mim, tentando entender exatamente o que eu queria com ela, o que eu queria que ela confessasse.

"Mas de uma coisa eu sei", continuei. "Sei que eu era apaixonada pelo Don."

"Eu sei bem!", ela disse, na defensiva. "Sei que você é apaixonada pelo Don. Disso eu sempre soube."

"Eu disse que *era* apaixonada pelo Don. Mas acho que isso não é mais verdade já faz um bom tempo."

"Certo."

"Agora eu só consigo pensar em você."

E, depois de dizer isso, subi a escada e fui arrumar minhas malas.

Fiquei escondida no apartamento de Celia uma semana e meia, vivendo um purgatório. Nós dormíamos juntas, mas sem fazer nada, apenas adormecíamos lado a lado na cama dela.

Durante o dia, eu ficava lendo no apartamento, enquanto ela saía para gravar um filme novo para a Warner Brothers.

A gente não se beijava. Às vezes prolongávamos um toque, de braço com braço, mão com mão, mas sem nunca olhar nos olhos uma da outra. No meio da noite, porém, antes de pegar no sono, eu sentia sua presença às minhas costas e me encostava nela, sentindo o calor de sua barriga contra mim, seu queixo na curva do meu pescoço.

Em algumas manhãs eu acordava com o nariz nos cabelos dela e respirava fundo, tentando sentir ao máximo seu cheiro.

Eu sabia que queria beijá-la de novo. Sabia que queria tocá-la. Só não sabia como fazer isso, ou como as coisas deveriam ser entre nós. Era fácil considerar um único beijo numa lavanderia escura como obra do acaso. Não era nada difícil dizer para mim mesma que o que eu sentia por ela era totalmente platônico.

E, por mais que às vezes permitisse que meus pensamentos sobre Celia voassem longe, tentava me convencer de que aquilo não era real. Homossexuais eram desajustados. E, apesar de saber que isso não os tornava pessoas ruins — afinal, eu amava Harry como a um irmão —, eu não estava pronta para ser uma.

Então me justificava dizendo para mim mesma que a fagulha que se acendeu entre mim e Celia tinha sido só um capricho passageiro — o que até podia ser convincente, desde que nada se repetisse.

Às vezes a realidade desaba sobre nós. Mas às vezes se põe a esperar pacientemente até a gente gastar todas as energias e não ter mais forças para negá-la.

E foi isso que aconteceu num sábado de manhã, enquanto Celia tomava banho e eu preparava os ovos.

Alguém bateu na porta e, quando abri, dei de cara com o único rosto que me alegraria ter à minha frente.

"Oi, Harry", falei, dando um abraço nele, tomando o cuidado de não tocar a espátula suja em sua bela camisa branca.

“Olha só você”, ele comentou. “Cozinhando!”

“Pois é”, falei, dando espaço para ele entrar. “Hoje vai chover, pelo jeito. Quer ovos?”

Fui com ele para a cozinha. Harry deu uma espiada na frigideira. “Já ficou boa nisso de preparar o café da manhã?”, ele quis saber.

“Se está perguntando se os ovos vão sair queimados, a resposta é provavelmente sim.”

Harry sorriu e pôs um envelope grosso na mesa da sala de jantar. O baque que a papelada fez ao bater no tampo de madeira já me deu a pista para deduzir qual era o conteúdo.

“Me deixa adivinhar”, falei. “Ele quer o divórcio.”

“Parece que sim.”

“Com que justificativa? Imagino que os advogados não tenham citado adultério ou agressão.”

“Abandono do lar.”

Eu ergui as sobrancelhas. “Muito espertinhos.”

“A justificativa não faz diferença. Você sabe disso.”

“Sei, sim.”

“Você precisa ler e mandar um advogado analisar tudo. Mas na prática o que interessa é uma coisa.”

“Me conta.”

“Você fica com a casa, com todo o seu dinheiro e metade do dele.”

Olhei para Harry como se ele estivesse tentando me vender a ponte do Brooklyn. “Por que ele faria isso?”

“Porque assim você fica proibida de falar com qualquer um a qualquer momento a respeito do que aconteceu durante o casamento.”

“Ele também fica proibido?”

Harry fez que não com a cabeça. “Não por escrito.”

“Então eu não posso falar nada e ele pode espalhar o que quiser por aí? Por que eu aceitaria isso?”

Harry olhou para a mesa por um instante e depois para mim, todo sem jeito.

“O Sunset vai me dispensar, né?”

“Don quer você fora do estúdio. Ari está pensando em ceder você para a MGM e a Columbia até o fim do seu contrato.”

“E depois?”

“Depois você fica por sua conta.”

“Bom, tudo bem. Eu me viro. Celia também não tem contrato fixo. Posso contratar um agente, que nem ela.”

“Pode, sim”, Harry concordou. “E acho que você deve tentar mesmo, mas...”

"Mas o quê?"

"Don quer que Ari faça de tudo para impedir que você ganhe uma indicação ao Oscar, e parece que ele vai concordar. Acho que Ari vai só ceder você para produções de segunda linha."

"Ele não pode fazer isso."

"Pode, sim. E vai, porque Don é a galinha dos ovos de ouro. Os estúdios andam mal das pernas. As pessoas não vão mais tanto ao cinema; ficam em casa na frente da televisão, esperando o próximo episódio de *Gunsmoke*. O Sunset está em decadência desde que foi obrigado a vender suas salas de cinema exclusivas. Só está na ativa ainda por causa de astros como Don."

"E estrelas como eu."

Harry concordou com a cabeça. "Porém... sinto muito dizer isso, mas acho importante que você entenda bem a realidade: Don lota muito mais cinemas que você."

Eu me encolhi. "Essa doeu."

"Eu sei", Harry falou. "E eu lamento muito."

A água do banheiro foi desligada, e ouvi Celia sair do chuveiro. Uma brisa entrou pela janela. Eu queria fechá-la, mas não me mexi. "Então é isso. Se Don não me quiser, ninguém mais vai querer."

"Se Don não te quiser, não quer que ninguém mais tenha você. Sei que a diferença é sutil, mas..."

"Mas já é de algum consolo."

"Ótimo."

"Então é esse o plano dele? Detonar com a minha vida e comprar meu silêncio com uma casa e menos de um milhão de dólares?"

"Mesmo assim é muito dinheiro", Harry diz, como se isso fizesse diferença, como se fosse ajudar.

"Você sabe que eu não estou nem aí para o dinheiro", respondi. "Pelo menos não como prioridade."

"Sei, sim."

Celia saiu do banheiro de roupão, com os cabelos molhados e soltos. "Ah, oi, Harry", ela falou. "Já, já eu venho."

"Não precisa correr por minha causa", ele disse. "Já estou de saída."

Celia sorriu e foi para o quarto.

"Obrigada por me trazer", falei.

Harry assentiu.

"Já fiz isso uma vez, posso fazer de novo", eu disse enquanto o acompanhava até a porta. "Posso começar tudo do zero de novo."

"Nunca duvidei que você fosse capaz de qualquer coisa que colocasse na cabeça." Harry pôs a mão na maçaneta, fazendo menção de ir. "Eu ficaria feliz se... Espero que eu ainda possa ser seu amigo, Evelyn. Que a gente ainda possa..."

"Ah, fica quieto", respondi. "Nós somos melhores amigos. Que podem contar tudo um para o outro ou não. Isso não muda. Você ainda me ama, né? Mesmo comigo prestes a ser uma adversária?"

"Sim."

"E eu ainda te amo. Então assunto encerrado."

Harry sorriu, aliviado. "O.k.", ele disse. "Então ainda estamos nessa."

"Juntos para o que der e vier."

Harry saiu do apartamento, e fiquei observando enquanto ele descia para a rua e pegava o carro. Em seguida me virei e me encostei na porta.

Eu ia perder tudo o que tinha conquistado na vida.

Tudo menos o dinheiro.

Eu ainda teria dinheiro.

E isso já era alguma coisa.

Foi quando percebi que havia mais uma coisa à minha espera, e que eu estaria livre para ter.

Com as costas apoiadas na porta daquele apartamento, à beira do fim do meu casamento com o homem mais popular de Hollywood, percebi que mentir para mim mesma estava me tomando muito mais energia do que eu tinha à disposição.

Então, em vez de me perguntar o que aquilo significava e o que aquilo me tornava, me endireitei e fui até o quarto de Celia.

Ela ainda estava de roupão, secando os cabelos diante da pia.

Fui até ela, olhei bem no fundo daqueles olhos azuis maravilhosos e falei: "Acho que eu amo você".

Em seguida desfiz o nó que segurava o roupão fechado e o abri.

Bem devagarinho. Tão devagar que dei a ela um milhão de chances de interromper meu gesto antes que eu o concluísse. Mas não foi isso que ela fez.

Em vez disso, ajeitou melhor a postura, me olhou com uma expressão mais ousada e levou a mão à minha cintura.

As laterais do roupão se soltaram no momento em que a tensão se desfez, e lá estava ela, sentada na minha frente, toda nua.

Sua pele era macia e clarinha. Os seios eram maiores do que eu imaginava, com mamilos rosados. A barriga tinha uma curvinha de nada, logo abaixo do umbigo.

E, quando meu olhar desceu para suas pernas, ela as afastou um pouco.

Por instinto, comecei a beijá-la. E levei a mão aos seus seios, e os toquei da maneira como gostava que tocassem nos meus.

Quando ela gemeu, senti meu corpo latejar.

Ela me beijou o pescoço e o alto do meu colo.

Tirou minha blusa por cima da cabeça.

Olhou para mim, para os meus peitos expostos.

"Você é maravilhosa", ela disse. "Ainda mais do que eu imaginava."

Fiquei vermelha e escondi o rosto entre as mãos, envergonhada com a minha falta de controle, com a minha falta de jeito naquela situação.

Ela afastou minhas mãos de cima do rosto e me olhou.

"Eu não sei o que estou fazendo", falei.

"Está tudo bem", ela disse. "Eu sei."

Naquela noite, Celia e eu dormimos nuas, agarradas uma à outra. Não fingíamos mais que nossos toques aconteciam por acidente. E, quando acordei de manhã com os cabelos dela no meu rosto, respirei bem fundo, toda orgulhosa, para que ela ouvisse.

Dentro daquelas quatro paredes, não havia motivo para termos vergonha.

Sub Rosa

30 DE DEZEMBRO DE 1959

FIM DE LINHA PARA ADLER E HUGO!

Don Adler, de novo o solteiro mais cobiçado de Hollywood?

Don e Evelyn decidiram pôr um ponto-final na relação! Depois de dois anos de casamento, Don entrou com o pedido de divórcio de Evelyn Hugo.

Ficamos tristes de ver os pombinhos se separando, mas estaríamos mentindo se disséssemos que fomos pegos de surpresa. Ouvimos rumores de que a ascensão de Don vai levá-lo às alturas, e Evelyn estava ficando invejosa e despeitada.

Para sorte de Don, ele renovou seu contrato com o Sunset Studios — o que deve ter deixado o mandachuva Ari Sullivan com um sorriso no rosto —, e ainda tem três filmes a ser lançados este ano. Esse Don não perde tempo.

Enquanto isso, apesar de o filme mais recente de Evelyn, *Mulherzinhas*, estar indo bem nas bilheterias e ter sido bem recebido pela crítica, o Sunset a retirou de sua nova produção *Os curingas*, e a substituiu por Ruby Reilly.

Será que o canto do cisne está próximo para Evelyn no Sunset?

"Como você conseguiu continuar tão confiante? Tão firme na sua resolução?", pergunto a Evelyn.

"Quando Don me deixou? Ou quando minha carreira foi pelo ralo?"

"As duas coisas, acho", respondo. "Quer dizer, você tinha Celia, então foi um pouco diferente, mas mesmo assim."

Evelyn inclina a cabeça de leve para o lado. "Diferente do quê?"

"Hã?", falei, perdida nos meus próprios pensamentos.

"Você disse que eu tinha Celia, então era um pouco diferente", Evelyn esclarece. "Diferente do quê?"

"Desculpa", digo. "Eu estava... pensando na vida." Por um momento deixei que os problemas do meu relacionamento se intrometessem numa conversa que deveria ser um monólogo.

Evelyn sacode a cabeça. "Não precisa pedir desculpa. Só me conta. Diferente do quê?"

Olho para ela e percebo que abri uma porta que agora não tenho mais como fechar. "Do meu divórcio iminente."

Evelyn sorri, de um jeito meio parecido com o Gato de Alice. "Agora as coisas estão ficando interessantes", ela diz.

Me incomoda um pouco essa postura maquiavélica diante da minha vulnerabilidade. É culpa minha ter tocado no assunto. Mas ela poderia ter mostrado mais delicadeza. Acabei de me expor. De revelar uma ferida aberta.

"Já assinou a papelada?", Evelyn pergunta. "Talvez com um coraçãozinho em cima do *i* em Monique? Era isso que eu faria."

"Acho que não consigo tratar um divórcio com a mesma leveza que você", digo. É a primeira coisa que me vem à mente, e sai assim, direta e reta. Penso em atenuar o que falei, mas... não faço isso.

"Não, claro que não", Evelyn diz num tom gentil. "Se fizesse isso, na sua idade, seria cinismo demais."

"Mas e na sua idade?", pergunto.

"Com a minha experiência? Seria apenas realista."

"Então, por si só, é uma postura terrivelmente cínica, não? Afinal, o divórcio é uma perda."

Evelyn faz que não com a cabeça. "A decepção amorosa é uma perda. O divórcio é um documento."

Olho para baixo e percebo que estou desenhando e redesenhando um cubo com minha caneta azul. Está começando a rasgar a página. Não recolho a caneta nem começo a apertar com mais força. Simplesmente continuo retraçando as linhas do cubo.

"Se você está sofrendo com uma decepção amorosa no momento, eu lamento muito", diz Evelyn. "Esse sentimento eu trato com o maior respeito. É o tipo de coisa capaz de acabar com uma pessoa. Mas eu não fiquei com o coração partido quando Don me deixou. Simplesmente senti que meu casamento tinha fracassado. E são duas coisas bem diferentes."

Nesse momento, paro de desenhar com a caneta. Olho para ela. Fico me perguntando por que precisei de Evelyn para me dizer isso.

Fico me perguntando por que essa distinção não me passou pela cabeça antes.

Na caminhada até o metrô no começo daquela noite, vejo que Frankie me ligou duas vezes.

Espero concluir todo o trajeto até o Brooklyn, quando estou entrando na rua do meu apartamento, para responder. São quase nove da noite, então decido escrever, em vez de ligar: *Estou saindo da casa da Evelyn só agora. Desculpa por responder tão tarde. Quer conversar amanhã?*

Estou enfiando a chave na porta quando Frankie responde: *Pode ser hoje mesmo. Me liga assim que puder.*

Eu reviro os olhos. Jamais deveria ter tentado enrolar Frankie.

Guardo minha bolsa e começo a andar de um lado para outro no apartamento. O que eu vou dizer? Parece que tenho duas opções.

Posso mentir, dizer que está indo tudo muito bem, que estamos a caminho de uma bela edição de junho e que estou conseguindo declarações mais concretas de Evelyn.

Ou posso contar a verdade e correr o risco de ser demitida.

A essa altura, já estou começando a pensar que perder meu emprego pode não ser tão ruim. Vou ter um livro para vender mais para a frente, que provavelmente vai render milhões de dólares. O que por sua vez vai me abrir a chance de escrever a biografia de outras celebridades. E então, no futuro, poder escolher meus próprios temas, escrever sobre o que quiser, com a certeza de que haverá editoras interessadas.

Mas não sei quando vou poder vender o livro. E, se meu objetivo é fazer nome para poder determinar minhas próprias pautas, então preciso me preocupar com minha credibilidade. Ser demitida da *Vivant* por ter roubado uma matéria da revista não vai fazer bem para minha reputação.

Antes de conseguir decidir o que fazer, meu telefone começa a tocar na minha mão.

Frankie Troupe.

"Alô?"

"Monique", diz Frankie, num tom de voz que de alguma forma consegue transmitir boa vontade e irritação. "O que está rolando com a Evelyn? Me conta tudo."

Até agora estou procurando uma forma de fazer com que todo mundo consiga o que quer — Frankie, Evelyn e eu. Mas de repente me dou conta de que a única coisa que posso de fato controlar é que *eu* posso conseguir o que quero.

E por que não faria isso?

Sério mesmo.

Por que *eu* não posso ser a pessoa que se dá bem nessa história?

"Frankie, oi, desculpa por não ter atendido antes."

"Tudo bem, tudo bem", diz Frankie. "Contanto que você esteja conseguindo material interessante."

"Eu estou, mas infelizmente Evelyn não está mais interessada em fazer uma entrevista para a *Vivant*."

O silêncio do outro lado da linha é ensurdecedor. E é seguido por uma única palavra, curta e grossa: "Quê?".

"Passei dias e dias tentando negociar com ela. Foi por isso que não dei mais notícias para você. Estou explicando que só o que posso fazer é uma matéria para a *Vivant*."

"Se ela não está interessada, por que procurou a gente, então?"

"Ela estava atrás de mim", respondo. Não ofereço nenhum complemento. Não digo *Ela estava atrás de mim por isso e por aquilo* ou *Ela estava atrás de mim, e me desculpe por essa confusão toda.*

"Ela usou a gente para chegar até você?", Frankie questiona, como se fosse o maior insulto do mundo. Por outro lado, Frankie me usou para chegar até Evelyn, então...

"Sim", digo. "Parece que sim. Ela está interessada em fazer uma biografia mais extensa. Escrita por mim. Eu fui levando a conversa adiante na esperança de que ela mudasse de ideia."

"Uma *biografia*? Você está usando nossa pauta para conseguir um livro?"

"Isso é o que a Evelyn quer. Eu estou tentando convencê-la do contrário."

"E conseguiu?", Frankie questiona. "Ela se convenceu?"

"Não", respondo. "Ainda não. Mas acho que consigo."

"Certo", Frankie diz. "Então faça isso."

Era a deixa que eu estava esperando.

"Acho que consigo uma matéria de fôlego, com grande repercussão, com Evelyn Hugo", explico. "Mas, se conseguir isso, vou querer uma promoção."

"Que tipo de promoção?" Dá para ouvir o ceticismo se infiltrando no tom de voz de Frankie.

"Editora especial. Com liberdade para trabalhar dentro e fora da redação. Definindo minhas próprias pautas."

"Não."

"Assim eu não tenho nenhum incentivo para convencer Evelyn a colaborar com a *Vivant*."

Quase consigo ouvir Frankie pesando as opções. Ela está em silêncio, mas não sinto nenhuma tensão no ar. É como se ela estivesse pedindo para eu não me manifestar até que decida o que responder. "Se você conseguir uma matéria de capa", ela diz, "*e* se Evelyn concordar em fazer uma sessão de fotos, posso te promover a repórter especial."

Avalio a oferta, e Frankie continua enquanto ainda estou pensando: "Só temos uma editora especial. Tirar Gayle de um lugar que ela conquistou por merecimento não me parece certo. Acho que você entende isso. Repórter especial é o que posso oferecer. Eu não vou me meter demais nas suas pautas. E, se você se provar à altura, vai subir na hierarquia, como todo mundo. É a forma mais justa de fazer as coisas, Monique."

Penso a respeito mais um pouquinho. Repórter especial me parece razoável. Me parece ótimo. "Tudo bem", respondo. Então forço um pouco mais a mão. Porque, como Evelyn falou lá no início, tenho que fazer questão de ser bem paga. E ela tem razão. "E quero um aumento compatível com o cargo."

Faço uma careta ao ouvir minha voz pedindo dinheiro de forma tão aberta. Mas meus ombros relaxam quando Frankie diz: "Sim, claro, tudo bem". Eu volto a respirar. "Mas preciso da sua confirmação amanhã mesmo", ela continua. "E quero a sessão de fotos agendada para a semana que vem."

"Certo", respondo. "Pode deixar."

Antes de desligar, Frankie ainda complementa: "Estou impressionada, mas também puta da vida. Então, por favor, vai lá e arrasa, para não me restar alternativa a não ser perdoar você."

"Não se preocupa", digo. "Eu vou."

Quando entro no escritório de Evelyn na manhã seguinte, estou tão nervosa que sinto o suor escorrer pelas costas, formando uma poça na lombar.

Grace serve uma tábua de frios, e fico com os olhos voltados apenas para os picles enquanto Evelyn e Grace conversam sobre Lisboa no verão.

Assim que Grace sai, eu me viro para Evelyn.

"A gente precisa conversar", aviso.

Ela dá risada. "Sinceramente, acho que não fazemos nada além disso aqui."

"Sobre a *Vivant*, na verdade."

"Certo", ela diz. "Pode falar."

"Preciso ter uma ideia de data de lançamento do livro." Fico esperando a resposta de Evelyn. Fico esperando que ela me dê alguma coisa, *qualquer coisa*, parecida com uma resposta.

"Sim, estou ouvindo", ela diz.

"Se você não me disser mais ou menos quando o livro pode ser vendido, eu corro o risco de perder meu emprego por uma coisa que só vai acontecer daqui a anos. Décadas, até."

"Você com certeza está esperançosa quanto à minha expectativa de vida."

"Evelyn", digo, um tanto desanimada por ela ainda não me levar a sério. "Preciso saber quando o livro vai sair, ou então vou ser obrigada a prometer um trecho antecipado para a edição de junho da *Vivant*."

Evelyn fica pensativa. Está sentada de pernas cruzadas no sofá diante de mim, com uma calça preta de jérsei e corte justo, uma regata cinza e um cardigã branco e largo. "Tudo bem", ela diz, assentindo. "Você pode publicar uma parte, qual você quiser, na edição de junho. Mas só se parar com esse papo de cronograma."

Não posso deixar transparecer minha alegria. Ainda tenho metade do caminho pela frente. Não posso baixar a guarda enquanto não conseguir tudo. Preciso ser impositiva. Preciso pedir e estar preparada para insistir no caso de uma negativa. Tenho que saber o meu valor.

Afinal de contas, Evelyn também está me pedindo uma coisa. Ela precisa de mim. Não sei por quê, nem para quê, mas caso contrário não estaria sentada aqui. Eu sou importante para ela. Sei disso. E agora preciso usar esse fato. Assim como ela faria se estivesse no meu lugar.

Então lá vamos nós.

"Precisamos fazer uma sessão de fotos com você. Para a capa."

"Não."

"É uma condição inegociável."

"Tudo na vida é negociável. Você já não conseguiu o que queria? Eu concordei com a publicação do trecho."

"Nós duas sabemos como seria importante publicar imagens suas."

"Eu já disse que não."

Muito bem. Vamos lá. Eu consigo. Basta fazer o que Evelyn faria. Preciso dar uma de Evelyn Hugo para cima de Evelyn Hugo. "Ou você concorda em fazer a foto de capa, ou estou fora."

Evelyn se inclina para a frente no sofá. "Como é?"

"Você quer que eu escreva a história da sua vida. E eu quero escrever. Mas essas são minhas condições. Não vou perder meu emprego por sua causa. E para manter meu emprego preciso de uma matéria de capa com Evelyn Hugo. Então ou você me convence a abrir mão do meu emprego — o que só é possível se eu souber *quando* o livro pode ser publicado —, ou concorda com os meus termos. Essas são as suas opções."

Evelyn olha para mim, e fico com a impressão de que a surpreendi positivamente. E me sinto bem por isso. Está difícil conter o sorriso no meu rosto.

"Você está se divertindo com isso, né?", ela diz.

"Estou só tentando proteger meus interesses."

"Sim, e está se saindo bem, mas também acho que está sentindo uma pontinha de prazer fazendo isso."

Enfim eu abro um sorriso. "Estou aprendendo com a melhor."

"Pois é, está mesmo", diz Evelyn. Ela franze o nariz. "Uma foto de capa?"

"Uma foto de capa."

"Tudo bem. Uma foto de capa. E, em troca, a partir de segunda-feira, quero você aqui o tempo inteiro. Quero contar tudo o mais depressa possível. E, de agora em diante, se eu não responder a uma pergunta, você não vai ficar insistindo. Temos um acordo?"

Levanto da mesa, vou até Evelyn e estendo a mão. "Combinado."

Evelyn ri. "Veja só você", ela comenta. "Se continuar assim, vai acabar conquistando uma posição de poder algum dia."

"Ora, obrigada", respondo.

"Tá, tá, tá, tá", ela diz, mas com um tom quase afetuoso. "Senta logo aí e começa a gravar. Eu não tenho o dia todo."

Obedeço, e então olho para ela. "Muito bem", digo. "Então você estava apaixonada por Celia, divorciada de Don, e parecia que sua carreira estava indo pelo ralo. E depois?"

Evelyn demora um pouquinho para começar a falar, e nesse momento percebo que ela acabou de concordar em fazer justamente aquilo que jurou nunca fazer — uma capa para a *Vivant* — só para não me perder.

Evelyn me quer nesse projeto por algum motivo. E quer para valer.

E agora estou começando a desconfiar que posso ter uma boa razão para ficar com medo.

O INSACIÁVEL
Mick Riva

PhotoMoment

1º DE FEVEREIRO DE 1960

EVELYN, O VERDE NÃO LHE CAI BEM

Evelyn Hugo apareceu na entrega dos Audience Appreciation Awards de 1960 na quinta-feira de braços dados com o produtor Harry Cameron. Com um vestido de festa de seda verde, não conseguiu provocar o mesmo furor que provocava no passado. A marca registrada de Evelyn está começando a virar sinônimo de tédio.

Por outro lado, Celia St. James estava deslumbrante com um vestidinho azul-claro de tafetá com pedraria, renovando um visual típico de eventos diurnos com um toque de glamour e modernidade.

Mas a gélida Evelyn não trocou uma palavra com sua antiga melhor amiga. Evitou Celia a noite toda.

Será porque Evelyn não suporta a ideia de que Celia recebeu o prêmio de Personalidade Feminina Mais Promissora naquela noite? Ou porque Celia foi indicada ao Oscar de Melhor Atriz Coadjuvante pelo filme *Mulherzinhas*, enquanto Evelyn passou em branco?

Ao que parece, Evelyn Hugo está verde de inveja.

Ari me vetou nas produções do Sunset e começou a me oferecer para filmes da Columbia. Depois de ser forçada a atuar em duas comédias românticas bastante dispensáveis — ambas tão ruins que estava na cara que seriam fracassos retumbantes —, os outros estúdios não queriam nada comigo também.

Don estampou a capa da *Life*, numa foto na praia, saindo do mar, sorrindo como se fosse o dia mais feliz de sua vida.

No dia da entrega do Oscar de 1960, eu era oficialmente persona non grata em Hollywood.

"Você sabe que eu te levaria", Harry me disse quando me ligou naquela tarde para saber se estava tudo bem. "É só me dizer que eu passo aí. Com certeza você tem um vestido deslumbrante para usar, e todo mundo vai sentir inveja de mim ao me ver do seu lado."

Eu estava no apartamento de Celia, me preparando para ir embora antes que o pessoal que faria o cabelo e a maquiagem dela chegasse. Ela estava na cozinha, bebendo água com limão em rodelas, evitando comer o que quer que fosse para caber no vestido que usaria.

"Eu sei que sim", respondi ao telefone. "Mas nós dois sabemos que você só prejudicaria sua reputação aparecendo comigo no momento."

"Mas a oferta está de pé", Harry disse.

"Eu sei", falei. "Mas também sei que não posso deixar você fazer isso."

Harry deu risada.

"Meus olhos estão inchados?", Celia perguntou quando desliguei o telefone. Ela os arregalou para mim, como se isso fosse ajudar em alguma coisa.

Não vi nada fora do normal. "Estão lindos. E de qualquer forma você sabe que Gwen vai te deixar maravilhosa. Está preocupada com o quê?"

"Ah, pelo amor de Deus, Evelyn", Celia falou, me provocando. "Acho que nós duas sabemos com que eu estou preocupada."

Eu a enlacei pela cintura. Ela estava usando uma camisolinha de cetim, com barrado de renda. E eu, uma blusa de manga curta e um short. Os cabelos dela estavam molhados. Quando estava assim, ela não tinha cheiro de xampu. Tinha cheiro de terra molhada.

"Você vai ganhar", falei, puxando-a para junto de mim. "Disparado."

"Posso não ganhar. Eles podem premiar Joy ou Ellen Mattson."

"Acho mais fácil jogarem a estatueta no rio do que darem para Ellen Mattson. E Joy, coitadinha, ela não é você."

Celia ficou vermelha, escondeu o rosto entre as mãos por um instante e me olhou de novo. "Eu estou insuportável?", ela perguntou. "Obcecada por essa coisa? Trazendo o assunto à tona toda hora? Sendo que você está..."

"Na merda?"

"Eu ia dizer na geladeira."

"Mesmo se você estiver insuportável, vou continuar te suportando", eu disse, dando um beijo nela e sentindo o gosto de limão em sua boca.

Conferi o relógio e, sabendo que o pessoal do cabelo e da maquiagem ia chegar a qualquer momento, peguei minha chave.

Ela e eu estávamos tomando todo o cuidado para não sermos vistas juntas. Uma coisa era quando éramos só amigas, mas, quando passamos a ter algo a esconder, começamos a agir de acordo.

"Eu te amo", falei. "Tenho fé em você. Boa sorte."

Quando virei a maçaneta, ela me chamou. "Se eu não ganhar", ela perguntou, com os cabelos molhados caindo sobre as alças da camisola, "você vai continuar me amando?"

Só percebi que não era brincadeira quando a olhei nos olhos.

"Se você fosse uma indigente morando numa caixa de papelão, eu continuaria te amando", falei. Era uma coisa que eu nunca tinha dito antes. E jamais diria.

Celia abriu um sorriso largo. "Eu também. Com a caixa de papelão e tudo."

Horas depois, na casa em que eu morei com Don mas que agora era só minha, preparei um cape codder, sentei no sofá e liguei a tevê na NBC, para ver meus amigos e a mulher que eu amava passarem pelo tapete vermelho do Pantages Theatre.

Tudo parecia muito mais glamoroso na tela. Lamento estragar a ilusão, mas pessoalmente o teatro é menor, as pessoas são mais pálidas e o palco é menos imponente.

Tudo é maquiado para fazer os telespectadores sentirem que estão tendo acesso a um outro mundo, um mundo só para raros. E fiquei surpresa ao constatar o efeito que aquilo exerceu sobre mim, ao me dar conta de como era fácil cair naquela ilusão, mesmo para alguém que estava lá até pouco tempo.

Depois de dois drinques e muita autocomiseração, chegou o momento do anúncio do prêmio de Melhor Atriz Coadjuvante. Mas, assim que a câmera focou em Celia, juro que recobrei a sobriedade e juntei as mãos com cada vez mais força, como se assim as chances dela fossem aumentar.

"E o Oscar vai para... Celia St. James, por *Mulherzinhas.*"

Pulei do sofá e gritei de alegria por ela. E meus olhos se encheram de lágrimas quando ela subiu ao palco.

Quando a vi atrás do microfone, em cima daquele palco, com a estatueta na mão, fiquei encantada. Com aquele vestido fabuloso de gola canoa, com os brincos de diamantes e safira, e com seu rosto absolutamente perfeito.

"Eu agradeço a Ari Sullivan e Harry Cameron. E agradeço ao meu agente, Roger Colton. E à minha família. E ao maravilhoso elenco feminino de que tive a sorte de participar. A Joy e Ruby. E a Evelyn Hugo. Obrigada."

Quando ela disse meu nome, me senti enlevada de alegria e amor. Estava explodindo de felicidade por ela. E então fiz uma coisa sem nenhum sentido. Eu dei um beijo na televisão.

Dei um beijo naquele belo rosto em preto e branco.

Eu ouvi um estalo antes de registrar a dor. E, enquanto Celia acenava para a plateia e descia do palco, percebi que tinha lascado um dente.

Mas nem me importei. Estava muito feliz. Empolgada demais para dar os parabéns para ela e demonstrar todo o meu orgulho.

Preparei outro drinque e me forcei a ver o resto da premiação. Depois que anunciaram o ganhador do Oscar de Melhor Filme e passaram os créditos da transmissão, desliguei a TV.

Sabia que Harry e Celia iam passar a noite toda fora. Então apaguei as luzes e subi para o quarto. Tirei a maquiagem. Pus um creme no rosto. Me enfiei nas cobertas. Eu estava me sentindo bem solitária, morando sozinha.

Celia e eu tínhamos conversado a respeito e decidido que não podíamos morar juntas. Ela estava menos convicta do que eu, mas fui irredutível. Minha carreira podia estar na sarjeta, mas a dela estava em alta. Eu não poderia permitir que ela se arriscasse daquela forma. Não por mim.

Deitei a cabeça no travesseiro, mas abri os olhos quando ouvi um carro parando na frente da minha garagem. Olhei pela janela e vi Celia descendo e se despedindo do motorista. Ela trazia um Oscar na mão.

"Pelo jeito você já está bem confortável", Celia falou quando me encontrou no quarto.

"Vem cá", eu disse para ela.

Celia tinha bebido umas e outras. Eu adorava quando ela bebia. Continuava sendo quem sempre foi, só mais alegrinha, tão solta que às vezes parecia que ia sair voando.

Ela veio correndo e pulou na cama. Dei um beijo nela.

"Estou tão orgulhosa de você, querida."

"Senti sua falta a noite toda", Celia falou, ainda com o Oscar na mão, e dava para ver que era pesado, porque ficava tombando na cama o tempo todo. O espaço onde deveria aparecer seu nome estava em branco.

"Não sei se era para eu ter ficado com este aqui", ela disse com um sorriso. "Mas não quis devolver."

"Por que você não saiu para comemorar? Deveria estar na festa do Sunset."

"Só queria comemorar com você."

Eu a puxei para perto. Ela tirou os sapatos.

"Tudo perde a graça quando você não está comigo", ela falou. "Só me interessa você; o resto é merda."

Joguei a cabeça para trás e gargalhei.

"O que aconteceu com o seu dente?", Celia perguntou.

"Dá para notar?"

Ela deu de ombros. "Acho que não. Eu é que memorizei cada centímetro do seu corpo."

Algumas semanas antes, eu tinha deitado nua ao lado de Celia e deixado ela me olhar, pedacinho por pedacinho. Ela me falou que queria guardar cada detalhe na memória. Disse que estava me estudando, como se eu fosse um Picasso.

"Que vergonha", eu disse, me referindo ao dente.

Celia me olhou, intrigada.

"Eu dei um beijo na tela da TV", contei. "Quando você ganhou. Fui beijar você e lasquei o dente."

Celia riu até perder o fôlego. A estatueta despencou com um baque surdo. Então ela subiu em cima de mim e me enlaçou pelo pescoço. "Foi a maior demonstração de amor que alguém já deu desde o surgimento da humanidade."

"Acho que vou marcar uma consulta no dentista assim que acordar amanhã."

"Acho bom."

Peguei o Oscar na mão. Encarei a estatueta. Também queria um. E, se tivesse ficado mais tempo com Don, poderia ter conseguido naquela noite.

Ela ainda estava de vestido, mas tinha tirado os saltos. Os cabelos estavam se soltando dos grampos. O batom já estava desbotado. Os brincos ainda cintilavam.

"Você já fez amor com alguém que tem um Oscar?", ela perguntou.

Cheguei bem perto disso com Ari Sullivan, mas aquela não parecia a melhor hora para abrir a boca. E, de qualquer forma, o espírito da pergunta era chamar a minha atenção para a felicidade de um momento como aquele. E era algo que eu nunca tinha vivenciado.

Eu a beijei e senti suas mãos no meu rosto, e observei quando ela tirou o vestido e deitou na minha cama.

Meus dois filmes naufragaram nas bilheterias. Um romance que Celia fez esgotou os ingressos. Don estrelou seu próprio thriller de sucesso. As críticas a *Os curingas* diziam que Ruby Reilly era "de uma perfeição estonteante" e "de um talento incomparável".

Eu aprendi a fazer bolo de carne e a passar minhas próprias calças.

Então assisti a *Acossado*. Saí do cinema, fui para casa, liguei para Harry Cameron e falei: "Tenho uma ideia. Eu vou a Paris".

Celia ia participar de uma filmagem numa locação em Big Bear que duraria três semanas. Sabia que não tinha como ir com ela, nem visitá-la no set. Ela garantiu que viria para casa todo fim de semana, mas parecia arriscado demais.

Afinal, ela era solteira. Fiquei com medo de que acabasse surgindo a pergunta: *O que uma moça solteira precisa tanto fazer em casa?*

Então decidi que era o momento ideal para ir à França.

Harry tinha contatos com cineastas de Paris. Ele fez alguns telefonemas para mim, em segredo.

Alguns dos produtores e diretores com quem me encontrei já sabiam quem eu era. Outros claramente só estavam fazendo um favor para Harry. E então apareceu Max Girard, um diretor em ascensão da nouvelle vague que nunca tinha ouvido falar de mim.

"Você é *une bombe*", ele disse.

Estávamos num bar tranquilo em Saint-Germain-des-Près, numa mesa nos fundos. Foi logo depois da hora do jantar, mas eu não tinha comido nada. Max estava bebendo vinho branco. Eu pedi uma taça de clarete.

"Isso me parece um elogio", comentei, dando um gole.

"Não lembro de ter visto uma mulher tão atraente", ele comentou, me encarando. Seu sotaque inglês era tão carregado que precisei me inclinar para a frente para ouvi-lo melhor.

"Obrigada."

"E sua atuação como atriz, como é?", ele perguntou.

"Melhor do que meu visual."

"Isso não é possível."

"É, sim."

Vi que Max tinha mordido a isca. "Você aceitaria fazer um teste para um papel?"

Eu aceitaria limpar privadas para conseguir um papel, se fosse preciso. "Se o papel for bom...", respondi.

Max sorriu. "É um papel espetacular. Um papel para uma estrela de cinema."

Balancei a cabeça devagar. A gente precisa saber controlar cada parte do corpo para não parecer ansiosa demais.

“Me manda o roteiro e depois conversamos”, falei, dando um último gole no meu vinho e ficando de pé. “Me desculpa, Max, mas eu preciso ir. Tenha uma ótima noite. Vamos manter o contato.”

Sem chance que eu ia ficar num bar com um homem que nunca tinha ouvido falar de mim, como se dispusesse de todo o tempo do mundo.

Pude sentir seus olhos sobre mim enquanto eu saía, mas passei por aquela porta com toda a confiança que era capaz de demonstrar — o que, levando em conta minha situação na época, não era pouca coisa. Quando voltei ao hotel, vesti meu pijama, pedi comida no serviço de quarto e liguei a TV.

Antes de dormir, escrevi um bilhete para Celia.

Minha queridíssima CeCe,

Por favor, nunca se esqueça de que o sol se levanta e se põe com seu sorriso. Pelo menos para mim. Você é a única coisa nesse mundo que merece devoção.

Com todo o meu amor,

Edward

Dobrei o papel no meio, enfiei no envelope e enderecei a ela. Em seguida apaguei a luz e fechei os olhos.

Três horas depois, acordei com o som estridente do telefone na mesinha ao lado da cama.

Eu atendi, irritada e sonolenta.

“*Bonjour*?”, falei.

“Nós sabemos falar sua língua por aqui, Evelyn.” O inglês com sotaque carregado de Max reverberou do outro lado da linha. “Estou ligando para saber se você vai estar livre para fazer o filme quando eu for filmar. Na semana depois da próxima.”

“Daqui a duas semanas?”

“Até menos. Vamos filmar a seis horas de Paris. Você topa?”

“Qual é o papel? E quanto tempo vão levar as filmagens?”

“O nome do filme é *Boute-en-Train*. Pelo menos por enquanto. Vamos filmar por duas semanas no lago de Annecy. Para o resto do trabalho você não precisa estar presente.”

“O que significa *Boute-en-Train*?” Tentei pronunciar da mesma forma que ele, mas soou tão forçado que jurei nunca mais tentar de novo. É melhor não se meter a fazer coisas que a gente não sabe.

“Significa a alma da festa. Como você.”

“Uma arroz de festa?”

“Uma pessoa que é o coração pulsante da vida.”

“E minha personagem?”

"É o tipo de mulher por quem todos os homens se apaixonam. Foi escrita originalmente para uma francesa, mas acabei de decidir que, se você quiser, posso desfazer o acordo com ela."

"Isso não é lá muito bonito."

"Ela não é você."

Eu sorri, surpresa tanto com seu charme quanto com sua avidez.

"É sobre dois ladrõezinhos que estão fugindo para a Suíça e acabam se encantando com uma mulher maravilhosa que encontram no caminho. Os três partem para uma aventura nas montanhas. Eu estava aqui lendo o roteiro, tentando decidir se a mulher pode ser americana. E acho que pode. Julgo que é mais interessante assim. Foi um golpe de sorte, conhecer você agora. Então, você aceita?"

"Me dá um tempo para pensar", respondi. Eu sabia que ia aceitar o papel. Era o único que eu era capaz de conseguir. Mas ninguém chega a lugar nenhum cedendo ao primeiro pedido que aparece.

"Sim", Max falou. "Claro. Você já fez cenas de nudez antes, não?"

"Não", respondi.

"Acho que você precisa aparecer sem roupa da cintura para cima. No filme."

Se eu ia ter que mostrar os peitos, por que não deveria ser num filme francês? E, se os franceses iam pedir isso para alguém, não deveria ser para mim? Eu sabia como tinha conquistado minha fama. E sabia que aquilo poderia funcionar de novo.

"Por que não conversamos sobre isso amanhã?", eu disse.

"Só se for amanhã *cedinho*", ele falou. "Porque essa outra atriz... ela vai mostrar os peitos, Evelyn."

"Está tarde, Max. De manhã eu te ligo." E encerrei a ligação.

Fechei os olhos e respirei fundo, refletindo sobre como aquela oportunidade não estava à minha altura e ao mesmo tempo considerando a sorte que tinha por recebê-la. Não é fácil fazer esse ajuste entre o que costumava ser verdade e o que passou a ser verdade depois de determinado ponto. Por sorte, eu não precisei me preocupar com isso por muito tempo.

Duas semanas depois, eu estava de volta a um set de filmagem. E, dessa vez, livre do estigma de menina inocente e certinha que o Sunset tinha cravado em mim. Dessa vez, eu poderia fazer o que quisesse.

Durante as filmagens, ficou claro que Max não queria nada além de me possuir. Dava para ver pelos olhares que ele me lançava que parte do meu apelo para Max, o cineasta, era meu poder de atração sobre ele como homem.

Quando Max entrou no meu camarim no penúltimo dia de filmagem, ele falou: "*Ma belle, aujourd'hui tu seras sans haut*". Eu já entendia francês o suficiente para saber que ele estava falando que queria me filmar saindo do lago. Como uma americana peituda num filme francês, não era difícil deduzir que quando alguém diz *sans haut* quer dizer sem a parte de cima da roupa.

Eu estava totalmente disposta a tirar a blusa e mostrar meus atributos se isso fosse necessário para recolocar meu nome no mercado. A essa altura, estava loucamente apaixonada por uma mulher. Tinha passado a desejá-la com cada fibra do meu ser. Tinha aprendido a apreciar o prazer de admirar o corpo feminino.

Então disse para Max que faria a cena que ele quisesse, mas que tinha uma sugestão para fazer o filme causar ainda mais frisson.

Sabia que minha ideia era boa, porque eu entendia a vontade de arrancar a blusa de uma mulher.

E, quando Max ouviu, *ele* também percebeu que a ideia era boa, porque entendia a vontade de querer arrancar a *minha* blusa.

Na sala de edição, Max diminuiu a velocidade da minha saída do lago para torná-la bem lenta, e interrompeu a tomada um milésimo de segundo antes de meus peitos aparecerem por inteiro. A tela simplesmente ficava preta, como se o filme tivesse sido adulterado ou o montador tivesse errado no corte.

Havia muita expectativa. Mas nunca se concretizava, não importava quantas vezes você assistia, nem o quanto acertasse o momento de dar a pausa na fita, anos mais tarde.

E funcionava por um motivo: homem ou mulher, gay, hétero ou bi — pode ser o que for, todo mundo gosta de ser provocado.

Seis meses depois do fim das filmagens de *Boute-en-Train*, eu tinha virado uma sensação internacional.

PhotoMoment

15 DE SETEMBRO DE 1961

CANTOR MICK RIVA GAMADO EM EVELYN HUGO

Depois de se apresentar na noite passada no Trocadero, Mick Riva tirou alguns minutos para ouvir nossas perguntas. Com um drinque na mão que não parecia ser o primeiro, Mick foi extremamente franco...

Ele revelou que está feliz por ter se divorciado da sereia Veronica Lowe porque, segundo suas palavras: "Eu não merecia uma mulher como aquela, e ela não merecia um cara como eu".

Quando foi sondado a respeito de uma nova eleita, ele admitiu estar de olho em umas quantas possibilidades, mas que abriria mão de todas para passar uma noite com Evelyn Hugo.

A antiga sra. Don Adler vem se mostrando um artigo muito cobiçado ultimamente. Sua aparição no filme mais recente do diretor francês Max Girard, *Boute-en-Train*, passou a temporada de verão lotando cinemas em toda a Europa, e agora está tomando os Estados Unidos de assalto.

"Já vi *Boute-en-Train* três vezes", contou-nos Mick. "E vou ver a quarta. Simplesmente não me canso de vê-la sair daquele lago."

Então ele gostaria de sair com Evelyn um dia desses?

"Eu queria casar com ela, isso sim."

Ouviu isso, Evelyn?

Hollywood Digest

2 DE OUTUBRO DE 1961

EVELYN HUGO INTERPRETARÁ ANNA KARIÊNINA

Evelyn Hugo, a sensação do momento, acabou de assinar contrato para interpretar a protagonista do épico da Fox *Anna Kariênina*. Ela também assumiu o papel de coprodutora do filme, junto com Harry Cameron, ex-Sunset Studios.

A srta. Hugo e o sr. Cameron trabalharam juntos no Sunset em sucessos como *Pai e filha* e *Mulherzinhas*. Essa será a primeira parceria dos dois fora do Sunset.

O sr. Cameron, que fez nome no showbiz por seu gosto refinado e seu faro aguçado para os negócios, aparentemente saiu do Sunset por desavenças com ninguém menos que o mandachuva do estúdio, Ari Sullivan. Mas pelo jeito a Fox abraçou de imediato a oportunidade de trabalhar com a srta. Hugo e com o sr. Cameron, desembolsando um cachê polpudo, além de uma participação na bilheteria.

Todos estavam curiosos para saber qual seria o projeto seguinte da srta. Hugo. *Anna Kariênina* é uma escolha interessante. Uma coisa é certa: se Evelyn mostrar na tela um ombro desnudo que seja, as plateias vão comparecer em peso.

Sub Rosa

23 DE OUTUBRO DE 1961

DON ADLER E RUBY REILLY, NOIVOS?

Mary e Roger Adler deram uma festa no último sábado que, segundo dizem, saiu um pouco do controle! Os convidados que compareceram foram surpreendidos ao saber que não era apenas uma festa para Don Adler...

Era o anúncio do noivado de Don com ninguém menos que a atual rainha do Sunset Studios, Ruby Reilly!

Don e Ruby ficaram mais próximos depois que Don se divorciou da bombástica Evelyn Hugo, quase dois anos atrás. Ao que parece, Don admitiu que já tinha interesse em Ruby desde os tempos em que Evelyn e Ruby rodaram *Mulherzinhas*.

Estamos muito felizes por Don e Ruby, mas é inevitável imaginar como Don deve estar se sentindo a respeito da ascensão meteórica de Evelyn. Ela é a coqueluche da atualidade e, se nós mesmos a tivéssemos deixado escapar de nossas mãos, estaríamos agora morrendo de arrependimento.

Seja como for, desejamos o melhor para Don e Ruby! E esperamos que dessa vez dure para sempre!

Recebi um convite para ver Mick Riva se apresentar no Hollywood Bowl naquele outono. Decidi ir, não porque estava interessada em Mick Riva, mas porque a ideia de sair para uma noitada parecia divertida. Além disso era sempre bom atiçar os tabloides.

Celia, Harry e eu decidimos ir juntos. Eu jamais iria só com Celia, não com tantos olhares voltados para nós. E Harry era a pessoa ideal para fazer esse papel de acompanhante.

Naquela noite fez mais frio em Los Angeles do que eu esperava. Estava de calça capri e uma blusa de manga curta. Tinha acabado de cortar a franja, que comecei a pentear de lado. Celia estava com um vestido curto e sapatos sem salto. Harry, chique como sempre, pôs uma calça social preta e camisa branca de manga curta. Levava na mão um cardigã de lã da cor de um camelo, prontinho para nos esquentar.

Sentamos na segunda fileira, junto com uns amigos de Harry, produtores da Paramount. Do outro lado do corredor, vi Ed Baker com uma jovem que parecia ter idade para ser sua filha, mas eu sabia que estava longe disso. Decidi não ir cumprimentá-lo, não só porque ele era parte da engrenagem do Sunset, mas também porque nunca gostei dele.

Mick Riva subiu no palco, e as mulheres da plateia começaram a gritar tão alto que Celia teve que tapar os ouvidos. Ele estava usando um terno escuro com uma gravata frouxa. Os cabelos pretos estavam penteados para trás, mas um pouquinho desarrumados. Se eu fosse apostar, diria que ele tomou um ou dois drinques no camarim. Mas isso não parecia afetar nem um pouco sua performance.

"Eu não entendo", Celia comentou no meu ouvido. "O que elas veem nesse cara?"

Encolhi os ombros. "Ele é bonitão, acho."

Mick foi até o microfone, acompanhado pelo holofote. Ele segurava seu instrumento de trabalho com uma mistura de paixão e ternura, como se tivesse diante de si uma das garotas que gritavam seu nome.

"E ele sabe o que está fazendo lá em cima", falei.

Celia deu de ombros. "Prefiro mil vezes o Brick Thomas."

Sacudi a cabeça, fazendo uma careta. "Não, Brick Thomas é um pé. Acredita em mim. Se conversasse com ele, em cinco segundos você sentiria ânsia de vômito."

Celia deu risada. "Acho ele uma gracinha."

"Você não acha não", falei.

"Bom, mais fofo que o Mick Riva ele é", ela falou. "Harry? Qual seu veredicto?"

Harry se inclinou na nossa direção. Falou tão baixinho que mal consegui ouvi-lo. "Para minha vergonha, sou obrigado a admitir que tenho alguma coisa em comum com essas meninas histéricas", ele falou. "Eu não expulsaria Mick da minha cama por fazer sujeira comendo biscoitos."

Celia caiu na risada.

"Você é inacreditável", comentei enquanto observava Mick perambular de um lado para outro do palco, cantando e fazendo charme. "O que vamos comer depois de sair daqui?", perguntei aos dois. "Essa é a pergunta que interessa."

"Nós não precisamos ir até o camarim?", perguntou Celia. "Não seria a coisa mais educada a fazer?"

A primeira música do show terminou, e todo mundo começou a aplaudir e a gritar. Harry se inclinou por cima de mim enquanto batia palmas, para Celia conseguir ouvi-lo.

"Você acabou de ganhar um Oscar, Celia", ele falou. "Pode fazer o que te der na telha."

Ela jogou a cabeça para trás e gargalhou enquanto aplaudia. "Bom, então quero ir comer um bom filé."

"Filé será", eu disse.

Não sei se foram os risos, os aplausos ou os gritos. Ao meu redor, tudo era ruído; a plateia estava um caos. E, por um momento, esqueci de mim mesma. Esqueci de quem era. Esqueci de quem estava acompanhada.

E segurei e apertei a mão de Celia.

Ela olhou para baixo, surpresa. Deu para sentir o olhar de Harry sobre nossas mãos também.

Logo recolhi a mão e, enquanto me recompunha, vi uma mulher mais adiante na nossa fileira me encarando. Parecia ter uns trinta e poucos anos, com cara de aristocrata, olhinhos azuis e um batom vermelho aplicado com perfeição. Ela franziu a boca enquanto me encarava.

Ela tinha me visto.

Tinha me visto segurar a mão de Celia.

E depois tinha me visto recolher a mão.

Sabia o que eu tinha feito e que havia tentado disfarçar para ninguém perceber.

Seus olhos azuis já estreitos se estreitaram ainda mais para mim.

E a esperança de que ela não havia me reconhecido foi por água abaixo quando a mulher se virou para o homem ao seu lado, provavelmente o marido, e cochichou alguma coisa. Percebi quando a atenção dele se desviou de Mick Riva para mim.

Havia um leve ar de desgosto no olhar do homem, como se não tivesse certeza daquilo que desconfiava, mas só de pensar já se sentia enojado, e como se fosse culpa minha aquela ideia passar por sua cabeça.

Minha vontade foi de dar na cara dos dois e dizer que aquilo não era da conta deles. Mas sabia que não podia fazer isso. Não era *seguro*. Eu não estava segura. Nós não estávamos seguras.

Num trecho instrumental da música, Mick caminhou até a frente do palco para conversar com a plateia. Por reflexo, fiquei de pé e gritei para ele, pulando sem parar. Fui mais escandalosa que qualquer uma ali. Não estava pensando com clareza. Só queria fazer aqueles dois pararem de falar, entre eles ou com qualquer um. Queria que o telefone sem fio iniciado por aquela mulher terminasse no ouvido do homem. Queria que aquilo terminasse. Queria estar ocupada com *outra coisa*. Então gritei o máximo que podia. Como uma das adolescentes das fileiras lá de trás. Como se minha vida dependesse disso, porque talvez fosse o caso.

"Será que os meus olhos estão me pregando uma peça?", Mick falou de cima do palco. Estava com a mão em forma de viseira na testa, protegendo a visão da luz do holofote. Estava olhando para mim. "Ou a mulher dos meus sonhos está aqui nas fileiras da frente?"

Sub Rosa

1º DE NOVEMBRO DE 1961

AS FESTAS DO PIJAMA DE EVELYN HUGO E CELIA ST. JAMES

Quando a proximidade deixa de ser natural?

A familiaríssima Celia St. James, com sua vitória no Oscar e sua sequência de sucessos, é uma amiga de longa data da loiraça sensual Evelyn Hugo. Mas ultimamente começamos a nos perguntar o que tanto elas fazem juntas.

Pessoas próximas confirmam que as duas parecem... um casalzinho.

Muitas amigas gostam de fazer compras juntas, e de sair para beber uma coisinha, claro. Mas o carro de Celia pode ser visto na frente da casa de Evelyn, em que ela morava com ninguém mais ninguém menos que Don Adler, todas as noites. A noite toda.

O que anda acontecendo por trás daquelas paredes?

O que quer que seja, não parece ser o tipo de amizade saudável e preto no branco.

"Eu vou sair com Mick Riva."

"Vai uma ova."

Quando Celia ficava irritada, seu peito e seu rosto ficavam vermelhos. Dessa vez, ela pareceu enrubescer mais depressa do que nunca.

Estávamos na porta dos fundos da casa de veraneio dela em Palm Springs, fazendo hambúrguer para nós na churrasqueira do quintal.

Desde que aquela nota tinha sido publicada, eu me recusava a fazer aparições públicas com ela em Los Angeles. Os fofoqueiros de plantão ainda não sabiam sobre a casa de Palm Springs. Então começamos a passar os fins de semana juntas por lá e os dias úteis separadas em Los Angeles.

Celia seguiu o plano como uma esposa obediente, concordando com o que eu queria porque era mais fácil fazer isso do que brigar comigo. Mas, com a sugestão de sair com um homem, eu tinha ido longe demais.

Sim, eu sabia que tinha exagerado. Mas essa era a questão, em certo sentido.

"Você precisa me ouvir", falei.

"Não, é *você* que precisa me ouvir." Ela bateu a tampa da churrasqueira e apontou para mim com o pegador que tinha na mão. "Eu posso aceitar fazer parte dos seus joguinhos o quanto você quiser. Mas não admito nenhuma de nós duas saindo com *ninguém*."

"Nós não temos escolha."

"Nós temos várias escolhas."

"Não se você quiser continuar na ativa. Não se você quiser manter esta casa. Não se você quiser manter seus amigos. Isso sem falar que podem colocar a polícia atrás da gente."

"Você está sendo paranoica."

"Não estou, não, Celia. E isso é o mais assustador. Mas uma coisa eu te digo: eles sabem."

"Alguém que escreveu uma nota numa revistinha *acha* que sabe. Não é a mesma coisa."

"Você tem razão. Ainda dá tempo de fazer alguma coisa para impedir."

"Ou deixar a história morrer sozinha."

"Celia, você tem dois filmes para lançar no ano que vem, e o meu é o mais falado na cidade no momento."

"Exatamente. Como o Harry costuma dizer, nós podemos fazer o que quisermos."

"Não, isso quer dizer que temos muito a perder."

Irritada, Celia pegou meu maço de cigarros e acendeu um. "Então é isso que você quer fazer? Passar toda uma vida tentando esconder o que nós realmente fazemos? Escondendo quem nós somos de verdade?"

"É o que se faz em Hollywood todo santo dia."

"Bom, eu não quero fazer isso."

"Bom, então não deveria ter ficado famosa."

Celia me encarou enquanto soltava a fumaça do cigarro. Seu batom manchou o filtro de rosa. "Como você é pessimista, Evelyn. De cabo a rabo."

"O que você sugere fazer, Celia? Quer que eu ligue pessoalmente para a *Sub Rosa*? Para o FBI? Posso dar umas aspas em primeira mão. 'Isso mesmo, Celia St. James e eu somos transviadas!'"

"Nós não somos transviadas."

"Eu sei disso, Celia. E você também. Só que ninguém mais sabe."

"Mas talvez devesse saber. É só fazer um esforço para entender."

"Ninguém vai fazer esforço nenhum. Entendeu bem? Ninguém está interessado em entender pessoas como nós."

"Mas deveria."

"Tem muita coisa que todo mundo deveria saber, querida. Mas não é assim que as coisas funcionam."

"Estou detestando esta conversa. Você está fazendo eu me sentir um lixo."

"Eu sei, e lamento muito. Mas o fato de ser desagradável não significa que não seja verdade. Se você quiser manter sua carreira, não pode deixar que as pessoas acreditem que somos alguma coisa além de amigas."

"E se eu não quiser manter minha carreira?"

"Você quer, sim."

"Não, *você* quer. E está empurrando isso para cima de mim."

"Claro que eu quero."

"Eu abriria mão de tudo, sabe. Tudo mesmo. O dinheiro, o trabalho, a fama. Desistiria de tudo para ficar com você, por uma vida normal ao seu lado."

"Você não sabe do que está falando, Celia. Desculpa, mas não sabe mesmo."

"O que está acontecendo aqui é que você não está disposta a abrir mão de nada por *mim*."

"Não, o que está acontecendo aqui é que você é uma diletante que acha que, se não der certo como atriz, pode voltar para Savannah e ser sustentada pelos pais."

"Quem é você para falar sobre grana? Você tem rios de dinheiro."

"Tenho mesmo. Porque me matei de trabalhar e casei com um imbecil que me batia. E fiz isso para ficar famosa. Para poder ter a vida que a gente tem. E, se pensa que não vou proteger isso, você deve ter perdido o juízo."

"Pelo menos você está admitindo que você vem sempre em primeiro lugar."

Sacudi a cabeça e apertei a ponte do nariz. "Celia, me escuta. Você não gosta daquele Oscar? Aquela estatueta que você deixa na mesinha de cabeceira e acaricia todo dia antes de dormir?"

"Não começa..."

"As pessoas estão dizendo, considerando a sua idade, que você é o tipo de atriz que pode ser premiada um monte de vezes. Eu quero que isso aconteça. E você não?"

"Claro que sim."

"E vai deixar de ir atrás disso só porque me conheceu?"

"Bom, não, mas..."

"Me escuta, Celia. Eu te amo. E por isso não posso deixar você jogar fora tudo o que conquistou — e todo o talento incrível que tem — assumindo uma posição que não vai ser apoiada por ninguém."

"Mas se a gente não tentar..."

"Ninguém vai apoiar a gente, Celia. Eu sei como é ter todas as portas fechadas em Hollywood. E finalmente estou conseguindo encontrar uma abertura para voltar. Sei que você está imaginando um mundo em que podemos enfrentar o Golias e vencer. Mas não vai dar pé. Se a verdade vier à tona, vamos ser enterradas. Vamos acabar na cadeia ou num hospício. Compreende? Vão internar a gente. Não é uma especulação. É o que acontece. E pode acreditar que ninguém ia atender o telefone quando a gente ligasse. Nem mesmo Harry."

"Claro que Harry atenderia. Ele é... um de nós."

"É exatamente por isso que ele jamais poderia falar com a gente. Você não captou ainda? Ele corre um perigo ainda maior. Existem caras por aí que matariam Harry se descobrissem. Este é o mundo em que vivemos. Qualquer um com alguma relação com a gente seria investigado. Ele não conseguiria sair ileso. Eu jamais poderia colocar Harry nessa posição. Perder tudo o que ele batalhou para conseguir? Literalmente arriscar o próprio pescoço? Não. Não, aí ficaríamos por conta própria. Como párias da sociedade."

"Mas a gente poderia contar uma com a outra. E isso para mim basta."

Ela estava chorando, com as lágrimas escorrendo pelo rosto, trazendo junto o rímel dos cílios. Eu a abracei e limpei seu rosto com o polegar. "Eu te amo muito, querida. Muito, muito mesmo. E esse é um dos motivos. Você é romântica e idealista, e tem uma alma muito pura. E eu gostaria que o mundo fosse como você vê. Gostaria que o resto das pessoas com quem dividimos o planeta correspondesse às suas expectativas. Mas elas não estão à altura. O mundo é cruel, e ninguém está disposto a estender a mão a ninguém. Quando perdermos nosso trabalho e nossa reputação, quando perdermos nossos amigos e, de quebra, todo o dinheiro que temos, vamos ficar na rua da amargura. Eu já vivi assim antes. E não posso deixar isso acontecer com você. Vou fazer o que estiver ao meu alcance para impedir que você caia nessa vida. Está me ouvindo? Eu te amo demais para deixar que viva sua vida em função da minha."

Ela estava soluçando, em meio a uma enxurrada de lágrimas. Por um instante, pensei que Celia fosse inundar o quintal.

"Eu te amo", ela falou.

"Eu te amo também", sussurrei no seu ouvido. "Te amo mais do que tudo."

"Não é errado", Celia insistiu. "Não deveria ser errado amar você. Como pode ser?"

"Amar não é errado, querida. Não é", respondi. "As *pessoas* é que estão erradas."

Ela balançou a cabeça junto ao meu ombro e me abraçou com mais força. Eu acariciei suas costas. Cheirei seus cabelos.

"Só que não tem muita coisa que a gente possa fazer no momento", falei.

Quando ela se acalmou, abriu a tampa da churrasqueira de novo, sem olhar na minha cara enquanto virava os hambúrgueres. "Então, qual é o plano?", ela perguntou.

"Vou convencer Mick Riva a casar comigo por impulso."

Os olhos dela, que já estavam vermelhos de tanto chorar, começaram a inchar de novo. Ela limpou uma lágrima e voltou sua atenção de novo para a grelha. "O que isso significa para a gente?", ela quis saber.

Fui até ela e a abracei por trás. "Não o que você está pensando. Vou tentar emplacar um casamento e depois conseguir uma anulação."

"E acha que com isso vai desviar a atenção de você?"

"Não, eu sei que vão prestar ainda mais atenção em mim. Só que vão ver outras coisas. Vão me chamar de insensível, ou de idiota. Vão dizer que eu tenho mau gosto para homens. Vão dizer que sou péssima esposa, que sou impulsiva demais. Mas, para fazer isso, vão precisar parar de falar que estamos juntas. Não vai ter mais espaço para você na história."

"Entendi", ela falou, pegando um prato e começando a tirar os hambúrgueres.

"Certo, então tá."

"Faça o que achar melhor. Mas não quero mais ouvir falar nisso. E quero que acabe assim que possível."

"O.k."

"E, quando acabar, quero que a gente vá morar juntas."

"Celia, não tem como."

"Você disse que ninguém vai mais falar na gente se isso der certo."

O problema era que eu também queria morar com ela. E muito. "Está bem", falei. "Quando tudo estiver acabado, vamos conversar sobre morar juntas."

"Certo", ela disse. "Estamos combinadas."

Estendi o braço para um aperto de mãos, mas ela recusou. Não queria selar um compromisso tão triste, tão vulgar.

"E se o plano com Mick Riva não der certo?", ela perguntou.

"Vai dar."

Celia finalmente me olhou nos olhos. Estava com um meio sorriso no rosto. "Você se acha tão maravilhosa que ninguém é capaz de resistir ao seu charme?"

"Na verdade, sim."

"Pois é", ela falou, ficando ligeiramente na ponta dos pés para me beijar. "Acho que é verdade mesmo."

Coloquei um vestidinho cor de creme com pedraria dourada e um decote profundo. Prendi meus cabelos loiros num rabo de cavalo. Completei com brincos de diamantes nas orelhas.

Eu estava *radiante*.

A primeira coisa que você precisa para conseguir fazer um homem se casar por impulso é desafiá-lo a ir a Las Vegas.

Isso você consegue indo a uma casa noturna de Los Angeles e bebendo umas e outras. Ignorando a vontade de revirar os olhos toda hora e a pressão que ele faz para ser fotografado ao seu lado. Reconhecendo que todo mundo está usando todo mundo, então é justo que ele seja usado ao mesmo tempo que consegue o que quer. Aceitando o fato de que o que ambos querem alguma coisa.

Você quer um escândalo.

Ele quer bradar ao mundo todo que te levou para a cama.

As duas coisas se complementam com perfeição.

Você pensa em jogar limpo com ele, explicando o que quer, e o que está disposta a ceder. Mas já é famosa há tempo demais para saber que nunca deve contar a ninguém mais do que o estritamente necessário.

Então, em vez de dizer *Quero estar nas manchetes dos jornais amanhã*, você diz: "Mick, você já foi para Vegas?".

Quando ele escarnecer, como quem não acredita que está ouvindo uma coisa como *essa*, você percebe que vai ser mais fácil do que imaginava.

"Às vezes bate uma vontadezinha de sair da rotina, sabe como é?", você diz. As segundas intenções funcionam melhor quando são insinuadas aos pouquinhos, até virarem uma bola de neve.

"Você quer sair da rotina, linda?", ele pergunta, e você faz que sim com a cabeça.

"Mas agora é meio tarde", você diz. "E nós já estamos aqui. E está legal aqui, acho. Eu estou me divertindo."

"Meu pessoal pode chamar um avião e levar a gente para lá assim, ó." Ele estala os dedos.

"Não", você diz. "Seria um exagero."

"Não por você", ele responde. "Por você, nada seria exagero."

Você sabe o que ele quer dizer com *Nada seria exagero.*

"Você tem mesmo como conseguir isso?", você diz.

E, meia hora depois, vocês estão num avião.

Os dois tomam alguns tragos, você senta no colo dele, deixa a mão boba dele passear, mas então dá um tapa para afastá-la. Ele precisa ficar louco por você, e achar que só tem uma maneira de conseguir o que quer. Se o desejo não for suficiente, ou se ele achar que pode conseguir de outra forma, acabou. Você perdeu.

Quando o avião aterrissa e ele pergunta se pode reservar um quarto no Sands, você precisa mostrar seu recato. Precisa parecer chocada. Precisa deixar bem claro que não faz sexo fora do casamento, num tom de indignação, como se nem precisasse estar dizendo isso.

Precisa parecer firme a esse respeito, mas ao mesmo tempo chateada. Ele tem que pensar: *Ela me quer. E o único jeito é casando.*

Por um instante, você chega a pensar que está sendo cruel. Mas então se lembra que é só um cara querendo levar você para a cama, e que vai aceitar o divórcio assim que conseguir o que quer. Não tem nenhum santo aqui.

Você vai dar o que ele quer. Então é uma troca justa.

Você vai para a mesa de dados e joga algumas rodadas. No começo só perde, assim como ele, e fica com medo de que isso possa esfriar as coisas. Você sabe que o segredo para agir por impulso é se sentir invencível. Ninguém joga a cautela para o alto quando o vento está desfavorável.

Você pede champanhe, porque isso faz tudo parecer uma celebração. Faz aquela noite parecer um *acontecimento.*

Quando as pessoas reconhecem vocês dois, você aceita tirar uma foto. Toda vez que isso acontece, você o abraça. Isso comunica de uma forma nada sutil: *As coisas poderiam ser assim se eu fosse sua.*

Você consegue algumas vitórias na roleta. Comemora com tanto entusiasmo que começa a pular. Faz isso porque sabe onde os olhos dele vão pousar. E você o surpreende te secando.

Você deixa a mão dele apertar sua bunda quando a roleta gira de novo.

Dessa vez, quando ganha, você empurra a bunda na direção da mão dele.

Deixa que ele se aproxime e pergunte: "Que tal sair um pouco daqui?".

Você diz: "Não acho uma boa ideia. Não confio em mim mesma quando estou ao seu lado".

Você não pode ser a primeira a mencionar o casamento. Já disse essa palavra antes. Precisa esperar que ele toque no assunto. Ele já declarou isso na imprensa. Vai trazer a coisa à tona. Mas você precisa esperar. Não pode apressar nada.

Ele toma mais um drinque.

Vocês vencem mais três vezes.

Você deixa a mão dele roçar sua coxa, mas em seguida se afasta. Já são duas da manhã, e você está cansada. Com saudade do amor da sua vida. Quer ir para casa. Gostaria de estar com ela, na cama, ouvindo seu ressonar, observando ela dormir, e não aqui. Aqui não há nada que lembre amor.

Mas é aqui que você vai garantir seu amor.

Você imagina um mundo em que vocês duas possam sair para jantar juntas num sábado à noite sem que ninguém as julgue. Dá até vontade de chorar — desejar tanto uma coisa tão simples, tão pequena. Você trabalhou muito para ter uma vida de esplendor. E agora tudo o que quer é uma liberdade modesta. A paz de poder amar sem reservas.

A noite de hoje parece um preço pequeno e ao mesmo tempo alto demais a pagar por uma vida como essa.

"Linda, eu não aguento mais", ele diz. "Preciso estar com você. Te ver. Te amar."

Essa é a sua chance. O peixe mordeu a isca, e você só precisa ser cuidadosa ao recolher o anzol.

"Ah, Mick", você diz. "Não dá. Não dá."

"Acho que estou apaixonado por você, linda", ele diz. Está com lágrimas nos olhos, e você percebe que talvez ele seja uma pessoa mais complexa do que o esperado.

Mas você também é mais complexa do que ele esperava.

"Está falando sério?", você pergunta, como se quisesse muito que fosse verdade.

"Acho que sim, linda. Estou. Tudo em você é apaixonante. A gente acabou de se conhecer, mas acho que não consigo mais viver sem você." O que ele quer dizer é que acha que não vai conseguir continuar vivendo se não levar você para a cama. E nisso é possível acreditar.

"Oh, Mick", você diz, e então fica em silêncio. O silêncio é seu melhor amigo.

Ele enfia o nariz no seu pescoço. É como se você estivesse na companhia de um cão labrador. Mas você finge que gosta. Vocês estão sob as luzes brilhantes de um cassino em Las Vegas. À vista de todos. Você precisa fingir que nem repara na presença das pessoas. Assim, amanhã, quando elas falarem com a imprensa, vão dizer que vocês dois estavam se comportando como um casal de adolescentes.

Você torce para que Celia não encoste em nada que tenha uma foto sua.

E acha que ela é esperta o suficiente para isso. Que ela vai saber se proteger. Mas não dá para ter certeza. A primeira coisa que você vai fazer quando chegar em casa, quando isso tudo acabar, é fazer com que ela saiba como é importante, como é linda, como sua vida nem valeria a pena sem ela.

"Vamos casar, linda", ele diz no seu ouvido.

Pronto.

Está na mão.

Mas você não pode parecer muito ansiosa.

"Mick, você está louco?"

"Você me deixa louco."

"A gente não pode casar!", você diz e, como ele não responde, fica com medo de ter levado a encenação longe demais. "Ou será que pode?", você pergunta. "Quer dizer, poder até pode!"

"Claro que pode", ele diz. "Somos os donos do mundo. A gente pode fazer o que quiser."

Você o abraça e se esfrega nele, para mostrar o quanto está empolgada — e surpresa — com a ideia, e aproveita para mostrar que vai valer a pena. Você sabe o valor que tem para ele. Seria tolice desperdiçar uma chance de reforçar isso.

Ele pega você no colo e tira seus pés do chão. Você grita alto, para que todo mundo repare. Amanhã as pessoas vão falar que ele saiu carregando você. É um momento memorável. Vai ser lembrado com certeza.

Quarenta minutos depois, vocês estão embriagados olhando para a cara um do outro em frente a um altar.

Ele promete amar você para sempre.

Você promete obedecer.

Ele te carrega até a porta do melhor quarto do Tropicana. Você dá uma risadinha de falsa surpresa quando é jogada na cama.

E agora vem a segunda parte mais importante.

Você NÃO pode ser uma boa transa. Tem que ser uma decepção.

Se ele gostar, vai querer de novo. E isso você não aguenta. Não vai conseguir fazer mais de uma vez. Seu coração ficaria em frangalhos.

Quando ele tenta rasgar seu vestido, você diz: "Para com isso, Mick. Minha nossa, controle-se".

Então você se despe bem devagarinho, para ele poder ver seus peitos o quanto quiser. E ele quer contemplar cada milímetro. Depois de tanto tempo, ele finalmente vai saber como termina aquela cena de *Boute-en-Train*.

Você tem que eliminar todo o mistério, toda a curiosidade.

Você deixa ele brincar com seus seios até cansar.

E daí abre as pernas.

E fica lá imóvel feito uma tábua embaixo dele.

E então chega a parte que você não consegue aceitar, mas também não tem como evitar. Ele não usa camisinha. E, apesar de saber que existem pílulas anticoncepcionais, você não toma, porque nunca precisou delas e só elaborou esse plano poucos dias atrás.

Você cruza os dedos atrás das costas.

E fecha os olhos.

Sente aquele corpo pesado em cima do seu, e percebe quando ele acabou.

Sente vontade de chorar, porque lembra do que o sexo significava para você tempos antes. Quando ainda não tinha descoberto como podia ser bom, porque você sabia do que gostava. Mas você afasta esse pensamento. Afasta tudo o mais da sua cabeça.

Mick não fala mais nada depois.

Nem você.

Você pega no sono depois de vestir a camiseta dele no escuro, porque não quer dormir sem roupa.

De manhã, quando o sol entra pela janela e incomoda seus olhos, você põe um braço em cima do rosto.

Sua cabeça está latejando. Seu coração está ferido.

Mas você já está quase na linha de chegada.

Você se vira para o lado. Ele sorri. E te abraça.

Você o empurra e diz: "Não gosto de transar de manhã".

"Como assim?", ele questiona.

Você dá de ombros. "Sinto muito."

Ele diz: "Vamos lá, linda". E sobe em cima de você. Talvez na segunda vez ele escute, mas não dá para ter certeza. E você não sabe se quer pagar para ver. Não sabe se vai suportar.

"Tá, tudo bem, se você não consegue se segurar", você diz. Ele se levanta e olha para você, e dá para perceber que tudo saiu como o esperado. Você tirou toda a diversão da coisa.

Ele sacode a cabeça. E levanta da cama. E diz: "Você não é nada do que eu imaginava, sabia?".

Não importa o quanto uma mulher seja maravilhosa — para um homem como Mick Riva, ela sempre se torna menos atraente depois do sexo. Você sabe disso. E deixa acontecer. Não arruma o cabelo. Não limpa os restos de maquiagem do rosto.

Você só observa Mick indo para o banheiro. Escuta o som do chuveiro sendo ligado.

Quando sai, ele senta ao seu lado na cama.

Está limpo. Já você não tomou banho.

Ele está com cheiro de sabonete. Você está fedendo a bebida.

Ele está sentado. Você está deitada.

Tudo isso também faz parte da premeditação.

Ele precisa sentir que o poder está nas mãos dele.

"Querida, eu curti demais", ele começa.

Você assente.

"Mas a gente tinha bebido um montão." Ele fala como se estivesse se dirigindo a uma criança. "Nenhum dos dois fazia a menor ideia do que estava fazendo."

"Pois é", você responde. "Foi uma loucura."

"Eu não sou um bom sujeito, linda", ele diz. "Você não merece um cara como eu. E eu não mereço uma garota como você."

Usando com você a mesma frase que usou na imprensa ao se referir à ex-mulher — não tinha como ser menos original e mais descarado!

"O que você está querendo dizer?", você pergunta. E põe um pouco de sentimento na voz, dando a impressão de que vai começar a chorar. Precisa fazer isso porque é assim que a maioria das mulheres se comporta. E o objetivo é ser vista como uma mulher qualquer, uma mulher que não está à altura dele.

"Acho melhor ligar para o nosso pessoal, linda. Acho que a gente precisa da anulação."

"Mas, Mick..."

Ele te interrompe, o que é irritante, porque você tinha ensaiado outras falas também. "É melhor assim, minha querida. E nesse caso não tenho como aceitar um não como resposta."

Você se pergunta qual deve ser a sensação de ser homem, de ter essa certeza de que deve ter sempre a última palavra.

Quando ele levanta da cama e pega o paletó, você percebe que tinha um elemento a mais que não levou em conta. Ele *gosta* de rejeitar pessoas. *Gosta* de ser condescendente desse jeito. Ontem à noite, enquanto calculava seus movimentos, estava pensando neste momento também. O momento em que dá no pé.

Então você faz uma coisa que não tinha ensaiado.

Quando ele chega à porta e se vira para dizer: "Sinto muito que as coisas não tenham dado certo entre nós, linda. Mas desejo tudo de bom para você", você pega o aparelho de telefone da mesinha de cabeceira e arremessa na direção dele.

E faz isso porque sabe que ele vai gostar. Que ele cumpriu todas as funções que você esperava. Então você deveria fazer o mesmo.

Ele se abaixa e franze a cara, encarando você como se fosse um filhote de cervo prestes a ser abandonado na floresta.

Você começa a chorar.
E só então ele vai embora.
Imediatamente você para.
E pensa: *Se essa merda pelo menos rendesse um Oscar...*

PhotoMoment

4 DE DEZEMBRO DE 1961

RIVA E HUGO PERDEM A CABEÇA

Já ouviu falar em casamento às pressas? E em separação relâmpago? Bom, este caso une o melhor dos dois mundos!

A bombástica Evelyn Hugo foi vista no colo de ninguém menos que seu maior fã Mick Riva na noite da última sexta-feira no coração de Las Vegas. Os dois presentearam os jogadores das mesas de carteado e de dados com um belo de um espetáculo. Carícias, beijos, muita bebedeira, e da mesa de apostas eles partiram direto para... uma CAPELA!!!

Isso mesmo! Evelyn Hugo e Mick Riva se casaram!

E, para tornar a história ainda mais maluca, imediatamente entraram com o pedido de anulação.

A birita parece ter subido à cabeça — e, pela manhã, a lucidez venceu.

Com a soma de casamentos fracassados que os dois colecionam, que diferença faz um a mais ou a menos?

Sub Rosa

12 DE DEZEMBRO DE 1961

O CORAÇÃO PARTIDO DE EVELYN HUGO

Não acredite em tudo o que ouvir sobre as peripécias etílicas de Evelyn e Mick. Ele pode até ser bom de copo, mas fontes próximas garantem que Evelyn estava totalmente no controle aquela noite. E desesperada para se casar.

A pobre Evelyn está tendo muita dificuldade para encontrar o amor depois de ter sido deixada por Don — não é à toa que se jogaria nos braços do primeiro bonitão que aparecesse.

E ouvimos dizer que ela está inconsolável desde a separação.

Evelyn, ao que parece, foi só mais uma para Mick, mas ela achava mesmo que os dois tinham algum futuro.

Estamos na torcida para que algum dia Evelyn tire a sorte grande.

Durante dois meses, vivi numa felicidade quase divina. Celia e eu não tocamos no assunto Mick, porque não era necessário. Em vez disso, podíamos ir aonde quiséssemos, para fazer o que quiséssemos.

Celia comprou um segundo carro, um sedã marrom do modelo mais comum, que podia deixar estacionado na frente da minha casa sem maiores questionamentos todas as noites. Nós dormíamos agarradinhas, apagando as luzes uma hora antes para podermos conversar no escuro. Eu traçava as linhas de suas mãos com os dedos todas as manhãs para acordá-la. No meu aniversário, ela me levou ao Polo Lounge. Estávamos escondidas à vista de todos.

Por sorte, o meu retrato de mulher que não conseguia segurar um marido vendia mais jornais — e por mais tempo — do que o meu desmascaramento. Não estou afirmando que os colunistas de fofoca mentiam de propósito. Só estou esclarecendo que todos ficavam felizes acreditando na mentira que eu vendia. E, obviamente, essa é a mentira mais fácil de emplacar — aquela em que a outra pessoa está mais do que disposta a acreditar.

Tudo que eu precisava fazer era garantir que meus escândalos românticos continuassem rendendo manchetes. Enquanto fizesse isso, sabia que os tabloides de fofoca não iam se interessar por Celia.

E tudo estava funcionando lindamente.

Até eu descobrir que estava grávida.

"Não pode ser", Celia me disse. Ela estava na minha piscina com um biquíni de bolinhas cor de lavanda e óculos escuros.

"Pois é", falei. "Mas estou."

Eu tinha acabado de trazer para ela um chá gelado da cozinha. Estava de pé bem à sua frente, com uma canga azul e de chinelos. Desconfiava que estivesse grávida fazia duas semanas. E tinha certeza desde o dia anterior, quando fui a Burbank me consultar com um médico recomendado por Harry, que sabia manter a discrição.

Contei tudo quando ela estava na piscina, e eu segurando um chá gelado com uma rodela de limão, porque não aguentava mais guardar a notícia.

Eu sou e sempre fui uma boa mentirosa. Mas Celia era sagrada para mim. E jamais iria mentir para ela.

Eu não tinha nenhum problema em reconhecer o quanto havia custado para ela e para mim ficarmos juntas, e o quanto continuaria a custar. Era como um imposto sobre a felicidade. O mundo ficaria com cinquenta por cento da minha alegria. Mas a outra metade poderia ser minha.

E isso significava Celia. E nossa vida juntas.

Só que esconder uma coisa como aquela me pareceu errado. Eu não consegui.

Mergulhei os pés na piscina e tentei tocá-la, para oferecer algum consolo. Esperava que ela fosse ficar chateada, mas não que fosse atirar o chá do outro lado da piscina, despedaçando o copo contra a borda e espalhando uma chuva de cacos de vidro na água.

Também não esperava que ela fosse mergulhar a cabeça na piscina para gritar debaixo d'água. Atrizes são muito dramáticas.

Quando voltou à tona, estava molhada e desalinhada, com os cabelos no rosto, o rímel escorrendo. E não queria falar comigo.

Eu a segurei pelo braço, mas ela o puxou de volta. A mágoa estava estampada em seu rosto, e foi quando me dei conta de que nunca deixei *realmente* claro para Celia o que faria com Mick Riva.

"Você dormiu com ele?", ela perguntou.

"Pensei que isso estivesse subentendido", respondi.

"Bom, não estava."

Celia saiu da água e nem se deu ao trabalho de se enxugar. Vi seus pés molhados marcarem o chão de cimento na borda da piscina, e depois criarem pequenas poças no piso de madeira da casa, e depois umedecerem o carpete quando ela subiu a escada.

Quando olhei para a janela do quarto, vi que ela estava andando de um lado para outro. E parecia estar fazendo as malas.

"Celia! Para com isso", eu disse, correndo lá para cima. "Isso não muda nada."

Quando cheguei ao quarto, constatei que estava trancado.

Comecei a esmurrar a porta. "Por favor, querida."

"Me deixa em paz."

"Por favor", pedi. "Vamos conversar."

"Não."

"Não faça isso, Celia. Vamos conversar." Eu me encostei na porta, colando o rosto na fresta estreita do batente, na tentativa de dar mais alcance à minha voz e facilitar o entendimento de Celia.

"Isso não é vida, Evelyn", ela falou.

Celia abriu a porta e passou por mim. Quase caí, porque todo meu peso estava apoiado na porta que ela havia acabado de escancarar. Mas consegui me equilibrar e segui-la pela escada.

"É, sim", rebati. "É a nossa vida. E sacrificamos muita coisa por isso, então você não pode desistir agora."

"Posso sim", ela falou. "Não quero mais fazer isso. Não quero viver desse jeito. Não quero andar num carro marrom horrível para ninguém saber que estou na sua casa. Não quero fingir que estou sozinha em Hollywood quando na prática moro aqui com você. E com certeza não quero amar uma mulher que trepa com um cantorzinho qualquer só para o mundo não saber que ela me ama."

"Você está distorcendo os fatos."

"Você é uma covarde, e não acredito que não consegui enxergar isso antes."

"Eu fiz tudo isso por você!", gritei.

Já tínhamos descido a escada a essa altura. Celia estava com uma das mãos na maçaneta da porta e a outra na alça da mala. Ainda estava de biquíni. Com os cabelos escorrendo.

"Você não fez porcaria nenhuma por mim", ela retrucou, com manchas vermelhas espalhadas pelo peito e o rosto em chamas. "Fez por si mesma. E porque não suporta a ideia de não ser a mulher mais famosa do mundo. Fez tudo isso para manter seus preciosos fãs, que vão ao cinema só para te ver, e poder dar uma espiadinha de três segundos nos seus peitos. Foi por eles que você fez isso."

"Foi por você, Celia. O que você acha que sua família vai dizer se a verdade vier à tona?"

Ela esbravejou quando falei isso, e virou a maçaneta da porta.

"Pode ter certeza de que vai perder tudo se as pessoas descobrirem o que você é", falei.

"O que *nós* somos", ela respondeu, virando para mim. "Não pense que você é diferente de mim."

"Sou, sim", rebati. "E você sabe que sim."

"Uma ova."

"Eu posso me apaixonar por um homem, Celia. Posso me casar se quiser, ter filhos e ser feliz. E nós duas sabemos que, no seu caso, a história é outra."

Celia me encarou, estreitando os olhos e franzindo os lábios. "Você se acha melhor do que eu? É isso? Então eu é que sou doente, e você está só de brincadeirinha comigo?"

Eu a segurei, imediatamente arrependida do que tinha falado. Pronta para dizer que não era nada daquilo.

Mas ela puxou o braço de volta e disse: "Nunca mais encoste em mim".

Eu a soltei. "Se nos descobrirem, Celia, as pessoas vão me perdoar. Posso casar com outro cara como Don, e vão esquecer que te conheci. Eu tenho como sobreviver a isso. Mas não sei se você conseguiria. Porque teria que se apaixonar por um homem ou casar com um homem que não ama. E eu não acho que você seria capaz de encarar nenhuma das duas opções. Eu me preocupo com você, Celia. Mais do que comigo mesma. Não sei se a sua carreira voltaria aos trilhos — ou sua vida — se eu não fizesse *alguma coisa*. Então fiz a única coisa que podia. *E funcionou*."

"Não funcionou, Evelyn. Você está grávida."

"Eu dou um jeito nisso."

Celia olhou para o chão e riu para mim. "Pelo visto, você sabe dar um jeito em qualquer situação, né?"

"Sim", respondi, sem entender ao certo por que ela considerava isso uma ofensa. "Sei, sim."

"Mas, quando se trata de mostrar um pouquinho de humanidade, você nem sequer sabe por onde começar."

"Você não pode estar falando sério."

"Você é uma vagabunda, Evelyn. Deixa os homens te usarem em troca de fama. E é por isso que estou te largando."

Ela saiu sem ao menos olhar para mim. Atravessou a varanda, desceu os degraus e foi para a entrada da garagem. Fui atrás dela e fiquei lá de pé, paralisada, ao lado do carro.

Ela jogou a mala no assento do passageiro. Em seguida abriu a porta do motorista e se virou para mim, de pé.

"Eu te amava tanto que cheguei a achar que você era tudo para mim", disse Celia, aos prantos. "Pensava que as pessoas estavam no mundo para encontrar umas às outras, e que o propósito da minha vida era encontrar você. E poder tocar sua pele, cheirar seu cabelo, sentir seu hálito, ouvir seus pensamentos. Mas não acredito mais nisso." Ela enxugou os olhos. "Porque se a pessoa certa para mim é alguém como você, eu prefiro a solidão."

Uma dor quente se espalhou pelo meu corpo, como se tivesse água fervendo no meu coração. "Quer saber? Tem razão. Você não é mesmo a pessoa certa para alguém como eu", acabei respondendo. "Porque eu estou disposta a fazer o que for preciso para criar um mundo para nós duas, e você é cagona demais para isso. Não quer tomar nenhuma decisão difícil; não quer lidar com o lado podre da coisa. E eu sempre soube disso. Mas pensei que você pelo menos teria a decência de admitir que precisa de alguém como eu. Precisa de alguém para sujar as mãos para te proteger. Mas em vez disso prefere bancar a superior o tempo todo. Ora, pois que tente então fazer isso sem ninguém trabalhando nas trincheiras para te proteger."

O rosto de Celia continuou impassível, paralisado. Não parecia ter ouvido uma palavra do que eu disse. "Acho que na verdade não fazemos bem uma para a outra", ela disse, entrando no carro.

Só nesse momento, quando ela pôs as mãos no volante, percebi de fato o que estava acontecendo, que não era só uma briga. Era *a* briga que encerraria nossa relação. Estava tudo indo muito bem, então de repente tomou outro rumo de forma vertiginosa, numa guinada de cento e oitenta graus.

"Acho que não mesmo", foi tudo o que consegui dizer. Minha voz saiu sufocada, embargada.

Celia engatou a ré. "Adeus, Evelyn", ela disse no último minuto. Então pôs o carro em movimento e desapareceu pela rua.

Voltei para casa e comecei a enxugar a lambança que ela deixou. Chamei uma empresa de manutenção para esvaziar a piscina e limpar os cacos de vidro do copo de chá.

E então liguei para Harry.

Três dias depois, ele foi de carro comigo para Tijuana, onde ninguém faria perguntas incômodas. Foram momentos em que fiz de tudo para não estar com a mente ativa, para não precisar esquecer tudo depois. Me senti aliviada ao voltar para o carro depois do procedimento, por ser tão boa nessas coisas de compartimentalização e desassociação. Que fique registrado que não me arrependi em momento nenhum por ter interrompido aquela gestação. Foi a decisão certa. E tomada sem nenhuma hesitação.

Mesmo assim chorei o tempo todo no caminho de volta, enquanto Harry dirigia até San Diego e depois subia pela costa da Califórnia. Chorei por tudo que tinha perdido, e por todas as decisões que tomei. Chorei porque precisava começar a gravar *Anna Kariênina* na segunda-feira e não queria saber nem de atuar nem de ser aclamada. Gostaria de não ter uma razão para ir ao México, para começo de conversa. E queria desesperadamente que Celia me ligasse, aos prantos, me dizendo que estava enganada. Queria que ela aparecesse na minha porta, implorando para voltar para casa. Queria... Celia. Eu a queria de volta.

E, na saída da San Diego Freeway, fiz para Harry a pergunta que vinha me assombrando fazia dias.

"Você acha que eu sou uma vagabunda?"

Harry parou no acostamento e virou para mim. "Acho que você é genial. E durona. E acho que 'vagabunda' é a palavra que os ignorantes usam quando estão sem argumentos."

Enquanto o ouvia, eu virei para olhar pela minha janela.

"Não é conveniente", Harry continuou, "que num mundo onde os homens ditam as regras a coisa mais desprezada seja a que representa a maior ameaça? Imagine se todas as mulheres solteiras do planeta exigissem alguma coisa em troca de seus corpos. Vocês seriam as donas do mundo. Um exército de pessoas comuns. Só homens como eu teriam alguma chance contra vocês. E isso é a última coisa que esses cretinos querem: um mundo comandado por gente como eu e você."

Eu dei risada, com os olhos ainda inchados e cansados de tanto chorar. "Então eu sou vagabunda ou não?"

"Quem é que pode julgar?", ele disse. "Todo mundo acaba se vendendo por uma coisa ou por outra. Pelo menos em Hollywood. Existe um motivo para ela ser Celia *Saint* James, compreende? Ela desempenha esse papel de boa moça há anos. Nós já não temos essa pureza. Mas eu gosto de você como é. Gosto do fato de ser impura, competitiva, dura na queda. Gosto da Evelyn Hugo que vê o mundo do jeito que o mundo é, e parte para a briga para conseguir o que quer. Então pode pôr o rótulo que quiser nisso, só não mude, certo? Isso, sim, seria uma tragédia."

Quando chegamos à minha casa, Harry me pôs na cama, desceu para a cozinha e preparou meu jantar.

Nessa noite, ele dormiu na cama ao meu lado e, quando acordei, ele estava abrindo as persianas.

"Bom dia, luz do dia", ele falou.

Fiquei cinco anos sem falar com Celia. Ela não me ligou. Não me escreveu. E eu não consegui criar coragem para procurá-la.

Soube o que ela estava fazendo só pelo que saía nos jornais e pelas fofocas que circulavam pela cidade. Mas naquela primeira manhã, quando o sol bateu no meu rosto e eu ainda estava exausta por causa da viagem ao México, consegui me sentir bem.

Porque podia contar com Harry. Pela primeira vez em muito tempo, senti que tinha uma família.

A pessoa só percebe como está se esfalfando, como está se matando de trabalhar, como está exausta, quando alguém aparece e diz: "Tudo bem, se você desabar, eu te seguro".

Então eu desabei.

E Harry me segurou.

"Você e Celia não mantiveram nenhum tipo de contato?", pergunto.

Evelyn faz que não com a cabeça. Ela levanta, vai até a janela e abre uma fresta. A brisa que entra é bem-vinda. Quando ela volta a sentar, olha para mim e mostra que está disposta a mudar de assunto. Mas a verdade é que estou perplexa.

"Fazia quanto tempo que vocês estavam juntas a essa altura?"

"Uns três anos?", diz Evelyn. "É, acho que por aí."

"E ela simplesmente foi embora? E nunca mais apareceu?"

Evelyn assente.

"Você tentou ligar para ela?"

Ela balança a cabeça. "Eu... Na época eu ainda não sabia que é normal a gente se humilhar por uma coisa que deseja muito. Eu pensava que, se ela não me queria, se não entendia por que fiz o que fiz, então eu não precisava dela."

"E você ficou bem?"

"Não, fiquei péssima. Fiquei emocionalmente ligada a ela por anos. Quer dizer, claro que continuei me divertindo por aí. Não me entenda mal. Mas Celia deixou de fazer parte da minha vida. Eu lia a *Sub Rosa* quando saía uma foto de Celia, para observar as outras pessoas na imagem, tentando entender quem eram, de onde se conheciam, o que significavam para ela. Hoje entendo que ela ficou tão mal quanto eu. Que uma parte dela estava torcendo para que eu telefonasse pedindo desculpas. Mas, na época, resolvi sofrer sozinha."

"Você se arrepende por não ter ligado?", questiono. "Por ter perdido tanto tempo?"

Evelyn me encara como se eu fosse uma idiota. "Hoje ela já se foi", ela responde. "O amor da minha vida não está mais entre nós, e não posso simplesmente ligar, pedir desculpas e dizer que a quero de volta. Ela se foi para sempre. Então, sim, Monique, é um arrependimento que tenho. Me arrependo de cada segundo que não passei com ela. Me arrependo de cada idiotice minha que a fez sofrer. Eu deveria ter corrido atrás do carro pela rua no dia em que ela foi embora. Deveria ter me desculpado, e mandado flores, e subido no letreiro de Hollywood para gritar: 'Eu sou apaixonada por Celia St. James!', e deixar que me crucificassem por isso. É o que eu deveria ter feito.

E, agora que estou sem ela, com mais dinheiro do que tempo para gastar, com meu nome carimbado na história do cinema, percebo o quanto isso é vazio, e me torturo por ter escolhido isso em vez de me orgulhar do meu amor. Mas isso é um luxo. Só quem é rico e famoso pode fazer isso. Concluir que o dinheiro e a fama, depois de obtidos, não valem nada. Na época, eu ainda achava que tinha todo o tempo do mundo para conquistar o que quisesse. Que se eu usasse bem as cartas que tinha, poderia ter tudo o que quisesse."

"Você achou que ela fosse voltar", digo.

"Eu tinha *certeza* de que ela ia voltar", corrige Evelyn. "E ela também. Nós duas sabíamos que ainda não era o fim."

Escuto o toque do meu celular. Mas não o de uma mensagem qualquer. É o toque que atribuí ao número do David, no ano passado, quando comprei o aparelho assim que casamos, numa época em que nunca me passou pela cabeça que um dia ele iria parar de mandar mensagens.

Olho rapidamente para a tela e vejo seu nome. E mais abaixo: *Acho que precisamos conversar. Não é uma decisão qualquer, M. Está tudo acontecendo muito rápido.* Precisamos conversar *sobre isso*. Imediatamente afasto o assunto da cabeça.

"Então você sabia que ela ia voltar, mas casou com Rex North mesmo assim?", perguntei, recuperando a concentração.

Evelyn baixa a cabeça por um instante, preparando-se para uma explicação. "*Anna Kariênina* estava com o orçamento para lá de estourado. A produção estava semanas atrasada. Rex fazia o conde Vrónski. Quando saiu o primeiro corte do diretor, percebemos que tudo ia ter que ser refeito, e que precisávamos de alguém para salvar o filme."

"E você tinha participação na bilheteria."

"Tanto eu como Harry. Era o primeiro filme dele após sair do Sunset. Se fosse um fracasso, seria difícil para ele encontrar alguma porta aberta na cidade."

"E com você? O que aconteceria se o filme fracassasse?"

"Se o meu primeiro projeto depois de *Boute-en-Train* desse errado, eu ficaria totalmente queimada. Já tinha ressurgido das cinzas mais de uma vez àquela altura. Mas não queria fazer isso de novo. Então fiz a única coisa que poderia despertar interesse nas pessoas para ver o filme. Casei com o conde Vrónski."

O ESPERTO

Rex North

Existe uma certa liberdade em poder casar com um homem sem precisar esconder nada.

Celia tinha ido embora. Eu não estava em condições de me apaixonar por ninguém àquela altura, e Rex não parecia ser o tipo de homem capaz de amar alguém. Se fosse em um outro momento da nossa vida, poderia ter dado certo — quem sabe. Mas, naquele contexto, Rex e eu tínhamos um relacionamento baseado apenas nos números da bilheteria.

Foi uma coisa de mau gosto, mentirosa, manipuladora.

Mas marcou o início da construção da minha fortuna.

Também foi o que trouxe Celia de volta para mim.

E foi um dos acordos mais honestos que já fiz com alguém.

E acho que sempre vou amar Rex North, um pouquinho que seja, por causa disso.

"Então você nunca vai dormir comigo?", Rex perguntou.

Ele estava sentado na minha sala, com as pernas cruzadas casualmente, bebendo um manhattan. Com um terno escuro e gravata fina. E os cabelos loiros lambidos para trás, o que tornava seus olhos ainda mais azuis, sem nada no caminho distraindo nossa atenção.

Rex era um cara tão lindo que chegava a ser maçante. E, quando sorria, todas as meninas ao redor pareciam prestes a desmaiar. Dentes perfeitos, duas covinhas, uma sobrancelha levemente arqueada, e estava todo mundo caidinho.

Como eu, ele era produto da máquina dos estúdios. Seu nome era Karl Olvirsson, nascido na Islândia. Tinha ido para Hollywood, mudado de nome, perdido o sotaque e dormido com todo mundo que precisou para conseguir o que queria. Era um ídolo das matinês com motivação de sobra para mostrar que sabia atuar. E inclusive sabia *mesmo*. Ele se sentia subestimado porque *era* subestimado. *Anna Kariênina* era sua chance de ser levado a sério. Ele precisava de um sucesso tanto quanto eu. E foi por isso que se dispôs a fazer exatamente o que eu propus. Um casamento de fachada.

Rex era pragmático, não levava as coisas para o lado pessoal. Pensava sempre dez passos adiante, e nunca deixava transparecer o que tinha em mente. Éramos como almas gêmeas nesse ponto.

Sentei ao lado dele no meu sofá, com o braço apoiado no encosto. "Não posso garantir que nunca vamos dormir juntos", falei. E era verdade. "Você é bonitão. Talvez me deixe levar por seu charme uma vez ou outra."

Rex deu risada. Ele sempre pareceu um tipo indiferente, que não se deixa levar por provocações de jeito nenhum, por mais que a outra parte se esforce. Nesse sentido, ele era intocável.

"Enfim, você pode me garantir que nunca vai se apaixonar por mim?", perguntei. "E se acabar querendo que o casamento seja de verdade? Isso seria constrangedor para todo mundo."

"Bom, se existe alguém no mundo capaz disso, faz sentido que seja Evelyn Hugo. Então eu acho que sempre existe essa chance."

"É assim que eu me sinto sobre ir para a cama com você", expliquei. "Sempre existe uma chance." Peguei meu gibson da mesinha de centro e dei um gole.

Rex deu risada. "Me diz uma coisa, onde a gente iria morar?"

"Boa pergunta."

"Minha casa fica em Bird Streets, e tem janelões do chão até o teto. Tirar o carro da garagem dá um trabalhão, mas é possível ver o cânion inteiro da minha piscina."

"Legal", falei. "Não me incomodo de morar um tempo com você. Vou começar um filme novo daqui a um mês e pouco na Columbia, e sua casa fica mais perto de lá, inclusive. A única coisa que faço questão é de levar Luisa."

Depois que Celia foi embora, eu pude contratar uma empregada de novo. Afinal, não tinha mais ninguém para esconder no meu quarto. Luisa era de El Salvador, e só alguns anos mais nova que eu. No primeiro dia em que trabalhou na minha casa, ela foi conversar com a mãe ao telefone na hora do almoço. Começou a falar em espanhol na minha frente. "*La señora es tan bonita, pero loca.*"

Eu me virei para ela e disse: "*Disculpe? Yo te puedo entender*".

Luisa arregalou os olhos, desligou o telefone e respondeu: "*Lo siento. No sabía que usted hablaba español*".

Voltei imediatamente a falar em inglês, porque não gostei daquelas frases em espanhol saindo da minha boca. "Sou cubana", expliquei. "Falei espanhol a vida inteira." Mas não era verdade. Fazia anos que eu só me expressava em inglês.

Ela me olhou como se eu fosse um quadro na parede a ser interpretado, então disse em tom de quem pede desculpas: "Você não parece cubana".

"*Pues, lo soy*", eu disse, orgulhosa.

Luisa assentiu com a cabeça, guardou o resto do almoço e foi trocar a roupa de cama. Fiquei sentada à mesa por no mínimo meia hora, furiosa. Não conseguia parar de pensar: *Como ela ousa tentar negar minha identidade?*

Mas conforme fui reparando em minha casa, não encontrei uma única foto de família, nenhum livro de um autor latino-americano; na escova só havia fios de cabelo loiro; no meio dos meus temperos não se achava nem um pote de cominho. Percebi então que quem tinha ousado negar minha identidade não fora Luisa, e sim eu mesma. Eu é que tinha tomado a decisão de me afastar daquilo que eu era.

Fidel Castro controlava Cuba. Eisenhower já tinha decretado o embargo econômico àquela altura. A Baía dos Porcos havia sido um desastre. Ser descendente de cubanos nos Estados Unidos não era fácil. E em vez de tentar me virar no mundo com minha herança cubana, simplesmente escondi minhas raízes. De certa forma, isso me ajudou a cortar os laços que ainda tinha com o meu pai. Mas também me afastava da minha mãe. Minha mãe, por quem vinha fazendo tudo aquilo, até certo ponto.

Era tudo responsabilidade minha. Fruto das minhas próprias ações. Não era culpa de Luisa. Então me dei conta de que não tinha o direito de me irritar com ela por isso.

Quando Luisa foi embora naquela noite, deu para perceber que estava bem constrangida. Então abri um sorriso e fiz questão de mostrar que queria que ela voltasse no dia seguinte.

Desse dia em diante, nunca mais conversei em espanhol com ela. Tinha vergonha, minha deslealdade me deixava insegura. Mas ela falava algumas coisas de quando em quando, e eu sorria quando a ouvia conversar em tom bem-humorado com a mãe ao telefone. Eu mostrei que a entendia. E logo comecei a gostar dela. E a invejar sua autoconfiança, sua forma destemida de mostrar quem era. Ela era Luisa Jimenez com orgulho.

Foi a primeira empregada que eu realmente estimava. E não ia mudar de casa sem ela.

"Com certeza ela deve ser ótima", Rex falou. "E pode ir também. Agora, pensando em termos práticos, vamos dormir na mesma cama?"

"Duvido que seja necessário. Luisa sabe ser discreta. Já aprendi essa lição antes. Vamos dar festas de tempos em tempos e fazer parecer que dividimos um quarto."

"E eu ainda posso... fazer minhas coisas?"

"Você ainda pode dormir com todas as mulheres do planeta, claro."

"Menos com a minha própria esposa", Rex falou, sorrindo e dando outro gole na bebida.

"Contanto que não seja flagrado."

Rex fez um gesto com a mão, como se eu não tivesse que me preocupar com aquilo.

"É sério, Rex. Seria um escândalo. Isso eu não aceito."

"Não esquenta a cabeça", Rex falou. Ele foi mais sincero sobre isso do que sobre qualquer outra coisa, talvez se empenhando mais do que em qualquer cena de *Anna Kariênina*. "Eu jamais faria você passar vergonha. Estamos nessa juntos."

"Obrigada", eu disse. "Isso é muito importante para mim. O mesmo vale para você. Não vou criar problemas para sua vida. Eu te prometo."

Rex estendeu o braço, e selamos um aperto de mão.

"Bom, acho que preciso ir", ele falou, conferindo o relógio. "Vou sair com uma senhorita especialmente animada hoje, e não quero deixá-la esperando." Ele abotoou o paletó, enquanto eu me levantava. "Quando vamos oficializar os laços?", ele perguntou.

"Acho que precisamos ser vistos juntos pela cidade nas próximas semanas. E cozinhar um pouco a história. De repente aparecer de aliança no dedo em novembro. Harry sugeriu que o casamento poderia ser duas semanas antes da estreia nos cinemas."

"Para chocar todo mundo."

"E lançar holofotes sobre o filme."

"O fato de eu ser Vrónski e você ser Anna..."

"Vai fazer uma relação malvista parecer legitimada pelo nosso casamento."

"É ao mesmo tempo jogar sujo e jogar limpo", Rex comentou.

"Exatamente."

"Sua especialidade", ele disse.

"Sua também."

"Que absurdo", disse Rex. "Eu só jogo sujo. Toda vez."

Eu o acompanhei até a porta da frente e me despedi com um abraço. Antes de ir embora, ele perguntou: "Você viu a última versão? Ficou bom?".

"Ficou fantástico", eu disse. "Mas tem quase três horas de duração. Se quisermos que as pessoas comprem ingressos..."

"Precisamos dar um belo show", ele disse.

"Exatamente."

"Mas nós vamos ser bons nisso? Eu e você?"

"Vamos ser um estouro."

PhotoMoment

26 DE NOVEMBRO DE 1962

EVELYN HUGO E REX NORTH CASADOS!

Evelyn Hugo ataca novamente. E, dessa vez, achamos que ela se superou. Evelyn e Rex North sacramentaram a união no último fim de semana na propriedade de North nas colinas de Hollywood.

Os dois se conheceram durante as filmagens do longa *Anna Kariênina* e — dizem — se apaixonaram logo de cara; não conseguiam manter as mãos longe um do outro nem durante os ensaios. Os dois pombinhos loiros com certeza vão lotar os cinemas nas próximas semanas nos papéis de Anna e do conde Vrónski.

Este é o primeiro casamento de Rex, enquanto Evelyn já vem de dois matrimônios fracassados. Um de seus famosos ex-maridos, Don Adler, este ano está enfrentando o segundo divórcio, dessa vez da estrela de *Três é melhor* Ruby Reilly.

Com um lançamento pela frente, uma cerimônia de casamento repleta de celebridades e duas mansões à disposição, com certeza Evelyn e Rex estão vivendo um grande momento.

PhotoMoment

10 DE DEZEMBRO DE 1962

CELIA ST. JAMES COMPROMETIDA COM O QUARTERBACK JOHN BRAVERMAN

A superestrela Celia St. James já vinha em uma sequência de sucessos impressionante no cinema, com o drama de época *Casamento na realeza* e sua atuação extraordinária no musical *Celebração*.

E agora ela tem ainda mais a celebrar, porque encontrou seu amor no time ofensivo dos New York Giants, o quarterback John Braverman.

Os dois foram vistos em Los Angeles e Manhattan, jantando juntos e desfrutando da companhia um do outro.

Esperamos que Celia se torne um amuleto da sorte para Braverman. Afinal, a aliança de brilhante com uma pedra enorme em seu dedo mostra o quanto ela é sortuda!

Hollywood Digest

17 DE DEZEMBRO DE 1962

ANNA KARIÊNINA *FATURA ALTO NA BILHETERIA*

O aguardadíssimo longa *Anna Kariênina* lotou os cinemas na última sexta-feira e no fim de semana.

Com críticas elogiosas a Evelyn Hugo e Rex North, o comparecimento em massa do público não foi nenhuma surpresa. Com atuações de primeiríssima linha e a química do casal na tela e fora dela, o entusiasmo com o filme virou uma verdadeira febre.

Já tem gente dizendo que um par de estatuetas do Oscar pode estar a caminho como presente de núpcias para os recém-casados.

Como produtora do filme, Evelyn tem direito a uma alta porcentagem da bilheteria.

Bravo, Hugo!

Na noite da entrega do Oscar, Rex e eu sentamos lado a lado, de mãos dadas, permitindo a quem quisesse ver um vislumbre do casamento romântico que encenávamos pela cidade.

Nós dois sorrimos educadamente ao tomarmos conhecimento da nossa derrota, aplaudindo os vencedores com elegância. Fiquei decepcionada, mas não surpresa. A ideia de entregar Oscars para gente como eu e Rex parecia boa demais para ser verdade. Fiquei com a nítida impressão de que muita gente queria que ficássemos no nosso devido lugar. Então engolimos em seco e curtimos a noite, bebendo e dançando até de madrugada.

Celia não foi à premiação naquele ano e, apesar de ter procurado por ela em todas as festas a que Rex e eu comparecemos, não consegui encontrá-la. Em vez disso, fiquei passeando pela cidade com Rex.

Na festa da agência William Morris, encontrei Harry e o puxei discretamente para um canto, com o propósito de beber champanhe e conversar sobre o dinheiro que ainda íamos fazer.

Pois fique sabendo de uma coisa: o objetivo do rico é ficar cada vez mais rico. O dinheiro nunca perde a graça.

Quando era criança, procurando alguma coisa para comer no meio do arroz velho e do feijão seco na cozinha do apartamento, eu dizia a mim mesma que se algum dia pudesse fazer uma boa refeição todas as noites, ficaria feliz.

Quando fui contratada pelo Sunset, dizia a mim mesma que só o que queria era uma mansão.

Quando consegui a mansão, disse a mim mesma que só o que queria era ter duas casas e uma equipe de empregados.

E lá estava eu, com pouco mais de vinte e cinco anos, já me dando conta de que na verdade nada seria suficiente.

Rex e eu chegamos por volta das cinco da manhã, os dois caindo de bêbados. Enquanto o motorista se afastava, comecei a procurar minha chave de casa, e Rex ficou parado ao meu lado, respirando seu hálito azedo de álcool no meu pescoço.

"Minha esposa não está encontrando as chaves!", Rex falou, cambaleando de leve. "Ela está tentando para valer, mas pelo jeito não consegue."

"Dá para ficar quieto?", falei. "Quer acordar os vizinhos?"

"O que eles vão fazer?", Rex retrucou, ainda mais alto que antes. "Expulsar a gente da cidade? É isso o que vão fazer, minha preciosa Evelyn? Vão dizer que não podemos mais viver na Blue Jay Way? Vão obrigar a gente a mudar para a Robin Drive? Ou para a Oriole Lane?"

Encontrei as chaves, enfiei na porta e girei a maçaneta. Nós dois cambaleamos lá para dentro. Dei boa-noite para o Rex e fui para o meu quarto.

Tirei o vestido sozinha, sem poder contar com ninguém para abrir o zíper da parte de trás para mim. A solidão do meu casamento bateu forte nesse instante, mais do que em qualquer outro.

Me olhei no espelho e notei que, sem dúvida nenhuma, eu era linda. Mas isso não significava que tivesse alguém para me amar.

Fiquei de pé de camisola, olhando para meus cabelos loiros, e meus olhos castanho-escuros, e minhas sobrancelhas grossas e retas. E senti saudade da mulher que deveria ser minha esposa. Senti saudade de Celia.

Minha mente começou a divagar sobre o fato de que ela deveria estar com John Braverman naquele momento. Eu sabia que não havia por que acreditar nisso. Mas também temia não conhecê-la tão bem quanto pensava. Ela o amava? Teria esquecido de mim? As lágrimas brotaram nos meus olhos enquanto eu pensava nos cabelos ruivos que costumavam se espalhar pelo meu travesseiro.

"Ora, ora", Rex falou atrás de mim. Eu me virei e o vi parado na porta.

Ele tinha tirado o paletó do smoking e soltado as abotoaduras. A camisa estava abotoada só pela metade, a gravata frouxa, pendurada no pescoço. Era uma visão que milhões de mulheres fariam qualquer coisa para ter.

"Pensei que você tivesse ido para a cama", falei. "Se soubesse que estava acordado, teria pedido sua ajuda para tirar meu vestido."

"Eu teria adorado."

Fiz um gesto com a mão para encerrar o assunto. "O que você está fazendo aqui? Não consegue dormir?"

"Ainda não tentei."

Ele entrou no quarto e se aproximou de mim.

"Bom, então tenta. Já é madrugada. Desse jeito, só vamos acordar no fim da tarde."

"Pense a respeito, Evelyn", ele disse. As luzes que entravam pela janela iluminavam seus cabelos loiros. Suas covinhas reluziam.

"Pensar em quê?"

"Pense como seria."

Ele chegou mais perto e me pegou pela cintura, respirando no meu pescoço. Era gostoso ser tocada por ele.

Astros do cinema são astros do cinema. Nós perdemos o brilho depois de um tempo, claro. Também somos humanos, cheios de defeitos, como todo mundo. Mas somos escolhidos para a fama por sermos pessoas extraordinárias.

E não tem nada de que uma pessoa extraordinária goste mais do que de outra pessoa extraordinária.

"Rex."

"Evelyn", ele murmurou na minha orelha. "Só uma vez. Que tal?"

"Não", respondi, "nada disso." Mas não estava totalmente convicta da resposta, e Rex percebeu. "Acho melhor você voltar para o seu quarto antes que a gente faça alguma coisa de que vamos nos arrepender amanhã."

"Tem certeza?", ele perguntou. "Seu desejo é uma ordem, mas eu ia gostar muito se o seu desejo mudasse."

"Não vai mudar", respondi.

"Mas pense com carinho", ele disse, subindo as mãos pelo meu corpo, separado do dele apenas pela seda da camisola. "Pense em como seria se eu ficasse por cima de você."

Eu dei risada. "Não senhor. Se eu pensar nisso, estaremos fritos."

"Pense nos movimentos que íamos fazer. Começando devagarinho, depois perdendo o controle."

"Isso funciona com as outras?"

"Nunca precisei fazer esforço nenhum com as outras mulheres", ele falou, beijando meu pescoço.

Eu poderia ter me afastado dele. Poderia ter dado um tapa no seu rosto, e ele poderia ter se ofendido e me deixado em paz. Mas ainda não estava disposta a abrir mão daquilo. Gostava de ser provocada. Gostava de saber que havia o risco de tomar uma decisão equivocada.

E teria sido uma decisão equivocada mesmo. Porque assim que eu me levantasse da sua cama, Rex iria esquecer o quanto precisou se esforçar para me possuir. Só ia lembrar que eu tinha sido sua.

E de típico nosso casamento não tinha nada. Havia muito dinheiro na jogada.

Deixei que ele baixasse uma alça da minha camisola. E que passasse a mão por baixo do decote.

"Ah, como seria bom me perder em você", ele falou. "Deitar na cama e só ver você se contorcer toda em cima de mim."

Eu quase fiz isso. Quase arranquei a camisola e joguei Rex na cama.

Mas então ele falou: "Qual é, linda, você sabe que está a fim".

E então ficou claríssimo para mim a quantidade incontável de vezes que ele já devia ter dito aquilo para outras mulheres.

Nunca deixe que te tratem como uma qualquer.

"Cai fora daqui", falei, mas não de um jeito ríspido.

"Mas..."

"Mas nada. Vá para a cama."

"Evelyn..."

"Rex, você está bêbado, e pelo jeito me confundindo com suas muitas namoradas, mas eu sou sua esposa", falei, com toda a ironia envolvida.

"Nem uma mísera vez?", ele disse. Pareceu ter ficado sóbrio rapidinho, como se os olhos pesados fossem só parte da encenação. Com ele, nunca dava para ter certeza. Nunca era possível saber qual era a verdadeira intenção de Rex North.

"Nem pensa em tentar de novo, Rex. Não vai rolar."

Ele revirou os olhos e me deu um beijo no rosto. "Boa noite, Evelyn", ele falou, saindo do meu quarto do mesmo jeito furtivo como tinha entrado.

No dia seguinte, acordei com o telefone tocando, uma ressaca incrível e sem saber muito bem onde é que eu estava.

"Alô?"

"Bom dia, luz do dia."

"Harry, que diabos...?" O sol parecia queimar meus olhos.

"Depois que você foi embora da festa da Fox ontem à noite, tive uma conversa interessantíssima com Sam Pool."

"O que um executivo da Paramount estava fazendo numa festa da Fox?"

"Procurando por mim e por você", Harry respondeu. "Bom, e por Rex também."

"Para quê?"

"Para sugerir um contrato de três filmes com você e Rex com a Paramount."

"Quê?"

"Eles querem três filmes, produzidos por nós, estrelados por você e Rex. Sam me disse para estipular um valor."

"Estipular um valor?" Quando bebia demais, eu acordava no dia seguinte me sentindo como se estivesse debaixo d'água. Tudo parecia meio borrado e soava distante. Eu precisava me certificar de que estava entendendo. "Como assim, estipular um valor?"

"Você quer ganhar um milhão por filme? Ouvi dizer que é o que Don vai ganhar com *A outra vez*. Podemos conseguir isso para você também."

Se eu queria ganhar tanto quanto Don? Claro que sim. Queria receber esse cheque e mandar uma cópia para ele, junto com uma foto minha mostrando o dedo do meio. Acima de tudo, porém, queria a liberdade para fazer o que quisesse.

"Não", respondi. "Não mesmo. Não vou assinar um contrato para eles me dizerem em que filmes vou atuar. Nós dois decidimos nossos projetos. E ponto-final."

"Você não está me escutando."

"Estou escutando muito bem", respondi, me apoiando sobre o ombro e trocando o telefone de mão. Enquanto isso, pensei: *Estou com vontade de dar um mergulho hoje. Vou pedir para Luisa ligar o aquecedor da piscina.*

"Nós escolhemos os filmes", Harry afirmou. "É um contrato às cegas. O filme que você e Rex quiserem, a Paramount banca. Com o cachê que nós definirmos."

"Tudo por causa de *Anna Kariênina*?"

"Nós provamos que seu nome é capaz de abarrotar as salas de cinema. E, se eu entendi direito, acho que Sam Pool está querendo ferrar Ari Sullivan. Acho que quer mostrar para Ari o que ele desperdiçou e faturar alto em cima."

"Então eu sou um troféu."

"Todo mundo é um troféu. Não vai querer levar as coisas para o lado pessoal agora, já que nunca fez isso antes."

"O filme que a gente quiser?"

"O que a gente quiser."

"Já contou para o Rex?"

"Acha mesmo que eu abriria a boca para falar alguma coisa com esse canalha sem discutir antes com você?"

"Ah, ele não é um canalha."

"Se você tivesse precisado consolar Joy Nathan depois do que ele fez com ela, não discordaria de mim."

"Harry, ele é meu marido."

"Evelyn, ele não é, não."

"Você não pode encontrar pelo menos *um* motivo para gostar dele?"

"Ah, eu tenho muitos motivos para gostar dele. *Adorei* o dinheiro que ganhamos com ele, e que ainda *iremos* ganhar."

"Bom, comigo ele sempre se comportou direito." Eu disse um não, e ele foi embora do meu quarto. Nem todos os homens fariam isso. E nem todos fizeram.

"É porque vocês dois têm interesses iguais. Justo *você* devia saber que não dá para julgar o verdadeiro caráter de uma pessoa quando ela quer a mesma coisa que a gente. É como um cão e um gato se juntarem para matar um rato."

"Bom, eu gosto dele. E quero que você goste também. Principalmente porque, se a gente assinar esse contrato, Rex e eu vamos ter que continuar casados por um tempinho a mais que o combinado. Isso quer dizer que ele faz parte da minha família. Assim como você. Então vocês fazem parte da mesma família."

"O que não falta no mundo é gente que não gosta da família."

"Ah, para com isso", falei.

"Vamos convencer Rex a fechar o negócio, certo? Depois acione os agentes dos dois para sacramentar o contrato. O céu é o limite."

"O.k.", respondi.

"Evelyn", Harry falou antes de desligar.

"Sim?"

"Você entende o que está acontecendo, não?"

"O quê?"

"Você está prestes a se tornar a atriz mais bem paga de Hollywood."

Durante os dois anos e meio seguintes, Rex e eu continuamos casados, vivendo na casa dele nas colinas, desenvolvendo projetos e fazendo filmes para a Paramount.

Empregávamos uma equipe completa nessa época. Dois agentes, um assessor de imprensa, advogados e um contador para cada um, além de dois assistentes no set e os empregados da casa, que incluíam Luisa.

Acordávamos todos os dias em nossas camas separadas e nos arrumávamos em lados opostos da casa para depois entrarmos no mesmo carro para ir ao estúdio, dando as mãos no momento em que colocávamos os pés lá. Trabalhávamos o dia todo e voltávamos juntos para casa. Depois disso, ia cada um para o seu lado, cuidar de seus planos individuais para a noite.

Os meus quase sempre envolviam Harry ou alguns poucos membros do elenco da Paramount de quem tinha passado a gostar. Ou então saía com alguém de confiança e que sabia guardar segredo.

Enquanto fui casada com Rex, não conheci ninguém que me desse vontade de repetir um encontro. Claro, tive lá os meus casinhos. Com atores, um cantor de rock, alguns homens casados — já que eram o grupo mais propenso a manter em sigilo o fato de terem ido para a cama com uma estrela do cinema. Mas foram coisas que não significaram nada para mim.

Eu achava que Rex também tinha suas relaçõezinhas insignificantes. E na maior parte do tempo eram mesmo. Até que deixaram de ser.

Num sábado, ele apareceu na cozinha enquanto Luisa me preparava uma torrada. Eu estava tomando um café e fumando um cigarro, esperando Harry me pegar para irmos jogar tênis.

Rex foi até a geladeira e pegou um copo de suco de laranja. Ele sentou do meu lado.

Luisa serviu minha torrada e pôs a manteiga no centro da mesa.

"Deseja alguma coisa, sr. North?", ela perguntou.

Rex fez que não com a cabeça. "Obrigado, Luisa."

E então deu para sentir o clima ficar pesado; ela precisou pedir licença e se retirar. Alguma coisa estava para acontecer.

"Vou cuidar da roupa suja", ela falou, escapando de fininho.

"Estou apaixonado", Rex anunciou quando finalmente ficamos a sós.

Acho que era a última coisa que pensei que fosse ouvir da boca dele.

“Apaixonado?”, questionei.

Ele riu da minha surpresa. “Não faz o menor sentido. Pode acreditar que eu sei muito bem disso.”

“Por quem?”

“Joy.”

“Joy Nathan?”

“É. Já faz alguns anos que estamos nesse vai não vai. Você sabe como é.”

“Com você eu sei como é. Mas, pelo que eu soube, da última vez ela ficou arrasada por sua causa.”

“Bom, não deve ser surpresa para você que no passado eu possa ter sido um pouco… digamos, sem consideração.”

“Não é surpresa nenhuma mesmo.”

Rex deu risada. “Mas comecei a sentir que seria bom acordar ao lado da mesma mulher todos os dias.”

“Essa é nova.”

“E, quando pensei em quem poderia ser essa mulher, quem me veio à mente foi Joy. Nós estamos saindo juntos. Discretamente, claro. E, bom, percebi que não consigo parar de pensar nela. Que quero ficar com ela o tempo todo.”

“Rex, isso é maravilhoso”, falei.

“Ainda bem que você pensa assim.”

“Então, como vamos fazer?”, perguntei.

“Bom”, ele respondeu, respirando fundo. “Joy e eu queremos casar.”

“Certo”, falei, já colocando meu cérebro em ação, calculando o momento ideal para anunciar nosso divórcio. Já tínhamos feito dois filmes — o primeiro, um sucesso modesto; o segundo, um arrasa-quarteirão. O terceiro, *Pôr do sol na Carolina do Norte*, sobre um jovem casal que perde uma criança e se muda para uma fazenda naquele estado para tentar se recompor, e que acaba tendo casos com pessoas da cidadezinha próxima, estrearia dali a alguns meses.

Rex atuou meio no piloto automático. Mas eu sabia que o filme tinha potencial para ser importante na minha carreira. “Vamos dizer que o estresse da filmagem de *Pôr do sol na Carolina do Norte*, de trabalharmos juntos no set beijando outras pessoas, arruinou nossa relação. Todo mundo vai lamentar, mas não muito. As pessoas adoram histórias que envolvem soberba. Nós achamos que não precisávamos cultivar nosso relacionamento, e pagamos o preço disso. Depois de um tempo, podemos plantar uma história dizendo que eu apresentei você para Joy porque só queria a sua felicidade.”

"É uma ótima ideia, Evelyn, de verdade", Rex disse. "O problema é que Joy está grávida. Nós vamos ter um bebê."

Eu fechei os olhos, frustrada. "Certo", falei. "Certo. Deixe-me pensar."

"E se a gente disser que já não estava feliz fazia um tempinho? Que cada um já estava seguindo seu caminho?"

"Isso seria dizer que a nossa química morreu. Quem vai querer ver *Pôr do sol na Carolina do Norte* depois de uma declaração dessas?"

Harry vinha me alertando sobre isso. Rex não ligava muito para *Pôr do sol na Carolina do Norte*, pelo menos não tanto quanto eu. Dizia que não via nada de especial no filme. E, mesmo que não fosse esse o caso, no momento ele estava mais interessado em seu novo amor, em seu bebê.

Ele olhou pela janela e depois voltou os olhos para mim. "Tudo bem", ele disse. "Você tem razão. Nós entramos nessa juntos, e vamos sair juntos também. O que você sugere? Eu disse para Joy que estaríamos casados quando o bebê nascer."

Rex North era um cara muito mais decente do que eu ou qualquer um imaginava.

"Claro", falei. "Com certeza."

A campainha tocou e, um instante depois, Harry apareceu na cozinha.

Eu tive uma ideia.

Não era um plano perfeito.

Quase nenhum é.

"Nós estamos tendo casos extraconjugais", falei.

"Quê?", perguntou Rex.

"Bom dia", disse Harry, percebendo que estava ocorrendo uma conversa importante, e que tinha perdido a maior parte dela.

"Enquanto fazíamos um filme sobre traições, nós começamos a ter casos extraconjugais. Você com Joy, eu com Harry."

"Como é?", Harry disse.

"As pessoas sabem que nós trabalhamos juntos", eu disse para Harry. "Veem a gente em tudo quanto é lugar. Em toda foto que tiram de mim, lá está você ao fundo. Elas vão comprar a história." Eu me virei para Rex. "Vamos entrar com o pedido de divórcio imediatamente depois de plantar as notícias. Assim ninguém vai pegar raiva de você por ter me traído com Joy, o que não dá para negar por razões óbvias, e todo mundo vai achar que foi um crime sem vítimas. Porque eu estava fazendo a mesma coisa."

"Na verdade não é uma ideia ruim", disse Rex.

"Bom, vai pegar mal para nós dois", falei.

"Verdade", disse Rex.

"Mas vai ajudar a vender ingressos", disse Harry.

Rex sorriu, olhou bem fundo nos meus olhos, estendeu o braço e apertou minha mão.

“Ninguém vai acreditar nisso”, disse Harry no caminho para o clube de tênis naquela manhã. “No máximo o pessoal lá da cidade.”

“Como assim?”

“Você e eu. Tem um monte de gente que vai negar assim que ouvir.”

“Porque...”

“Porque tem gente que sabe o que eu sou. Quer dizer, até pensei em fazer isso um dia, talvez até arranjar uma esposa. Só Deus sabe o quanto a minha mãe ficaria feliz. Ela ainda está lá, em Champaign, Illinois, torcendo desesperadamente para que eu encontre uma boa moça e constitua família. Eu adoraria ter uma família. Mas tem muita gente que conseguiria ver o que existe por trás dessa fachada.” Ele me olhou de relance enquanto dirigia. “Assim como tem gente demais que vai entender o que você pretende fazer.”

Olhei pela janela, para as palmeiras que balançavam com o vento.

“Então vamos tornar a coisa inegável”, falei.

Uma coisa que sempre gostei em Harry era que ele sempre conseguia acompanhar meu raciocínio sem nenhum esforço.

“Fotos”, ele disse. “De nós dois.”

“Isso. Flagrados com a mão na massa.”

“Não é mais fácil escolher outra pessoa para isso?”, ele rebateu.

“Não quero saber de outras pessoas”, falei. “Estou cansada de fingir que sou feliz. Pelo menos com você eu estaria fingindo com alguém que amo de verdade.”

Harry ficou em silêncio por um instante. “Acho que você precisa saber de uma coisa.”

“Vamos lá.”

“Uma coisa que eu já venho pensando em contar faz um tempo.”

“Certo, então conta.”

“Eu estou saindo com John Braverman.”

Meu coração disparou. “O John Braverman da Celia?”

Harry confirmou com a cabeça.

“Há quanto tempo?”

“Algumas semanas.”

“Quando você ia me contar?”

“Eu não sabia se deveria.”

“Então o casamento dela é...”

“Uma farsa”, Harry completou.

"Ela não é apaixonada por ele?", perguntei.

"Eles dormem em camas separadas."

"Você anda falando com ela?"

Harry não respondeu a princípio. Parecia estar escolhendo as palavras. Mas eu não queria saber de palavras escolhidas a dedo.

"Harry, *você anda falando com ela?*"

"Sim."

"Como ela está?", perguntei, e então pensei em uma coisa melhor para perguntar, mais urgente. "Ela perguntou de mim?"

Embora fosse difícil viver sem Celia, o simples ato de imaginar que ela vivia em outro mundo tornava as coisas *um pouco* mais fáceis. Porém saber que ela ainda orbitava ao meu redor fez todos os meus sentimentos reprimidos virem à tona.

"Não", Harry falou. "Mas desconfio que foi por vergonha, e não por falta de interesse."

"Mas ela não sente nada por ele?"

Harry fez que não com a cabeça. "Não, ela não sente nada por ele."

Virei para a janela outra vez. Pensei em falar para Harry me levar à casa dela, me imaginei parada na porta de Celia, ficando de joelhos e dizendo a verdade, que a vida sem ela era só vazio e solidão, uma coisa sem significado nenhum.

Em vez disso falei: "Quando vamos fazer a foto?".

"Quê?"

"A nossa foto juntos. Para parecer um flagrante do nosso caso."

"Pode ser amanhã à noite", Harry sugeriu. "Estacionados no parque. Ou talvez no alto de algum morro, para os fotógrafos conseguirem pegar as imagens e mesmo assim parecer que estamos num lugar isolado. Vou ligar para Rich Rice. Ele está precisando de grana."

Eu sacudi a cabeça. "Não pode ser uma coisa armada por nós. As revistas de fofoca não fazem mais esse jogo. Eles apuram as coisas por conta própria. Precisamos que alguém nos denuncie. Alguém que pareça mesmo ter motivos para *querer* me prejudicar junto aos tabloides."

"Quem?"

Balancei negativamente a cabeça no momento em que me ocorreu a ideia. Percebi que não queria fazer aquilo ao mesmo tempo que compreendi que seria, sim, necessário.

Sentei ao lado do telefone do meu escritório, com a porta fechada. E disquei o número dela.

"Ruby, é a Evelyn, e estou precisando de um favor", falei assim que ela atendeu.

"Sou toda ouvidos", ela disse sem hesitar.

"Preciso que você dê uma dica para uns fotógrafos. Que você fale que me viu dando uns amassos dentro de um carro em Trousdale Estates."

"Quê?", Ruby questionou, dando risada. "Evelyn, o que você está tramando?"

"Não se preocupe com o que eu estou tramando. Você já tem problemas de sobra."

"Isso significa que Rex está prestes a ficar solteiro?", ela quis saber.

"Você já não se esbaldou demais com as minhas sobras?"

"Querida, foi o Don que veio atrás de *mim*."

"Não tenho dúvida."

"O mínimo que você podia ter feito era me avisar", ela falou.

"Você viu o que ele fazia pelas minhas costas", rebati. "Por que achou que com você seria diferente?"

"Não estou falando das traições, Ev", ela disse.

Foi quando me dei conta de que ele tinha batido nela também.

Fiquei em silêncio por um instante, perplexa.

"Você está bem?", perguntei em seguida. "Conseguiu dar no pé?"

"O divórcio está decidido. Vou me mudar para o litoral, comprei uma casa em Santa Monica."

"Você não acha que ele vai querer sabotar sua carreira?"

"Ele tentou", disse Ruby. "Mas não vai conseguir. Os três últimos filmes dele mal se pagaram. E não vai ter indicação nenhuma ao Oscar por *O caçador noturno*, como todo mundo achava. Ele está em franca decadência. Está a um passo de se tornar tão perigoso quanto um leão banguela."

Lamentei por ele por um brevíssimo instante, enquanto enrolava o fio do telefone na mão. Só que lamentava muito mais por ela. "A coisa chegou a ficar feia, Ruby?"

"Nada que não desse para esconder com pancake e mangas compridas." A maneira como ela disse isso, com orgulho na voz, como se admitir que tinha sido machucada fosse uma vulnerabilidade que não estava disposta a revelar, me deixou de coração partido. Tanto por ela como por mim, por todos os anos em que fiz a mesma coisa.

"Vem jantar comigo um dia desses", falei.

"Ah, vamos parar com isso, Evelyn", ela respondeu. "Já passamos por coisas demais para ficar de falsidades."

Eu dei risada. "É justo."

"Quer que eu ligue para alguém em especial amanhã? Ou pode ser qualquer um disposto a apurar fofocas?"

"Qualquer um que tenha contatos serve. E que seja ambicioso o bastante para querer ganhar dinheiro com a minha desgraça."

"Bom, basicamente todo mundo, então", Ruby comentou. "Sem querer ofender."

"À vontade."

"Você se deu bem demais", ela explicou. "Muitos sucessos, muitos maridos bonitos. Todo mundo está a fim de te derrubar."

"Eu sei, querida. E, depois que fizerem isso comigo, irão atrás de você."

"Se alguém ainda gosta de você, quer dizer que não ficou famosa o suficiente", Ruby disse. "Eu ligo amanhã. Boa sorte com o seu plano, seja qual for."

"Obrigada", respondi. "Você está salvando a minha pele."

Quando desligamos, eu pensei: *Se eu tivesse espalhado para todo o mundo as coisas que ele fazia comigo, talvez não tivesse acontecido com ela.*

Nunca foi minha intenção fazer uma lista de vítimas das minhas decisões, mas nesse momento percebi que, se eu fosse fazer isso, teria que incluir o nome de Ruby Reilly também.

Pus um vestido com um decote escandaloso e fui com Harry de carro até a Hillcrest Road.

Ele parou no acostamento, e fui chegando nele. Tinha passado um batom de cor neutra, porque sabia que o vermelho seria forçar a barra. Tomei o cuidado de pensar em tudo, mas sem exagerar, porque não queria que tudo ficasse perfeito. Precisava ter a certeza de que a foto não *parecesse* encenação. Não precisava nem ter me preocupado. As imagens dizem muita coisa. Em geral, nós não conseguimos negar o que os nossos olhos veem.

"Então, como você quer fazer isso?", disse Harry.

"Você está nervoso?", perguntei. "Já beijou uma mulher antes?"

Harry me olhou como se eu fosse uma idiota. "Claro que sim."

"Já fez amor com alguma?"

"Uma vez."

"E gostou?"

Harry ficou pensativo. "Isso é mais difícil de responder."

"Finge que eu sou um homem, então", falei. "Finge que você *precisa* me possuir."

"Eu posso muito bem beijar você sem maiores dramas, Evelyn. Não precisa dar uma de diretora de cinema."

"Precisamos dar a impressão de que estamos nos agarrando há um tempinho, para eles acharem que flagraram a gente bem no meio de alguma coisa."

Harry bagunçou os cabelos e afrouxou o colarinho. Eu dei risada e me descabelei um pouco também, além de puxar uma alça do meu vestido.

"Ei", Harry comentou. "Estamos pegando pesado aqui, hein?"

Dei um empurrãozinho nele, aos risos. Ouvimos um carro se aproximando, e vimos as luzes dos faróis.

Em pânico, Harry me segurou pelos dois braços e me beijou, pressionando os lábios com força contra os meus. Quando o carro passou, ele acariciou meus cabelos com uma das mãos.

"Acho que era só um morador local", comentei, vendo o carro se afastar, subindo ainda mais o cânion.

Harry segurou minha mão. "A gente poderia fazer isso mesmo, sabe."

"O quê?"

"Casar. Quer dizer, se é para fingir, vamos fingir *direito*. Não é nenhuma loucura. Afinal de contas, eu te amo. Talvez não da maneira como um marido deve amar uma esposa, mas mesmo assim."

"Harry."

"E aquilo que falei ontem sobre querer uma mulher... Eu andei pensando e, se isso aqui funcionar, se as pessoas acreditarem... De repente podemos formar uma família. Você não quer ter uma?"

"Sim", respondi. "Algum dia, quero, sim."

"Podemos fazer muito bem um para o outro. E não vamos desistir quando percebermos que não é tudo um mar de rosas, porque nos conhecemos bem demais para isso."

"Harry, de verdade, não sei se você está falando sério."

"Estou falando muito sério. Pelo menos acho que sim."

"Você quer se casar comigo?"

"Quero estar com alguém que eu amo. Quero ter companhia. Gostaria de ter uma família em casa. Não quero mais viver sozinho. E quero um filho ou uma filha. Isso nós podemos fazer juntos. Não posso dar tudo o que você precisa. Sei disso. Mas quero formar uma família, e adoraria que fosse com você."

"Harry, eu sou cínica e mandona, e a maioria das pessoas me acha ligeiramente imoral."

"Você é forte, durona e talentosa. Excepcional por dentro e por fora."

Ele tinha refletido bastante, pelo jeito.

"E você? E as suas... inclinações? Como isso funcionaria?"

"Da mesma forma que com você e Rex. Eu continuo fazendo o que faço. Discretamente, claro. E você a mesma coisa."

"Mas eu não quero continuar tendo casos a vida toda. Quero estar com alguém por quem seja apaixonada. E que seja apaixonada por mim."

"Bom, nisso eu não posso ajudar", Harry falou. "Para isso, você precisa ligar para ela."

Olhei para baixo, encarei minhas unhas.

Será que ela me aceitaria de volta?

Ela com John. Eu com Harry.

Poderia dar certo. Poderia funcionar lindamente.

E se eu não pudesse ter Celia, iria querer outra pessoa? Tinha certeza de que, se não fosse ela, seria Harry quem iria querer ao meu lado.

"Certo", falei. "Vamos fazer isso mesmo."

Mais um carro se aproximou, e Harry me agarrou de novo. Dessa vez me beijou devagar, com vontade. Quando um cara desceu do carro empunhando uma câmera, Harry fingiu, só por um instante, que não tinha visto, e enfiou a mão por baixo do meu vestido.

A imagem estampada nos jornais na semana seguinte era indecente, escandalosa, chocante. Mostrava nós dois desmazelados, com cara de culpa, e a mão de Harry claramente no meu peito.

No dia seguinte, toda a imprensa anunciou que Joy Nathan estava grávida.

Nós quatro viramos o assunto do momento em todo o país.

Pecadores lascivos, inescrupulosos, infiéis.

Pôr do sol na Carolina do Norte bateu o recorde de permanência nos cinemas. E, para comemorar nosso divórcio, Rex e eu bebemos martínis de azeitonas.

"A uma união de sucesso", Rex brindou. Daí batemos nossas taças e bebemos.

Quando chego em casa já são três da manhã. Evelyn tomou quatro copos de café, o que pelo jeito a energizou o suficiente para continuar falando sem parar.

Eu podia muito bem ter encerrado o expediente antes, mas, de certo modo, foi um alívio não ter que enfrentar a vida por algumas horas. Estar completamente absorta na história de Evelyn significa que não preciso encarar a minha própria existência.

E, de qualquer forma, eu não estou em condições de ditar regras. Eu escolhi pelo que ia lutar. E consegui. O resto depende dela.

Como eu ia dizendo, quando chego em casa vou direto para a cama e caio no sono bem rápido. A última coisa em que penso antes de dormir é que estou aliviada por ter uma justificativa válida para não ter respondido à mensagem de David.

Acordo com o celular tocando, e vejo as horas. Ainda não são nove da manhã. De um sábado. Eu esperava dormir até mais tarde.

Lá está a cara sorridente da minha mãe na tela do celular. Não são nem seis horas no fuso horário dela. "Mãe? Está tudo bem?"

"Claro que sim", ela responde, como se estivesse ligando num horário normal. "Eu só queria ver como você estava antes que saísse para trabalhar."

"Não são nem seis da manhã aí", respondo. "E hoje é sábado. Minha ideia era dormir até tarde e começar a transcrever as gravações que fiz com a Evelyn."

"Teve um terremoto aqui agora há pouco, nada muito sério, mas não consegui dormir de novo. Como estão indo as coisas com a Evelyn? Que estranho eu falar assim, a Evelyn. Como se fôssemos íntimas."

Conto que Frankie topou me promover. E que Evelyn topou fazer uma matéria de capa.

"Está me dizendo que enfrentou a editora chefe da *Vivant* e Evelyn Hugo em menos de vinte e quatro horas? E que conseguiu o que queria das duas?"

Eu dou risada, surpresa com meu próprio feito. "Pois é", digo. "Acho que foi isso mesmo."

Minha mãe emite um som que só pode ser descrito como um cacarejo. "Essa é a minha garota!", ela exclama. "Olha, vou te contar, seu pai estaria com um sorriso de orelha a orelha se estivesse aqui. Ia morrer de orgulho. Ele sempre soube que você era dura na queda."

Fico me perguntando se isso é verdade — não porque minha mãe fosse de mentir para mim, mas por ser realmente difícil de imaginar. Até entendo que meu pai me considerasse legal, ou inteligente; faz sentido. Mas nunca me considerei alguém difícil de dobrar. Talvez fosse bom *começar* a pensar assim; talvez eu mereça.

"Parece que sou mesmo, né? O mundo que se cuide. O que é meu está reservado."

"Isso mesmo, querida. Essa é você."

Digo para minha mãe que amo ela e desligo o telefone, me sentindo orgulhosa de mim, meio presunçosa até.

Nem consigo imaginar que, em menos de uma semana, Evelyn Hugo vai terminar de contar sua história e eu vou descobrir qual é a motivação de tudo isso e odiá-la com tanta força que vou pensar seriamente em matá-la.

O BRILHANTE, GENEROSO E SOFRIDO
Harry Cameron

Fui indicada ao Oscar de Melhor Atriz pela minha atuação em *Pôr do sol na Carolina do Norte.*

O único problema era que Celia tinha sido indicada nesse ano também.

Atravessei o tapete vermelho com Harry. Estávamos noivos. Ele me deu uma aliança de diamante com esmeraldas, que fez um belo contraste com o vestido preto com pedrarias que usei naquela noite. A abertura da saia dos dois lados deixava minhas coxas à mostra. Eu adorei aquele vestido.

Todo mundo adorou. Quando fazem uma retrospectiva da minha carreira, sempre dão um jeito de colocar fotos minhas com esse vestido. Fiz questão de incluir no leilão. Acho que pode arrecadar um bom dinheiro.

Fico feliz em saber que as pessoas gostaram desse vestido tanto quanto eu. Não ganhei o Oscar, mas aquela acabou se tornando uma das melhores noites da minha vida.

Celia chegou pouco antes do início da cerimônia. Estava com um vestido sem alças com decote coração. O contraste da cor de seus cabelos com o vestido era arrasador. Quando bati os olhos nela pela primeira vez em cinco anos, fiquei sem fôlego.

Tinha ido ver todos os filmes de Celia, por mais que detestasse admitir. Então na verdade continuava a vê-la.

Porém não existe nenhuma lente capaz de reproduzir a sensação de estar na presença de alguém, muito menos alguém como ela. Uma pessoa que faz você se sentir importante só porque recebeu um olhar dela.

Ela agora tinha algo de magnânimo, aos vinte e oito anos de idade. Estava mais madura, exalava dignidade. Parecia o tipo de pessoa que conhece perfeitamente o seu lugar.

Celia deu um passo à frente e enlaçou seu braço com John Braverman. Usando um smoking que realçava seus ombros largos, John era a imagem perfeita do herói americano. Eles eram lindos. Por mais falsa que fosse sua relação.

"Ev, você está quase babando", Harry falou, me puxando para dentro do teatro.

"Desculpa", falei. "Obrigada."

Quando chegamos aos nossos lugares, sorrimos e acenamos para todos que estavam em volta. Joy e Rex estavam algumas fileiras atrás, e dei um aceno educado, por saber que as pessoas estavam olhando, e que se desse um abraço nos dois todo mundo iria estranhar.

Quando sentamos, Harry falou: "Se ganhar, você vai falar com ela?".

Eu dei risada. "Para me gabar?"

"Não, mas você voltaria por cima, como queria tão desesperadamente."

"Ela me largou."

"Você dormiu com outro."

"Por ela."

Harry franziu a testa para mim, como se eu estivesse fugindo do assunto.

"Tudo bem, se eu ganhar, vou falar com ela."

"Obrigado."

"Por que está me agradecendo?"

"Porque quero sua felicidade, e ao que parece preciso incentivar você a fazer as coisas pelo seu próprio bem."

"Bom, se *ela* ganhar, eu não vou abrir minha boca."

"Se ela ganhar", Harry falou num tom delicado, "o que é apenas uma *possibilidade*, e vier falar com você, vou te segurar, te obrigar a ouvir e a responder."

Não conseguia olhar nos olhos dele. Estava na defensiva.

"Essa conversa é mesmo inútil", falei. "Todo mundo sabe que quem vai ganhar é Ruby, porque a Academia se arrependeu de não ter dado o prêmio para ela no ano passado por *O voo perigoso*."

"Pode ser que não", Harry disse.

"Tá, tá", eu disse a ele. "E eu tenho uma ponte no Brooklyn para te vender."

Mas, quando as luzes se apagaram e o apresentador subiu no palco, não me passou pela cabeça que minhas chances eram poucas. Estava iludida a ponto de achar que a Academia finalmente ia entregar meu maldito Oscar.

Quando anunciaram as indicadas para Melhor Atriz, olhei ao redor à procura de Celia. E a encontrei no momento em que ela me achou. Uma cravou o olhar na outra. E o apresentador não disse nem "Evelyn" nem "Celia". Disse "Ruby".

Com o coração pesado e apertado no peito, senti raiva de mim por acreditar que tinha chance. E então me perguntei se Celia estaria bem.

Harry segurou e apertou minha mão. Fiquei torcendo para John fazer isso com Celia. Pedi licença para ir ao banheiro.

Bonnie Lakeland estava lavando as mãos quando entrei. Ela abriu um sorrisinho e saiu. Fiquei sozinha. Me enfiei numa cabine, sentei na privada e fechei a porta. Deixei o choro sair.

"Evelyn?"

É impossível não reconhecer a voz de alguém que você espera ansiosamente ouvir depois de tantos anos.

"Celia?", falei. Fiquei de pé, encostei na porta da cabine e limpei os olhos.

"Eu vi que você veio para cá", ela disse. "Pensei que podia ser um sinal de que você não... de que estava chateada."

"Estou tentando ficar feliz pela Ruby", falei, dando uma risadinha enquanto usava um pedaço de papel higiênico para limpar os olhos com todo o cuidado. "Mas isso não faz meu estilo."

"O meu também não", ela disse.

Eu abri a porta. E lá estava ela. Vestido azul, cabelos ruivos, e uma presença capaz de dominar qualquer ambiente, apesar da baixa estatura. Quando seus olhos se voltaram para mim, percebi que ainda me amava. Deu para ver suas pupilas se alargarem, seu olhar se tornar mais suave.

"Você está maravilhosa como sempre", ela comentou, se apoiando na pia com os braços atrás de si. O jeito como Celia me olhava sempre teve uma qualidade inebriante. Eu me sentia como um pedaço de carne nobre diante de um tigre.

"Você também não está nada mal", respondi.

"Acho melhor que ninguém nos veja aqui", Celia disse.

"Por que não?", perguntei.

"Porque acho que muita gente sabe o que fizemos no passado", ela disse. "E sei que você detestaria que pensassem que estamos repetindo."

Ela estava me testando.

Eu sabia. Ela também.

Se eu dissesse a coisa certa, se falasse que não estava nem aí para o que os outros pensassem, que faria amor com ela no palco na frente de todo mundo, poderia tê-la conquistado de volta.

Me demoro nesse pensamento. Me imagino acordando na manhã seguinte sentindo seu hálito de café e cigarro.

Mas queria que ela admitisse que a culpa não foi só minha. Ela também teve lá sua responsabilidade no nosso rompimento. "Ou vai ver é você que não quer ser vista com uma... qual era a palavra mesmo, 'vagabunda'?"

Celia deu risada, olhou para o chão e depois para mim. "O que você quer que eu diga? Que estava errada? Estava, sim. Queria te magoar da mesma forma que você me magoou."

"Só que eu nunca quis te magoar", falei. "Nunca fiz nada de caso pensado para te fazer sofrer."

"Você tinha vergonha do seu amor por mim."

"De jeito nenhum", rebati. "Isso não é verdade."

"Bom, você com certeza fez de tudo para esconder."

"Eu fiz o que era preciso para proteger a gente."

"Isso é discutível."

"Então discuta comigo", falei. "Em vez de fugir de novo."

"Eu não fugi para tão longe assim, Evelyn. Você poderia ter ido atrás de mim se quisesse."

"Eu não gosto de ser manipulada, Celia. Falei isso logo na primeira vez em que saímos para tomar milk-shake."

Ela encolheu os ombros. "Você manipula todo mundo."

"Mas nunca afirmei que não era hipócrita."

"Como você consegue fazer isso?", Celia questionou.

"Fazer o quê?"

"Tratar com tanta empáfia uma coisa que é sagrada para os outros?"

"Porque não estou nem aí para os outros."

Celia bufou de leve e baixou os olhos para as mãos.

"A não ser para você", falei.

Fui recompensada com os olhos dela se erguendo para mim.

"Com você eu me importo", eu disse.

"Você se *importava* comigo."

Balancei negativamente a cabeça. "Não, eu fui bem clara."

"Você não demorou muito para se envolver com Rex North."

Eu franzi a testa. "Celia, você sabe muito bem como essas coisas são."

"Então foi uma farsa."

"Em todos os sentidos."

"Você saiu com mais alguém? Algum homem?", perguntou. Ela sempre teve ciúmes de homem, por medo de não ser capaz de competir. Eu sempre tive ciúmes de mulher, por medo de não conseguir me comparar.

"Eu me diverti, sim", respondi. "Assim como você, com certeza."

"John não é..."

"Não estou falando do John. Mas com certeza você não preservou sua castidade." Eu a estava cutucando em busca de informações que podiam partir meu coração, uma falha inerente à condição humana.

"Não mesmo", ela disse. "Nisso você tem razão."

"Algum homem?", perguntei, torcendo para que a resposta fosse sim. Se fossem homens, eu sabia que não tinha significado nada para ela.

Celia sacudiu a cabeça, deixando meu coração ainda mais dilacerado, como um rasgo que aumenta quando alguém o força.

"Alguém que eu conheça?"

"Ninguém famoso", ela respondeu. "E nenhuma significou nada para mim. Eu só pensava em você quando estava com elas."

Meu coração ficou ao mesmo tempo apertado e acalentado.

"Você não deveria ter me deixado, Celia."

"Você não deveria ter me deixado ir embora."

Ao ouvir isso, perdi todas as forças. Meu coração empurrou a verdade goela afora. "Eu sei. Sei disso. Sei mesmo."

Às vezes as coisas acontecem tão rápido que a gente só percebe quando já começaram. Num instante ela estava encostada na pia, no momento seguinte suas mãos estavam no meu rosto, e seu corpo comprimido contra o meu, as bocas coladas. Senti o gosto da cremosidade almiscarada do batom, misturado com um leve ardor de rum.

Eu me perdi nela. Na sensação de tê-la de novo para mim, na alegria de ser o alvo de sua atenção, no êxtase de saber que ela me amava.

E então a porta se abriu, e as esposas de dois produtores entraram. Nós nos largamos. Celia fingiu que estava lavando as mãos, e eu me postei na frente de um espelho para retocar a maquiagem. As duas continuaram a conversa, mal reparando na nossa presença.

Elas entraram em cabines, e eu olhei para Celia. Ela retribuiu o olhar. Fiquei à espera enquanto ela fechava a torneira e pegava uma toalha. Pensei que fosse direto para a porta do banheiro. Mas não foi isso o que aconteceu.

Uma das mulheres saiu, depois a outra. Enfim estávamos sozinhas de novo. Ouvindo com atenção, percebemos que a cerimônia tinha parado para um intervalo comercial.

Agarrei Celia e a beijei. Depois a prensei contra a porta. Não havia como me cansar dela. Era melhor que qualquer droga.

Sem ao menos pensar no perigo, ergui seu vestido e subi a mão por sua coxa. Com ela ainda encostada na porta, a beijei de novo, enquanto a tocava do jeitinho que sabia que ela gostava.

Celia gemeu de leve, então coloquei a mão sobre sua boca e comecei a beijar seu pescoço. Estávamos as duas com os corpos colados estremecendo contra aquela porta.

Poderíamos ser surpreendidas a qualquer momento. Se alguma mulher da plateia resolvesse ir ao banheiro durante aqueles sete minutos, nós perderíamos tudo o que lutamos tanto para conseguir.

Foi assim que Celia e eu nos perdoamos.

E mostramos que não conseguíamos viver sem a companhia uma da outra.

Porque nesse momento tínhamos toda a consciência do que estávamos dispostas a arriscar apenas para ficarmos juntas.

PhotoMoment

14 DE AGOSTO DE 1967

EVELYN HUGO SE CASA COM O PRODUTOR HARRY CAMERON

Seria o cinco o número da sorte? Evelyn Hugo e o produtor Harry Cameron se casaram no último sábado, numa cerimônia realizada nas praias de Capri.

Evelyn usou um vestido de seda branco, com os longos cabelos loiros repartidos ao meio. Harry, conhecido por ser um dos executivos mais bem-vestidos de Hollywood, optou por um terno de linho cor de creme.

Celia St. James, a Queridinha da América, foi madrinha, e seu precioso eleito, John Braverman, o padrinho.

Harry e Evelyn trabalham juntos desde os anos 50, quando Evelyn ganhou fama atuando em sucessos como *Pai e filha* e *Mulherzinhas*. Eles admitiram que estavam tendo um caso no ano passado, quando foram pegos em flagrante enquanto Evelyn ainda era casada com Rex North.

Rex hoje é casado com Joy Nathan, e pai orgulhoso de uma garotinha, Violet North.

Estamos felizes por Evelyn e Harry terem decidido finalmente oficializar a relação! E, depois de um início chocante e de um longo noivado, já dava para dizer que estava mais do que na hora!

Celia encheu a cara no casamento. Estava tendo dificuldade para controlar o ciúme, apesar de saber que era tudo encenação. O marido dela estava ao lado de Harry, ora essa. E todos nós sabíamos o que éramos.

Dois homens que dormiam juntos. Casados com duas mulheres que dormiam juntas. Éramos quatro farsantes.

Quando disse o sim, tudo o que pensei foi: *Isso é só o começo. Da vida real, da nossa vida. Enfim seremos uma família.*

Harry e John estavam apaixonados. Celia e eu éramos loucas uma pela outra.

Quando voltamos da Itália, vendi minha mansão em Beverly Hills. Harry vendeu a dele. Compramos um apartamento em Manhattan, no Upper East Side, pertinho de onde moravam Celia e John.

Antes de concordar em me mudar, pedi para Harry verificar se meu pai ainda estava vivo. Não sabia se seria capaz de viver na mesma cidade que ele, se suportaria a ideia de topar com ele na rua sem querer.

Foi pela pesquisa feita pelo pessoal do escritório de Harry que fiquei sabendo que meu pai tinha morrido de ataque cardíaco em 1959. Seus poucos bens foram convertidos para uso do governo, já que ninguém apareceu para reclamá-los.

Meu primeiro pensamento quando recebi a notícia foi: *Então é por isso que ele nunca veio atrás de mim para pedir dinheiro.* E o segundo foi: *Que triste pensar que era só isso que ele ia querer.*

Afastei isso da cabeça, assinei a papelada do apartamento e comemorei a aquisição com Harry. Estava livre para ir aonde quisesse. E o que queria era me mudar para o Upper East Side de Manhattan. E convenci Luisa a nos acompanhar.

O apartamento poderia ficar perto, mas a minha vida estava a milhões de quilômetros de Hell's Kitchen. Meu pai estava morto. E eu era famosa no mundo todo, casada, apaixonada e tão rica que às vezes me dava até nojo.

Um mês depois de me mudar para a cidade, peguei um táxi com Celia e fui dar uma volta em Hell's Kitchen. Estava bem diferente de quando eu tinha ido embora. Eu a levei até a calçada do prédio em que eu morava e apontei para a minha antiga janela.

"Bem ali", falei. "No quinto andar."

Celia me olhou com uma expressão de compaixão por tudo o que vivi lá, por tudo o que havia conseguido desde então. E depois, com a maior calma e segurança, pegou na minha mão.

Tive um sobressalto, sem saber se deveríamos nos tocar em público, com medo da reação das pessoas. Mas todo mundo simplesmente seguiu em frente, cuidando da própria vida, sem dar atenção nenhuma às duas mulheres famosas de mãos dadas na calçada.

Celia e eu passávamos as noites juntas no meu apartamento. Harry dormia com John no dele. Saíamos para jantar em público como se fôssemos dois casais padrão, sendo que nenhum dos quatro era heterossexual.

Os tabloides nos chamavam de "Casais Amigos Favoritos da América". Ouvi boatos dizendo até que éramos praticantes de swing, o que não era uma coisa exatamente incomum naquela época. É uma coisa que dá o que pensar, não? As pessoas queriam acreditar piamente que fazíamos trocas de casais, mas ficariam escandalizadas se soubessem que éramos monogâmicos — só que gays.

Nunca vou esquecer a manhã seguinte à revolta de Stonewall. Harry estava vidrado no noticiário. John passou o dia todo ao telefone com amigos que moravam no centro da cidade.

Celia andava de um lado para outro pela sala, com o coração na boca. Ela acreditava que tudo mudaria depois daquela noite. Achava que, como os gays tinham tomado uma posição, assumindo com orgulho o que eram e mostrando sua força, a postura do resto das pessoas ia mudar.

Lembro de sentar no terraço do nosso prédio e olhar para o sul, me dando conta de que Celia, Harry, John e eu não estávamos sozinhos. Parece uma coisa boba de se dizer só agora, mas eu estava tão... voltada para mim mesma, tão absorta em meu próprio mundo, que quase nunca parava para pensar que havia pessoas como eu por aí.

Isso não significa que eu estava alheia às mudanças que aconteciam no país. Harry e eu fizemos campanha para Bobby Kennedy. Celia posou ao lado de manifestantes contra a Guerra do Vietnã para a capa da *Effect*. John era um colaborador ativo do movimento pelos direitos civis, e eu me pronunciava publicamente a favor do trabalho do dr. Martin Luther King Jr. Mas Stonewall foi diferente.

Era a *nossa* gente.

E eles estavam lá, se rebelando contra a polícia pelo direito de ser quem eram. Enquanto isso, eu me trancava na prisão luxuosa que eu tinha construído para mim mesma.

Na tarde seguinte aos primeiros protestos, eu sentei no terraço, de frente para o sol, usando uma calça jeans de cintura alta e uma blusa preta sem manga, bebendo um gibson. E comecei a chorar quando me dei conta de que aqueles homens estavam lutando por um sonho que eu não me permitia nem imaginar. Por um mundo em que poderíamos ser nós mesmos, sem medo ou vergonha. Aqueles homens eram mais corajosos e otimistas que eu. Não havia outra maneira de definir a situação.

"Estão planejando outro protesto para hoje à noite", John falou, se juntando a mim no terraço. Ele tinha uma presença física intimidadora. Quase um metro e noventa, cem quilos, cabelo escovinha. Uma cara de poucos amigos. Mas todo mundo que o conhecia sabia que era o contrário, que ele era uma pessoa *absurdamente* calorosa.

No campo de futebol americano era um guerreiro, mas no nosso grupo era um gigante gentil. Era quem perguntava se a gente tinha dormido bem, aquele que se lembrava de cada detalhe das conversas de semanas antes. E assumiu como sua missão proteger Celia e Harry, e a mim também, por extensão. John e eu amávamos as mesmas pessoas, e um ao outro. E adorávamos jogar gin rummy. Nem sei dizer quantas noites fiquei acordada até de madrugada no carteado com John. Nós dois éramos competitivos ao extremo, e nos revezávamos no papel de mau vencedor e mau perdedor.

"A gente deveria ir até lá", disse Celia, subindo ao terraço também. John sentou numa cadeira no canto. Celia se acomodou no braço da poltrona onde eu estava. "Dar nosso apoio. Fazer parte disso."

Ouvi Harry chamando John da cozinha. "Estamos aqui fora!", gritei para ele, no mesmo momento em que John falou: "Estou no terraço".

Logo Harry também apareceu.

"Harry, você não acha que a gente deveria ir até lá?, Celia perguntou. Ela acendeu um cigarro, deu uma tragada e passou para mim.

Eu já estava sacudindo a cabeça. John respondeu que não logo de cara.

"Como assim, não?", Celia questionou.

"Você não vai até lá", John respondeu. "Você não pode. Nenhum de nós pode."

"Claro que posso", ela falou, olhando para mim em busca de apoio.

"Desculpa", falei, devolvendo o cigarro. "Nessa eu estou com John."

"Harry?", ela disse, tentando um último apelo.

Harry fez que não com a cabeça. "Se formos até lá, só vamos atrair atenção para nós e desviar da causa. O assunto vira o fato de *nós* sermos homossexuais, em vez de ser os *direitos* dos homossexuais."

Celia levou o cigarro à boca e tragou. Fez uma cara azeda e soprou a fumaça com força. "Então o que vamos fazer? Não podemos ficar aqui de braços cruzados. Não podemos deixar que eles deem a cara a tapa por uma luta que também é nossa."

"Então vamos ajudar dando a eles o que nós temos de sobra", Harry sugeriu.

"Dinheiro", completei, seguindo imediatamente o raciocínio dele.

John assentiu com a cabeça. "Vou ligar para Peter. Ele vai saber fazer as verbas chegarem até lá. Vai saber quem precisa do quê."

"Já deveríamos estar fazendo isso faz tempo", Harry disse. "Então vamos fazer de agora em diante. Não importa o que aconteça hoje à noite. Não importa o rumo que a luta tome. Vamos deixar decidido aqui e agora que nossa função é colaborar com dinheiro."

"Estou dentro", falei.

"Sim", John concordou. "Claro."

"O.k.", Celia falou. "Se vocês acham que isso é o melhor que podemos fazer."

"É, sim", Harry respondeu. "Tenho certeza."

Começamos a fazer doações anônimas nesse mesmo dia, e eu continuei fazendo isso pelo resto da vida.

Acho que as pessoas podem ser úteis de diversas maneiras, quando se trata de uma boa causa. Sempre senti que minha forma de colaborar era faturando alto e colaborando com grupos que precisavam de apoio financeiro. É uma lógica bem conveniente em termos pessoais. Sei muito bem disso. Mas, por ser quem era, por ter feito tanto sacrifício para esconder certas partes da minha vida, me dispus a doar mais dinheiro do que a maioria das pessoas vai ganhar na vida. E tenho orgulho disso.

Mas isso não significava que eu não tinha lá os meus conflitos. E, obviamente, na maior parte do tempo essa ambivalência era mais pessoal do que política.

Eu sabia que precisava me esconder, mas ao mesmo tempo achava que não deveria. Mas aceitar uma realidade não quer dizer que a gente a considere justa.

Celia ganhou seu segundo Oscar em 1970, por sua atuação como uma mulher que se finge de homem para lutar na Primeira Guerra Mundial no filme *Nossas tropas*.

Eu não pude acompanhá-la a Los Angeles naquela noite porque estava filmando *Jade Diamond* em Miami. Meu papel era de uma prostituta que dividia um apartamento com um bêbado. Mas nós duas sabíamos que, mesmo se estivesse livre, eu não poderia atravessar o tapete vermelho de braço dado com ela.

Naquela noite, Celia me ligou depois de chegar da cerimônia de premiação e da festa.

Eu berrei ao telefone. Estava feliz demais por ela. "Você conseguiu", falei. "E pela segunda vez!"

"Dá para acreditar?", ela disse. "Duas vezes."

"Você merece. Deveria ganhar um Oscar por dia, na minha opinião."

"Queria que você estivesse aqui", ela disse, num tom meio irritado. Dava para perceber que ela havia bebido. Eu também teria tomado todas se estivesse no lugar dela. Mas fiquei brava por ela sempre dificultar as coisas. Eu queria ter ido. Ela não sabia disso? E não sabia que *não dava*? E que isso acabava comigo? Por que a conversa sempre precisava girar em torno dos sentimentos *dela*?

"Eu também queria estar aí", respondi. "Mas é melhor assim. Você sabe disso."

"Ah, sim. Para as pessoas não saberem que você é *lésbica*."

Eu detestava ser chamada de lésbica. Não porque houvesse alguma coisa errada em amar uma mulher. Não, eu vivia em paz com isso fazia tempo. Mas para Celia era tudo preto no branco. Ela gostava de mulheres, e só de mulheres. E eu gostava dela. Mesmo assim, ela vivia renegando uma outra parte de mim.

Ela fazia questão de ignorar que eu já tinha sido apaixonada por Don Adler. Fazia questão de ignorar que eu já tinha feito amor com homens e gostado. Só deixava de ignorar isso quando se sentia ameaçada. Esse parecia ser seu padrão. Para ela, eu era lésbica nos bons momentos e hétero nos maus.

Nessa época a bissexualidade estava começando a virar assunto, mas não sei se eu entendia que esse conceito poderia ser aplicado a mim. E também não estava interessada em arrumar um rótulo para o que já sabia. Eu gostava de homens. E gostava de Celia. Não via problema nenhum nisso.

"Celia, para com isso. Cansei dessa conversa. Você está sendo implicante."

Ela soltou uma risada seca. "É exatamente a mesma Evelyn de todos esses anos. Nada mudou. Você tem medo de ser quem é, e ainda não tem um Oscar. Continua sendo o que sempre foi: um belo par de peitos."

Deixei o silêncio falar por mim por um instante. O chiado do telefone era a única coisa que conseguíamos ouvir.

E aí Celia começou a chorar. "Me desculpa", ela falou. "Eu jamais deveria ter dito isso. Não é isso o que eu penso. Desculpa. Eu bebi demais, e estou com saudade, e estou arrependida de ter falado uma coisa tão horrível."

"Tudo bem", falei. "Preciso desligar. Aqui já é bem tarde, você sabe. Parabéns de novo, querida."

Desliguei o telefone antes que ela respondesse.

Com Celia as coisas eram assim. Quando não tinha seu desejo atendido e ficava magoada, ela arrumava um jeito de magoar também.

"Você nunca chamou a atenção dela?", eu pergunto a Evelyn.

Ouço o som abafado do meu celular tocando na bolsa, e pelo toque sei que é David. Não respondi à mensagem dele no fim de semana porque não sabia exatamente o que queria dizer. E, quando cheguei aqui de manhã, simplesmente esqueci de tudo.

Enfio a mão lá dentro e ponho o telefone no silencioso.

"Não adiantava nada brigar com Celia quando ela perdia a cabeça", diz Evelyn. "Quando as coisas ficavam muito tensas, eu preferia me afastar antes de virar um conflito de verdade. Eu dizia que a amava, que não conseguia viver sem ela e tirava a blusa, o que geralmente acabava com a conversa. Apesar de toda a pose, Celia tinha uma coisa em comum com quase todos os homens héteros do país: não existia nada que quisesse mais do que enfiar as mãos nos meus peitos."

"Mas não te incomodou?", questiono. "Ouvir essas coisas?"

"Claro que sim. Olha, eu sou a primeira a admitir que quando era mais jovem não passava de um belo par de peitos. O único recurso ao meu dispor era minha sensualidade, que eu usava como se fosse moeda corrente. Quando cheguei a Hollywood, eu não tinha instrução, não tinha cultura, não tinha poder, não tinha nem formação de atriz. Por que precisaria de alguma coisa além da minha beleza? E assumir a própria beleza com orgulho pode ser um grande problema. Porque a pessoa passa a acreditar que se notabilizou apenas por uma coisa que dura muito pouco."

Ela continua: "Quando Celia falou isso, eu tinha acabado de entrar na casa dos trinta. Não sabia quantos anos de carreira ainda teria pela frente, sendo bem sincera. Achava que Celia continuaria trabalhando, claro, porque tinha talento. Só não sabia se eu ainda seria contratada se tivesse rugas aparentes, e quando meu metabolismo desacelerasse. Então, sim, isso me doeu bastante".

"Mas você devia saber que era talentosa", digo a ela. "Tinha sido indicada ao Oscar três vezes."

"Você está sendo racional", Evelyn diz, sorrindo para mim. "Isso nem sempre funciona."

Em 1974, quando fiz trinta e seis anos, Harry, Celia, John e eu fomos ao Palace. Diziam que era o restaurante mais caro do mundo na época. E eu era o tipo de pessoa que gostava dessas extravagâncias absurdas.

Hoje eu me pergunto onde estava com a cabeça esbanjando daquele jeito, como se a facilidade de ganhar dinheiro eliminasse a necessidade de valorizá-lo. Hoje acho isso um horror. Caviar, jatinho particular, uma equipe de empregados do tamanho de um time de beisebol.

Mas, enfim, fomos ao Palace.

Posamos para algumas fotos, sabendo que iam acabar estampando a capa de um ou outro tabloide. Celia pediu uma garrafa de Dom Perignon. Harry virou quatro manhattans sozinho. E, quando a sobremesa chegou, com uma vela acesa no meio, os três cantaram parabéns para mim, na frente do restaurante inteiro.

Harry foi o único que comeu bolo. Celia e eu não podíamos engordar, e John fazia uma dieta rigorosa, composta praticamente só de proteína.

"Dá pelo menos uma garfada, Ev", John falou, todo gentil, afastando o prato de Harry e empurrando para mim. "É seu aniversário, ora essa."

Ergui uma sobrancelha, peguei um garfo e raspei um pouco da cobertura. "Tem coisa que não dá para contestar", falei.

"Ele só não quer que *eu* coma", Harry comentou.

John deu risada. "Foram dois coelhos com uma cajadada só."

Celia bateu com o garfo de leve na taça. "Certo, certo", ela falou. "Hora do discurso."

Ela iria rodar um filme em Montana na semana seguinte. Tinha adiado o início das filmagens para poder estar comigo naquela noite.

"Um brinde à Evelyn", ela falou, erguendo a taça. "Que traz vida a todo lugar por onde passa. E que todo santo dia faz a gente sentir que está vivendo dentro de um sonho."

Ainda naquela noite, enquanto Celia e John chamavam o táxi, Harry me ajudou a vestir a jaqueta. "Já percebeu que eu sou o seu marido que mais vingou?", ele perguntou.

Àquela altura, Harry e eu estávamos casados fazia sete anos. “E também o melhor”, falei. “De longe.”

“Eu estava pensando...”

Eu já sabia o que ele estava pensando. Ou pelo menos desconfiava. Porque vinha pensando a mesma coisa.

Estava com trinta e seis anos. Se ainda queria ter um bebê, já tinha adiado o quanto podia.

Havia mulheres que engravidavam mais tarde que isso, claro, mas não era muito comum, e eu tinha passado os últimos anos olhando para todos os carrinhos de bebê que passavam, sem conseguir me concentrar em mais nada quando havia um por perto.

Pegava os filhos de casais de amigos no colo e só devolvia quando as mães pediam de volta. Ficava pensando em como seria um bebê meu. Em como seria trazer uma vida ao mundo, para dar a nós quatro um novo foco.

Portanto, se queria fazer isso, precisava me apressar.

E nossa decisão de ter um bebê não envolvia só duas pessoas. Envolvia quatro.

“Vá em frente”, falei enquanto saíamos do restaurante. “Pode dizer.”

“Um bebê”, Harry disse. “Meu e seu.”

“Já conversou sobre isso com o John?”, perguntei.

“Não exatamente”, ele disse. “Você já falou a respeito com a Celia?”

“Não.”

“Mas está disposta?”, ele quis saber.

Minha carreira seria prejudicada. Não havia como negar. Eu deixaria de ser mulher para virar mãe — e por algum motivo as duas coisas pareciam mutuamente excludentes em Hollywood. Meu corpo mudaria. Ficaria sem trabalhar durante meses. Não fazia o menor sentido dizer sim. “Sim”, eu disse. “Estou disposta.”

Harry assentiu. “Eu também.”

“Certo”, falei, avaliando quais seriam os próximos passos. “Então vamos conversar com John e Celia.”

“Pois é”, Harry disse. “Vamos lá.”

“E se todo mundo topar?”, perguntei, detendo o passo antes de sair para a calçada.

“Vamos em frente”, Harry falou, parando ao meu lado.

“Eu sei que a solução mais óbvia é a adoção”, falei. “No entanto...”

“No entanto você acha que devemos ter um filho biológico.”

“Acho”, respondi. “Não quero ninguém insinuando que adotamos porque temos alguma coisa a esconder.”

Harry assentiu. “Eu entendo”, ele falou. “Também quero um filho biológico. Alguém que seja metade você, metade eu. Estou com você nessa.”

Eu ergui uma sobrancelha. "Você sabe como os bebês são feitos, né?", questionei.

Ele sorriu, chegou mais perto e murmurou: "Tem uma pequena parte de mim que quer ir para cama com você desde que a gente se conheceu, Evelyn Hugo".

Eu caí na risada e dei um soco no braço dele. "Tem nada."

"Uma parte bem pequenininha", Harry falou em sua defesa. "E que vai contra todos os meus instintos. Mas está lá mesmo assim."

Eu sorri. "Bom", falei, "vamos manter essa parte só entre nós."

Harry deu risada e estendeu o braço. Eu apertei sua mão. "Mais uma vez, Evelyn, nós temos um acordo."

"O bebê seria criado por vocês dois?", Celia perguntou. Estávamos deitadas na cama, peladas. Minhas costas estavam suadas, meus cabelos estavam úmidos. Virei de bruços e pus a mão sobre o peito de Celia.

O papel que ela faria no filme exigia que seu cabelo fosse preto. Eu era fascinada pelo tom natural acobreado de Celia, e estava doida para saber se iriam conseguir tingi-lo de volta, se ela voltaria para mim com a mesma aparência que sempre teve.

"Sim", falei. "Claro. O bebê seria nosso. Eu e Harry criaríamos ele."

"E onde é que eu entro nessa história? E John?"

"Onde vocês quiserem."

"Não entendi o que você quer dizer com isso."

"O que eu quero dizer é que podemos pensar nisso quando chegar a hora."

Celia ficou pensativa, fitando o teto. "É isso o que você quer?", ela perguntou por fim.

"Sim", respondi. "Quero muito."

"E é um problema para você eu nunca... ter pensado em querer isso?", ela perguntou.

"Você não querer filhos?"

"É."

"Não, acho que não."

"É um problema para você eu não poder... eu não poder te proporcionar isso?" A voz dela começou a ficar embargada, e os lábios começaram a tremer. Quando Celia precisava chorar diante das câmeras, estreitava os olhos e cobria o rosto. Mas eram lágrimas falsas, derramadas por motivo nenhum. Quando ela chorava de verdade, seu rosto permanecia dolorosamente imóvel, a não ser pelo canto da boca e os olhos, que ficavam molhados, encharcando os cílios.

"Querida", eu disse, puxando-a para perto de mim. "Claro que não."

"É que... eu quero te dar tudo o que você sempre quis, e o que você quer é isso, que eu não posso dar."

"Celia, não", falei. "Não é nada disso."

"Ah, não?"

"Você me deu muito mais do que eu pensei que poderia ter na vida."

"Tem certeza?"

"Absoluta."

Ela sorriu. "Você me ama?", ela perguntou.

"Nossa, dizer isso seria subestimar o que eu sinto", respondi.

"Você me ama tanto que não consegue nem pensar direito?"

"Eu te amo tanto que, quando leio as cartas malucas que você recebe dos fãs, me pego pensando: 'Claro, faz todo o sentido. Eu também quero recolher todos os cílios caídos dela'."

Celia deu risada, acariciou meu braço e fitou o teto. "Eu quero que você seja feliz", ela disse, finalmente se virando para mim.

"Você sabe que Harry e eu, a gente teria que..."

"Não tem outro jeito?", ela perguntou. "Pensei que as mulheres pudessem engravidar usando só o esperma dos homens hoje em dia."

Eu assenti com a cabeça. "Acho que existem outros jeitos, sim", respondi. "Mas não sei se é seguro. Ou melhor, não sei como garantir que ninguém fique sabendo."

"Então você está me dizendo que vai fazer amor com Harry", Celia falou.

"Eu sou apaixonada por você. É com você que faço amor. Com Harry, só iria fazer um bebê."

Celia me encarou, observando bem o meu rosto. "Tem certeza disso?"

"Mais do que absoluta."

Ela voltou a olhar para o teto. Ficou em silêncio por um tempo. Vi seus olhos irem para lá e para cá. Vi sua respiração se acalmar. Então ela se virou para mim. "Se é isso que você quer... se você quer um bebê, então... tenha um bebê. Eu vou... eu me viro para me adaptar. Vou dar um jeito. Posso ser uma tia. A tia Celia. Vou encontrar uma maneira de aceitar isso."

"E eu vou ajudar", falei.

Ela deu risada. "E como você vai fazer isso?"

"Posso pensar numa forma de tornar a situação mais agradável para você", falei, beijando seu pescoço. Ela gostava de ser beijada logo abaixo da orelha, entre o lóbulo e a nuca.

"Ah, você é inacreditável", ela falou. Mas não disse mais nada. Não se manifestou quando passei a mão nos seus seios, pela barriga, até chegar ao meio das pernas. Só gemeu e me puxou para mais perto, e então começou a passar a mão em mim. Ela me tocou enquanto eu a tocava, a princípio de leve, depois com mais força, mais rápido. "Eu te amo", ela falou, ofegante.

"Eu te amo", respondi.

Ela me olhou nos olhos e fez com que eu me sentisse totalmente arrebatada. E, nessa noite, ao abrir mão de si mesma, Celia me deu um bebê.

PhotoMoment

23 DE MAIO DE 1975

EVELYN HUGO E HARRY CAMERON TÊM UMA MENININHA!

Evelyn Hugo enfim virou mãe! Aos trinta e sete anos, a loira bombástica pode finalmente acrescentar um bebê ao currículo. Connor Margot Cameron, três quilos e cem gramas, nasceu na última quinta-feira, no Hospital Monte Sinai.

Dizem que o papai Harry Cameron está "nas nuvens" com a chegada da bambina.

Responsáveis por uma enorme lista de sucessos, Evelyn e Harry com certeza consideram a pequenina Cameron sua maior produção conjunta até o momento.

Me apaixonei por Connor assim que ela pôs os olhinhos em mim. Com a cabecinha cheia de cabelos e os olhos azuis bem redondos, cheguei a pensar que ela era a cara de Celia.

Connor estava sempre faminta, e detestava ficar sozinha. Só queria ficar deitadinha em cima de mim, dormindo em paz. E tinha adoração por Harry.

Durante esses primeiros meses, Celia fez dois filmes em sequência, os dois fora da cidade. Um deles, *O comprador*, era motivo de empolgação para ela. Mas o outro, que tratava da máfia, era o tipo de trabalho que ela detestava. Além da violência e da desolação, a filmagem se arrastou por oito semanas, quatro em Los Angeles e quatro na Sicília. Quando a proposta chegou, esperava que ela fosse recusar. Mas acabou aceitando, e John resolveu acompanhá-la.

Enquanto eles estavam fora, Harry e eu vivemos quase como um casal tradicional. Harry me fazia ovos com bacon no café da manhã e preparava meus banhos. Eu amamentava a bebê e a trocava quase de hora em hora.

Nós tínhamos gente ajudando, claro. Luisa era quem cuidava da casa. Ela trocava os lençóis, lavava as roupas, mantinha tudo limpo. Em seus dias de folga, Harry assumia essas obrigações.

Foi Harry quem me disse que eu estava linda, apesar de sabermos muito bem que eu já tinha vivido dias melhores. Foi Harry quem leu roteiro após roteiro, procurando o projeto perfeito para mim quando Connor estivesse mais crescidinha. Foi Harry quem dormiu comigo todas as noites, segurando minha mão até eu pegar no sono, me abraçando quando fiquei me sentindo uma péssima mãe por ter arranhado o rosto de Connor uma vez enquanto dava banho nela.

Harry e eu sempre tínhamos sido próximos, como se fôssemos uma família, mas durante esses meses me senti uma esposa de verdade. Alguém que tinha um marido. E passei a amá-lo ainda mais. O tempo que passamos com Connor nos uniu mais do que poderíamos imaginar. Harry provou que estava por perto para celebrar os bons momentos e me apoiar nas piores situações.

Foi mais ou menos nessa época que passei a acreditar que amizades poderiam estar escritas nas estrelas. "Se existirem outros tipos de almas gêmeas", eu disse para ele numa tarde, enquanto nós dois estávamos no terraço com Connor, "então você é a minha."

Harry estava só de short, e sem camisa. Connor estava deitada sobre seu peito. Ele não tinha feito a barba de manhã, e os pelos estavam começando a despontar. Dava para ver uma pequena mancha branca sob seu queixo. Vendo Harry com ela no colo, percebi o quanto os dois eram parecidos. Os mesmos cílios compridos, os mesmos lábios bem desenhados.

Harry estreitou Connor junto ao peito com uma das mãos e segurou a minha com a outra. "Tenho certeza absoluta de que preciso de você mais do que qualquer outra alma viva deste mundo", ele falou. "Com a única exceção de..."

"Connor", completei. Nós dois sorrimos.

Pelo resto da nossa vida, continuamos dizendo isso. A única exceção para absolutamente tudo era Connor.

Com o retorno de Celia e John, as coisas voltaram ao normal. Celia morando comigo. Harry morando com John. Connor ficava no meu apartamento, mas todos sabíamos que Harry viria nos visitar de dia e à noite, para cuidar da gente.

Mas naquela primeira manhã, perto da hora em que Harry viria para o café da manhã, Celia vestiu o robe e foi para a cozinha, onde começou a preparar um mingau de aveia.

Eu tinha acabado de descer, ainda de pijama, e estava sentada junto à ilha da cozinha com Connor quando Harry chegou.

"Ah", ele falou, olhando para Celia com a panela no fogão. Luisa estava lavando louça na pia. "Eu vim preparar ovos com bacon."

"Pode deixar comigo", Celia disse. "Fiz uma boa panelada de mingau de aveia para todo mundo. Tem para você também, se estiver com fome."

Harry me olhou, sem saber o que fazer. Eu devolvi o olhar, tão perdida quanto.

Celia continuou mexendo o mingau. Em seguida pegou três tigelas e serviu. A panela deixou na pia, para Luisa lavar.

Nesse momento me dei conta de como nosso esquema era estranho. Harry e eu pagávamos o salário de Luisa, mas ela nem morava lá. Celia e John pagavam a hipoteca do apartamento onde Harry vivia.

Harry sentou e pegou a colher. Ele e eu começamos a tomar o mingau ao mesmo tempo. Quando Celia voltou, nós nos olhamos e sorrimos. Harry tentou me dizer uma coisa e, apesar de não conseguir ler seus lábios, eu soube exatamente o que era, porque também estava pensando a mesma coisa.

Sem gosto.

Celia se virou de costas para nós e ofereceu umas passas. Nós dois aceitamos. E, com nós três sentados na cozinha, tomando nossos mingaus em silêncio, Celia fez sua afirmação. Eu era dela. Quem prepararia meu café da manhã seria ela. Harry era visita ali.

Connor começou a chorar, então Harry a pegou para ir trocá-la. Luisa desceu para a lavanderia. E, quando ficamos sozinhas, Celia falou: "Max Girard vai fazer uma produção chamada *Três da manhã* para a Paramount. Parece que é um filme mais artístico, e acho que você deveria participar".

Eu mantinha um contato ocasional com Max desde quando ele me dirigiu em *Boute-en-Train*. Nunca me esqueci que foi com ele que catapultei meu nome de volta para o topo. Mas sabia que Celia não o suportava. Ele demonstrava um interesse despudorado por mim, uma coisa lasciva. Celia o chamava em tom de brincadeira de Pepe Le Gambá. "Você acha que eu deveria fazer um filme com Max?"

Celia assentiu. "Ofereceram para mim, só que faz mais sentido para você. Apesar de eu achar o cara um brucutu, reconheço que ele faz bons filmes. E o papel é a sua cara."

"Como assim?"

Celia levantou e levou a minha tigela junto com a sua. Enxaguou as duas e se virou para mim, se apoiando na pia. "É um papel sensual. Eles precisam de uma loiraça bombástica."

Fiz que não com a cabeça. "Agora eu sou mãe. O mundo inteiro sabe disso."

Celia também balançou a cabeça. "É exatamente por isso que você *precisa* fazer."

"Por quê?"

"Porque você é uma mulher sensual, Evelyn. Além de linda e desejada. Não deixe que ninguém tire isso de você. Não permita que roubem sua sexualidade. Não aceite que sua carreira siga os termos deles. O que vai ser a partir de agora? Vai interpretar uma mãe em todos os papéis que aceitar daqui para a frente? Só vai interpretar freiras e professoras?"

"Não", falei. "Claro que não. Quero interpretar de tudo."

"Então interprete de tudo", ela disse. "Seja ousada. Faça o que ninguém espera."

"As pessoas vão dizer que é inapropriado."

"A Evelyn que eu amo não está nem aí para isso."

Fechei os olhos e pensei nas palavras dela, balançando a cabeça. Ela queria aquilo para mim. Nisso eu acreditava mesmo. Celia sabia que eu não ficaria feliz sendo limitada, relegada a segundo plano. Sabia que eu queria continuar a provocar comentários, a despertar reações, a surpreender. Mas a parte que ela não mencionou, e que nem sei se entendia de fato, era que o verdadeiro motivo era não querer que eu mudasse.

Ela queria estar ao lado de uma loira bombástica.

Sempre achei fascinante a maneira como as coisas podem ser simultaneamente verdadeiras e falsas, como o mesmo indivíduo pode ser bom e ruim, como alguém pode amar de uma forma linda e altruísta e ainda assim ser implacável na hora de arrancar o que quer da pessoa amada.

Era por isso que eu amava Celia. Ela era uma mulher muito complicada, nunca previsível. E estava me surpreendendo outra vez.

Ela já tinha dito: *Vai, pode ter um bebê.* Mas faltou acrescentar: *Só não aja como uma mãe.*

Para felicidade e infelicidade dela, eu não tinha a menor intenção de ser mandada nem manipulada, em sentido nenhum.

Então li o roteiro e passei alguns dias pensando a respeito. Perguntei o que Harry achava. E acabei acordando uma manhã pensando: *Eu quero esse papel. Porque quero mostrar que ainda sou uma mulher independente.*

Liguei para Max Girard e disse que toparia fazer o filme se ele tivesse interesse. Ele tinha.

"Mas estou surpreso por você querer fazer isso", Max falou. "Tem cem por cento de certeza?"

"Tem nudez envolvida?", perguntei. "Eu estou à vontade com essa ideia. Sério. Estou linda, Max. Isso não é problema." Eu não estava linda coisa nenhuma, nem me achando assim. E *era* um problema, claro. Mas um problema com solução, o que significa que não é exatamente um problema, né?

"Não mesmo", Max disse, aos risos. "Evelyn, você poderia ter noventa e sete anos que o mundo ainda faria fila para ver seus peitos."

"Então do que você está falando?"

"Don", ele disse.

"Que Don?"

"Seu par romântico", ele falou. "No filme inteiro. Do começo ao fim."

"Quê?"

"Você vai contracenar com Don Adler."

“Por que você topou?”, pergunto. “Por que não disse que não o queria no filme?”

“Bom, para começo de conversa, você não pode impor condições por aí a não ser que tenha certeza de que vai ser atendida”, Evelyn responde. “E eu só tinha oitenta por cento de certeza de que, se desse um escândalo, Max fosse demiti-lo. E, em segundo lugar, pareceria uma coisa cruel, para ser sincera. Don ia mal das pernas. Há anos não emplacava um sucesso, e a maior parte dos espectadores mais jovens não sabia quem ele era. Depois do divórcio de Ruby, não se casou de novo, e o boato era que sua bebedeira estava saindo do controle.”

“Então você se sentiu mal por ele? Pelo seu abusador?”

“Relacionamentos são complicados”, Evelyn diz. “As pessoas são confusas, e o amor pode ter um lado feio. Eu tenho essa tendência de sempre acabar pecando pela compaixão.”

“Você está dizendo que ficou sensibilizada pelo que ele estava passando?”

“Estou dizendo que você poderia ter compaixão pela minha situação complicada na época.”

Depois desse corte, fico olhando para o chão, incapaz de encará-la. “Me desculpe”, digo. “Nunca estive nessa situação antes, e eu... Eu não sei onde estava com a cabeça quando inventei de fazer qualquer julgamento. Peço perdão.”

Evelyn sorri gentilmente, aceitando minhas desculpas. “Não posso falar em nome de todo mundo que apanhou de alguém que amava, mas posso garantir que perdão não é o mesmo que absolvição. Don não representava mais uma ameaça para mim. Eu não tinha medo dele. Era livre, poderosa. Então disse para Max que iria me encontrar com ele. Celia me deu apoio, mas ficou hesitante quando soube que Don estava no elenco. Harry, apesar de cauteloso, confiava na minha capacidade de lidar com a situação. Então meus representantes ligaram para o pessoal do Don, e definimos um lugar para conversar quando eu estivesse em Los Angeles. Sugeri o bar do Beverly Hills Hotel, mas a equipe de Don mudou no último instante para a Canter’s Deli. Foi assim que acabei encontrando meu ex-marido pela primeira vez em quase quinze anos para comer uns sanduíches Reubens.”

"Me desculpa, Evelyn", Don falou ao sentar. Eu já tinha pedido um chá gelado e comido metade de um picles. Achei que o pedido de desculpas fosse pelo atraso.

"É só uma e cinco", respondi. "Tudo bem."

"Não", ele falou, sacudindo a cabeça. Parecia pálido, e também um pouco mais magro que nas fotos mais recentes. Os anos que passamos afastados não tinham feito bem para Don. Seu rosto estava inchado, e sua barriga, crescida. Mas ele ainda era mais bonito que qualquer um ali. Don era o tipo de homem que sempre ia ser bonito, não importava o que acontecesse. A beleza lhe era fiel.

"Me desculpa", ele repetiu. Essa ênfase sentida me abalou.

Isso me pegou desprevenida. A garçonete se aproximou para perguntar o que ele ia beber. Don não pediu nem martíni nem cerveja. Queria uma coca-cola. Quando ela se afastou, fiquei sem saber o que dizer.

"Estou sóbrio", ele disse. "Há duzentos e cinquenta e seis dias."

"Tudo isso, é?", falei, bebericando meu chá gelado.

"Eu era um bêbado, Evelyn. Hoje sei disso."

"Você também era um galinha e um asqueroso", complementei.

Don assentiu. "Sei disso também. E me arrependo profundamente."

Eu tinha atravessado o país para descobrir se seria capaz de fazer um filme com ele, não para receber um pedido de desculpas. Esse pensamento jamais me ocorreu. Simplesmente pensei em usá-lo da mesma forma como fiz anos antes — o nome dele associado ao meu geraria falatório.

Mas o arrependimento do homem diante de mim era surpreendente e desconcertante.

"O que você quer que eu faça com isso?", questionei. "Esse pedido de desculpas? Qual o sentido disso?"

A garçonete voltou para pegar nossos pedidos.

"Um Reuben, por favor", falei, entregando o cardápio. Se era para ter uma conversa séria, eu ia precisar de uma refeição decente.

"O mesmo para mim", Don disse.

A garçonete nos reconheceu; deu para ver que estava tentando esconder o sorriso.

Quando ela saiu, Don se inclinou para a frente. "Sei que isso não muda o que fiz com você", ele falou.

"Ótimo", eu disse. "Porque não muda mesmo."

"Mas pensei que pudesse fazer com que se sentisse um pouco melhor", ele continuou, "sabendo que eu admito que agi mal, que você não merecia ser tratada daquele jeito, e que estou me esforçando todos os dias para melhorar."

"Bom, é tarde demais para isso", respondi. "Você ter melhorado não muda nada para mim."

"Eu não vou machucar mais ninguém do jeito como fazia na época", Don disse. "Com você, com Ruby."

Meu coração de gelo se derreteu um pouco, e admiti que aquilo fazia, sim, com que me sentisse melhor. "Mesmo assim", complementei, "não dá para sair tratando as pessoas que nem merda e depois achar que um pedido de desculpas apaga tudo."

Don sacudiu a cabeça, todo humilde. "Claro que não", ele concordou. "Eu sei disso."

"E se seus filmes não tivessem fracassado e Ari Sullivan não te chutasse do estúdio — assim como você pediu que ele fizesse comigo —, ainda continuaria vivendo bêbado como um gambá."

Don assentiu. "Provavelmente. Me dói dizer que você tem razão nisso."

Eu queria mais. Será que queria que ele rastejasse? Que chorasse? Eu não sabia. Só sentia que não estava entendendo nada.

"Me deixa dizer uma coisa", Don falou. "Eu me apaixonei por você assim que te vi. Era louco por você. E estraguei tudo porque virei um homem de quem não tenho o menor orgulho. E estou me desculpando porque estraguei tudo, porque não soube tratá-la como você merecia. Às vezes imagino como seria voltar para o dia do nosso casamento para poder reviver tudo, corrigindo meus erros para que você jamais precisasse passar pelo que passou por minha causa. Sei que não dá para fazer isso, mas pelo menos posso te olhar nos olhos e dizer, do fundo do coração, que reconheço o quanto você é incrível, e que poderíamos ter sido ótimos juntos, e que tudo o que nós perdemos foi culpa minha, e que estou comprometido comigo mesmo a nunca mais me comportar assim, e lamento muito, muito mesmo, de verdade."

Depois de tantos anos, de tantos filmes, de tantos casamentos, eu jamais pensei em voltar no tempo na esperança de que Don e eu pudéssemos fazer tudo diferente. Minha história depois de Don era toda responsabilidade minha, com todas as confusões e alegrias, e essas experiências me colocaram exatamente onde eu queria.

Eu estava bem. Me sentia segura. Tinha uma filha linda, um marido dedicado e o amor de uma mulher boa. Tinha dinheiro e fama. Tinha um apartamento maravilhoso numa cidade a que havia voltado. O que Don Adler poderia tirar de mim?

Se eu fui até lá para saber se conseguiria suportá-lo, descobri que a resposta era sim. Não havia um pingo de medo no meu corpo.

E então percebi: se era assim, o que tinha a perder?

Não cheguei a dizer as palavras "eu te perdoo" para Don Adler. Simplesmente peguei a carteira na bolsa e falei: "Quer ver uma foto da Connor?".

Ele sorriu e assentiu. Quando mostrei, ele deu risada. "Ela é sua cara", disse.

"Vou encarar isso como um elogio."

"Não tem outra forma de encarar isso. Acho que todas as mulheres do país gostariam de ser Evelyn Hugo."

Joguei a cabeça para trás e ri. Quando os Reubens comidos pela metade foram levados pela garçonete, eu disse que toparia fazer o filme.

"Isso é ótimo", ele disse. "Fico muito feliz em saber. Acho que eu e você... Acho que vamos proporcionar um espetáculo e tanto."

"Nós não somos amigos, Don", falei. "Quero deixar isso bem claro."

Don assentiu. "Certo", ele disse. "Eu entendo."

"Mas acho que podemos ter uma relação *amigável*."

Don sorriu. "Para mim seria uma honra."

Pouco antes de as filmagens começarem, Harry fez quarenta e cinco anos. Ele avisou que não queria uma grande comemoração nem nada muito formal. Só queria passar um dia agradável conosco.

Então John, Celia e eu planejamos um piquenique no parque. Luisa preparou os sanduíches. Celia fez sangria. John foi à loja de departamentos e comprou um guarda-sol grande o bastante para fazer sombra e nos proteger de olhares curiosos. No caminho para casa, teve a ideia de comprar perucas e óculos de sol para nós também.

Naquela tarde, nós três dissemos para Harry que tínhamos uma surpresa e fomos para o parque, com Connor montada nas costas dele. Ela adorava andar de cavalinho nele. Ficava rindo enquanto era sacudida.

Eu o peguei pela mão e o puxei.

"Aonde estamos indo?", ele perguntou. "Alguém pelo menos me dê uma pista."

"Vou dar uma pequenininha", Celia falou enquanto atravessávamos a Quinta Avenida.

"Não", John falou, balançando a cabeça. "Nada de pistas. Ele é bom demais em decifrar esse tipo de coisa. Acaba com toda a graça."

"Connor, para onde o pessoal está levando o papai?", Harry perguntou. Vi Connor abrir um sorriso ao ouvir seu nome.

Quando Celia passou pela entrada do parque, que ficava a menos de uma quadra do apartamento, Harry viu o cobertor estendido, o guarda-sol, a cesta, e sorriu.

"Um piquenique?", ele falou.

"Um piquenique familiar. Só para nós cinco", falei.

Harry sorriu. Seus olhos se fecharam por um momento, como se ele tivesse chegado ao paraíso. "Absolutamente perfeito", foi seu comentário.

"Eu fiz a sangria", Celia falou. "E Luisa preparou a comida, obviamente."

"Obviamente", Harry falou, aos risos.

"E John comprou o guarda-sol."

John se agachou e pegou as perucas. "E isto aqui."

Ele me entregou uma de cabelos pretos e enrolados, e para Celia uma loira e curta. Harry pegou uma ruiva. E John colocou uma comprida, de cabelos castanhos, que o fazia parecer um hippie.

Todos nós demos risadas quando olhamos uns para os outros, mas fiquei impressionada com o visual realista que nos conferiu. E, quando coloquei os óculos escuros, me senti um pouco mais livre.

"Se você comprou as perucas e Celia fez a sangria, o que Evelyn fez?", Harry perguntou depois de colocar Connor no cobertor. Eu a segurei e a ajudei a se sentar.

"Boa pergunta", John falou com um sorriso. "E só ela pode responder."

"Ah, eu ajudei, sim", falei.

"Pois é, Evelyn, o que foi que *você* fez?", Celia questionou.

Ergui os olhos e dei de cara com os três me encarando com expressões brincalhonas.

"Eu..." Tentei apontar com um gesto vago para a cesta de piquenique. "Vocês sabem..."

"Não", Harry falou, aos risos. "Eu não sei, não."

"Então, eu ando bem ocupada", falei.

"Ã-hã", Celia disse.

"Ah, tudo bem." Peguei Connor no colo quando ela começou a fazer careta. Sabia que o choro estava prestes a começar a qualquer momento. "Eu não fiz porcaria nenhuma."

Os três começaram a rir da minha cara, e Connor caiu na risada também.

John abriu o cesto. Celia serviu o vinho. Harry se inclinou para a frente e deu um beijo na testa de Connor.

Foi uma das últimas ocasiões em que estivemos todos juntos, rindo, sorrindo, felizes. Como uma família.

Porque, depois disso, eu estraguei tudo.

Don e eu estávamos no meio das filmagens de *Três da manhã* em Nova York. Luisa, Celia e Harry se revezavam cuidando de Connor enquanto eu trabalhava. Os dias estavam sendo mais longos do que eu esperava, e as gravações se arrastavam.

Eu fazia Patricia, uma mulher apaixonada por um viciado em drogas, Mark, interpretado por Don. E todos os dias eu constatava que não era mais o Don que conheci, que aparecia no set e dizia umas poucas falas se valendo apenas do charme. Sua atuação era marcante, superlativa, irrestrita. Ele estava pegando elementos da sua vida pessoal e transportando para o filme.

No set, a gente sempre torce para que tudo se revele de forma mágica diante das lentes das câmeras. Mas nem sempre dá para ter certeza.

Mesmo quando Harry e eu trabalhávamos juntos, tendo acesso ao primeiro corte das filmagens e vendo tantas vezes que perdíamos a noção do que era realidade e do que era filme, só havia a plena certeza de que todas as partes iam se encaixar com perfeição quando víamos o copião.

Mas, no set de *Três da manhã*, eu simplesmente sabia. Era um filme que mudaria o modo como as pessoas me viam, e como viam Don. Achei que seria bom o bastante para mudar vidas, para fazer as pessoas abandonarem o vício. Seria tão bom que alteraria a maneira como os filmes eram feitos.

Então dei tudo de mim.

Quando Max disse que precisava de mais dias de filmagem, abri mão de um tempo com Connor para estar no set. Quando Max pediu mais noites, abri mão de jantares e conversas com Celia. Devo ter ligado para ela quase todos os dias, para pedir desculpas sobre alguma coisa. Por não poder encontrá-la no restaurante na hora marcada. Por fazê-la ficar em casa cuidando de Connor para mim.

Dava para ver que ela estava um tanto arrependida de ter me incentivado a fazer o filme. Acho que não gostava da ideia de eu trabalhar com meu ex-marido todos os dias. Nem de eu trabalhar com Max Girard todos os dias. Nem de eu fazer tantas horas extras. E fiquei com a impressão de que, apesar de ela amar minha garotinha, ficar de babá não era seu modo favorito de desfrutar do tempo livre.

Mas ela não manifestou nada disso, e só me deu apoio. Quando ligava para dizer que chegaria atrasada pela milionésima vez, ela dizia: "Tudo bem, querida. Não se preocupa. Capricha aí". Ela era uma excelente parceira nesse sentido — me colocava em primeiro lugar, assim como meu trabalho.

Perto do fim das filmagens, após um longo dia de cenas de forte teor emocional, eu estava me trocando para ir embora quando Max bateu na porta.

"Oi", falei. "O que você está tramando."

Ele olhou bem para mim e sentou. Continuei de pé, mais do que disposta a ir para casa. "Evelyn, acho que nós temos que conversar sobre uma coisa."

"Ah, temos?"

"A cena de amor é na semana que vem."

"Estou sabendo."

"O filme está quase pronto."

"Pois é."

"E acho que está faltando alguma coisa."

"Tipo o quê?"

"Acho que os espectadores precisam entender o magnetismo brutal da atração entre Patricia e Mark."

"Concordo. Foi por isso que topei mostrar os peitos. Isso é uma coisa que nenhum outro cineasta, inclusive você, conseguiu de mim antes. Pensei que fosse ficar empolgado."

"Sim, claro que estou, mas acho que precisamos mostrar que Patricia é uma mulher que faz o que quer, que obtém prazer dos pecados da carne. No momento, até aqui, ela é uma mártir. Uma santa, que vem ajudando Mark o filme inteiro, dando apoio para ele."

"Sim, *por causa* do amor que sente por ele."

"Sim, mas também precisamos entender o *porquê* desse amor por ele. O que ele dá em troca de tudo isso?"

"Aonde você está querendo chegar?"

"Quero filmar o que quase ninguém mostra."

"E o que seria?"

"Quero mostrar você transando com ele porque gosta da coisa." Ele arregalou os olhos, excitado. Estava em um frenesi criativo. Sempre soube que Max era um tanto lascivo, mas aquilo era diferente. Era um ato de rebeldia. "Pensa bem. As cenas de sexo em geral servem para falar de amor. Ou de poder."

"Claro. E o objetivo da cena da semana que vem é mostrar como Patricia ama Mark. Como acredita nele. Como é forte a ligação entre os dois."

Max faz que não com a cabeça. "Quero mostrar ao público que uma parte da razão para Patricia amar Mark é porque ele a leva ao orgasmo."

Parei um pouco para pensar, tentando assimilar a situação. Não deveria parecer um escândalo, mas com certeza era. Mas mulheres viam o sexo como uma forma de intimidade. Os homens, como uma forma de prazer. É o que a nossa cultura ensina.

A ideia de que eu seria mostrada desfrutando do meu corpo, desejando um homem da mesma forma como era desejada, como uma mulher que punha seu prazer físico em primeiro plano... parecia desafiadora.

Max estava falando de demonstrar em imagens o desejo feminino. E meu primeiro instinto foi abraçar a causa. Por um lado, a ideia de filmar uma cena de sexo com Don era tão excitante para mim quanto uma tigela de cereais sem açúcar. Mas eu queria encarar o desafio. Queria interpretar uma mulher com tesão. Gostava da ideia de mostrar uma mulher transando porque ela queria *sentir prazer*, e não porque fazia de tudo para agradar. Então, num momento de empolgação, levantei, peguei meu casaco, estendi a mão e disse: "Estou dentro".

Max deu risada e pulou da cadeira, apertando minha mão e a sacudindo com força. "*Fantastique, ma belle!*"

Eu devia mesmo era ter dito que precisava pensar a respeito. Deveria ter conversado com Celia quando chegasse em casa. Deveria ter ouvido o que ela teria a dizer.

Deveria ter dado a ela a chance de expressar alguma objeção. Deveria ter respeitado o fato de que, apesar de Celia não ter direito de determinar o que eu podia ou não fazer com meu corpo, era minha responsabilidade perguntar como minhas atitudes a afetariam. Deveria tê-la convidado para jantar fora e contado o que queria fazer, e por quê. Deveria ter feito amor com ela naquela noite, mostrando que o único corpo com que queria sentir prazer era o seu.

Coisas simples de fazer. Gentilezas que concedemos à pessoa amada quando a gente sabe que nosso trabalho envolve fazer cenas de sexo com outra pessoa.

Não fiz nada disso para Celia.

Em vez disso, passei a evitá-la.

Fui para casa e vi como Connor estava. Fui até a cozinha e comi a salada de frango que Luisa deixou na geladeira.

Celia apareceu e me abraçou. "Como foi a filmagem?"

"Tudo bem", falei. "Totalmente tranquilo."

E, como ela não perguntou *Como foi seu dia?*, ou *O Max disse alguma coisa interessante?*, ou mesmo *Como vai ser a próxima semana?*, eu também não toquei no assunto.

Eu tinha tomado duas doses de uísque antes de Max gritar "Ação!". O set foi interditado. Só estavam presentes Don, eu, Max, o diretor de fotografia e uns dois caras para fazer a iluminação e captar o som.

Fechei os olhos e tentei me lembrar de como era bom estar com Don em todos aqueles anos. Pensei como era sublime o despertar do próprio desejo, a descoberta de que gostava de sexo, de que não era uma coisa restrita aos homens — era para mim também. Pensei no quanto gostaria de incutir esse pensamento na cabeça de outras mulheres. Pensei que havia outras mulheres por aí com medo de sentir prazer, com medo de assumir seu poder. Pensei como seria se pelo menos uma única mulher chegasse para o marido e dissesse: "Faz comigo o que ele fez com ela".

Me pus nesse estado de vontade desesperada, de desejo de sentir uma coisa que só outra pessoa é capaz de te proporcionar. Foi o que eu tive com Don. E era o que eu tinha então com Celia. Fechei os olhos, me concentrei em mim mesma e fui em frente.

Mais tarde, as pessoas começaram a falar que Don e eu fizemos sexo de verdade no filme. Surgiu todo tipo de boato dizendo que a cena não foi simulada. Mas tudo isso é pura mentira e maledicência.

As pessoas pensaram ter visto uma cena de sexo real porque a energia na tela era palpável, porque naquele momento me convenci de que era uma mulher desesperada de desejo por ele, e porque Don conseguia lembrar como era me querer antes de poder me possuir.

Naquele dia no set eu me soltei de verdade. Estava presente, descontrolada, desenfreada. Mais do que em qualquer filme anterior, mais do que em qualquer outro trabalho que fiz depois. Foi um momento de pura euforia fictícia e imprudente.

Quando Max gritou "Corta!", eu saí do transe. Levantei e fui correndo pegar meu robe. Fiquei vermelha. Eu. Evelyn Hugo. Corando.

Don perguntou se estava tudo bem, e eu dei as costas para ele, sem querer ser tocada.

"Estou bem", falei, e então fui para o meu camarim, fechei a porta e chorei até não poder mais.

Não estava envergonhada do que tinha feito. Não estava com medo de que o público visse. As lágrimas escorreram pelo meu rosto por eu me dar conta do que havia feito com Celia.

Eu era uma pessoa que imaginava seguir um determinado código de conduta. Podia não ser o mesmo dos demais, porém fazia sentido para mim. E parte desse código incluía ser sincera com Celia, ser boa para ela.

E isso não faria bem a Celia.

Aquilo que eu tinha acabado de fazer, sem conversar com ela a respeito, não seria bom para a mulher que eu amava.

Quando encerramos o expediente, caminhei as cinquenta quadras até meu apartamento em vez de ir de carro. Precisava de um tempo sozinha.

Parei no caminho e comprei flores. Liguei para Harry de um telefone público e pedi para ele ficar com Connor naquela noite.

Celia estava no quarto quando cheguei, secando os cabelos.

"Trouxe para você", falei, entregando um buquê de lírios-brancos. Não mencionei que a florista disse que os lírios-brancos significam um amor puro.

"Ai, meu Deus", ela falou. "Que lindas. Obrigada."

Ela cheirou, pegou um copo de vidro, encheu na torneira e colocou as flores dentro. "Só por um tempinho", ela disse. "Até eu escolher o vaso."

"Quero pedir uma coisa para você", eu disse.

"Ah, não", ela respondeu. "Essas flores são só para me amaciar?"

Fiz que não com a cabeça. "Não", garanti. "As flores são porque eu te amo. Porque quero que saiba que penso em você, que é importante demais para mim. E eu não digo isso tanto quanto deveria. Então resolvi comunicar dessa maneira. Com as flores."

A culpa é um sentimento com que nunca consegui lidar muito bem. É algo que, quando aparece, nunca vem sozinha. Quando me sinto culpada por uma coisa, começo a ver um monte de outras coisas pela perspectiva da culpa.

Eu sentei no pé da cama. "É que... Eu queria avisar que Max e eu conversamos, e acho que a cena de amor no filme vai ser bem mais explícita do que a gente esperava."

"Explícita como?"

"Um pouco mais intensa. Para mostrar o desejo desesperado de Patricia de sentir prazer."

Eu estava mentindo deslavadamente para esconder uma omissão. Estava distorcendo a narrativa, para fazer Celia acreditar que eu tinha conversado com ela *antes* de uma cena que já estava gravada.

"O desejo dela de sentir prazer?"

"Precisamos entender o que Patricia ganha com seu relacionamento com Mark. Não é só amor. É mais do que isso."

"Faz sentido", Celia falou. "Então isso responde à pergunta *Por que ela ainda está com ele*?"

"Isso aí", respondi, na esperança de que talvez ela entendesse, de que talvez fosse possível dar um jeito na situação retroativamente. "Exatamente. Então vai ter uma cena explícita com Don e comigo. Eu vou aparecer quase toda nua. Para a essência do filme ser captada por inteiro, precisamos ver os dois protagonistas numa situação de vulnerabilidade juntos, em conexão... sexualmente falando."

Celia me escutou, absorvendo as palavras. Deu para ver que ela estava refletindo sobre tudo, tentando extrair um sentido daquilo antes de dar sua opinião. "Eu quero que você faça o filme da maneira que quiser", ela disse.

"Obrigada."

"Só que..." Ela olhou para baixo e começou a sacudir a cabeça. "Estou me sentindo... sei lá. Não sei se consigo lidar com isso. Sabendo que você está passando o dia todo com Don, até tarde da noite, eu nunca vejo você, e ainda... sexo. O sexo é sagrado entre nós. Não sei se consigo assistir a isso."

"Você não precisa ver."

"Mas sei que vai ter acontecido. Sei que as imagens vão ser exibidas. E que as pessoas vão ver. Quero muito aceitar isso. De verdade."

"Então aceite."

"Vou tentar."

"Obrigada."

"Vou tentar mesmo."

"Ótimo."

"Mas, Evelyn, não sei se consigo. Só de saber que você... quando você dormiu com Mick, fiquei mal durante anos, pensando em vocês dois juntos."

"Eu sei."

"E você dormiu com Harry, sabe-se lá quantas vezes", ela disse.

"Eu sei, querida. Sei disso. Mas não vou dormir com Don."

"Mas *já* dormiu. Não dá para negar. Quando as pessoas virem a cena na tela, vão saber que é uma coisa que vocês já fizeram."

"Não vai ser real", eu disse.

"Eu sei, mas você está me dizendo que está disposta a fazer parecer real. Está dizendo que vai parecer mais real que qualquer outra coisa que nós duas fizemos até hoje."

"Sim", confirmei. "Acho que estou dizendo isso mesmo."

Ela começou a chorar, pondo a cabeça entre as mãos. "Sinto que estou decepcionando você", ela disse. "Mas não consigo lidar. Não dá. Eu me conheço, e sei que isso é demais para mim. Vai me deixar doente. Não vou conseguir parar de pensar em você com ele." Celia sacudiu a cabeça, resoluta. "Desculpa. Eu não sou capaz. Não tenho forças para isso. Quero ser mais forte por você, quero mesmo. Se a situação fosse inversa, você daria conta. Sinto que estou te desapontando. E lamento demais, Evelyn. Vou me esforçar eternamente para compensar isso. Vou ajudar você a conseguir o papel que quiser. Pelo resto das nossas vidas. E vou firmar a cabeça para que, na próxima vez em que acontecer, eu esteja mais forte. Mas... por favor, Evelyn, não consigo tolerar você indo para a cama com outro homem. Mesmo que só na *aparência*. Eu não vou suportar. Por favor", ela pediu. "Por favor, não faz isso."

Meu coração disparou. E meu estômago se revirou.

Olhei para o chão. Fiquei observando a junção de duas tábuas de madeira sob os meus pés, com as cabeças dos pregos um pouco afundadas demais.

Então ergui os olhos e falei: "Já está feito".

E caí no choro.

E pedi perdão.

E me humilhei de joelhos, desesperada, depois de ter aprendido muito tempo antes, da pior maneira, que valia a pena se jogar no chão e rastejar por aquilo que queremos de verdade.

Mas, antes mesmo de eu terminar meu apelo, Celia falou: "Eu só queria que você fosse minha de verdade. Mas você nunca foi. Não de verdade. Sempre tive que me contentar só com um pedaço. Enquanto o mundo fica com o resto. Eu não te culpo. E não deixo de amar você por isso. Mas não vou conseguir suportar. Não consigo, Evelyn. Não tenho como viver com o coração na boca o tempo todo".

E saiu porta afora e me deixou.

Em uma semana, juntou todas as suas coisas, no meu apartamento e no dela, e se mudou de volta para Los Angeles.

Não atendia ao telefone quando eu ligava. Não recebi nenhuma notícia dela.

Então, semanas depois de ir embora, ela entrou com o pedido de divórcio de John. Quando ele recebeu a papelada, juro que foi como se fosse para mim. Estava bem claro, sem meias palavras, que, ao encerrar o casamento com ele, Celia estava se divorciando de mim.

Pedi para John ligar para o agente dela, para o empresário. Ele a procurou no Beverly Wilshire. Peguei um avião para Los Angeles e bati na porta dela.

Estava usando meu Diane von Furstenberg favorito, porque Celia tinha dito uma vez que eu ficava irresistível naquele vestido. Havia um homem e uma mulher saindo do quarto e atravessando o corredor do hotel, e não conseguiam tirar os olhos de mim. Os dois sabiam quem eu era. Mas me recusei a me esconder. Continuei batendo na porta.

Quando Celia finalmente abriu, eu a mirei bem fundo nos olhos e não disse uma palavra. Ela devolveu a encarada, em silêncio. E então, com lágrimas nos olhos, eu disse simplesmente: "Por favor".

Ela me deu as costas.

"Eu cometi um erro", falei. "Nunca mais vai acontecer de novo."

Da última vez que tínhamos brigado assim, eu me recusei a me desculpar. E dessa vez realmente achava que, se admitisse que estava errada, se cedesse, com sinceridade e do fundo do coração, ela iria me perdoar.

Mas não foi o que aconteceu. "Eu não posso continuar assim", ela respondeu, sacudindo a cabeça. Estava usando uma calça jeans de cintura alta e uma camiseta da Coca-Cola. Os cabelos estavam compridos, abaixo dos ombros. Celia tinha trinta e sete anos, mas parecia estar na casa dos vinte. Sempre teve um ar de juventude que em mim na verdade nunca existiu. Eu estava com trinta e oito, e começando a mostrar as marcas do tempo.

Quando ela falou isso, caí de joelhos, no meio do corredor do hotel, e comecei a chorar.

Ela me puxou para dentro.

"Me aceita de volta, Celia", eu implorei. "Me aceita de volta e eu vou desistir de tudo. De tudo, menos de Connor. Nunca mais vou atuar. Vou revelar nossa relação para o mundo. Estou disposta a me dar por inteiro para você. Por favor."

Celia escutou. Mas então, com muita calma, sentou na poltrona ao lado da cama e falou: "Evelyn, você não é capaz de ceder. E nunca vai ser. E vai ser a tragédia da minha vida não conseguir amar você o suficiente para que seja só minha. Não existe ninguém capaz de amar você o bastante para isso".

Fiquei por lá mais um tempo, esperando que ela voltasse a falar. Mas isso não aconteceu. Ela não tinha mais nada a dizer. E não havia nada que eu pudesse dizer para fazê-la mudar de ideia.

Aceitando a realidade, eu me recompus, engoli as lágrimas, dei um beijo em sua testa e fui embora.

Passei o voo inteiro de volta para Nova York escondendo minha dor. E só quando cheguei ao meu apartamento é que me descontrolei. Chorei de soluçar, como se ela tivesse morrido.

A sensação era essa, de algo definitivo.

Eu tinha ido longe demais. E estava tudo acabado.

"Foi mesmo o fim?", pergunto.

"Ela não queria mais saber de mim", diz Evelyn.

"Mas e o filme?"

"Está me perguntando se valeu a pena?"

"Acho que sim."

"O filme foi um grande sucesso. E não valeu a pena."

"Don Adler ganhou um Oscar pelo desempenho dele, não foi?"

Evelyn revira os olhos. "O desgraçado ganhou um Oscar, e eu não fui nem indicada."

"Por que não? Eu vi o filme", falei. "Pelo menos uma parte. Você está ótima. Excepcional mesmo."

"Pensa que eu não sei disso?"

"Bom, então por que você não foi indicada?"

"Porque não!", responde Evelyn, irritada. "Porque eu não podia receber nenhum reconhecimento formal. O filme foi classificado como proibido para menores. Gerou uma avalanche de cartas de protesto em quase todos os jornais do país. Era escandaloso demais, explícito demais. Deixava as pessoas excitadas, e isso tinha que ser culpa de alguém, e eu paguei o pato. Quem mais poderia ser responsabilizado? O diretor francês? Os franceses são assim mesmo. E ninguém ia apontar o dedo para Don Adler, que tinha acabado de se redimir. Eles puseram a culpa da excitação sexual que sentiam em alguém que poderia ser chamada de vaca. E não iam me dar um Oscar por isso. As pessoas iam ver o filme escondidas no escurinho do cinema, mas depois me linchavam em público."

"Mas isso não prejudicou sua carreira", digo. "Você fez dois filmes no ano seguinte."

"Eu rendia dinheiro. E isso ninguém recusa. Todo mundo me oferecia papéis em seu filme com a maior boa vontade, e depois me esculachava pelas costas."

"Alguns anos depois, você foi responsável por aquela que é considerada uma das atuações mais respeitáveis da década."

"Sim, mas eu não deveria nem *precisar* dar uma volta por cima. Não fiz nada de errado."

"Bom, hoje em dia nós sabemos disso. Tem muita gente elogiando você, e o filme também, desde meados da década de 1980."

"Olhando para trás, tudo parece mais fácil", diz Evelyn. "Só que eu passei anos com uma letra escarlate estampada no peito, enquanto homens e mulheres do país inteiro faziam todo tipo de sacanagem entre quatro paredes pensando naquele filme. As pessoas ficaram chocadas com a representação de uma mulher que gosta de foder. E, apesar de saber que não é a maneira mais elegante de me expressar, não conheço outro jeito de descrever a coisa. Patricia não era o tipo de mulher que queria fazer amor. Ela queria foder. E a gente mostrou isso. E as pessoas odiaram se dar conta de que gostaram de ver."

Essa raiva ainda não passou. Dá para ver pela maneira como ela cerra os dentes.

"Você ganhou um Oscar não muito depois disso."

"Eu perdi Celia por causa desse filme", ela rebate. "A vida que eu tanto adorava virou de cabeça para baixo por causa desse filme. Entendo que a culpa foi minha, claro. Fui eu quem fiz uma cena de sexo explícito com meu ex-marido sem falar com ela primeiro. Não estou tentando culpar outras pessoas pelos erros que cometi no meu relacionamento. Mas mesmo assim..." Evelyn fica em silêncio, perdida por um instante nos próprios pensamentos.

"Quero perguntar uma coisa para você, porque acho importante ouvir isso da sua própria boca", explico.

"Tudo bem..."

"O fato de você ser bissexual pesou no seu relacionamento?" Quero ter a certeza de que vou retratar a sexualidade dela em todas as suas nuances, todas as suas complexidades.

"Como assim?", ela pergunta. Dá para sentir um leve incômodo em seu tom de voz.

"Você perdeu a mulher que amava por causa das suas relações sexuais com homens. Acho que isso tem relevância para sua identidade."

Evelyn me escuta e digere minhas palavras. Em seguida balança negativamente a cabeça. "Não, eu perdi a mulher que amava porque dava mais valor à fama do que a ela. Não teve nada a ver com a minha sexualidade."

"Mas você usou a sexualidade para conseguir coisas dos homens, coisas que Celia não tinha como proporcionar."

Evelyn sacode a cabeça com ainda mais ênfase. "Existe uma diferença entre sexo e sexualidade. Eu usei o sexo para conseguir o que queria. O sexo é só um ato. Já a sexualidade é uma expressão sincera de desejo e prazer. E isso eu sempre guardei só para Celia."

“Eu não tinha pensado nesses termos antes”, digo.

“Ser bissexual não significa ser infiel”, diz Evelyn. “Uma coisa não tem nada a ver com a outra. Tampouco significava que Celia só era capaz de satisfazer metade das minhas necessidades.”

Não tenho como não interrompê-la. “Eu não...”

“Sei que você não quis dizer isso”, garante Evelyn. “Mas quero que você explique tudo usando as minhas palavras. Quando Celia disse que não podia me ter completamente, foi porque eu era egoísta e tinha medo de perder tudo o que consegui. Não porque existissem dois lados em mim que uma só pessoa jamais seria capaz de satisfazer. Celia se desiludiu comigo porque eu passava metade do tempo expressando meu amor e a outra metade escondendo esse amor dela. Nunca traí Celia, nem uma única vez. Se a definição de traição é desejar outra pessoa e ir para a cama com ela, isso eu não fiz mesmo. Quando estava com Celia, estava com ela por inteiro. Da mesma forma que qualquer outra mulher casada com um homem. Eu olhava para outras pessoas? Claro. Assim como todo mundo que é comprometido. Mas eu amava Celia, e compartilhava meu eu verdadeiro apenas com ela.

“O problema era que eu usava meu corpo para conseguir outras coisas que queria. E não parei de fazer isso, nem mesmo por ela. Essa, sim, foi a minha desgraça. Ter usado meu corpo quando era meu único recurso, e ter continuado a fazer isso quando já tinha mais opções. E continuar usando mesmo quando sabia que magoaria a mulher que eu amava. E, para piorar, eu ainda a tornei cúmplice disso. Coloquei Celia numa posição em que ela era obrigada a aprovar minhas escolhas apesar de suas objeções. Celia pode ter me deixado de um dia para outro, mas foi por mágoa acumulada. Todos os dias eu a machucava com inúmeros arranhões. E depois ainda fiquei surpresa quando virou uma ferida grande demais para conseguir cicatrizar.

“Dormi com Mick porque queria proteger nossas carreiras, a minha e a dela. E isso era mais importante para mim que a santidade do nosso relacionamento. E dormi com Harry porque queria um bebê, e achava que as pessoas iriam desconfiar se adotássemos. Porque tinha medo de chamar a atenção para o caráter assexuado do meu casamento. E considerei isso mais importante que a santidade do nosso relacionamento. E, quando Max Girard teve uma boa ideia para o aspecto criativo de um filme, eu topei. E me dispus a fazer isso sem me preocupar com a santidade do nosso relacionamento.”

“Você está sendo muito dura consigo mesma”, falei. “Celia não era perfeita. Ela também sabia ser cruel.”

Evelyn encolhe os ombros de leve. “Ela sempre soube compensar o lado ruim com muita coisa boa. Eu... bom, eu não fiz isso por ela. Deixei a coisa no meio a meio, o que é a coisa mais cruel que alguém pode fazer à pessoa amada, porque não proporciona coisas boas em quantidade suficiente para que consigam suportar as ruins. Eu só percebi isso depois que ela me deixou, claro. E tentei me redimir. Só que já era tarde demais. Como ela mesma disse, simplesmente não aguentava mais. Porque eu demorei demais para entender o que importava de verdade. *Não* por causa da minha sexualidade. E acredito que você vai ser capaz de retratar isso da maneira certa."

"Eu prometo", digo. "Vou, sim."

"Eu sei que sim. E, já que estamos falando de como eu gostaria de ser retratada, tem outra coisa que precisa ficar bem clara. Não vou ter como explicar nada depois que não estiver mais por aqui. Quero, e preciso, ter certeza de que você vai registrar o que vou falar agora com absoluta exatidão."

"Tudo bem", respondo. "E o que é?"

Evelyn assume uma expressão mais taciturna. "Eu não sou uma boa pessoa, Monique. Mostre isso claramente no livro. Não tenho a menor intenção de dizer que sou boa. Fiz uma porção de coisas que magoaram muita gente, e faria de novo se fosse necessário."

"Não sei, não", digo. "Você não me parece ser tão ruim assim, Evelyn."

"Você, mais do que qualquer um, vai mudar de ideia sobre isso", ela retruca. "E não vai demorar muito."

Só o que consigo pensar é: *Porra, o que foi que ela fez?*

John morreu de ataque cardíaco em 1980. Pouco antes de completar cinquenta anos. Não fez o menor sentido. O mais atlético entre nós, o que estava em melhor forma, o que não fumava, o que se exercitava todos os dias. Não deveria ter sido o coração dele a parar de bater de repente. Mas as coisas não têm sentido mesmo. E, quando ele se foi, deixou um buraco enorme na nossa vida.

Connor estava com cinco anos. Foi difícil explicar para ela para onde o tio John tinha ido. E ainda mais difícil para ela entender por que seu pai estava tão arrasado. Durante semanas, Harry mal levantou da cama. Quando conseguia, era só para beber suas doses de uísque. Ele quase nunca estava sóbrio, e andava bem desagradável.

Celia foi fotografada aos prantos, com os olhos injetados, entrando em seu trailer durante uma filmagem no Arizona. Tive muita vontade de abraçá--la. Queria que todos nós passássemos por aquilo juntos. Porém sabia que essa possibilidade não existia.

Mas Harry eu poderia ajudar. Então Connor e eu passávamos os dias no apartamento dele. Connor dormia no quarto que ela tinha lá. E eu no sofá do quarto de Harry. Fiz de tudo para que ele se alimentasse direito. E tomasse banho. E brincasse de faz de conta com a filha.

Num dia de manhã, acordei e encontrei Harry e Connor na cozinha. Connor estava preparando uma tigela de cereais, e Harry olhando pela janela, só com a calça do pijama.

E com um copo vazio na mão. Quando ele se virou de volta para Connor, eu falei: "Bom dia".

Connor perguntou: "Papai, por que os seus olhos estão molhados?".

Não sei se ele estava chorando ou se já tinha tomado algumas doses, apesar de ainda ser bem cedo.

No funeral, eu vesti um Halston preto clássico. Harry usou um terno preto, com camisa preta, gravata preta, cinto preto e meias pretas. Trazia o luto estampado no rosto.

Aquela dor profunda e visceral não combinava com a história que passamos para a imprensa — que Harry e John eram amigos, e que meu amigo era apaixonado por mim. E o fato de John ter deixado seu apartamento para

Harry também não ajudava. Apesar do que meu instinto dizia, não pedi para Harry esconder seus sentimentos ou abrir mão do que herdou. Não me restavam mais muitas energias para esconder o que éramos. E tinha aprendido muito bem que o sofrimento às vezes falava mais alto que a necessidade de manter as aparências.

Celia estava lá, com um minivestido preto de mangas compridas. Não veio me cumprimentar. Mal olhou para mim. Fiquei vidrada nela, morrendo de vontade de ir até lá e segurar sua mão. Mas não dei um único passo em sua direção.

Não podia usar a perda de Harry para amenizar a minha. Não a forçaria a falar comigo. Não assim.

Harry segurou as lágrimas quando o caixão de John foi baixado. Celia se afastou. Connor me viu olhando para ela e falou. "Mãe, quem é aquela? Acho que já vi essa moça em algum lugar".

"Já viu, sim, querida", falei. "Viu, sim."

E então Connor, minha menina linda, disse: "Ela é a que morre no seu filme".

E percebi que ela não tinha nenhuma lembrança de Celia. Apenas a havia reconhecido de *Mulherzinhas*.

"Ela é a boazinha. Que deixa todo mundo contente", Connor falou.

Foi quando me dei conta de que a família que eu tinha formado estava mesmo em pedaços.

Now This

3 DE JULHO DE 1980

CELIA ST. JAMES E JOAN MARKER, MELHORES AMIGAS

Celia St. James e a recém-chegada a Hollywood Joan Marker se tornaram o assunto do momento na cidade! Marker, mais conhecida pelo papel que a transformou numa estrela no ano passado em *Prometa-me*, está caminhando a passos largos para ser a sensação da temporada. E quem melhor do que a Queridinha da América para mostrar como se faz? Elas foram vistas juntas fazendo compras em Santa Monica e almoçando em Beverly Hills, e pelo jeito andam inseparáveis.

Estamos torcendo para que as duas tenham um plano de estrelar um filme juntas, porque seria uma combinação de talentos formidáveis!

Eu sabia que o único jeito de fazer Harry voltar à vida era cercá-lo de trabalho e da presença de Connor. A parte que envolvia Connor era simples. Ela amava o pai. Queria a atenção dele a cada momento do dia. Estava cada vez mais parecida com ele, com os olhos azuis e a silhueta alta e esbelta. E, quando estava com ela, ele parava de beber. Queria muito ser um bom pai, e admitia a responsabilidade de ficar sóbrio por ela.

Mas, quando voltava para seu apartamento à noite, coisa que ainda mantinha em segredo do restante do mundo, eu sabia que bebia até capotar. Nos dias em que não vinha nos ver, eu sabia que nem saía da cama.

Então o trabalho era a única salvação. Eu precisava encontrar alguma coisa que o fisgasse. Tinha que ser um roteiro que despertasse sua paixão, e que tivesse um ótimo papel para mim. Não só porque eu estava atrás de uma grande atuação, mas também porque Harry não faria nada apenas para si mesmo. Mas faria *qualquer* coisa se achasse que era o que eu precisava.

Então comecei a ler roteiros. Centenas deles, durante meses. Foi quando Max Girard me mandou um que estava tendo dificuldade para colocar em produção. O nome do filme era *Tudo por nós*.

Era sobre uma mãe solteira que se muda para Nova York a fim de sustentar os filhos e ir atrás de seus sonhos. Era sobre tentar ganhar a vida numa cidade fria e difícil, mas também uma lição de esperança, de acreditar que era possível querer mais. As duas coisas poderiam interessar Harry. E o papel de Renee, a mãe, era honesto, digno e comovente.

Fui correndo procurar Harry e implorei para que ele lesse. Quando ele tentou negar, falei: "Acho que finalmente posso ganhar um Oscar". Foi isso que o convenceu a topar.

Eu adorei filmar *Tudo por nós*. E não só porque me valeu a maldita estatueta, ou porque me aproximei ainda mais de Max Girard no set. Adorei filmar *Tudo por nós* porque, apesar de não ter feito Harry largar a bebida, consegui tirá-lo da cama.

Quatro meses depois que o filme foi lançado, Harry e eu fomos juntos à cerimônia do Oscar. Max Girard compareceu ao lado de uma modelo chamada Bridget Manners, mas durante semanas vinha dizendo em tom de brincadeira que queria ir comigo, que queria me ter ao seu lado. Até fez uma piadinha dizendo que, considerando todos os homens com quem tinha me casado, era de partir o coração que eu nunca tivesse me casado com ele. Eu era obrigada a admitir que Max estava se tornando uma pessoa bem próxima. Então, apesar de ele tecnicamente ter uma acompanhante, a sensação que eu tive, enquanto todos sentávamos juntos na primeira fileira, foi de que estava acompanhada dos dois homens mais importantes da minha vida.

Connor estava no hotel, vendo tudo pela tevê com Luisa. Naquele dia, ela entregou para mim e para Harry um desenho que tinha feito. O meu era uma estrela dourada. O de Harry era um relâmpago. Disse que era para dar boa sorte. Guardei o meu no decote. Harry, no bolso do smoking.

Quando anunciaram as indicadas para o prêmio de Melhor Atriz, me dei conta de que eu nunca tinha acreditado que era mesmo capaz de ganhar. Com um Oscar viriam algumas coisas que sempre quis: credibilidade, dignidade. E assim também percebi que, bem lá no fundo, eu não me acreditava crível e digna.

Harry segurou minha mão quando Brick Thomas abriu o envelope.

E então, apesar de tudo o que vinha passando pela minha cabeça, ele disse meu nome.

Fiquei pasma, com a respiração acelerada, incapaz de processar o que tinha ouvido. Até que Harry se virou para mim e disse: "Você conseguiu".

Levantei e dei um abraço nele. Subi no palco, peguei a estatueta que Brick me entregou e levei a mão ao peito para tentar acalmar meu coração.

Quando os aplausos cessaram, me inclinei sobre o microfone e proferi um discurso que era ao mesmo tempo premeditado e espontâneo. Tentei me lembrar de tudo o que tinha preparado para dizer das outras vezes que pensei que fosse ganhar.

"Obrigada", falei, olhando para um mar de rostos lindos e conhecidos. "Obrigada não só pelo prêmio, que vou guardar no coração para sempre, mas também por me deixarem trabalhar neste ramo. Nem sempre foi fácil, e só Deus sabe o quanto minha trajetória foi turbulenta, então me sinto incrivelmente privilegiada por levar a vida que tenho. Então agradeço não só a todos os produtores com quem trabalhei desde os anos 1950 — ai, meu Deus, estou entregando minha idade aqui —, mas também mais especificamente ao meu produtor favorito, Harry Cameron. Eu te amo. E amo nossa filha. Oi, Connor. Pode ir dormir agora, querida. Está tarde. E, para todos os atores e atrizes com quem trabalhei, para todos os diretores que me ajudaram a aprimorar meu desempenho, principalmente Max Girard, meu muito obrigada. Aliás, acho que dá para dizer que três é o número mágico, Max. E também tem outra pessoa em quem eu penso todos os dias."

Dez anos antes, eu morreria de medo de continuar falando. Provavelmente não teria dito nem isso. Mas era preciso dizer. Apesar de não conversarmos fazia anos. Eu precisava mostrar que ainda a amava. E que sempre a amaria.

"Sei que ela está assistindo. E espero que saiba o quanto é importante para mim. Obrigada a todos. Obrigada."

Toda trêmula, eu desci do palco e me recompus. Conversei com jornalistas. Recebi os parabéns. E voltei ao meu lugar bem a tempo de ver Max receber o prêmio de Melhor Diretor, e Harry, o de Melhor Filme. Depois, nós três posamos para infinitas fotos, com sorrisos de orelha a orelha.

Nós tínhamos escalado a montanha até o topo e fincado nossa bandeira.

Por volta da uma da manhã, depois de passar no hotel com Harry para ver como estava Connor, eu estava no jardim da frente da mansão do chefão da Paramount, de frente para uma fonte redonda, que jogava água na direção do céu. Max e eu estávamos comentando, maravilhados, tudo o que tínhamos conquistado juntos. A limusine dele chegou.

"Quer uma carona de volta para o hotel?", ele perguntou.

"Onde está a sua acompanhante?"

Max encolheu os ombros. "Acho que ela só estava me usando para conseguir acesso à cerimônia."

Eu dei risada. "Coitadinho de você."

"Coitadinho nada", ele respondeu, balançando a cabeça. "Acabei de passar um tempão com a mulher mais linda do mundo."

Eu sacudi a cabeça. "Você é inacreditável."

"Você parece estar com fome. Vamos, entra no carro. Vamos comer uns hambúrgueres."

"Hambúrgueres?"

"Tenho certeza de que até Evelyn Hugo come hambúrguer de vez em quando."

Max abriu a porta da limusine e ficou esperando que eu entrasse. "Sua carruagem", ele falou.

Eu queria voltar para o hotel e ficar com Connor. Queria ficar observando a minha filha dormir daquele jeitinho dela, com a boca aberta. Mas a ideia de comer um hambúrguer com Max Girard na verdade não me pareceu tão ruim.

Minutos mais tarde, o motorista estava tentando manobrar a limusine no drive-thru de uma lanchonete Jack in the Box, e nós acabamos concluindo que era mais fácil descer e comprar no caixa.

Max e eu entramos na fila — eu com meu vestido azul-marinho de seda, ele de smoking — atrás de dois adolescentes que pediram batatas fritas. Quando chegou nossa vez, a atendente deu um berro, como se tivesse visto um rato.

"Ai, meu Deus!", ela falou. "Você é Evelyn Hugo."

Eu dei risada. "Não sei do que você está falando", respondi. Depois de vinte e cinco anos, essa reação ainda era uma garantia de sucesso.

"É, sim. Você é Evelyn Hugo."

"Que absurdo."

"Nossa, é o melhor dia da minha vida", ela falou, e gritou lá para os fundos: "Norm, vem ver. Evelyn Hugo está aqui. E de vestido de gala".

Max deu risada, e cada vez mais gente se juntou para olhar. Comecei a me sentir como um animal de zoológico. Não é fácil se acostumar a ser observada assim em lugares muito fechados. O pessoal da cozinha apareceu para me ver.

"Alguma chance de conseguirmos dois hambúrgueres aqui?", Max perguntou. "Com queijo extra no meu, por favor?"

Todo mundo o ignorou.

"Você me dá um autógrafo?", pediu a menina atrás do balcão.

"Claro", respondi, toda gentil.

Tinha a esperança de que aquilo não iria demorar muito, que logo pegaríamos a comida e iríamos embora. Comecei a assinar cardápios e chapéus de papel. Até um ou outro recibo.

"Acho que preciso ir", falei. "Já está tarde." Mas as pessoas não paravam. Continuavam colocando coisas na minha frente.

"Você ganhou um Oscar", disse uma mulher mais velha. "Agorinha mesmo. Eu estava vendo. Vi na tevê."

"Pois é, ganhei, sim", respondi. Apontei para Max, com a caneta ainda na mão. "Ele também."

Max deu um aceno.

Assinei mais algumas coisas, aceitei mais alguns apertos de mão. "Então, eu preciso ir mesmo", falei.

Só que estava cada vez mais cercada de gente.

"Certo", disse Max. "Vamos deixar a moça respirar." Olhei na direção de onde vinha sua voz e vi quando ele se aproximou, abrindo espaço entre as pessoas. Ele me entregou os hambúrgueres, me pegou no colo, me posicionou sobre o ombro e me tirou da lanchonete direto para a limusine.

"Uau", falei quando ele me soltou.

Ele se acomodou ao meu lado e pegou a sacola com os hambúrgueres. "Evelyn", ele disse.

"Quê?"

"Eu te amo."

"Como assim, me ama?"

Ele se inclinou para o lado, amassando os hambúrgueres, e me beijou.

Para mim, foi como se alguém tivesse religado a eletricidade num prédio abandonado fazia tempo. Ninguém me beijava assim desde que Celia me deixou. Eu não era mais beijada com esse desejo, com o tipo de desejo que desperta ainda mais desejo, desde que o amor da minha vida tinha ido embora pela porta de casa.

E lá estava Max, com dois hambúrgueres deformados entre nós, colando seus lábios calorosos aos meus.

"Foi isso que eu quis dizer", ele falou quando se afastou de mim. "Pode fazer o que quiser com essa informação."

Na manhã seguinte, acordei como uma ganhadora do Oscar, acompanhada de uma menininha de ouro de sete anos de idade tomando o café da manhã pedido no serviço de quarto.

Alguém bateu na porta. Peguei meu robe e fui abrir. Diante de mim havia duas dúzias de rosas vermelhas com um bilhete dizendo: "Eu te amo desde que nós nos conhecemos. Tentei me segurar. Não vai dar. Peça o divórcio, *ma belle*. Case comigo. Por favor. Beijo, M.".

"Acho melhor parar por aqui", diz Evelyn.

Ela tem razão. Está ficando tarde, e acho que tenho um monte de chamadas não atendidas e e-mails para responder, além de uma mensagem de voz que sei que é de David.

"Certo", digo, fechando o caderno e interrompendo a gravação.

Evelyn recolhe papéis e as canecas com café velho que acumulamos durante o dia.

Confiro o celular. Duas chamadas perdidas de David. Uma de Frankie. Uma da minha mãe.

Me despeço de Evelyn e saio para a rua.

Está mais quente do que eu imaginava, então tiro o casaco e pego o telefone do bolso. Escuto a mensagem da minha mãe primeiro. Porque não sei se estou pronta para ouvir o que David tem a dizer. Não sei direito o que eu *quero* ouvir da boca dele, mas sei que de uma forma ou de outra vou me decepcionar.

"Oi, querida", minha mãe diz. "Só estou ligando para lembrar que vou estar aí logo, logo! Meu voo está marcado para sexta de manhã. Sei que você vai querer me encontrar no aeroporto, por causa da vez em que me perdi no metrô, mas não se preocupe. Sério mesmo. Darei conta de ir do JFK até o apartamento da minha filha. Ou do LaGuardia. Ai, meu Deus, será que eu comprei uma passagem para Newark sem querer? Não, eu não fiz isso. Não teria como. Enfim, estou bem animada para te ver, minha fofucha. Te amo."

Começo a rir antes mesmo de terminar de escutar. Minha mãe já se perdeu em Nova York várias vezes, não foi só uma. E sempre porque se recusa a pegar um táxi. Diz que sabe andar de transporte público, apesar de ser nascida e criada em Los Angeles e portanto não fazer nem ideia do que seja uma baldeação.

Além disso, sempre odiei ser chamada de fofucha. Isso me faz lembrar que eu era uma criança gorda. Parecia um bolinho fofo.

Quando termino de ouvir a mensagem de voz e respondo com uma de texto (*Estou animada para te ver também! A gente se encontra no aeroporto. Só me avisa qual*), já estou na frente da estação de metrô.

Eu poderia muito bem dizer a mim mesma que só vou ouvir a mensagem de David quando chegar ao Brooklyn. E quase faço isso. Falta pouco mesmo. Mas em vez disso paro diante da escada e aperto o play.

"Oi", ele diz, com sua voz grave e familiar. "Eu mandei uma mensagem para você. Mas não tive resposta. Eu... estou em Nova York. Estou em casa. Quer dizer, estou aqui no apartamento. Nosso apartamento. Ou... seu apartamento. Sei lá. Estou aqui. Te esperando. Sei que deveria ter avisado antes. Mas você não acha que a gente precisa conversar? Você não acha que ainda tem umas coisas que precisam ser acertadas? Estou me perdendo no meu raciocínio, então vou parar por aqui. Mas espero ver você daqui a pouco."

Quando a mensagem termina, desço correndo as escadas, passo o cartão na catraca e entro no trem um pouco antes de fecharem as portas. Arrumo um cantinho para mim no vagão lotado e tento me acalmar enquanto o metrô segue ruidosamente de estação em estação.

Que diabos ele está fazendo em casa?

Desço do trem e vou para a rua. Visto o casaco ao sentir o ar mais gelado. O Brooklyn parece estar mais frio que Manhattan hoje.

Tento não ir correndo até o apartamento. Tento manter a calma, a compostura. *Não precisa ter pressa, digo a mim mesma.* Além disso, não quero aparecer toda esbaforida, e muito menos descabelada.

Abro a porta da frente e subo para o meu apartamento.

Enfio a chave na fechadura.

E lá está ele.

David.

Na minha cozinha, lavando louça como se morasse aqui.

"Oi", eu digo, dando uma olhada nele.

Ele está exatamente igual. Olhos azuis, cílios grossos, cabelos cortados bem rente. Está usando uma camiseta cor de vinho e uma calça jeans escura.

Quando eu o conheci, e nos apaixonamos, lembro de ter pensado que o fato de ele ser branco tornava tudo mais fácil, porque nunca me diria que não sou negra o suficiente. E penso em Evelyn quando ouviu a empregada falar em espanhol na sua frente.

Lembro de ter pensado que, por não ler muito, ele nunca ia achar que escrevo mal. E penso em Evelyn ouvindo de Celia que não era boa atriz.

Lembro de ter pensado que ser a pessoa mais atraente do casal era bom, porque ele nunca me abandonaria. E penso em Evelyn sendo tratada por Don daquela maneira, apesar de ser talvez a mulher mais linda do mundo na época.

Evelyn encarou os seus desafios.

Mas, olhando para David agora, eu percebo que fugi de todos os meus.

Talvez a vida toda.

"Oi", ele diz.

Não consigo ficar de boca fechada. Não tenho tempo de medir as palavras antes de ir despejando em cima dele. "O que você está fazendo aqui?", pergunto.

David guarda no armário a tigela que tem nas mãos e se vira para mim. "Voltei para acertar algumas coisinhas", ele disse.

"E eu por acaso sou uma coisinha para ser acertada?", questiono.

Jogo minha bolsa num canto. Atiro longe os sapatos.

"Preciso me acertar com você", ele disse. "Eu cometi um erro. Acho que ambos cometemos."

Por que até este momento eu não percebi que tenho um problema de autoconfiança? Que a fonte de todos os meus problemas é que não confio em mim mesma a ponto de mandar os outros à merda? Como pude ter passado tanto tempo me contentando com tão pouco se sabia muito bem que o mundo esperava muito mais de mim?

"Eu não cometi erro nenhum", respondo. E fico tão surpresa, se não mais, do que ele.

"Monique, a gente agiu de forma precipitada. Eu fiquei chateado por você não querer ir para San Francisco. Porque achava que tinha direito de pedir que você se sacrificasse por mim, pela minha carreira."

Começo a formular minha resposta, mas David continua falando.

"E você ficou chateada por eu simplesmente ter pensado em te pedir isso, porque sei como sua vida aqui é importante. Mas... existem outros jeitos de lidar com a situação. Podemos manter uma relação à distância por um tempo. E de repente eu posso voltar para cá, ou você ir para San Francisco em algum momento. Nós temos opções. É isso o que estou dizendo. Não precisamos pedir o divórcio. Não precisamos abrir mão de nós."

Eu me sento e começo a remexer as mãos enquanto penso. Agora que ouvi isso, percebo por que andava tão triste nas últimas semanas, me sentindo tão mal comigo mesma.

Não foi pela rejeição.

Nem pelo coração partido.

Foi pela sensação de derrota.

Quando Don me deixou, não fiquei com o coração partido. Simplesmente senti que meu casamento tinha fracassado. E são duas coisas bem diferentes.

Evelyn disse exatamente isso na semana passada.

E agora eu entendo por que me afetou tanto.

Eu estava incomodada por ter fracassado. Porque escolhi o cara errado. Porque entrei num casamento furado. Porque a verdade é que, aos trinta e cinco anos, nunca amei ninguém a ponto de querer fazer um sacrifício. Para isso acontecer, é preciso que eu abra meu coração primeiro.

Alguns casamentos não são lá grandes maravilhas. Alguns amores têm limitações bem claras. Às vezes as separações acontecem porque as pessoas não combinavam, para começo de conversa.

Às vezes o divórcio não é um abalo sísmico. Às vezes são só duas pessoas saindo de uma situação nebulosa.

"Eu não acho que... Acho que você deveria voltar para San Francisco", eu digo por fim.

David vem sentar comigo no sofá.

"E acho que você deveria ficar por lá", complemento. "E na minha opinião, uma relação à distância não é a saída. Acho que... o divórcio é a melhor decisão."

"Monique..."

"Me desculpa", digo quando ele segura minha mão. "Eu não queria me sentir assim. Mas suspeito que, lá no fundo, é essa a sua opinião também. Você não veio até aqui porque estava com saudade. Ou porque estava difícil viver sem mim. Você disse que não queria desistir. E, veja só, eu também não quero desistir. Não quero fracassar nisso. Só que essa não é uma boa razão para as pessoas ficarem juntas. Precisamos saber *por que* não queremos desistir. Não basta *não querer* desistir. E eu... eu não tenho nenhuma razão." Não sei como dizer o que quero de uma forma que seja gentil. Então vou logo falando: "Nunca considerei você a minha alma gêmea".

Só quando David levanta do sofá percebo que imaginei que ele fosse ficar lá sentado por um bom tempo. Só quando veste a jaqueta vejo que ele provavelmente achou que fosse passar a noite aqui.

Mas, quando David põe a mão na maçaneta, me dou conta de que pus fim a uma vida medíocre para tentar buscar outra que algum dia seja realmente boa.

"Espero que você encontre alguém que você considere sua alma gêmea, então", diz David.

Como Celia.

"Obrigada", respondo. "Desejo o mesmo para você."

David abre um sorriso que mais parece uma careta. E vai embora.

Quando um casamento chega ao fim, a pessoa em geral perde o sono, não é mesmo?

Não é o que acontece comigo. Vou dormir me sentindo livre.

Recebo uma ligação de Frankie no dia seguinte assim que me sento com Evelyn. Penso em deixar cair na caixa de mensagens, mas já tenho coisas demais na cabeça no momento. Acrescentar um lembrete para ligar para

Frankie pode fazer minha mente chegar ao limite. Melhor cuidar disso agora. Deixar esse assunto resolvido.

"Oi, Frankie", atendo.

"Olá", ela diz com uma voz leve, quase alegre. "Então, precisamos marcar as sessões de foto. Acho que Evelyn prefere que a equipe vá até o apartamento, não?"

"Ah, boa pergunta", respondo. "Só um minutinho." Ponho o telefone no mudo e me viro para Evelyn. "Eles querem saber onde e quando pode ser a sessão de fotos."

"Pode ser aqui", diz Evelyn. "Pode ser sexta-feira."

"Isso é daqui a três dias."

"Sim, eu acredito que a sexta-feira vem depois da quinta. Ainda tenho esse direito?"

Abro um sorriso e balanço a cabeça enquanto volto a falar com Frankie. "Evelyn disse que pode ser aqui no apartamento na sexta-feira."

"No fim da manhã, quem sabe", complementa Evelyn. "Às onze."

"Pode ser às onze?", pergunto a Frankie.

Frankie confirma. "Fantástico!"

Desligo e me viro para Evelyn. "Você quer fazer uma sessão de fotos daqui a três dias?"

"Não, *você* quer que eu faça uma sessão de fotos, esqueceu?"

"Tem certeza de que pode ser na sexta?"

"Até lá já vamos ter terminado", explica Evelyn. "Vamos ter que trabalhar até mais tarde que o normal. Vou pedir a Grace que providencie os bolinhos de que você gosta e o café do Peet's, que já sei que é o seu preferido."

"Beleza", respondo. "Tudo bem, mas ainda temos muito a falar."

"Não se preocupe. Até sexta já vamos ter encerrado."

Lanço um olhar de ceticismo em sua direção, e ela diz: "Você devia estar contente, Monique. Enfim vai conseguir suas respostas".

Quando Harry leu o bilhete que Max me mandou, ficou num silêncio perplexo. A princípio, pensei que o tivesse magoado. Mas então percebi que ele estava pensando.

Tínhamos levado Connor para brincar num parquinho em Coldwater Canyon, em Beverly Hills. Nosso voo de volta para Nova York saía dali a algumas horas. Connor estava no balanço, eu e Harry de olho nela.

"Nada mudaria entre nós", ele falou. "Se a gente se divorciasse."

"Mas, Harry..."

"John se foi. Celia se foi. Não precisamos mais nos esconder atrás dessa história de casais amigos. Nada mudaria."

"*A gente* mudaria", falei, vendo Connor flexionar as pernas com mais força para ir mais alto.

Harry a olhava através dos óculos escuros, com um sorriso no rosto. Ele fez um aceno. "Muito bem, querida", ele gritou. "Não esquece de segurar bem nas correntes se quiser balançar alto assim."

Ele tinha começado a controlar um pouco a bebedeira. Estava aprendendo a escolher os momentos em que poderia se deixar levar. E nunca permitia que isso atrapalhasse as coisas com o trabalho ou com a filha. Mas eu ainda estava preocupada com o que ele faria se fosse deixado sozinho.

Harry se virou para mim. "A gente não mudaria, Ev. Prometo para você. Eu continuaria vivendo no mesmo apartamento, como agora. E você no seu. Poderia ir visitar vocês todos os dias. Connor pode dormir na minha casa quando quiser. Em termos de manter as aparências, faria muito mais sentido. Logo mais as pessoas vão começar a perguntar por que cada um de nós mora num lugar."

"Harry..."

"Pode fazer o que você quiser. Se não quiser ficar com Max, não fique. Só estou dizendo que existem boas razões para o divórcio. E poucos contras, tirando que não vou mais poder dizer que você é minha esposa, o que sempre me encheu de orgulho. Mas a gente continuaria a ser o que sempre foi. Uma família. E... acho que uma paixão te faria bem. Você merece ser amada assim."

"Você também."

Harry abriu um sorriso tristonho. "Eu tive meu amor. E ele se foi. Mas, para você, ainda é tempo. Talvez seja com Max, talvez não. Mas quem sabe exista alguém."

"Não gosto da ideia de me divorciar de você", falei. "Por menos que isso possa significar."

"Olha, pai", Connor diz enquanto sacode as pernas no ar, indo até o alto, e então salta, caindo de pé. Eu quase morro do coração.

Harry dá risada. "Que incrível!", ele diz, e então se vira para mim. "Ops. É provável que eu tenha ensinado isso para ela."

"Imaginei."

Connor voltou para o balanço, e Harry se aproximou de mim e me envolveu com o braço. "Sei que você não gosta da ideia de se divorciar de mim", ele disse. "Mas gosta da ideia de se casar com Max. Caso contrário, não teria se dado ao trabalho de me mostrar esse bilhete."

"Você jura que está falando sério?", perguntei.

Max e eu estávamos no apartamento dele em Nova York. Fazia três semanas que ele tinha se declarado para mim.

"Juro", Max garantiu. "Juro de pés juntos."

"Pra valer?"

"Palavra de honra!"

"A gente mal se conhece", eu disse.

"Nós nos conhecemos desde 1960, *ma belle*. Você simplesmente não se dá conta de quanto tempo já se passou. São mais de vinte anos."

Eu tinha mais de quarenta nessa época. Max era um pouco mais velho. Com uma filha e um marido de fachada, pensei que me apaixonar estivesse fora de questão para mim. Não imaginava como poderia acontecer.

E lá estava um homem, um cara bonito, de quem eu gostava, com quem tinha um histórico, dizendo que me amava.

"Então você está sugerindo que eu me separe do Harry? Assim do nada? Por causa de uma coisa que achamos que pode estar acontecendo entre nós?"

Max franziu a testa. "Eu não sou tão burro quanto você pensa", ele respondeu.

"Eu não acho que você seja burro."

"Harry é homossexual", ele continuou.

Senti meu corpo se retesar, se afastar dele o máximo possível. "Não faço ideia do que você está falando", retruquei.

Max deu risada. "Essa frase não funcionou na fila da lanchonete, e não vai funcionar agora."

"Max..."

"Você não gosta de ficar comigo?"

"Claro que gosto."

"E não nos damos bem, em termos criativos?"

"Claro."

"Eu não dirigi você em três dos filmes mais importantes da sua carreira?"

"Sim."

"E você acha que isso foi por acaso?"

Eu pensei a respeito. "Não", respondi. "Não foi."

"Não mesmo", ele falou. "Porque eu te *entendo*. Porque te desejo. Desde o momento em que pus os olhos em você, meu corpo se encheu de desejo. E é porque estou me apaixonando por você há décadas. Minha câmera te vê como eu te vejo. E, quando isso acontece, você brilha."

"Você é um diretor de talento."

"Sim, claro", ele concordou. "Mas só porque tenho você para me inspirar. Você, minha Evelyn Hugo, é o talento que empurra cada filme que faz. É minha musa. E eu sou o maestro. Sou a pessoa que traz à tona o melhor do seu trabalho."

Respirei fundo, refletindo sobre o que ele dizia. "Você tem razão", falei. "Você tem toda a razão."

"Não consigo pensar em nada mais erótico do que isso", ele disse. "Servir de inspiração um para o outro." Ele chegou mais perto. Eu sentia sua respiração contra a minha pele. "E não consigo pensar em nada mais significativo do que esse nosso jeito de se entender. Você devia se separar de Harry. Ele vai ficar bem. Ninguém sabe o que ele é, e quem sabe não está falando nada a respeito. Você não precisa mais protegê-lo. E *eu* preciso de você, Evelyn. Preciso demais de você", ele sussurrou no meu ouvido. O calor de seu hálito, a sensação de sua barba por fazer roçando meu rosto, isso me despertou.

Eu o agarrei. E o beijei. Tirei minha blusa. Rasguei a dele. Abri o cinto de sua calça, puxando a fivela com força. Arrebentei o botão da minha calça jeans. E me arremessei contra ele.

A maneira como ele me pegou, como se movia, deixava claro que estava louco por mim, que se sentia um homem de sorte por poder me tocar. Quando puxei as alças do sutiã e deixei os meus seios à mostra, ele me olhou nos olhos e levou a mão ao meu peito como se tivesse descoberto um tesouro escondido.

Foi muito bom. Ser tocada desse jeito. Libertar meu desejo. Ele deitou no sofá, e eu montei em cima dele e comecei a me mexer do jeito que eu quis, obtendo o que precisava, sentindo prazer pela primeira vez em anos.

Era como encontrar um oásis no deserto.

Quando terminei, não queria mais sair de perto dele. Queria ficar ao seu lado para sempre.

"Você seria um padrasto", falei. "Já pensou nisso?"

"Eu adoro Connor", Max me disse. "Adoro crianças. Então para mim isso é um benefício."

"E Harry vai estar sempre por perto. Nunca vai sair da minha vida. Ele é uma presença constante."

"Ele não me incomoda. Sempre gostei do Harry."

"Eu gostaria de ficar na minha casa", avisei. "Não vir para cá. Não quero mudar a rotina da Connor."

"Tudo bem", ele disse.

Fiquei em silêncio. Não sabia muito bem o que queria — só sei que queria mais. Queria aquela experiência de novo. Eu o beijei. E gemi. E me encaixei debaixo dele. Fechei os olhos e, pela primeira vez em muitos anos, a imagem que surgiu na minha mente não foi a de Celia.

"Sim", falei enquanto fazíamos amor. "Eu caso com você."

O DECEPCIONANTE

Max Girard

Now This

11 DE JUNHO DE 1982

EVELYN HUGO SE DIVORCIA DE HARRY CAMERON PARA SE CASAR COM DIRETOR MAX GIRARD

Evelyn Hugo adora um casamento! Depois de quinze anos de matrimônio, ela e o produtor Harry Cameron vão trilhar caminhos diferentes. Os dois vêm de uma trajetória de sucesso juntos, tendo conquistado um Oscar cada um este ano pelo filme *Tudo por nós*.

Segundo fontes próximas, Evelyn e Harry estavam separados fazia algum tempo. O casamento tinha evoluído para uma relação de amizade nos últimos anos. Dizem inclusive que Harry já estava morando no apartamento de seu falecido amigo John Braverman, a poucos quarteirões de onde vive Evelyn.

Nesse meio-tempo, Evelyn deve ter aproveitado a brecha para conquistar Max Girard, que a dirigiu em *Tudo por nós*. Os dois anunciaram que vão se casar em breve. Apenas o tempo poderá dizer se Max será o eleito que vai proporcionar felicidade para Evelyn. Só o que sabemos é que ele vai ser seu marido número seis.

Nós nos casamos em Joshua Tree, na presença de Connor, de Harry e do irmão de Max, Luc. A princípio tinha sugerido Saint-Tropez ou Barcelona para a cerimônia e a lua de mel. Mas nós dois tínhamos acabado de filmar em Los Angeles, e achei que seria legal reunir só um grupo seleto de pessoas no deserto.

Deixei o branco de lado, pois já tinha parado fazia tempo de fingir inocência. Em vez disso, optei por um vestido longo azul, com os cabelos loiros levemente repicados. Eu tinha quarenta e quatro anos.

Connor usou uma flor no cabelo. Harry ficou ao lado dela de calça social e camisa.

Max, meu noivo, se vestiu de linho puro. Ele brincou que era seu primeiro casamento, então era ele quem deveria usar branco.

Naquela mesma noite, Harry e Connor voltaram para Nova York. Luc foi para sua casa em Lyon. Max e eu ficamos num chalé, numa rara noite a sós.

Fizemos amor na cama, na escrivaninha e, no meio da noite, na varanda, sob as estrelas.

De manhã, comemos toranja e jogamos baralho. Ficamos zapeando a televisão. Rimos. Conversamos sobre os filmes de que gostávamos, sobre os filmes em que trabalhamos, sobre os filmes que queríamos fazer.

Max disse que tinha uma ideia para um filme de ação estrelado por mim. Eu disse que não me considerava apropriada para uma heroína desse tipo.

"Já passei dos quarenta, Max", falei. Estávamos caminhando no deserto, com o sol castigando nossa cabeça. E eu tinha esquecido minha água no chalé.

"Você é imune à passagem do tempo", ele falou, chutando areia pelo caminho. "Pode fazer o que quiser. Você é Evelyn Hugo."

"Eu sou a Evelyn", falei, detendo o passo e segurando sua mão. "Não precisa ficar me chamando de Evelyn Hugo toda hora."

"Mas é quem você é", ele rebateu. "Você é a *primeira e única* Evelyn Hugo. E é extraordinária."

Eu sorri e dei um beijo nele. Era um alívio se sentir amada, e sentir amor. Era uma felicidade imensa querer estar com alguém de novo. Achava que Celia jamais fosse voltar para mim. Só que Max estava lá. Ele era meu.

Voltamos ao chalé queimados de sol e morrendo de sede. Fiz sanduíches de geleia com pasta de amendoim para o jantar, e comemos sentados no sofá, vendo o noticiário. Me senti totalmente em paz. Não tinha nada para provar, nada para esconder.

Fui dormir com Max agarrado em mim. Sentindo seu coração batendo às minhas costas.

Na manhã seguinte, porém, quando acordei com os cabelos desarrumados e com mau hálito, olhei para ele esperando um sorriso e encontrei uma expressão impassível em seu rosto. Parecia que estava olhando para o teto há horas.

"Em que você está pensando?", perguntei.

"Em nada."

Os pelos de seu peito estavam ficando grisalhos. Isso lhe dava um ar de dignidade.

"Que foi?", insisti. "Pode me falar."

Ele se virou para mim. Arrumei os cabelos, meio envergonhada da maneira como estava. Max voltou a olhar para o teto.

"Não é o que eu imaginava."

"O que você imaginava?"

"Você", ele disse. "Imaginava uma vida gloriosa ao seu lado."

"E agora não imagina mais?"

"Não é bem isso", ele falou, sacudindo a cabeça. "Posso ser bem sincero? Acho que odeio o deserto. Tem sol demais, pouca comida boa. Por que estamos aqui? Nós somos gente da cidade, meu amor. Vamos para casa."

Eu dei risada, aliviada por não ser nada de mais. "Ainda temos mais três dias por aqui", avisei.

"Sim, sim, eu sei, *ma belle*, mas, por favor, vamos para casa."

"Tão cedo assim?"

"Podemos alugar um quarto no Waldorf por uns dias. Em vez de ficar aqui."

"Tudo bem", falei. "Se é o que você quer."

Mais tarde, no aeroporto, quando esperávamos para embarcar, Max foi comprar alguma coisa para ler durante o voo. Ele voltou com um exemplar da revista *People* e mostrou a nota sobre o nosso casamento.

Eles me descreveram como "ousada e sensualíssima" e Max como meu "cavaleiro branco".

"Muito bacana, né?", ele comentou. "Nós parecemos da realeza. Você está tão linda nessa foto. Mas é claro. Essa é você."

Eu sorri, mas foi inevitável não pensar na famosa frase da Rita Hayworth. *Os homens vão para a cama com Gilda, mas acordam comigo.*

"Acho que preciso perder uns quilinhos", ele falou, batendo na barriga. "Quero ficar bonitão para você."

"Você é bonitão", falei. "Sempre foi."

"Não", ele respondeu, sacudindo a cabeça. "Olha a foto que tiraram de mim. Parece que tenho três queixos."

"É só um ângulo ruim. Você está maravilhoso pessoalmente. Eu não mudaria nada, na verdade."

Só que Max não estava nem me ouvindo. "Acho que vou parar de comer frituras. Fiquei americano demais, você não acha? Quero ficar elegante para você."

Mas ele não queria ficar elegante para *mim*. O que ele quis dizer é que queria parecer elegante nas fotos em que apareceria *comigo*.

Meu coração se partiu um pouco quando embarcamos no avião. E a ferida foi se abrindo enquanto eu o via ler aquela revista durante o voo.

Pouco antes da aterrissagem, um homem da classe econômica foi usar o banheiro da primeira classe e girou a cabeça para me olhar de novo quando passou e me reconheceu. Depois que o cara se afastou, Max virou para mim com um sorriso no rosto e perguntou: "Será que essas pessoas vão contar para todo mundo que vieram no mesmo avião que Evelyn Hugo quando chegarem em casa?".

Quando ele terminou de dizer isso, meu coração já estava totalmente partido ao meio.

Demorei meses para perceber que Max não tinha sequer a *intenção* de me amar, que só era capaz de amar a imagem que fazia de mim. E, mesmo depois disso, pode parecer até absurdo dizer, eu não estava disposta a deixá-lo, porque não queria me divorciar.

Eu só tinha me casado por amor com um único homem. Aquela era apenas a segunda vez na minha vida que havia entrado num relacionamento acreditando que ia durar. E, no fim das contas, eu não larguei Don. Foi ele que terminou tudo.

Com Max, pensei que alguma coisa poderia mudar, que haveria um estalo, uma possibilidade de ele ver quem eu realmente era e se apaixonar por mim. Achava que, se eu começasse a amá-lo como realmente era, ele poderia me amar como eu realmente era.

Achava que enfim teria um casamento que significasse alguma coisa.

Mas isso nunca aconteceu.

Em vez disso, Max desfilava comigo pela cidade como se eu fosse um troféu. Todos queriam Evelyn Hugo, e Evelyn Hugo queria ele.

Aquela moça de *Boute-en-Train* deixou todo mundo embasbacado. Inclusive o homem que a criou. E eu não sabia como dizer que também a amava. Só que eu não era aquela mulher.

Em 1988, Celia interpretou Lady Macbeth em uma adaptação cinematográfica. Ela poderia ter se candidatado ao Oscar de Melhor Atriz. Não havia nenhuma mulher no filme com um papel mais importante que esse. Mas ela deve ter se candidatado ao prêmio de Melhor Atriz Coadjuvante porque, quando a votação começou, era para esse Oscar que ela havia sido indicada. Assim que fiquei sabendo, percebi que tinha sido escolha dela. Era um ato de esperteza típico de Celia.

Obviamente, votei nela.

No dia em que recebeu a estatueta, eu estava em Nova York com Connor e Harry. Max foi sozinho à premiação daquele ano. Por causa de uma briga entre nós. Ele queria ir comigo, mas eu queria passar a noite com a minha família, não com um vestido apertado e salto agulha.

Além disso, sendo bem sincera, eu já tinha meus cinquenta anos. Havia uma geração inteira de novas atrizes com quem competir. Eram todas lindas, com pele lisinha e cabelos reluzentes. Quando a pessoa é conhecida principalmente por ser maravilhosa, não pode haver sofrimento pior do que ser comparada com alguém e levar a pior.

Não importa a dimensão da beleza exibida no passado. Era nítido que o tempo estava passando.

As oportunidades de trabalho começaram a secar. Os papéis que me ofereciam eram de mãe das protagonistas, que tinham literalmente metade da minha idade. A vida em Hollywood tem uma curva de subida acentuada e queda brusca. Fiz tudo o que pude para continuar no topo o máximo possível. Meu prazo de validade foi acima da média. Mas o declínio havia começado. E eles estavam me jogando para escanteio.

Então não, eu não fui à cerimônia do Oscar. Em vez de pegar um avião para Los Angeles e passar o dia fazendo maquiagem e cabelo e depois ter que encolher a barriga na frente de centenas de câmeras e milhões de pares de olhos, passei o dia com a minha filha.

Luisa estava de férias, e eu não tinha encontrado uma boa substituta, então Connor e eu passamos o dia limpando a casa como se tudo fosse uma grande brincadeira. Fizemos nosso jantar juntas. Mais tarde, estouramos pipoca e sentamos com Harry na frente da TV para ver a vitória de Celia.

Ela estava usando um vestido amarelo de seda com babado nas pontas. Os cabelos ruivos, agora mais curtos, estavam presos num coque. Celia estava mais velha, claro, e ainda assim mais linda do que nunca. Quando anunciaram seu nome, ela subiu no palco e fez um discurso elegante e sincero, como o público estava acostumado. E quando estava prestes a sair da frente do microfone, disse: "E, para quem se sentir tentado a dar um beijo na tela da tevê, por favor cuidado para não lascar o dente".

"Mãe, por que você está chorando?", Connor perguntou.

Levei a mão ao rosto e senti as lágrimas escorrendo.

Harry sorriu e passou a mão nas minhas costas. "Você poderia ligar para ela", ele falou. "É sempre bom apagar as rusgas do passado."

Em vez disso, escrevi uma carta.

Queridíssima Celia,

Meus parabéns! Foi mais do que merecido. Sem dúvida você é a atriz mais talentosa da nossa geração.

Desejo para você nada menos que a felicidade total e absoluta. Não beijei a TV dessa vez, mas vibrei como sempre.

Com todo meu amor,
~~Edward~~
Evelyn

Enviei a carta com a mesma sensação de quem manda uma mensagem numa garrafa. Sem esperar nenhuma resposta. Mas, uma semana depois, lá estava. Um envelope bege pequeno e quadrado, endereçado a mim.

Queridíssima Evelyn,

Ler sua carta foi como voltar a respirar depois de ficar muito tempo embaixo d'água. Espero que me perdoe por ser tão direta, mas como foi que estragamos tudo desse jeito? E o que significa isso de eu ainda conseguir ouvir sua voz na minha cabeça depois de uma década sem nos falarmos?

Beijo,
Celia

Queridíssima Celia,

Todo o nosso sofrimento foi culpa minha. Eu fui egoísta e míope. Hoje só posso torcer para que você tenha encontrado a felicidade de outra forma. Você merece apenas alegrias. E lamento por não ter conseguido proporcionar isso.

Com amor,
Evelyn

Queridíssima Evelyn,

Você está sendo injusta nessa história. Eu me mostrei insegura, mesquinha e ingênua. Culpei você pelas coisas que fazia para guardar nosso segredo. Mas a verdade é que toda vez que você impedia que o mundo exterior invadisse nossa vida eu sentia um alívio imenso. E todos os meus momentos mais felizes foram planejados por você. Nunca lhe dei o devido crédito. Nós duas temos culpa. Mas você foi a única a tentar se desculpar. Então me permita que eu corrija isso agora: me desculpa, Evelyn.

Com amor,
Celia

P.S.: Criei coragem para ver Três da manhã *alguns meses atrás. É um filme ousado, importante. Eu estaria errada em tentar atrapalhar sua realização. Você sempre teve muito mais talento do que eu estava disposta a reconhecer.*

Queridíssima Celia,

Você acha que amantes podem se tornar amigos algum dia? Detesto pensar na ideia de desperdiçar os anos que ainda nos restam sem nos falarmos.

Com amor,
Evelyn

Queridíssima Evelyn,

Max é como Harry? Como Rex?

Com amor,
Celia

Queridíssima Celia,

Sinto muito em informar que não. Ele é diferente. Mas ainda estou louca para ver você. Podemos nos encontrar algum dia?

Com amor,
Evelyn

Queridíssima Evelyn,

Sendo bem sincera, essa notícia acabou comigo. Não sei se conseguiria ver você, diante das circunstâncias.

Com amor,
Celia

Queridíssima Celia,

Telefonei várias vezes na semana passada, mas você não me ligou de volta. Vou tentar de novo. Por favor, Celia. Por favor.

Com amor,
Evelyn

"Alô?" A voz dela ao telefone é a mesma de sempre. Meiga, mas ao mesmo tempo firme.

"Sou eu", digo.

"Oi." A maneira calorosa como ela falou nesse momento me deixou esperançosa de que poderíamos retomar nossa vida, voltar ao que sempre deveria ter sido.

"Eu era apaixonada por ele", digo. "Pelo Max. Só que não sou mais."

Ouvi um silêncio do outro lado da linha.

Então ela perguntou: "O que você está querendo me dizer?".

"Estou dizendo que queria te ver."

"Eu não posso fazer isso, Evelyn."

"Pode sim."

"O que você quer que a gente faça?", ela questiona. "Estrague tudo de novo?"

"Você ainda me ama?", pergunto.

Ela ficou muda.

"Eu ainda te amo, Celia. Juro que sim."

"Eu... Eu acho que a gente não devia conversar sobre isso. Não se..."

"Se o quê?"

"Nada mudou, Evelyn."

"Tudo mudou."

"As pessoas ainda não podem saber o que nós somos de verdade."

"Elton John saiu do armário", argumentei. "Anos atrás."

"Elton John não tem filho e fez carreira levando o público a acreditar que era hétero."

"Você está dizendo que vamos ficar sem trabalho?"

"Não acredito que preciso dizer isso para você", ela comentou.

"Bom, então me deixa falar sobre uma coisa que *mudou* mesmo", eu disse a ela. "Não estou mais nem aí para isso. Estou disposta a abrir mão de tudo."

"Você não pode estar falando sério."

"Estou falando mais do que sério."

"Evelyn, a gente não se vê há anos."

"Eu sei que você conseguiu me esquecer", falei. "Sei que você esteve com Joan. E com certeza existiram outras." Fiquei à espera de uma negativa, que ela me dissesse que não se envolveu com ninguém. Mas ela não se manifestou. Então continuei: "Mas você pode afirmar com toda a sinceridade que deixou de me amar?".

"Claro que não."

"E eu também não. Continuei amando você a cada instante."

"Você casou com outro."

"Fiz isso porque ele me ajudava a esquecer você", expliquei. "Não porque deixei de te amar."

Ouvi Celia respirar fundo.

"Eu vou para Los Angeles", avisei. "E nós vamos sair para jantar. Combinado?"

"Para jantar?", ela questionou.

"Um simples jantar. Temos muito o que conversar. Acho que devemos isso uma a outra, uma boa conversa. Que tal na outra semana, sem ser a próxima? Harry pode cuidar de Connor. E eu posso passar alguns dias aí."

Celia ficou muda de novo. Dava para perceber que estava pensando. Tive a impressão de que aquele era um momento definitivo para o meu futuro, o nosso futuro.

"Certo", ela respondeu. "Um jantar."

Na manhã do dia da minha ida ao aeroporto, Max dormiu até mais tarde. Ele tinha que estar no set para uma externa noturna, então me despedi com um aperto de mão e comecei a pegar as coisas no closet.

Não conseguia decidir se queria levar as cartas de Celia comigo ou não. Tinha guardado todas, nos envelopes originais, numa caixa no fundo do armário. Ao longo dos dias anteriores, quando juntei as coisas que poria na mala, coloquei e tirei os papéis várias vezes, tentando me decidir.

Eu andava relendo tudo todos os dias desde que Celia e eu voltamos a nos falar. Não queria me separar das cartas. Gostava de passar os dedos sobre aquelas palavras, sentir as ranhuras da caneta sobre o papel. Gostava de ouvir a voz dela na minha cabeça. Mas estava viajando para ir vê-la. Então decidi que não precisava levá-las.

Calcei as botas, peguei minha jaqueta, abri a mala e tirei as cartas, que escondi atrás dos meus casacos de pele.

Deixei um bilhete para Max: "Volto na quinta-feira, Maximilian. Com amor, Evelyn".

Connor estava na cozinha, reunindo um estoque de Pop-Tarts antes de ir para o apartamento de Harry.

"Não tem Pop-Tarts na casa do seu pai?", perguntei.

"Não de açúcar mascavo. Ele compra de morango, que eu detesto."

Dei um abraço e um beijo nela. "Tchau. Se comporta enquanto eu estiver fora", falei.

Ela revirou os olhos para mim, não sei se pelo beijo ou pela recomendação. Tinha acabado de fazer treze anos, começando a entrar na adolescência, o que estava me causando um aperto no coração.

"Tá bom, tá bom", ela falou. "A gente se fala."

Desci para a calçada, onde minha limusine já estava à espera. Entreguei a mala para o motorista e, no último instante, me dei conta de que, depois do jantar com Celia, ela poderia dizer que não queria mais me ver de novo. Poderia falar que era melhor não termos mais contato. Eu poderia acabar voltando com menos do que tinha. Decidi levar as cartas. Eu as queria comigo. Precisava delas.

"Espera só um minutinho", pedi para o motorista, e voltei correndo para dentro. Connor estava saindo do elevador assim que entrei.

"Já voltou?", ela perguntou com a mochila nas costas.

"Eu esqueci de pegar uma coisa. Divirta-se no fim de semana, querida. Diga para o seu pai que volto daqui a alguns dias."

"Tá bom. O Max acabou de acordar, aliás."

"Te amo", falei enquanto apertava o botão do elevador.

"Eu também te amo", respondeu Connor. Ela deu um aceno de despedida enquanto saía do prédio.

Cheguei lá em cima e entrei no quarto. E, dentro do meu closet, encontrei Max.

As cartas de Celia, que tive o maior cuidado em manter intactas, estavam espalhadas pelo quarto, separadas dos envelopes como se fossem correspondências inúteis e malas diretas.

"O que você está fazendo?", questionei.

Ele estava de calça de moletom e camiseta preta. "O que *eu* estou fazendo?", ele questionou. "Isso é inacreditável. Você vem perguntar para *mim* o que estou fazendo."

"Essas cartas são minhas."

"Ah, estou vendo muito bem, *ma belle*."

Me inclinei para a frente e tentei tomá-las da mão dele. Max se afastou.

"Você está tendo um caso?", ele disse com um sorriso. "Que coisa mais francesa."

"Max, para com isso."

"Eu não me incomodo com uma infidelidade ou outra, minha cara. Se a coisa for feita com respeito. Sem deixar nenhuma prova."

Pela maneira como ele falou, ficou claro que estava dormindo com outras pessoas, e me perguntei se alguma mulher do mundo estava a salvo de homens como Max e Don. Pensei em quantas mulheres no mundo deviam achar que conseguiriam impedir seus maridos de traí-las se fossem tão lindas quanto Evelyn Hugo. Mas isso nunca serviu de empecilho para nenhum homem que amei.

"Eu não estou te traindo, Max. Então que tal parar com isso?"

"Talvez não esteja mesmo", ele disse. "Acho que até acredito. Mas o inacreditável mesmo é que você seja sapatão."

Fechei os olhos, e uma raiva tamanha borbulhava dentro de mim que senti uma vontade de sumir do mundo até conseguir me controlar.

"Eu não sou sapatão", retruquei.

"Não é isso o que dizem essas cartas."

"Essas cartas não são da sua conta."

"Talvez não", Max falou. "Se nessas cartas Celia St. James estiver falando sobre o que sentia por você em outros tempos, eu posso estar errado. E posso guardá-las agora mesmo, e me desculpar imediatamente."

"Ótimo."

"Eu disse *se*." Ele levantou e se aproximou de mim. "Apenas *se*. Caso essas cartas sejam o motivo para sua viagem para Los Angeles hoje, então estou furioso, porque você está me fazendo de idiota."

Acho que, se dissesse que não tinha a menor intenção de me encontrar com Celia em Los Angeles, se soasse bem convincente, ele teria recuado. Poderia ter pedido desculpas e até me acompanhado ao aeroporto.

E meu instinto me dizia exatamente isso, para mentir, ocultar, encobrir o que estava fazendo e quem eu era. Mas, quando fui falar, minha boca disse outra coisa.

"Eu estava indo me encontrar com ela. Você tem razão."

"Você estava indo me trair?"

"Minha intenção é me separar de você", falei. "Acho que você sabe disso. E já faz um bom tempo. A gente vai se separar. Se não for por ela, por mim."

"Por ela?", ele questionou.

"Eu sou apaixonada por ela. Sempre fui."

Max pareceu atordoado, como se estivesse blefando comigo, achando que eu fosse recuar. Ele sacudiu a cabeça, incrédulo. "Uau", ele disse. "Inacreditável. Casei com uma sapatão."

"Para de falar isso", rebati.

"Evelyn, se você faz sexo com mulheres, então é lésbica. Trate de não ser do tipo que odeia a si mesma. Isso não... não é uma coisa digna."

"Não me interessa o que você considera digno. Eu não odeio lésbicas coisíssima nenhuma. Sou apaixonada por uma. Mas fui por você também."

"Ah, por favor", ele disse. "Por favor, não tenta me fazer de idiota mais do que já fez. Passei anos te amando, e agora descubro que nunca signifiquei nada para você."

"Você não me amou um único dia da sua vida", rebati. "Você amou a ideia de ter uma estrela de cinema nos seus braços. Amou ser o cara que dormia na minha cama. Isso que você sente não é amor. É posse."

"Não faço ideia do que você está falando", ele disse.

"Claro que não", rebati. "Porque você nem sabe a diferença entre uma coisa e outra."

"Você algum dia me amou?"

"Amei, sim. Quando você fez amor comigo e despertou o meu desejo, e cuidou bem da minha filha, e quando acreditei que via em mim o que ninguém mais enxergava. Quando acreditei que você tinha uma percepção e um talento inigualáveis. Eu te amei muito."

"Então você não é lésbica", ele respondeu.

"Não quero conversar sobre isso com você."

"Bom, mas vai. Vai ter que conversar."

"Não", falei, juntando as cartas e os envelopes e enfiando tudo nos bolsos. "Não tenho que fazer porcaria nenhuma."

"Ah, tem", ele disse, bloqueando a passagem. "Tem, sim."

"Max, sai da minha frente. Eu estou indo."

"Mas não para se encontrar com ela", ele falou. "Você não pode fazer isso."

"Claro que posso."

O telefone tocou de novo, mas eu estava distante demais para atender. Sabia que era o motorista. Sabia que, se não saísse logo, iria perder o voo. Poderia pegar outro avião, mas queria ir naquele. Queria encontrar Celia o quanto antes.

"Evelyn, para", Max falou. "Pensa bem. Não faz sentido. Você não pode se separar de mim. Com um telefonema meu você está acabada. Posso contar para alguém, qualquer um, sobre isso, e sua vida nunca mais seria a mesma."

Ele não estava me ameaçando. Só estava afirmando o óbvio. Era como se dissesse: *Queridinha, você não está sendo racional. Isso não vai terminar bem para você.*

"Você é um cara legal, Max", falei. "Entendo que você esteja irritado e querendo me magoar. Mas sei que pelo menos *tenta* fazer o que é certo na maior parte do tempo."

"E se dessa vez não for assim?", ele questionou. Pronto, lá estava a ameaça.

"A gente vai se separar, Max. Pode acontecer mais cedo ou mais tarde, mas vai acontecer de qualquer forma. Sc você decidir que quer tentar acabar comigo junto com o nosso casamento, então vá em frente."

Ele não se moveu. Eu o empurrei do caminho e saí porta afora.

O amor da minha vida estava à minha espera, e eu ia conquistá-la de volta.

Quando cheguei ao Spago, Celia já estava sentada à mesa, de calça social preta e uma camisa sem mangas cor de creme. Fazia calor lá fora, mas o ar-condicionado do restaurante estava ligado no máximo, por isso ela parecia com frio. Seus braços estavam arrepiados.

Seus cabelos ruivos ainda eram impressionantes, mas àquela altura claramente ela os tingia. Os tons de dourado de antes, resultado da natureza e da exposição ao sol, estavam um tanto saturados, mais puxados para o acobreado. Os olhos azuis continuavam atraentes como sempre, porém a pele ao redor estava diferente.

Eu havia passado quatro vezes pela mesa do cirurgião plástico nos anos anteriores, e desconfiei que ela tivesse feito o mesmo. Meu vestido era preto e cinturado, com um decote em V bem profundo. Meus cabelos loiros, um pouco mais claros agora que os fios grisalhos apareciam e cortados mais curtos, emolduravam meu rosto.

Ela levantou quando me viu. "Evelyn."

Eu a abracei. "Celia."

"Você está ótima", ela disse. "Como sempre."

"Você está igualzinha à última vez que nos vimos", falei.

"Nós nunca fomos de mentir uma para a outra", ela disse com um sorriso. "Não vamos começar agora."

"Você está maravilhosa", eu disse.

"Igualmente."

Pedi uma taça de vinho branco. Ela, uma água com gás com limão.

"Eu parei de beber", Celia contou. "Já não me cai tão bem quanto antes."

"Isso é ótimo. Se quiser, posso jogar o vinho pela janela assim que servirem."

"Não", ela disse, aos risos. "Por que a minha baixa tolerância ao álcool seria problema seu?"

"Tudo a seu respeito deveria ser problema meu", respondi.

"Você percebe o que está dizendo?", ela murmurou, se debruçando na mesa. A gola folgada da camisa se abriu e caiu sobre a cesta de pães. Pensei que fosse se sujar de manteiga, mas de alguma forma isso não aconteceu.

"Claro que percebo o que estou dizendo."

"Você acabou comigo", ela disse. "Duas vezes. Passei anos tentando superar isso."

"E conseguiu? Alguma vez?"

"Não totalmente."

"Acho que isso significa alguma coisa."

"Por que agora?", perguntou. "Por que não me ligou anos atrás?"

"Liguei um milhão de vezes depois que você me deixou. Bati na sua porta até quase derrubar", lembrei a ela. "Achei que me odiasse."

"E odiava mesmo", ela disse, se afastando um pouco. "Ainda te odeio, acho. Pelo menos um pouco."

"E você acha que eu não te odeio também?" Tentei manter meu tom de voz sob controle, fingindo que era só uma conversa entre duas amigas de longa data. "Nem um pouquinho?"

Celia sorriu. "Pois é, faria sentido no seu caso também."

"Mas eu não vou deixar que isso sirva de empecilho", garanti.

Ela suspirou e olhou para o cardápio.

Eu me inclinei para a frente, com um ar conspiratório. "Antes eu não achava que tivesse uma chance", expliquei. "Depois que você foi embora, pensei que essa porta estivesse fechada. E, agora que uma frestinha está aberta, só o que quero é escancarar tudo e entrar."

"O que te faz pensar que a porta está aberta?", ela questionou, inclinando a cabeça para a esquerda para desviar os olhos do cardápio.

"Nós estamos aqui jantando juntas, não?"

"Como amigas", ela disse.

"Você e eu nunca fomos amigas."

Ela fechou o cardápio e o colocou sobre a mesa. "Eu preciso de óculos de leitura", contou. "Dá para acreditar? Óculos de leitura."

"Bem-vinda ao clube."

"Eu posso ser bem cruel às vezes quando fico chateada", ela me lembrou.

"Você não está me dizendo nada que eu não saiba."

"Fiz você pensar que não tinha talento", ela continuou. "Tentei fazer parecer que precisava de mim para ser considerada uma atriz de verdade."

"Eu sei disso."

"Mas você sempre foi uma atriz de verdade."

"Hoje eu sei disso também", eu disse.

"Pensei que você fosse me ligar depois que ganhou o Oscar. Pensei que fosse querer me mostrar, esfregar na minha cara."

"Você ouviu meu discurso?"

"Claro que sim", ela disse.

"Eu mandei um recado para você", falei. Peguei um pedaço de pão e passei manteiga. Mas logo pus de lado, sem dar uma única mordida.

"Eu não sabia ao certo", Celia disse. "Enfim, se era mesmo para mim."

"Só faltou dizer o seu nome."

"Você disse 'ela'."

"Exatamente."

"Pensei que poderia existir *outra.*"

Eu já tinha olhado para outras mulheres além de Celia. E me imaginado com outras mulheres além dela. Mas todas, pelo que parece ser minha vida inteira, sempre se dividiram entre Celia e as outras. Era como se qualquer mulher com quem me via iniciando uma conversa tivesse um carimbo dizendo "não é Celia" estampado na testa. Se era para arriscar minha carreira e tudo o que eu adorava por uma mulher, só poderia ser por ela.

"Não existe nenhuma outra, só você", garanti.

Celia escutou e fechou os olhos. Mas em seguida se manifestou. Até pareceu que tentou se segurar, mas não conseguiu. "Mas existem *outros.*"

"A mesma conversa de sempre", falei, me esforçando para não revirar os olhos. "Eu estava com Max. E você, claramente com Joan. Ela por acaso chegava aos meus pés?"

"Não", Celia respondeu.

"E Max não chegava aos seus."

"Mas você ainda é casada com ele."

"Estou entrando com a papelada. Ele vai sair da minha casa. Acabou."

"Que repentino."

"Na verdade não. Já passou da hora. E, de qualquer forma, ele encontrou as cartas", eu disse.

"E ele quer a separação por isso?"

"Não, está me ameaçando se eu não ficar com ele."

"Quê?"

"A gente vai se separar mesmo assim", falei. "Ele que faça o que quiser. Estou com cinquenta anos de idade, e não tenho mais energia para querer controlar tudo o que falam de mim até o dia em que eu morrer. Ultimamente só me oferecem papéis que são uma merda. Tenho um Oscar na estante. Uma filha espetacular. E Harry. Meu nome é famoso no mundo todo. As pessoas vão continuar escrevendo sobre os meus filmes por um bom tempo. O que mais eu posso querer? Uma estátua de ouro em minha homenagem?"

Celia deu risada. "Um Oscar é exatamente isso", ela falou.

Eu ri também. "Exatamente! Muito bem lembrado. Então até isso eu já tenho. Não me sobrou mais nada para perseguir, Celia. Nenhuma montanha para escalar. Passei a vida escondida para ninguém me derrubar do topo. Mas quer saber? Cansei de me esconder. Eles que venham atrás de mim. Podem me jogar lá para baixo se quiserem. Tenho contrato para fazer mais um filme com a Fox este ano, e depois chega."

"Você não pode estar falando sério."

"Estou, sim. Pensando de outro jeito... foi assim que perdi você. Não quero mais que isso aconteça."

"A questão não é só a nossa carreira", ela argumentou. "Os desdobramentos são imprevisíveis. E se tirarem Connor de você?"

"Porque sou apaixonada por uma mulher?"

"Porque os dois pais dela são 'invertidos'."

Dei um gole no meu vinho. "Com você eu nunca acerto mesmo", eu disse por fim. "Se quero me esconder, sou uma covarde. Se estou cansada de me esconder, você diz que vão tomar minha filha de mim."

"Desculpa", disse Celia. Ela parecia lamentar menos pelo que disse e mais pelo mundo em que vivíamos. "Está falando sério mesmo?", ela questionou. "Você abriria mão de tudo?"

"Sim", respondi. "Abriria, sim."

"Tem certeza?", ela perguntou quando o garçom serviu o filé dela e minha salada. "Certeza absoluta?"

"Tenho."

Celia ficou em silêncio por um instante, olhando para o prato. Ela pareceu bem pensativa e, quanto maior era o seu silêncio, mais eu me inclinava para a frente, tentando me aproximar.

"Eu tenho doença pulmonar obstrutiva crônica", ela disse por fim. "Provavelmente não vou passar muito dos sessenta."

Fiquei olhando para ela. "Não acredito", falei.

"Pode acreditar."

"Não posso, não. Isso não pode ser verdade."

"É verdade."

"Não pode ser", eu insisti.

"Mas é", garantiu ela, pegando o garfo e dando um gole na água.

Minha mente estava um caos de pensamentos, e meu coração disparou dentro do peito.

Celia voltou a falar, e só consegui me concentrar em suas palavras porque sabia que seriam importantes, que fariam diferença na nossa vida. "Acho que você deveria fazer esse filme", ela disse. "Terminar por cima. E depois... e então, depois disso, acho que a gente deveria se mudar para o litoral da Espanha."

"Quê?"

"Eu sempre gostei da ideia de passar o meu fim de vida numa praia bonita. Desfrutando do amor de uma boa mulher", ela disse.

"Você... você está morrendo?"

"Posso procurar uns lugares na Espanha enquanto você participa das filmagens. Um local onde Connor possa ter uma ótima educação. Vou vender a minha casa daqui. E vou comprar uma propriedade grande por lá, com espaço para receber Harry também. E Robert."

"Seu irmão Robert?"

Celia assentiu. "Ele se mudou para cá a trabalho uns anos atrás. Nós nos aproximamos. Ele... ele sabe quem eu sou. E me dá apoio."

"O que é essa doença crônica obstrutiva...?"

"Um enfisema, basicamente", ela disse. "Por causa do cigarro. Você ainda fuma? Pois devia parar. Imediatamente."

Fiz que não com a cabeça, porque tinha largado fazia tempo.

"Existem tratamentos que podem retardar o processo. Posso viver uma vida praticamente normal por um tempo."

"E depois?"

"Depois, em algum momento, vai ficar complicado me manter ativa, e vai ficar mais difícil respirar. Quando isso acontecer, não vou ter mais muito tempo pela frente. Em resumo, estamos falando em mais uns dez anos, por aí, se eu tiver sorte."

"Dez anos? Você só tem quarenta e nove."

"Pois é."

Comecei a chorar. Foi inevitável.

"Você vai acabar gerando uma comoção aqui", ela falou. "Precisa parar com isso."

"Não consigo", respondi.

"Tudo bem", ela falou. "Tudo bem."

Celia pegou a bolsa, jogou uma nota de cem dólares sobre a mesa, me ajudou a levantar da cadeira e saímos. Ela entregou o tíquete do estacionamento para o manobrista e me acomodou no banco da frente do carro. Fomos até sua casa. Celia me sentou no sofá.

"Você aguenta esse tranco?", ela perguntou.

"Como assim?", questionei. "Claro que aguento."

"Se você conseguir aguentar *mesmo*", ela disse, "então podemos fazer isso. Podemos ficar juntas. Acho que podemos... nós podemos passar o resto da vida juntas, Evelyn. Se você achar que aguenta o tranco. Mas eu não posso fazer isso com a consciência tranquila achando que isso vai acabar com você."

"Isso o quê, exatamente?"

"Me perder de novo. Não quero que você me ame se não aceitar que vai me perder de novo. Pela última vez."

"Eu não consigo aceitar isso. Claro que não. Mas quero ir em frente mesmo assim. Quero ir com você, sim", digo por fim. "Eu aguento o tranco. É melhor perder do que nunca ter."

"Tem certeza?", ela disse.

"Sim", respondi. "Tenho certeza. Nunca estive tão certa na minha vida. Eu te amo, Celia. Sempre te amei. E precisamos passar esse tempo que ainda temos juntas."

Ela segurou meu rosto. E me beijou. Eu chorei.

Celia começou a chorar também, e em pouco tempo não dava para saber quais lágrimas eram dela e quais eram minhas. Só sabia que estava de novo nos braços da mulher que sempre amei.

Em algum momento, a blusa de Celia foi parar no chão, e meu vestido estava erguido acima das coxas. Senti seus lábios no meu peito, sua mão na minha barriga. Eu me desvencilhei do vestido. O lençol da cama era branquíssimo e macio. Ela não tinha mais gosto de cigarro e bebida, e sim um sabor cítrico.

Na manhã seguinte, acordei com os cabelos dela no meu rosto, espalhados pelo travesseiro. Me virei de lado e me encaixei na curvatura de suas costas.

"Vou dizer o que nós vamos fazer", Celia anunciou. "Você vai se separar de Max. Vou ligar para um amigo meu no Congresso. Ele é de Vermont. Está precisando de espaço na imprensa. Você vai ser vista por aí com ele. Vamos espalhar um boato de que você está trocando Max por um homem mais novo."

"Quantos anos ele tem?"

"Vinte e nove."

"Minha nossa, Celia. É um menino", comentei.

"É exatamente o que as pessoas vão dizer. Vão achar um escândalo você estar saindo com ele."

"E quando Max começar a me caluniar?"

"O que ele disser não vai fazer diferença. Vai todo mundo achar que ele está amargurado, só isso."

"E depois?", eu quis saber.

"E depois, mais para a frente, você se casa com o meu irmão."

"Por que eu me casaria com Robert?"

"Para quando eu morrer poder deixar o que tenho para você. Meu espólio vai ficar sob o seu controle. E você pode manter meu legado."

"Você pode fazer isso com um testamento."

"Para depois alguém tentar revogar porque você era minha amante? Não. Assim é melhor. É mais inteligente."

"Mas casar com seu irmão? Está maluca?"

"Ele vai topar", ela garantiu. "Por mim. E por ser um galinha que quer ir para a cama com todas as mulheres que conhece. Isso vai fazer bem para a reputação dele. Todos vão sair ganhando."

"Tudo isso para não dizer a verdade?"

Deu pra sentir o peito de Celia se expandir e se contrair junto a mim.

"Não podemos contar a verdade. Você não viu o que fizeram com Rock Hudson? Se ele estivesse morrendo de câncer, todo mundo ia fazer campanha para arrecadar fundos para pesquisas."

"As pessoas não entendem o que é ter aids", respondi.

"Elas entendem muito bem", Celia rebateu. "Só acham que ele teve o que merecia, por causa da maneira como pegou a doença."

Encostei a cabeça no travesseiro, sentindo o coração apertado. Ela estava certa, claro. Nos anos anteriores, eu tinha visto Harry perder amigos após amigos e antigos amantes para a aids, chorando até ficar com os olhos inchados por medo de estar doente, por não ser capaz de ajudar pessoas que eram tão queridas. E havia visto Ronald Reagan praticamente ignorar o que estava acontecendo debaixo do nosso nariz.

"Sei que as coisas mudaram desde os anos 1960", ela falou. "Mas não tanto assim. Pouco tempo atrás Reagan falou que os direitos dos gays não eram direitos civis. Você não pode se arriscar a perder Connor. Então vou ligar para Jack, meu amigo deputado. Vamos plantar uma história. Você vai fazer seu filme. Vai casar com meu irmão. E vamos todos mudar para a Espanha."

"Vou precisar conversar com Harry."

"Claro", ela concordou. "Converse com Harry. Se ele não gostar da Espanha, vamos para a Alemanha. Ou para a Escandinávia. Ou para a Ásia. Não faz diferença. Só precisa ser um lugar onde não faça diferença quem a gente é, onde as pessoas vão nos deixar em paz e onde Connor possa ter uma vida normal."

"Você vai precisar de assistência médica."

"Posso viajar para onde for preciso. Ou contratar pessoas para cuidar de mim lá."

Pensei um pouco a respeito. "É um bom plano."

"Ah, é?" Celia estava lisonjeada, dava para ver.

"A discípula superou a professora", comentei.

Ela deu risada, e eu a beijei.

"Estamos em casa", falei.

Aquela não era minha casa. Nós nunca tínhamos morado juntas lá. Mas ela entendeu o que eu quis dizer.

"Sim", Celia confirmou. "Estamos em casa."

Now This

1º DE JULHO DE 1988

DIVÓRCIO DE EVELYN HUGO E MAX GIRARD VIRA BRIGA EM MEIO A RELATOS DE TRAIÇÃO

Evelyn Hugo está prestes a comparecer à vara de família mais uma vez. Ela deu entrada nos papéis de divórcio esta semana, alegando "diferenças irreconciliáveis". E, apesar de toda sua prática no assunto, parece que dessa vez a coisa vai se complicar.

Fontes dizem que Max Girard vai pedir pensão alimentícia, e segundo relatos, o diretor estaria falando mal de Hugo por toda a cidade.

"Ele está tão furioso que está falando de tudo para atingi-la", afirma uma pessoa do convívio do antigo casal. "Pode pensar na ofensa que for, ele já falou. Ela é traidora, é lésbica, lhe deve um Oscar. Está na cara que está arrasado."

Hugo foi vista na semana passada com um homem *muito* mais jovem. Jack Easton, deputado do partido Democrata pelo estado de Vermont, tem apenas vinte e nove anos. Portanto é *duas décadas* mais novo que Evelyn. E, se as fotos do jantar dos dois em Los Angeles servem de indicação, parece que há um romance surgindo.

Evelyn Hugo não tem uma ficha muito limpa, mas, nesse caso, uma coisa parece ser clara: os comentários de Girard parecem motivados por puro rancor.

Harry não topou.

Ele era a única parte do plano que não dependia de mim, a única pessoa que eu não estava disposta a manipular para conseguir o que queria. E Harry não queria deixar tudo para trás e se mandar para a Europa.

"Você está sugerindo que eu me aposente", Harry falou. "E ainda não cheguei nem aos sessenta. Meu Deus, Evelyn. O que eu vou ficar fazendo o dia todo? Jogando baralho na praia?"

"Não parece uma ideia legal?"

"Parece legal por uma hora e meia", ele respondeu. Estava bebendo o que parecia ser suco de laranja, mas desconfiei que estivesse batizado com vodca. "E o resto do tempo eu passaria sem ter com que me ocupar."

Estávamos no camarim do set de *A sabedoria de Theresa*. Harry tinha descoberto o roteiro e vendido para a Fox, me escalando para interpretar Theresa, uma mulher que está se separando do marido e que luta com todas as forças para manter os filhos juntos.

Era o terceiro dia de filmagens, e eu já estava com o figurino — um terninho Chanel branco e colar de pérolas —, prestes a anunciar o divórcio durante a ceia de Natal. Harry estava elegante como sempre, com uma calça social cáqui e uma camisa. Estava quase grisalho na época, e fiquei até com raiva dele por estar ficando mais bonito à medida que envelhecia, enquanto eu definhava feito um limão bolorento.

"Harry, você não quer parar de viver essa mentira?"

"Que mentira?", ele questionou. "Até entendo que para você seja uma mentira. Por sua vontade de fazer as coisas darem certo com Celia. E eu dou o maior apoio para isso, claro. Mas esta vida não é uma mentira para mim."

"Existem homens na sua vida", falei, demonstrando impaciência, como se Harry estivesse tentando me enganar. "Não venha me dizer que não existe *nenhum* homem."

"Claro que sim, mas nenhum com quem eu tenha alguma ligação mais forte", Harry respondeu. "Porque quem eu amava era John. E ele se foi. Só sou famoso por causa da sua fama, Ev. Ninguém está nem aí para mim e para o que estou fazendo se não for alguma coisa relacionada a você. Os homens com quem eu saio ficam algumas semanas na minha vida e, depois, fim de papo. Não estou vivendo mentira nenhuma. Estou simplesmente vivendo."

Respirei fundo, tentando não me exaltar demais antes de entrar em cena e representar uma mulher branca e religiosa de classe média alta. "Não faz diferença para você que eu tenha que me esconder?"

"Não é isso", ele falou. "Você sabe que não é bem assim."

"Então..."

"Mas por que temos que mudar a vida inteira da Connor por causa do seu relacionamento com Celia? E a minha também?"

"Ela é o amor da minha vida", respondi. "Você sabe disso. E quero ficar com ela. Está na hora de ficarmos todos juntos de novo."

"Nós não *podemos* ficar juntos de novo", ele falou, apoiando a mão na mesa. "Pelo menos, não todos nós." E em seguida saiu.

Harry e eu íamos a Nova York todo fim de semana para visitar Connor e, durante as semanas de filmagem, eu ficava com Celia, e ele... bom, não sei por onde ele andava. Mas parecia feliz, então não fiz maiores questionamentos. Desconfiei que ele tivesse conhecido alguém capaz de manter seu interesse por mais de algumas semanas.

Quando as filmagens de *A sabedoria de Theresa* atrasaram três semanas porque Ben Madley, o protagonista masculino, foi internado com estafa, fiquei dividida.

Por um lado, eu queria voltar para casa todas as noites e ficar com a minha filha.

Por outro, Connor estava se mostrando cada vez mais incomodada comigo. Ela me considerava a personificação da vergonha. O fato de eu ser uma atriz de renome mundial não parecia fazer a menor diferença na imagem de grande idiota que Connor fazia de mim. Por isso na maior parte do tempo eu ficava mais feliz em Los Angeles, com Celia, do que em Nova York, sendo rejeitada o tempo todo pelo sangue do meu sangue. Mas teria largado tudo num piscar de olhos se Connor mostrasse interesse em passar comigo uma noite que fosse.

No outro dia, ao fim das filmagens, eu estava juntando minhas coisas e falando com Connor ao telefone, planejando o dia seguinte.

"Seu pai e eu vamos pegar um voo de madrugada para estarmos aí quando você acordar de manhã", avisei.

"Certo", ela disse. "Legal."

"Pensei em ir tomar café da manhã no Channing's."

"Mãe, ninguém mais vai no Channing's."

"Detesto ter que dizer isso, mas, se *eu* for ao Channing's, o lugar vai voltar a ficar na moda rapidinho."

"É exatamente disso que estou falando quando digo que você é intragável."

"Só estou querendo levar você para comer torradas francesas, Connie. Existem coisas piores no mundo."

Ouvi uma batida na porta do bangalô em Hollywood Hills que eu tinha alugado. Quando vi que era Harry, abri a porta.

"Preciso desligar, mãe", ela falou. "Karen está vindo para cá. Luisa vai fazer bolo de carne com molho barbecue para nós", ela avisou.

"Espera um segundinho", falei. "Seu pai está aqui. Ele quer falar com você. Tchau, querida. A gente se vê amanhã."

Passei o telefone para Harry. "Oi, joaninha... Bom, ela tem razão. Se a sua mãe aparecer num lugar, isso meio que significa que, automaticamente, vai ser considerado um lugar da moda... Tudo bem... Tudo bem. Amanhã de manhã vamos sair para tomar café da manhã, e pode ser em qualquer lugar que seja o mais badalado do momento... Como é que chama mesmo? Wiffles? Que tipo de nome é esse?... Tá bom, tá bom. Vamos ao Wiffles. Tudo bem, querida, boa noite. Eu te amo. A gente se vê amanhã."

Harry sentou na minha cama e me olhou. "Pelo jeito, nós vamos ao Wiffles."

"Ela faz gato e sapato de você, Harry", comentei.

Ele deu de ombros. "Não tenho vergonha nenhuma disso." Harry levantou, pegou um copo d'água. Eu continuei a fazer as malas. "Escuta só, eu tive uma ideia", ele falou. Quando chegou mais perto de mim, senti um leve cheiro de álcool.

"Sobre o quê?"

"Sobre a Europa."

"Certo...", disse. Eu tinha aceitado não tocar mais no assunto até Harry e eu voltarmos a Nova York. Achei que em casa teríamos mais tempo — e paciência — para discutir melhor a questão.

Na minha opinião, a mudança seria boa para Connor. Por mais que eu gostasse de Nova York, a cidade tinha se tornado um lugar meio perigoso para viver. A criminalidade estava fora de controle, e havia drogas por toda parte. No Upper East Side estávamos mais ou menos seguros, mas a ideia de Connor crescer tão perto daquele caos me incomodava. E, sendo ainda mais sincera, eu não estava certa de que uma rotina com pais que viajavam o tempo todo, deixando-a o tempo todo aos cuidados de Luisa, era o melhor para a vida dela.

Sim, eu estaria forçando Connor a abandonar sua cidade. E sabia que ela iria ficar com muita raiva de mim por separá-la dos amigos. Mas também sabia que ela teria os benefícios da vida numa cidade pequena. E de uma mãe mais presente. E também era inevitável levar em conta que ela já tinha idade para acompanhar as colunas e os noticiários de fofoca. Ligar a televisão e ver comentários sobre o sexto divórcio da mãe não tinha como fazer bem a uma menina.

"Acho que sei o que fazer", Harry disse. Eu sentei na cama, e ele se acomodou ao meu lado. "Nós nos mudamos para cá. Voltamos para Los Angeles."

"Harry...", eu falei.

"E Celia pode casar com um amigo meu."

"Um amigo seu?"

Harry chegou mais perto de mim. "Eu conheci uma pessoa."

"Quê?"

"Lá no estúdio. Ele está trabalhando numa outra produção. Pensei que fosse ser só um lance casual. Acho que ele também. Mas acho que... É um cara com quem eu consigo me ver por mais tempo."

Fiquei tão feliz por ele naquele momento. "Pensei que você não conseguia se ver com mais ninguém", comentei, surpresa e ao mesmo tempo satisfeita.

"Não conseguia mesmo", ele confirmou.

"E o que aconteceu?"

"Agora consigo."

"Que alegria ouvir isso, Harry. Você nem imagina. Só não sei se é uma boa ideia", respondi. "Eu nem conheço o cara."

"E nem precisa", Harry argumentou. "Quer dizer, não fui eu que escolhi Celia. Foi você. E eu... acho que gostaria de escolher também."

"Eu não quero mais ser atriz, Harry", avisei.

Enquanto fazia aquele último filme, me senti esgotada. Tinha vontade de revirar os olhos quando me pediam para rodar mais um take. Me deslocar no set parecia uma maratona que eu já tinha corrido mil vezes. Era tudo tão fácil, tão pouco desafiador, tão pouco inspirador, que me irritava até quando pediam que eu amarrasse os sapatos.

Talvez, se conseguisse papéis mais interessantes, caso sentisse que tivesse alguma coisa a provar, sei lá, de repente minha reação poderia ser outra.

Existem muitas atrizes que continuam fazendo trabalhos incríveis depois dos oitenta ou noventa. Celia era assim. Capaz de emendar uma atuação impressionante após a outra, porque sempre se entregava ao trabalho.

Mas o meu coração não estava nisso. Meu interesse nunca foi a arte de atuar, e sim uma questão de me *provar*. Provar meu poder, meu valor, meu talento.

E isso eu já tinha feito.

"Tudo bem", disse Harry. "Você não precisa mais atuar."

"Mas, nesse caso, por que eu moraria em Los Angeles? Quero viver num lugar onde possa ser livre, onde ninguém vai ficar prestando atenção em mim. Lembra de quando você era criança, e perto da sua casa sempre tinha duas velhinhas que moravam juntas, mas ninguém comentava nada porque ninguém estava interessado na vida delas? Eu quero viver assim. E aqui isso é impossível."

"Você não tem como viver assim em lugar nenhum", Harry respondeu. "É o preço a pagar por ser quem você é."

"Eu não aceito isso. Acho perfeitamente possível viver assim."

"Bom, não é isso o que eu quero. Então o que estou propondo é que a gente se case de novo. E Celia com meu amigo."

"Vamos conversar melhor sobre isso outra hora", falei, ficando de pé e levando meu nécessaire para o banheiro.

"Evelyn, você não pode decidir tudo nesta família de forma unilateral."

"Quem falou em decisão unilateral? Só estou dizendo que prefiro conversar sobre isso mais tarde. Existem várias opções possíveis. Podemos ir para a Europa, podemos mudar para cá, podemos ficar em Nova York."

Harry fez que não com a cabeça. "Ele não tem como mudar para Nova York."

Eu soltei um suspiro, já perdendo a paciência. "Mais um motivo para conversar com mais calma *outra hora*."

Harry levantou, como se estivesse disposto a falar poucas e boas. Mas logo se acalmou. "Você tem razão", ele disse. "Nós podemos conversar melhor outra hora."

Ele veio até mim enquanto eu guardava meus sabonetes e minha maquiagem, segurou meu braço e me beijou na testa.

"Você passa para me pegar hoje à noite?", ele perguntou. "Lá onde eu estou? Vamos ter o trajeto até o aeroporto e a viagem inteira para conversar. Podemos tomar uns bloody marys no avião."

"Nós vamos dar um jeito", eu disse a ele. "Você sabe disso, né? Não vou fazer nada que você não queira. Você é meu melhor amigo. Minha família."

"Eu sei", ele disse. "E o mesmo vale para você. Nunca pensei que fosse me apaixonar depois do John. Mas esse cara... Evelyn, eu estou me apaixonando por ele. E saber que *consigo* amar, que eu *posso*..."

"Pois é", falei, segurando e apertando sua mão. "Eu sei. Prometo que vou fazer o que for possível. Prometo que vamos dar um jeito."

"Certo", Harry disse, apertando minha mão e tomando o caminho da porta. "Nós vamos dar um jeito."

*

O motorista, que se apresentou como Nick quando entrei no banco de trás, foi me buscar às nove da noite.

"Para o aeroporto?", Nick perguntou.

"Na verdade, precisamos dar uma passadinha no Westside primeiro", avisei, passando o endereço da casa onde Harry estava hospedado.

Enquanto atravessávamos a cidade, passando pelas vizinhanças de reputação mais duvidosa de Hollywood, pelo Sunset Strip, acabei me deprimindo com Los Angeles, que àquela altura era um lugar bem diferente de quando eu havia me mudado. Era bem parecida com Manhattan nesse sentido. O tempo não lhe fez bem. Harry estava pensando em trazer Connor para cá, mas para mim era inevitável a sensação de que precisávamos deixar a cidade grande de uma vez.

Quando paramos num sinal vermelho perto da casa alugada por Harry, Nick se virou e sorriu para mim. Tinha o maxilar quadrado e um corte de cabelo no estilo militar. Dava para perceber que já deveria ter levado um monte de mulheres para a cama só se valendo daquele sorriso.

"Eu sou ator", ele disse. "Como você."

Eu sorri educadamente. "É um bom trabalho, se você conseguir se destacar."

Ele assentiu. "Fechei com um agente esta semana", ele disse quando pôs o carro de novo em movimento. "Sinto que estou avançando. Mas, se a gente chegar ao aeroporto com alguma folguinha, eu gostaria de ouvir suas dicas para quem está começando."

"Ã-hã", falei, olhando pela janela. Enquanto atravessávamos as ruas escuras e serpenteantes do bairro onde Harry estava hospedado, decidi que, se Nick perguntasse de novo, diria que a maioria das coisas que consegui foi por pura sorte.

E que é preciso estar disposto a abrir mão de sua identidade, a transformar seu corpo em mercadoria, a mentir para pessoas decentes, a sacrificar seu amor por causa do que as pessoas vão pensar, a revelar uma falsa versão de si o tempo todo, até esquecer quem era no início de tudo e por que entrou nesse mundo, para começo de conversa.

Mas, quando viramos a esquina da rua estreita e escondida onde Harry estava hospedado, todos esses pensamentos desapareceram da minha mente.

Em vez disso, me inclinei para a frente, chocada.

Bem na nossa frente havia um carro. Batido contra uma árvore caída.

O sedã parecia tê-la acertado bem de frente, derrubando a árvore inteira sobre o veículo.

"Hã, sra. Hugo...", Nick disse.

"Estou vendo", falei, para que ele não dissesse nada sobre o que havia diante de nós, para que não confirmasse que não era só uma ilusão de ótica.

Ele parou junto ao meio-fio. Ouvi o farfalhar dos galhos amassados pela lateral do carro quando estacionamos. Fiquei com a mão imóvel na maçaneta do carro. Nick desceu correndo.

Abri a porta e pus o pé no chão. Nick estava tentando abrir uma das portas do carro batido. Mas eu fui direto para a frente do veículo, onde ficava a árvore. Olhei pelo para-brisa.

E vi aquilo que temia, mas que não considerava possível.

Harry estava caído sobre o volante.

Olhei para o lado e vi um homem mais jovem no assento do passageiro.

Todo mundo pensa que, diante de situações de vida ou morte, a pessoa entra em pânico. Mas quase todo mundo que vivenciou uma ocasião como essa sabe que não pode se dar ao luxo de entrar em pânico.

Nesse momento, a gente age sem pensar, fazendo o máximo possível com as informações que consegue extrair a partir do cenário.

Só quando tudo termina você grita. E chora. E se pergunta como conseguiu fazer tudo aquilo. Porque o mais provável, em um caso traumatizante, é que o cérebro não registre muitas lembranças. É como se existisse uma câmera posicionada, mas sem ninguém para filmar. Então mais tarde, quando você vai assistir à fita, percebe que está em branco.

Mas lembro de algumas coisas.

Lembro que Nick conseguiu abrir a porta do motorista.

Lembro de ajudar a arrastar Harry para fora.

Lembro de pensar que não era uma boa ideia mover Harry, porque isso poderia agravar os ferimentos.

Mas também lembro que não ia conseguir deixar Harry daquele jeito, largado sobre o volante.

Lembro de segurar Harry nos meus braços enquanto ele sangrava.

Lembro que tinha um corte profundo em seu supercílio, e que o sangue seco deixou uma crosta vermelha enorme no seu rosto.

Lembro de ter visto o ferimento que o cinto de segurança provocou em seu pescoço.

Lembro de ter visto dois pedaços de dentes no colo dele.

Lembro de tê-lo sacudido para a frente e para trás.

Lembro de ter dito: "Fica comigo, Harry. Fica comigo. Aguenta firme".

Lembro de ter visto o outro homem no meio da rua ao meu lado. Lembro de Nick ter dito que ele estava morto. Lembro de ter pensado que nenhum dos dois parecia vivo.

Lembro de ter visto o olho direito de Harry se abrir. Lembro de ter me enchido de esperança ao notar o contraste do branco do olho dele com o vermelho do sangue. Lembro de ter sentido cheiro de uísque em seu hálito e até em sua pele.

Lembro de como isso me deixou assustada — como sabia que Harry poderia sobreviver, havia coisas a serem feitas.

Aquele não era o carro dele.

Não havia ninguém por perto.

Eu precisava levá-lo para o hospital, e garantir que ninguém soubesse que ele estava dirigindo. Não podia permitir que ele fosse preso. E se Harry fosse acusado de homicídio culposo?

Não podia deixar minha filha descobrir que o pai estava dirigindo bêbado e provocou a morte de alguém. De seu amante. Do homem com quem estava aprendendo que era capaz de amar de novo.

Chamei Nick para me ajudar a colocar Harry no carro. E o fiz me ajudar a pôr o outro homem de volta no carro destruído, mas no assento do motorista.

Em seguida peguei uma echarpe na minha mala e limpei o sangue do volante, do cinto de segurança. Apaguei todos os vestígios de Harry.

E só então o levei para o hospital.

De lá, toda suja de sangue e aos prantos, liguei para a polícia de um telefone público e relatei o acidente.

Quando desliguei, virei para Nick, sentado na sala de espera, com manchas de sangue no peito, nos braços e até no pescoço.

Fui até sua cadeira. Ele levantou.

"É melhor você ir para casa", avisei.

Ele assentiu, ainda em choque.

"Você consegue dirigir? Quer que eu chame alguém para te levar?"

"Eu não sei", ele disse.

"Vou chamar um táxi, então." Peguei minha bolsa e saquei duas notas de vinte. "Isso deve dar para pagar a corrida."

"O.k.", ele falou.

"Você vai para casa e vai esquecer tudo o que aconteceu. Tudo o que viu."

"O que foi que a gente fez?", ele perguntou. "Como foi que... Como a gente..."

"Você vai me ligar", continuei. "Vou me hospedar no Beverly Hills Hotel. Liga para mim amanhã. Assim que acordar. E sem falar com ninguém a respeito enquanto isso. Entendeu bem?"

"Sim."

“Nem para a sua mãe, nem para os seus amigos, nem para o taxista. Você tem namorada?”

Ele negou com a cabeça.

“Um colega de apartamento?”

Ele assentiu.

“Você vai dizer que achou um cara caído na rua e ajudou a levá-lo para o hospital, certo? É isso que você vai contar para todo mundo, mas só se perguntarem.”

“Tá bom.”

Ele balançou a cabeça. Chamei um táxi e esperei com ele até que chegasse. E o pus no banco de trás.

“O que você vai fazer amanhã, assim que acordar?”, perguntei pela janela aberta.

“Vou ligar para você.”

“Muito bem”, falei. “Se não conseguir dormir, pensa naquilo que você precisa. No que posso fazer como um agradecimento pela ajuda que me deu.”

Ele assentiu, e o táxi arrancou.

As pessoas ficaram me olhando. Evelyn Hugo, com as roupas cobertas de sangue. Fiquei com medo de que os paparazzi começassem a aparecer a qualquer momento.

Fui lá para dentro, peguei um uniforme emprestado e consegui uma sala de espera privativa para ficar. Joguei minhas roupas no lixo.

Quando um funcionário do hospital veio me perguntar o que tinha acontecido com Harry, falei: “Quanto você quer para me deixar em paz?”. Fiquei aliviada, porque a quantia mencionada era menor do que eu tinha na bolsa.

Pouco depois das seis horas, um médico apareceu no quarto e me contou que a artéria femoral de Harry tinha se rompido. Ele havia perdido muito sangue.

Por um breve instante, pensei em buscar minhas roupas para devolver parte do sangue para ele, como se isso fosse possível.

Mas meus pensamentos foram interrompidos pelo que o médico disse em seguida.

“Ele não vai resistir.”

Fiquei sem ar ao me dar conta de que Harry, o meu Harry, estava morrendo.

“Você quer ir se despedir?”

Ele estava inconsciente na cama quando entrei no quarto. Parecia mais pálido que o normal, porém já estava mais limpo. Não havia mais sangue por toda a parte. Dava para ver seu rosto bonito.

"Ele não tem mais muito tempo", o médico avisou. "Mas vamos deixar vocês a sós por um momento."

Eu não podia me dar ao luxo de entrar em pânico.

Então deitei na cama ao lado dele. Segurei sua mão, apesar de ele não ser capaz de retribuir. Talvez eu devesse estar brava com ele por ter pegado no volante depois de beber. Mas nunca fui capaz de me irritar com Harry. Sabia que ele fazia o máximo possível para lidar com a dor que sentia a cada momento. E isso, por mais trágico que fosse, era o melhor que ele conseguia fazer.

Encostei a minha testa na dele e falei: "Quero que você fique aqui, Harry. Nós precisamos de você. Connor e eu". Apertei sua mão com mais força. "Mas, se precisar ir, então vá. Se estiver sofrendo muito. Se tiver chegado a hora. Só saiba que você foi amado, que nunca vai ser esquecido, que vai continuar vivo dentro de mim e da Connor. Saiba que eu te amei da forma mais pura, Harry, e que você foi um pai incrível. Saiba que eu te contei todos os meus segredos. Porque você foi meu melhor amigo."

Harry morreu uma hora depois.

Só depois disso eu pude me dar ao luxo devastador de entrar em pânico.

Na manhã seguinte, poucas horas depois de fazer o check-in no hotel, acordei com o telefone tocando.

Meus olhos estavam inchados de chorar, e minha garganta doía. O travesseiro ainda estava molhado de lágrimas. Devo ter dormido uma hora, talvez menos.

"Alô?", falei.

"É o Nick."

"Nick?"

"O motorista."

"Ah," eu disse. "Verdade. Oi."

"Já sei o que quero", ele avisou.

Seu tom de voz parecia confiante. E sua força de vontade me assustou. Estava me sentindo fraca demais naquele momento. Mas sabia que a ligação tinha sido ideia minha. Assim como o assunto a ser tratado. *Me diz o que você quer para manter a boca fechada*, foi o que falei sem dizer.

"Quero que você me torne famoso", ele anunciou e, quando fez isso, a última gota de apego que eu ainda tinha pelo estrelato se esvaiu.

"Você está entendendo toda a gravidade do que está me pedindo?", questionei. "Se você virar uma celebridade, a noite passada vai representar um perigo para a sua vida também."

"Isso não é um problema", ele garantiu.

Soltei um suspiro de decepção. "Tudo bem", eu disse, resignada. "Posso conseguir uns papéis para você. O resto é por sua conta."

"Tudo bem. Não preciso de nada mais que isso."

Perguntei o nome do agente dele e desliguei o telefone. Fiz duas ligações em seguida. Uma para o meu agente, dizendo para ele comprar Nick do outro cara. O segundo para o homem que estrelava o filme de ação mais comentado do momento. Era sobre um chefe de polícia de cinquenta e tantos anos que derrota um grupo de terroristas russos no dia em que iria se aposentar.

"Don?", eu disse quando ele atendeu.

"Evelyn! Em que posso ajudar?"

"Preciso que você contrate um amigo meu para o seu próximo filme. Para o papel mais importante possível."

"Tudo bem", ele respondeu. "Pode deixar comigo." Don não perguntou o motivo. Não perguntou se eu estava bem. Nós tínhamos passado por muita coisa juntos. Ele sabia que não era necessário. Simplesmente passei o nome de Nick e desliguei o telefone.

Depois que pus o telefone no gancho, chorei de soluçar, agarrada aos lençóis. Eu sentia falta do único homem que amei de forma duradoura e significativa.

Meu coração doeu profundamente dentro do peito quando pensei em contar para Connor, e quando pensei em viver sem ele, e quando pensei num mundo sem Harry Cameron.

Foi Harry quem me criou, quem me deu poder, quem me amou de forma incondicional, e quem me deu uma família e uma filha.

Então me acabei de chorar naquele quarto de hotel. Depois abri a janela e gritei para o vento. Deixei minhas lágrimas escorrerem sobre tudo o que via.

Se estivesse em condições melhores, poderia ter ficado impressionada com o oportunismo e a assertividade de Nick.

Quando era mais jovem, eu teria ficado impressionada. Harry com certeza teria dito que o rapaz era corajoso. Tem muita gente que se dá bem na vida porque se encontra no lugar certo e na hora certa. Mas de alguma forma Nick conseguiu criar uma carreira porque estava no lugar errado e na hora errada.

Mas, pensando bem, talvez eu esteja exagerando a importância que esse momento teve na trajetória de Nick. Ele mudou de nome, mudou o corte de cabelo e chegou bem longe no ramo. E alguma coisa me diz que, mesmo se nunca tivesse cruzado meu caminho, conseguiria chegar lá sozinho. Acho que o que estou querendo dizer é que nem tudo depende da sorte.

Além de ter sorte, é preciso saber ser filho da puta.

Harry me ensinou isso.

Now This

28 DE FEVEREIRO DE 1989

MORRE O PRODUTOR HARRY CAMERON

Harry Cameron, produtor de carreira prolífica e ex-marido de Evelyn Hugo, morreu em decorrência de um aneurisma neste fim de semana em Los Angeles, aos cinquenta e oito anos de idade.

O produtor independente e ex-executivo do Sunset Studios era conhecido por alguns dos maiores sucessos da história de Hollywood, desde os clássicos dos anos 1950 *Para não perder você* e *Mulherzinhas*, até alguns dos longas mais célebres das décadas de 1960, 1970 e 1980, como *Tudo por nós*, de 1981. Ele havia acabado de encerrar as filmagens de *A sabedoria de Theresa*.

Cameron era conhecido por seu bom gosto e por sua postura gentil, mas firme. Hollywood está arrasada com a perda de uma de suas figuras mais queridas. "Harry era um produtor que se preocupava com os atores", declarou um antigo colega. "Quando pegava um projeto, todo mundo queria participar."

Cameron deixa uma filha adolescente que teve com Evelyn Hugo, Connor Cameron.

Now This

4 DE SETEMBRO DE 1989

CRIANÇA REBELDE

Perigo à solta!

Alguém sabe qual cria famosa de Hollywood foi pega — literalmente — com as calças na mão?

A filha de uma atriz que pertencia ao panteão restrito das superestrelas passou por momentos difíceis ultimamente. E ao que parece, em vez de ficar na dela, ela ficou foi na pior.

Chegou ao nosso conhecimento que, aos catorze anos, essa criança rebelde deixou de frequentar o prestigioso colégio onde está matriculada e costuma ser vista em uma das diversas casas noturnas badaladas de Nova York — na qual raramente está, digamos, sóbria. E não estamos falando só de álcool. *Alguém andou exagerando no talco...*

Aparentemente, a mãe está tentando resolver a situação, mas as coisas se complicaram quando a revoltosa foi pega com dois colegas de classe... na cama!

Seis meses depois da morte de Harry, percebi que não me restava escolha a não ser afastar Connor da cidade. Já tinha tentado de tudo. Fui uma mãe presente e acolhedora. Tentei colocá-la na terapia. Conversei com ela sobre o pai. Ao contrário do restante do mundo, ela sabia que tinha sido um acidente de carro. E entendeu por que uma questão como aquela precisava ser tratada com cautela. Mas eu sabia que isso só agravava seu sofrimento. Tentei fazer com que Connor se abrisse comigo. Só que não havia o que fosse capaz de ajudá-la a tomar decisões melhores.

Connor tinha catorze anos, e havia perdido o pai da mesma maneira repentina e arrasadora que eu perdi a minha mãe tantos anos antes. Eu precisava cuidar da minha filha. Tinha que fazer alguma coisa.

Meu primeiro instinto me dizia para afastá-la dos holofotes e de gente disposta a fornecer drogas, ou tirar vantagem de seu sofrimento. Precisava levá-la para um lugar onde pudesse ficar de olho nela, e protegê-la.

Ela precisava de tempo para processar a perda e cicatrizar a ferida. E isso não seria possível dentro do estilo de vida que criei para nós.

"Aldiz", Celia me disse.

Estávamos no telefone. Não nos víamos fazia meses. Mas conversávamos todas as noites. Celia me ajudava a me manter equilibrada, a seguir em frente. Na maioria das vezes, enquanto eu estava deitada na cama conversando com Celia, não conseguia falar de nada que não fosse o sofrimento da minha filha. E, quando mudava de assunto, era para falar sobre a minha dor. Eu estava começando a me recuperar, a ver uma luz no fim do túnel, quando Celia mencionou Aldiz.

"Onde fica isso?", perguntei.

"Na costa sul da Espanha. Uma cidadezinha pequena. Eu conversei com Robert. Ele vai ligar para uns conhecidos em Málaga, que fica lá perto, para se informar sobre escolas bilíngues que ensinam em inglês. Basicamente é uma aldeia de pescadores. Duvido que alguém vá se interessar por nós."

"É um lugar tranquilo?", perguntei.

"Acho que sim", ela falou. "Connor vai ter que se esforçar para dar trabalho por lá."

"Essa parece ser a especialidade dela", falei.

"Você vai estar lá também. Eu vou estar por perto. Robert também. Vamos garantir o bem-estar dela. Connor vai se sentir cercada de apoio, e de gente com quem pode conversar. Assim ela vai fazer amizades melhores."

Eu sabia que a mudança para a Espanha significaria perder Luisa. Ela já havia se mudado de Los Angeles para Nova York. Eu não tinha como pedir para que me acompanhasse em outro país. Mas sabia que ela vinha cuidando da nossa família fazia décadas, e estava cansada. Achei que minha saída dos Estados Unidos era a justificativa de que Luisa precisava para seguir em frente. Eu garantiria que tomassem conta dela. E, de qualquer forma, estava disposta a me dedicar inteiramente ao meu lar.

Queria ser o tipo de pessoa que faz o próprio jantar, limpa a própria privada e fica o tempo inteiro disponível para os filhos.

"Algum filme seu fez sucesso na Espanha?", perguntei.

"Recentemente não", Celia respondeu. "E os seus?"

"Só *Boute-en-Train*", falei. "Então não."

"Você acha mesmo que vai conseguir lidar com isso?"

"Não", respondi, antes mesmo de saber do que Celia estava falando. "Qual parte, aliás?"

"A insignificância."

Eu dei risada. "Ai, meu Deus", comentei. "Sim. Essa é a única parte que com certeza consigo encarar."

Quando estava tudo planejado — quando eu sabia onde Connor iria estudar, que propriedades iríamos comprar, onde iríamos morar —, fui até o quarto dela e sentei em sua cama.

Ela estava usando uma camiseta do Duran Duran e uma calça jeans desbotada. Os cabelos loiros estavam repicados na parte do topo da cabeça. Connor ainda estava de castigo por ter sido pega com duas pessoas na cama, então não tinha escolha a não ser fechar a cara e me ouvir.

Contei que iria me aposentar da carreira de atriz. Disse que iríamos nos mudar para a Espanha. Falei que achava que nós duas seríamos mais felizes vivendo no meio de gente mais simples, longe da fama e das câmeras.

E com muita cautela, com muito jeito, revelei que era apaixonada por Celia. Contei que iria me casar com Robert, e expliquei o motivo, de forma sucinta e clara. Não a tratei como criança. Conversamos como duas adultas. Enfim falei a verdade. A minha verdade.

Não falei sobre Harry, nem quanto tempo fazia que estava envolvida com Celia, nem nada além do que era estritamente necessário saber. Essas coisas seriam reveladas em seu devido tempo.

Mas contei tudo o que ela merecia saber.

E, quando terminei, eu disse: "Estou disposta a ouvir tudo o que você tem a dizer. E a responder qualquer pergunta. Vamos conversar a respeito".

Só que ela simplesmente deu de ombros. "Não estou nem aí, mãe", ela disse, sentando na cama e encostando na parede. "Não mesmo. Você pode amar quem quiser. Casar com quem quer que seja. Me levar para morar em qualquer lugar. Me colocar na escola que achar melhor. Não estou nem aí, entendeu? Não mesmo. Só quero ficar sozinha. Então... sai do meu quarto. Por favor. Se você puder fazer isso, o resto não me interessa."

Olhei bem para ela, vi o sofrimento em seus olhos e sofri junto com a minha filha. Com os cabelos loiros e o rosto mais fino, fiquei com medo de que fosse ficar mais parecida comigo do que com Harry. Claro que, em termos mais convencionais, ela seria mais atraente se se parecesse mais comigo. Mas Connor *precisava* ser parecida com Harry. O universo deveria nos proporcionar pelo menos isso.

"Tudo bem", eu disse. "Vou deixar você sozinha um tempo."

Eu levantei. Respeitei o espaço dela.

Encaixotei nossas coisas. Contratei uma empresa de mudanças. Planejei tudo com Celia e Robert.

Dois dias antes de sairmos de Nova York, fui até o quarto dela e disse: "Você vai ter mais liberdade em Aldiz. Poderá escolher seu quarto. Poderá voltar para cá e visitar uns amigos de vez em quando. Vou fazer de tudo para facilitar sua vida. Mas preciso de duas coisas".

"Que coisas?", ela perguntou. Soava desinteressada, mas pelo menos estava me olhando, falando comigo.

"Jantar com você, todas as noites."

"Mãe..."

"Eu estou te dando bastante liberdade. E confiança. Só estou pedindo duas coisas. Uma é jantar toda noite comigo."

"Mas..."

"Não é uma negociação. Só faltam três anos para você ir para a faculdade. Pode muito bem me conceder uma refeição por dia."

Ela desviou os olhos de mim. "Tudo bem. Qual é a segunda?"

"Você precisa fazer terapia. Pelo menos por um tempo. Você passou por muita coisa. Nós duas passamos. Você precisa conversar com alguém."

Quando tentei isso antes, meses antes, fui fraca demais com ela. Aceitei um não como resposta. E não ia aceitar isso de novo. Já estava mais forte. E conseguiria ser uma mãe melhor.

Talvez ela tenha detectado isso no meu tom de voz, porque não tentou resistir. Disse apenas: "Tá bem, que seja".

Eu a abracei e beijei sua cabeça. Quando estava me afastando para soltá-la, ela me enlaçou com os braços e retribuiu o gesto.

Os olhos de Evelyn estão marejados. E já faz um tempo. Ela levanta e pega um lencinho de papel do outro lado da sala.

É uma mulher espetacular — e o que eu quero dizer com isso é que ela faz de si mesma um espetáculo. Mas também é profundamente humana. E para mim, neste momento, é impossível manter a objetividade. Contrariando toda e qualquer objetividade jornalística, gosto dela demais para não me comover com sua dor, para não sentir compaixão por tudo que Evelyn passou.

"Deve ser muito difícil... o que você está fazendo, contar sua história com tanta sinceridade. Quero que você saiba que te admiro muito por isso."

"Não fala assim", pede Evelyn. "Tá bom? Me faz um favor e não me diga nada desse tipo. Eu sei muito bem quem sou. E amanhã você também vai saber."

"Você fica dizendo isso, mas todo mundo tem defeitos. Sério mesmo que você acha que não pode se redimir?"

Ela me ignora. Fica olhando pela janela, sem ao menos reconhecer minha presença.

"Evelyn", eu digo. "Você acha mesmo que..."

Ela me interrompe quando vira de novo para mim. "Você concordou em não me pressionar. Vamos acabar logo, logo. E não vai sobrar dúvida."

Lanço para ela um olhar de ceticismo.

"É sério", ela insiste. "Quanto a isso você pode confiar em mim."

O PACATO

Robert Jamison

Now This

8 DE JANEIRO DE 1990

EVELYN HUGO SE CASA PELA SÉTIMA VEZ

Evelyn Hugo se casou no último sábado com o executivo do mercado financeiro Robert Jamison. Foi a sétima vez dela no altar, e a primeira de Robert.

Se o nome do noivo parece familiar, é porque Evelyn não é o único membro da elite de Hollywood com quem ele tem ligações. Jamison é irmão mais velho de Celia St. James. Segundo fontes próximas, os dois se conheceram numa festa na casa de Celia apenas dois meses atrás, e se apaixonaram loucamente.

A cerimônia aconteceu no fórum de Beverly Hills. Evelyn usou um terninho cor de creme. Robert estava elegantíssimo num terno de risca de giz. Connor Cameron, filha de Evelyn com o falecido produtor Harry Cameron, foi a dama de honra.

Logo em seguida, os três partiram em viagem para a Espanha. Só podemos imaginar que tenham ido fazer uma visita a Celia, que pouco tempo atrás adquiriu uma propriedade na costa sul do país.

Connor praticamente renasceu nas praias rochosas de Aldiz. Foi uma recuperação lenta, mas constante, como uma semente brotando.

Ela gostava de jogar palavras cruzadas com Celia. Conforme prometido, jantava comigo todas as noites, e às vezes até aparecia na cozinha mais cedo, para me ajudar a fazer tortilhas ou o *caldo gallego* da minha mãe.

Mas era em torno de Robert que ela costumava gravitar.

Alto e forte, com uma ligeira barriguinha e cabelos grisalhos, Robert a princípio não fazia a menor ideia de como se comportar com uma adolescente. Acho que se sentia intimidado na presença dela. Sem saber o que dizer. Então respeitou seu espaço, mantendo uma distância até maior do que a recomendável.

Foi Connor quem se aproximou, pedindo que ele a ensinasse a jogar pôquer, fazendo perguntas sobre o funcionamento do mercado financeiro, convidando-o para pescar.

Ele nunca foi um substituto de Harry. Isso ninguém conseguiria. Mas serviu para amenizar um pouco a perda. Ela pedia a opinião dele sobre garotos. E se preocupava em encontrar o suéter ideal para dar de presente quando ele fazia aniversário.

Ele pintou o quarto dela. Nos fins de semana, fazia as costelas com barbecue que ela tanto adorava.

Pouco a pouco, Connor começou a entender que o mundo era um lugar razoavelmente seguro, e que ela podia abrir o coração. Eu sabia que a ferida da perda do pai nunca iria cicatrizar, que essa marca se manteria presente durante seus anos de colegial. Mas ela deu um tempo nas farras. Começou a tirar notas altas. E, quando foi aceita em Stanford, olhei para ela e me dei conta de que tinha uma filha com os dois pés bem plantados no chão e a cabeça no lugar.

Celia, Robert e eu levamos Connor para jantar na noite anterior à sua ida para a faculdade, num restaurantezinho à beira-mar. Robert tinha comprado e embrulhado um presente para ela. Era um kit com um baralho e fichas de pôquer. Ele falou: "Arranque dinheiro de todo mundo assim como vem fazendo comigo, com todos os seus flushes".

"E depois você me ajuda a investir", ela falou com uma alegria maquiavélica.

"Boa menina", ele respondeu.

Robert sempre disse que casou comigo porque faria qualquer coisa por Celia. Mas acho que, pelo menos em alguma medida, ele fez isso porque era sua chance de ter uma família. Robert jamais se contentaria com uma única mulher. E as espanholas se revelavam tão encantadas por ele quanto as americanas. Mas aquele esquema, aquela família, era algo de que ele podia fazer parte, e acho que isso pesou em sua decisão.

Ou talvez Robert tenha simplesmente entrado por acaso num arranjo que parecia conveniente, sem saber direito o que estava fazendo até que as coisas se ajustaram naturalmente. Algumas pessoas têm essa sorte. Eu sempre tive que ir atrás do que queria com todas as forças. Mas tem gente que simplesmente esbarra na felicidade. Às vezes eu gostaria de ser assim. Mas também acho que essas pessoas às vezes gostariam de ser como eu.

Com Connor morando nos Estados Unidos, voltando para casa apenas nas férias da faculdade, Celia e eu tínhamos mais tempo do que nunca uma para a outra. Não havia filmes para gravar, nem colunas de fofoca com que se preocupar. Quase nunca éramos reconhecidas — e mesmo quem parecia saber quem éramos preferia nos deixar em paz.

Na Espanha, eu levei a vida que realmente queria. Me sentia em paz, acordando todos os dias com os cabelos de Celia esparramados no travesseiro. Valorizava cada momento que vivíamos juntas, cada segundo que passava com ela nos meus braços.

Nosso quarto tinha uma varanda enorme com vista para o mar. Em muitas noites, soprava uma brisa fresca. Ficávamos sentadas lá nas nossas manhãs desocupadas, para ler o jornal, sujando os dedos de tinta.

Até voltei a falar espanhol. No começo, foi por necessidade. Havia um monte de gente com quem precisávamos conversar, e eu era a única de nós habilitada a fazer isso. Mas acho que essa obrigação fez bem para mim. Minhas inseguranças foram deixadas de lado; eu simplesmente tinha que me comunicar. E, com o tempo, fui me sentindo orgulhosa da facilidade com que fazia isso. Havia certas diferenças linguísticas — o espanhol da ilha de Cuba que aprendi na infância não era igual ao castelhano usado na Espanha —, mas mesmo todos os anos sem dizer aquelas palavras não foram suficientes para apagá-las da minha mente.

Muitas vezes eu falava espanhol até em casa, obrigando Celia e Robert a se virar com o pouco conhecimento que tinham do idioma. Eu adorava fazer isso com eles. Adorava mostrar uma parte de mim que estava escondida havia tanto tempo. Eu estava feliz por ter encontrado aquilo dentro de mim quando precisei, uma bagagem cultural que estava lá, à minha espera.

Mas, obviamente, por mais que os dias parecessem perfeitos, havia uma preocupação crescente que se manifestava noite após noite.

Celia não estava nada bem. Sua saúde estava se deteriorando. Ela não tinha muito tempo.

"Eu sei que não deveria", ela me disse uma noite quando estávamos deitadas no escuro, antes de dormir, "mas às vezes fico furiosa com a gente por todos esses anos perdidos. Por todo esse tempo desperdiçado."

Eu segurei sua mão. "Pois é", respondi. "Eu também."

"Quando você ama alguém, precisa estar disposta a superar tudo", ela continuou. "E a gente sempre se amou tanto, mais do que eu me considerava capaz de amar e ser amada. Então por quê? Por que a gente não superou tudo?"

"Mas a gente superou, sim", falei, me virando para ela. "Estamos aqui juntas."

Ela sacudiu a cabeça. "Mas todos aqueles *anos*", ela insistiu.

"Nós somos duas teimosas", falei. "E não estávamos exatamente preparadas para dar certo. As duas estavam acostumadas a dar as cartas em tudo. E a gente achava que o mundo girava ao nosso redor..."

"E ainda precisava esconder que era gay", ela complementou. "Ou melhor, que eu sou gay. E você, bissexual."

Eu sorri no escuro e apertei a mão dela.

"O mundo não facilitou nem um pouco as coisas para nós", ela disse.

"Acho que a gente queria uma coisa que não era nada realista. Tenho certeza de que teria dado certo numa cidadezinha qualquer. Você dando aula. Eu trabalhando como enfermeira. Assim tudo teria sido muito mais fácil."

Senti Celia balançando a cabeça negativamente ao meu lado. "Mas nós não somos assim. Nunca fomos e nunca conseguiríamos ser."

Eu concordei. "Acho que ser quem a gente é — de verdade, e por inteiro — sempre vai exigir nadar contra a corrente."

"Pois é", ela disse. "Mas, levando em conta os últimos anos, também é meio que como tirar o sutiã no fim do dia."

Eu dei risada. "Eu te amo", falei. "Nunca me abandone."

"Eu também te amo. E nunca vou te abandonar." Mas, quando ela disse isso, nós duas sabíamos que era uma promessa impossível de cumprir.

A ideia de perdê-la de novo era insuportável, e seria uma perda ainda maior e mais profunda que as anteriores. Eu não conseguia nem pensar na hipótese de viver sem Celia para sempre, sem nenhum laço me ligando a ela.

"Quer casar comigo?", falei.

Ela começou a rir, mas eu a interrompi.

"Não estou brincando! Quero casar com você. De uma vez por todas. Eu não mereço isso? Depois de sete casamentos, finalmente não posso casar com o amor da minha vida?"

"Acho que não é assim que as coisas funcionam, querida", ela disse. "E, nunca é demais lembrar, eu estaria roubando a mulher do meu irmão."

"Estou falando sério, Celia."

"Eu também, Evelyn. A gente não tem como casar."

"Um casamento nada mais é que uma promessa."

"Se você está dizendo", ela respondeu. "A especialista no assunto é você."

"Vamos casar aqui mesmo, agora. Eu e você. Nesta cama. Não precisa nem pôr uma camisola branca."

"Do que você está falando?"

"Estou falando de um compromisso espiritual, uma promessa entre nós duas, valendo pelo resto da vida."

Celia ficou em silêncio, e percebi que ela estava pensando a respeito. Estava tentando entender se aquilo significaria alguma coisa, o que nós duas faríamos naquela cama.

"Vamos fazer o seguinte", falei, tentando convencê-la. "Vamos olhar bem nos olhos uma da outra, vamos dar as mãos e dizer o que o nosso coração sente, e prometer que vamos ficar juntas. Não precisamos de documento oficial, nem testemunhas, nem permissão religiosa. Não importa que eu já seja casada no papel, porque nós duas sabemos que, quando casei com Robert, foi por você. Não precisamos seguir as regras de ninguém. Só precisamos uma da outra."

Ela continuou calada por um instante. E suspirou. E por fim respondeu: "Certo, eu topo".

"Sério?" Fiquei surpresa com a importância que aquele momento estava ganhando.

"Sim", ela disse. "Eu quero casar com você. Sempre quis. É que... nunca me passou pela cabeça que isso era possível. Que a gente não precisava da aprovação de ninguém."

"E não precisa mesmo", garanti.

"Então vamos lá."

Eu dei risada, sentei na cama e acendi o abajur da mesinha de cabeceira. Celia sentou também. Ficamos uma de frente para a outra e demos as mãos.

"Acho que você deveria conduzir a cerimônia", ela falou.

"Pois é, eu já participei de mais casamentos mesmo", falei em tom de brincadeira.

Ela riu, e eu também. Tínhamos quase sessenta anos e estávamos empolgadas com a ideia de fazer uma coisa em que deveríamos ter pensado muitos anos antes.

"Certo", falei. "Já chega de brincadeira. Vamos lá."

"O.k.", ela disse, com um sorriso. "Estou pronta."

Eu respirei fundo. E olhei para ela. Celia tinha pés de galinha ao redor dos olhos. E rugas em torno da boca. Os cabelos estavam bagunçados pelo travesseiro. Ela estava usando uma camiseta velha dos New York Giants, com um furo no ombro. Que se danem as tradições — ela estava mais linda do que nunca.

"Queridos presentes", comecei. "Nesse caso, só nós duas mesmo."

"Pois é", Celia falou. "Eu percebi."

"Estamos aqui reunidas para celebrar a união de... nós duas."

"Legal."

"Duas pessoas que estão se comprometendo a passar o resto da vida juntas."

"Positivo."

"Celia, você aceita Evelyn — no caso, eu — como sua legítima esposa? Na saúde e na doença, na riqueza e na pobreza, até que a morte nos separe, enquanto formos vivas?"

Ela sorriu para mim. "Sim."

"E eu, Evelyn, aceito você, Celia, como minha legítima esposa? Na saúde e na doença e tudo mais? Sim." Foi quando percebi uma pequena falha. "Espera aí, a gente não tem alianças."

Celia olhou ao redor em busca de algo que pudesse fazer esse papel. Sem soltar as mãos dela, dei uma olhada na mesinha de cabeceira.

"Aqui", Celia disse, tirando o elástico do cabelo.

Eu dei risada e soltei meu rabo de cavalo também.

"Certo", falei. "Celia, repita comigo. Evelyn, aceite esta aliança como um símbolo do meu amor eterno."

"Evelyn, aceite esta aliança como um símbolo do meu amor eterno."

Celia pegou o elástico e deu três voltas em torno do meu dedo.

"Agora diga: Com esta aliança, eu te desposo."

"Com esta aliança, eu te desposo."

"Certo. Agora é minha vez. Celia, aceite esta aliança como um símbolo do meu amor eterno. Com esta aliança, eu te desposo." Coloquei meu elástico no dedo dela. "Ah, esqueci dos votos. Vamos fazer votos?"

"Nós podemos", ela disse. "Se você quiser."

"Certo", falei. "Pensa no que quer dizer. Eu vou pensar também."

"Não preciso pensar", ela respondeu. "Eu estou pronta. Já sei."

"Tá bom", eu disse, surpresa ao sentir meu coração disparar, e ansiosa para ouvir as palavras dela. "Vá em frente."

"Evelyn, sou apaixonada por você desde 1958. Posso nem sempre ter mostrado, posso ter deixado outras coisas atrapalharem nosso amor, mas sei que te amei por todo esse tempo. E que nunca deixei de te amar. E que nunca vou deixar."

Fechei os olhos por um instante, absorvendo aquelas palavras.

Em seguida foi a minha vez: "Eu casei sete vezes, e nenhuma delas foi nem de longe tão emocionante como esta. Acho que meu amor por você é a coisa mais verdadeira que existe em mim".

Celia abriu um sorriso tão grande que pensei que fosse cair no choro. Mas ela aguentou firme.

Eu continuei: "Pelo poder a mim concedido por... por nós, eu nos declaro casadas".

Celia riu.

"Agora eu posso beijar a noiva", falei. Soltei suas mãos, segurei seu rosto e a beijei. A minha mulher.

Seis anos depois, após mais de uma década com Celia nas praias da Espanha, quando Connor já estava formada e trabalhando em Wall Street, depois que o mundo já tinha esquecido *Mulherzinhas*, *Boute-en-Train* e os três Oscars de Celia, Cecelia Jamison morreu de falência respiratória.

Ela estava nos meus braços. Na nossa cama.

Era verão. As janelas estavam abertas para deixar a brisa entrar. O quarto cheirava a doença, mas fazendo um pouco de força ainda era possível sentir o cheiro da água salgada. Os olhos de Celia estavam imóveis. Chamei a enfermeira, que estava no andar de baixo, na cozinha. Acho que foi naqueles momentos em que Celia estava sendo tirada de mim que parei de registrar lembranças de novo.

Só lembro de me agarrar a ela, abraçando-a da melhor maneira possível. Só lembro de ter dito: “Não tivemos tempo o bastante”.

Quando levaram seu corpo, foi como se os paramédicos destruíssem minha alma. Quando a porta se fechou, quando todos saíram, quando Celia não estava mais por perto, olhei para Robert. E fui ao chão.

O piso de pedra parecia gelado contra minha pele quente. A dureza do material fez meus ossos doerem. Debaixo de mim, poças de lágrimas se acumulavam, e mesmo assim eu não conseguia me levantar do chão.

Robert não me ajudou a me levantar.

Ele deitou no chão ao meu lado. E chorou.

Eu a havia perdido. Meu amor. Minha Celia. Minha alma gêmea. A mulher cujo amor desejei a vida inteira.

Simplesmente não estava mais entre nós.

Era irrevogável, era para sempre.

Mais uma vez, pude me dar ao luxo devastador de entrar em pânico.

Now This

5 DE JULHO DE 2000

MORRE A RAINHA DAS TELAS CELIA ST. JAMES

Vencedora de três Oscars, a atriz Celia St. James morreu na última semana por complicações relacionadas a um enfisema. Ela estava com sessenta e um anos.

Filha de uma família abastada de uma cidadezinha do Sul, a ruivíssima St. James foi chamada muitas vezes de jovem dama da Geórgia no início da carreira. Mas foi seu papel como Beth na adaptação de 1959 de *Mulherzinhas* que a alçou ao estrelato e lhe rendeu seu primeiro prêmio da Academia.

St. James ainda seria indicada mais quatro vezes e levaria mais duas estatuetas para casa nos trinta anos seguintes, a de Melhor Atriz em 1970 por *Nossas tropas* e de Melhor Atriz Coadjuvante por sua atuação como Lady MacBeth na adaptação de 1987 da tragédia shakespeariana.

Além do talento extraordinário, St. James era também conhecida por seu charme de Queridinha da América e por seu casamento de quinze anos com a lenda do futebol John Braverman. Os dois se divorciaram no fim dos anos 1970, mas continuaram amigos até a morte de Braverman, em 1980. Ela não se casou de novo.

O espólio de St. James vai ser administrado pelo irmão, Robert Jamison, casado com a também atriz e estrela de cinema Evelyn Hugo.

Celia, assim como Harry, foi enterrada em Forest Lawn, em Los Angeles. Robert e eu organizamos o funeral para uma quinta-feira de manhã. Foi uma cerimônia restrita ao pessoal mais próximo. Mas as pessoas sabiam que estávamos lá. Sabiam que ela estava sendo sepultada.

Quando o corpo foi baixado, fiquei olhando para aquele buraco na terra. Observei a madeira reluzente do caixão. Não consegui me segurar. Não consegui impedir meu verdadeiro eu de vir à tona.

"Um minuto", disse para Robert e Connor quando me virei.

Saí andando, me afastando cada vez mais pelos caminhos serpenteantes do cemitério até encontrar o que estava procurando.

Harry Cameron.

Eu sentei em seu túmulo e coloquei para fora tudo o que havia dentro de mim. Chorei até me sentir exaurida. Não disse absolutamente nada. Não havia necessidade. Eu conversava com Harry na minha mente e no meu coração fazia tanto tempo que parecíamos capazes de transcender as palavras.

Foi ele que me ajudou, e me apoiou, em tudo o que fiz na vida. E agora eu precisava de Harry mais do que nunca. Então o procurei da única maneira que sabia. E deixei que me consolasse como só ele seria capaz. E então levantei, sacudi a poeira da saia e me virei.

Escondidos nas árvores, havia dois paparazzi tirando fotos. Não fiquei nem irritada nem lisonjeada. Simplesmente não dei bola. Me preocupar com isso exigiria energia demais. E eu estava me sentindo esgotada.

Por isso, simplesmente me afastei.

Duas semanas depois, quando Robert e eu já estávamos de volta a Aldiz, Connor me mandou uma revista com essa foto minha no túmulo de Harry na capa. Ela prendeu um bilhete na capa. Dizia apenas: "Eu te amo".

Tirei o bilhete para ler a manchete: "Lenda do cinema Evelyn Hugo chora no túmulo de Harry Cameron anos depois".

Mesmo com o meu auge tão distante no passado, as pessoas continuavam se distraindo com qualquer coisa, e nunca reparavam nos meus sentimentos por Celia St. James. Mas dessa vez era diferente. Porque eu não estava escondendo nada.

A verdade estava lá, debaixo do nariz de qualquer um que prestasse atenção. Eu estava de coração aberto, buscando o consolo do meu melhor amigo para aliviar a perda da minha amante.

Só que, obviamente, as pessoas entenderam tudo errado. E nunca se preocuparam em esclarecer. A mídia só conta aquilo que quer contar. Sempre foi assim. E sempre vai ser.

Foi quando percebi que a única forma de alguém saber alguma coisa verdadeira sobre minha vida era contando diretamente.

Em um livro.

Guardei o bilhete de Connor e joguei a revista fora.

Com o falecimento de Celia e Harry, e comigo enfim em um casamento que, apesar de casto, era estável, minha vida oficialmente deixou de ser uma sucessão de escândalos.

Eu, Evelyn Hugo, tinha me tornado uma velhinha tediosa.

Robert e eu vivemos juntos como amigos por mais onze anos. Mudamos de volta para Manhattan em meados dos anos 2000, para ficarmos mais perto de Connor. Reformamos meu apartamento. Doamos uma parte do dinheiro de Celia para organizações de defesa dos direitos da população LGBTQ+ e para pesquisas de combate a doenças pulmonares.

Todo Natal fazíamos um evento beneficente para entidades de apoio a jovens sem-teto de Nova York. Depois de anos em uma praia isolada, foi bom voltar a fazer parte da sociedade mais ativamente.

Mas meu verdadeiro interesse era Connor.

Ela havia subido um bocado na hierarquia do Merrill Lynch, mas, logo depois que Robert e eu voltamos para Nova York, confessou para ele que detestava a cultura do mercado financeiro. Disse que precisava sair daquele ramo. Robert ficou desapontado por ela não encontrar a felicidade no trabalho, como acontecera com ele; isso ficou claro. Mas ele nunca se mostrou decepcionado com ela como pessoa.

E foi o primeiro a dar os parabéns quando ela arrumou um emprego como professora em Wharton. Connor nunca soube que ele inclusive deu uns telefonemas para facilitar o processo. E jamais iria querer que ela descobrisse. Sua única intenção era ajudá-la de todas as formas possíveis. E foi isso o que ele fez, com todo seu amor, até morrer, aos oitenta e um anos de idade.

Connor fez o elogio fúnebre. Greg, seu namorado, ajudou a carregar o caixão. Depois disso, Connor e Greg vieram passar um tempo comigo.

"Mãe, depois de sete maridos, não sei se você tem muita prática em morar sozinha", ela comentou ao sentar na mesa da minha sala de jantar, a mesma em que costumava ser colocada num cadeirão ao lado de Harry, Celia, John e eu.

"Fiz muita coisa antes de você nascer", respondi. "Já morei sozinha uma vez, e consigo fazer isso de novo. Você e Greg deveriam seguir em frente com sua vida, sério mesmo."

Mas assim que fechei a porta ao saírem, percebi como o apartamento era enorme, silencioso.

Foi quando contratei Grace.

Tinha herdado milhões de Harry, Celia e depois Robert. E agora só tinha Connor para mimar. Então resolvi agradar a Grace e à família dela também. Foi uma felicidade para mim proporcionar felicidade para eles, conceder um pouco do luxo com que passei quase toda a vida.

Morar sozinha não é tão ruim depois que a gente se acostuma. E morar num apartamento tão grande... bom, eu não vendi porque queria que fosse de Connor, mas tenho uma certa ligação emocional com o lugar. Obviamente, eu gostava ainda mais quando Connor vinha dormir comigo, em especial após o fim do namoro dela com Greg.

É possível se manter bem ocupada organizando eventos beneficentes e colecionando obras de arte. Dá para ser feliz vivendo sua verdade, seja ela qual for.

Pelo menos até sua filha morrer.

Connor recebeu o diagnóstico de câncer de mama em estágio avançado dois anos e meio atrás, quando estava com trinta e nove. Àquela altura, só lhe restavam poucos meses de vida. Eu sabia como era ver uma pessoa amada deixar o mundo muito antes de mim. Mas nada foi capaz de me preparar para a dor de ver minha filha agonizando.

Eu a segurava quando ela vomitava por causa dos remédios da quimioterapia. E a envolvia em cobertores quando sentia tanto frio que até chorava. Beijava sua testa como se tivesse voltado a ser minha bebezinha, porque sempre seria.

Todos os dias eu dizia que a vida dela havia sido o maior presente que o universo me deu, que não acreditava que tinha nascido para fazer filmes ou acenar para multidões em vestidos verde-esmeralda, e sim para ser mãe dela.

Fiquei ao seu lado na cama do hospital. "Nada do que fiz na vida", falei, "me deu tanto orgulho quanto o dia em que tive você."

"Eu sei", ela respondeu. "Sempre soube disso."

Fiz questão de nunca mais mentir para Connor desde que o pai dela morreu. Estabelecemos um relacionamento em que acreditávamos uma na outra, depositávamos *fé* uma na outra. Ela sabia que era amada. Sabia que havia mudado minha vida, que tinha mudado o mundo.

E conseguiu viver mais dezoito meses, antes de morrer.

Quando foi enterrada ao lado do pai, me senti arrasada como nunca antes.

O luxo devastador de poder entrar em pânico me dominou.

E nunca mais saiu de dentro de mim.

É assim que a minha história termina. Com a perda de todas as pessoas que amei. Comigo em um lindo e imenso apartamento no Upper East Side, com saudade de todos os que tiveram algum significado na minha vida.

Quando escrever o fim do livro, Monique, deixe bem claro que não sinto apego por este apartamento, que não estou nem aí para todo o dinheiro que tenho, que não faz a menor diferença que as pessoas me achem uma lenda, que a adoração de milhões de pessoas nunca me fez sentir menos sozinha.

Quando escrever o fim do livro, Monique, diga para todo mundo que aquilo que me faz falta são as pessoas. Conte tudo o que fiz de errado. Que fiz escolhas equivocadas na maior parte das vezes.

Quando escrever o fim do livro, Monique, faça os leitores entenderem que meu verdadeiro desejo sempre foi ter uma família. E deixe claro que consegui. E mostre que fiquei arrasada sem ela.

Escreva com todas as letras, para não deixar dúvidas.

Explique que para Evelyn Hugo não faz diferença se seu nome for esquecido. Para Evelyn Hugo não interessa se ninguém se lembra da sua existência.

Melhor ainda, lembre a todos que Evelyn Hugo nunca existiu. Foi uma pessoa que inventei para o público. Para ser amada. Explique que durante um bom tempo eu não entendia o que era o amor. Mas esclareça que agora sei, e que não preciso mais do amor das outras pessoas.

Diga a elas: "Evelyn Hugo só quer partir. Está na hora de se juntar a sua filha, a sua amada, a seu melhor amigo e a sua mãe".

Avise que Evelyn Hugo está dando seu adeus.

“Como assim, ‘adeus’? Não diga uma coisa dessas, Evelyn.”

Ela me olha bem nos olhos e ignora minhas palavras.

“Quando você encerrar a narrativa”, ela continua, “só esclareça que as coisas que fiz para proteger minha família... esclareça que eu faria *tudo* de novo. E iria ainda mais longe, teria agido ainda pior, se achasse que isso fosse salvá-los.”

“Acho que a maioria das pessoas ia pensar a mesma coisa”, digo. “Sobre a própria vida, e a dos seus entes queridos.”

Evelyn parece decepcionada com a minha resposta. Ela levanta e vai até a escrivaninha, onde pega um pedaço de papel.

É bem antigo. Está amarrotado e dobrado, bem alaranjado nas extremidades.

“O homem que estava no carro com Harry”, Evelyn explica. “O que deixei para trás.”

Essa foi, obviamente, a coisa menos honrosa que ela fez. Mas não sei se eu mesma não faria por alguém que amasse. Não estou afirmando que sim. Só estou esclarecendo que não sei.

“Harry estava apaixonado por um homem negro. O nome dele era James Grant. Ele morreu no dia 26 de fevereiro de 1989.”

A fúria é assim.

Começa no peito.

Começa como um medo.

O medo logo se transforma em negação. *Não, deve ser um engano. Não é possível.*

Então a verdade se estabelece. *Sim, ela tem razão. Pode ser mesmo.*

Porque você se dá conta: *Sim, é verdade.*

A partir daí, você tem uma escolha. Vai ficar triste ou com raiva?

E, em última análise, a linha tênue entre uma coisa e outra depende da resposta que se dá a algumas perguntas. Primeira: é possível culpar alguém?

A perda do meu pai, quando eu tinha sete anos de idade, até então só tinha um culpado: ele mesmo. Meu pai estava dirigindo bêbado. Nunca havia feito nada do tipo antes. Foi uma coisa mais do que incomum. Mas aconteceu. E eu poderia odiá-lo por isso ou tentar entender. *Seu pai estava dirigindo alcoolizado e perdeu o controle do carro.*

Mas isso? A revelação de que meu pai nunca pegou num volante embriagado, que foi abandonado sem vida numa calçada por essa mulher, incriminado pela própria morte, tendo sua reputação manchada? Eu cresci acreditando que foi ele quem causou o acidente. Havia uma culpa enorme pairando no ar, à espera de que eu reunisse tudo dentro de mim e cravasse no peito de Evelyn.

E a postura dela na minha frente, demonstrando remorso, mas sem a menor intenção de pedir desculpas, mostra que ela está preparada para assumir essa culpa.

Essa culpa é como uma fagulha acesa em meio aos meus anos de sofrimento. E explode em fúria.

Meu corpo todo esquenta. Meus olhos se enchem de lágrimas. Meus punhos estão cerrados, e dou um passo para trás porque fico com medo do que posso fazer.

E então, como me afastar parece uma atitude generosa demais, volto até onde ela está, empurro Evelyn contra o encosto do sofá e digo: "Ainda bem que você não tem mais ninguém. Fico feliz por não ter sobrado ninguém vivo para amar você".

Depois a solto, surpresa comigo mesma. Ela se ajeita no sofá e olha para mim.

"Você acha que contar a sua história para mim serve de compensação para alguma coisa?", pergunto. "Durante todo esse tempo você me fez sentar aqui e ouvir sobre a sua vida para poder se confessar e acha que uma *biografia* vai me servir de consolo?"

"Não", ela diz. "Acho que a essa altura você me conhece bem o bastante para saber que não sou ingênua a ponto de acreditar em absolvição."

"Então o quê?"

Evelyn estende a mão e mostra o papel que está segurando.

"Encontrei no bolso da calça do Harry. Na noite em que morreu. Acho que foi por ter lido isso que ele bebeu tanto assim. É do seu pai."

"E daí?"

"E daí que eu... Eu encontrei uma enorme paz interior revelando a verdade sobre mim para a minha filha. E foi reconfortante ver quem ela era de verdade. Eu queria... Acho que sou a única pessoa que pode proporcionar isso a você. E para o seu pai. Quero que você saiba quem ele realmente era."

"Eu sei o que ele era para mim", retruco, imediatamente percebendo que não é exatamente verdade.

"Pensei que você fosse querer saber tudo sobre ele. Pegue aqui, Monique. Leia a carta. Se não quiser, não precisa guardar. Mas sempre tive a intenção de te mandar. Sempre achei que você merecia saber."

Arranco o papel de sua mão, fazendo questão de não ser gentil com ela. Eu sento. Abro a carta. Vejo manchas no alto da página que só podem ser de sangue. Me pergunto por um instante se era do meu pai ou de Harry. E decido nem pensar nisso.

Antes mesmo de ler a primeira linha, olho para ela.

"Você pode sair daqui?", pergunto.

Evelyn assente e se retira de seu próprio escritório. Ela fecha a porta. Eu baixo os olhos. Há muita coisa a reformular na minha mente.

Meu pai não fez nada de errado.

Meu pai não provocou a própria morte.

Passei anos da minha vida pensando assim, tentando aceitar esse fato.

E agora, pela primeira vez em quase trinta anos, tenho novas palavras, e outras perspectivas, sobre meu pai.

Querido Harry,

Eu te amo. Te amo de um jeito que nunca pensei ser possível. Passei a maior parte da vida pensando que esse tipo de amor era um mito. E agora aqui está, tão real que parece palpável, e enfim entendo sobre o que os Beatles cantaram por todos aqueles anos.

Não quero que você se mude para a Europa. Mas também sei que aquilo que eu não quero pode muito bem ser o melhor para você. Então, apesar dos meus desejos, acho que você deve ir.

Eu não posso e não sou capaz de proporcionar a vida que você sonha aqui em Los Angeles.

Não posso me casar com Celia St. James — apesar de concordar que é uma mulher lindíssima e, sendo bem sincero, ter ficado caidinho por ela quando vi Casamento na realeza.

Mas mesmo assim, apesar de nunca ter amado minha mulher da mesma maneira como amo você, nunca vou deixá-la. Amo demais a minha família para desfazê-la por um instante que seja. Minha filha, que espero muito que você conheça um dia, é minha razão de viver. E sei que ela vai ser mais feliz comigo e sua mãe juntos. Sei que para ela ter a melhor vida possível preciso ficar onde estou.

Angela pode não ser o amor da minha vida. Sei disso agora que senti o que é paixão de verdade. Mas acho que, em muitos sentidos, ela é para mim o que Evelyn é para você. Minha melhor amiga, minha confidente, minha parceira. Admiro a sinceridade com que você e Evelyn tratam sua sexualidade, seus desejos. Mas não é assim comigo e com Angela, e não sei se quero mudar isso. Não temos uma vida sexual tão intensa, mas eu a amo como uma companheira de vida. E jamais me perdoaria por fazê-la sofrer. E ficaria desesperado para ligar para ela, para ouvir suas ideias, para saber como estão as coisas, a cada momento em que estivéssemos distantes.

Minha família é o meu coração. Eu não posso separá-la. Nem mesmo pelo tipo de amor que descobri com você, meu querido Harry.

Vá para a Europa, se acredita que isso é o melhor para a sua família.

E saiba que estou aqui em Los Angeles com a minha, pensando em você.

Para sempre seu,
James

Eu solto a carta. Fico fitando o espaço à minha frente. E então, só depois de um tempo, a ficha cai.

Meu pai era apaixonado por um homem.

Não sei por quanto tempo fico sentada no sofá, olhando para o teto. Penso nas lembranças do meu pai, no jeito como me jogava para cima brincando no quintal, na sua generosidade em deixar que eu comesse banana split no café da manhã de tempos em tempos.

Essas memórias sempre foram manchadas pela forma como ele morreu. Sempre tiveram um toque amargo, porque eu acreditava que meu pai tinha sido tirado de mim muito cedo, e por um erro que ele próprio cometeu.

E agora não sei o que pensar sobre ele. Não sei como pensar nele. Um dos aspectos que o definiam foi apagado e substituído por outro bem mais revelador — para o bem ou para o mal.

Em algum momento, depois de repassar as mesmas imagens infinitas vezes na mente — lembranças do meu pai ainda vivo, projeções imaginárias de seus últimos momentos e de sua morte —, percebo que não posso mais ficar parada ali.

Então levanto, saio para o corredor e procuro Evelyn. Ela está na cozinha com Grace.

"Então é por isso que estou aqui?", pergunto, brandindo a carta no ar.

"Grace, você pode deixar a gente a sós um momentinho?"

Grace desce do banquinho. "Claro." Em seguida desaparece pelo corredor.

Quando ela sai, Evelyn se vira para mim. "Não era a única razão para eu querer te conhecer. Fui atrás de você para entregar a carta, claro. E estava procurando uma forma de contato que não fosse tão abrupta, tão chocante."

"Claramente a *Vivant* foi de grande ajuda."

"Me deu um bom pretexto, é verdade. Me senti mais à vontade com você sendo mandada por uma grande revista do que ligando e tentando explicar que conheço a sua história."

"Então achou que poderia me atrair para cá me prometendo um best-seller."

"Não", ela responde, sacudindo a cabeça. "Quando comecei a pesquisar a seu respeito, li quase tudo que você escreveu. Em especial a matéria sobre o direito de morrer."

Coloco a carta sobre a mesa. E acho melhor me sentar. "E daí?"

"Achei muito bem escrita. Informativa, inteligente, ponderada e feita com compaixão. É um texto escrito com o coração. Admirei a forma como você tocou num assunto tão complicado, que desperta tantos sentimentos."

Não quero ouvir nada de bom sobre mim vindo dela, porque vou me sentir obrigada a agradecer. Mas a educação que minha mãe me deu sempre surge nos momentos mais inesperados. "Obrigada."

"Quando li, achei que você poderia fazer um belíssimo trabalho com a minha história."

"Por causa de uma materiazinha que escrevi?"

"Por causa do seu talento e porque, se existe alguém capaz de entender quem eu sou e o que fiz em toda a sua complexidade, provavelmente é você. E, quanto mais te conhecia, mais sentia que tinha razão. O livro que você vai escrever sobre mim não vai dar respostas fáceis. Mas, imagino eu, vai ser um relato honesto e inabalável. Queria te entregar essa carta, e queria que você escrevesse minha história porque acredito que seja a melhor pessoa para isso."

"Então você me fez passar por tudo isso para aplacar sua culpa e ter a certeza de que o livro sobre sua vida saísse da maneira que queria?"

Evelyn faz que não com a cabeça, pronta para me corrigir, mas já estou cansada disso.

"É inacreditável, sério mesmo. O quanto você é egoísta. Mesmo agora, quando parece que está tentando se redimir, o *seu* interesse ainda vem em primeiro lugar."

Evelyn ergue a mão. "Não venha agir como se você não fosse ganhar nada com isso. Você entrou nessa por vontade própria. Porque queria a minha história. E soube tirar vantagem — de forma bem inteligente, aliás — da posição em que eu te coloquei."

"Evelyn, é sério", eu digo. "Vamos parar com esse papo-furado."

"Você não quer mais minha história?", Evelyn questiona, me desafiando. "Se não quiser, é só não escrever. Deixe isso tudo morrer comigo. Por mim tudo bem."

Fico em silêncio, sem saber como responder, sem saber nem como *quero* responder.

Evelyn baixa a mão e fica à espera de uma resposta. Não foi uma sugestão hipotética ou retórica. Ela quer que eu me posicione. "Vá em frente", ela diz. "Pegue as anotações e as gravações. Podemos destruir tudo agora mesmo."

Fico imóvel, apesar do tempo que ela me concede para fazer alguma coisa.

"Foi o que eu pensei", ela comenta.

"É o mínimo que eu mereço", digo, na defensiva. "Porra, é o mínimo que você poderia me dar."

"Ninguém merece coisa nenhuma", retruca Evelyn. "A grande questão é quem tem disposição para ir atrás do que quer. E você, Monique, já provou que é uma pessoa que sabe perseguir seus interesses. Então trate de ser sincera sobre isso. Não existem vítimas nem vitoriosos. Todo mundo ganha por um lado e perde por outro. Quem insiste em se retratar como uma coisa ou outra não está só enganando a si mesmo, também está se colocando num papel que chega a ser ridículo de tão clichê."

Levanto da mesa e vou até a pia. Lavo as mãos, porque detesto sentir as palmas suadas. E depois as enxugo. E encaro Evelyn. "Eu te odeio, sabia?"

Evelyn assente. "Que bom para você. É um sentimento bem simples, né?"

"Sim", respondo. "É mesmo."

"Todas as outras coisas da vida são bem mais complexas. Principalmente o seu pai. Por isso achei tão importante você ler essa carta. Queria que você *soubesse*."

"Soubesse o quê, exatamente? Que ele era inocente? Ou que amava um homem?"

"Que ele amava *você*. E tanto. Ele abriu mão de um amor romântico para ficar a seu lado. Você tem noção do pai maravilhoso que teve? Do quanto era amada? Tem um monte de caras que dizem que jamais abandonariam a família, mas seu pai passou de verdade por esse teste e não pensou duas vezes. Queria que você soubesse disso. Se eu tivesse um pai assim, também iria querer saber."

Ninguém é apenas bom ou apenas ruim. Eu sei disso, claro. Tive que aprender isso bem cedo. Mas às vezes é fácil esquecer uma verdade como essa. E que ela se aplica a *todo mundo*.

Até que eu me vejo diante da mulher que colocou o corpo sem vida do meu pai atrás do volante de um carro para salvar a reputação de seu melhor amigo — e me dou conta de que ela guardou uma carta por quase três décadas porque queria que eu soubesse o quanto era amada.

Ela poderia ter me entregado a carta antes. Mas também poderia muito bem ter jogado fora. Então aí está Evelyn Hugo. Em algum lugar entre a bondade e a ruindade.

Sento de novo e esfrego os olhos com as mãos, na esperança de que, se fizer isso com bastante força, talvez consiga ver a realidade de outra forma.

Quando abro os olhos, continuo na mesma. E não tenho escolha a não ser me resignar com isso.

"Quando posso lançar o livro?"

"Eu não vou continuar aqui por muito tempo", responde Evelyn, sentando num banquinho junto à ilha da cozinha.

"Já chega de respostas vagas, Evelyn. Quando posso lançar o livro?"

Evelyn começa a dobrar distraidamente um guardanapo largado no tampo da mesa. Em seguida olha para mim. "Não é segredo para ninguém que o gene do câncer de mama é hereditário", ela diz. "Apesar de que, se o mundo fosse justo, a mãe morreria antes da filha."

Observo com bastante atenção os traços do rosto de Evelyn. Os cantos dos lábios, as extremidades dos olhos, as sobrancelhas. Sua expressão não transmite nenhuma emoção. Ela continua estoica como se estivesse lendo alguma coisa no jornal para mim.

"Você tem câncer de mama?", pergunto.

Ela confirma com a cabeça.

"E em que estágio está?"

"Avançado o suficiente para eu ter pressa para resolver tudo isso."

Eu desvio o olhar quando ela me encara. Não sei ao certo por quê. Não é por raiva, não mesmo. É por vergonha. E por me sentir culpada, pela parte de mim que não lamenta por ela — que na verdade é a maior parte. E também por me sentir idiota, porque existe uma parte de mim que se entristece.

"Eu vi o que minha filha passou", Evelyn continua. "Sei o que vem pela frente. Por isso é importante deixar tudo em ordem. Além de atualizar meu testamento e de garantir que Grace tenha uma vida confortável, dei meus vestidos de maior valor para a Christie's. E ainda tem isso... Que é a última coisa. A carta. E o livro. Você."

"Estou indo embora", aviso. "Por mim já chega por hoje."

Evelyn faz menção de responder, mas eu a impeço.

"Não", eu digo. "Não quero ouvir mais nada de você. Vê se fica de boca fechada, entendeu?"

Não tenho como afirmar que fico surpresa quando ela responde mesmo assim. "Eu só ia dizer que te entendo, e que a gente se vê amanhã."

"Amanhã?", questiono, e me lembro que meu trabalho com Evelyn ainda não terminou.

"Para a sessão de fotos", ela explica.

"Não sei se estou preparada para voltar aqui."

"Bom", diz Evelyn, "eu sinceramente espero que esteja."

Quando chego em casa, instintivamente jogo a bolsa em cima do sofá. Estou cansada e irritada, e meus olhos estão secos e pesados, como se fossem roupas molhadas penduradas no varal.

Vou direto sentar, sem me preocupar em tirar o casaco ou os sapatos. Respondo o e-mail que a minha mãe mandou confirmando as informações do seu voo de amanhã. E então levanto as pernas e apoio os pés na mesinha de centro. Ao fazer isso, esbarro num envelope deixado sobre a superfície.

É só quando isso acontece que me dou conta de que a mesinha está de volta no lugar.

David a trouxe de volta. E deixou um bilhete endereçado a mim.

M.,

Eu não deveria ter levado a mesinha comigo. Não preciso dela. É bobagem deixar guardada num depósito. Resolvi dar uma de mesquinho quando fui embora.

Dentro do envelope estão minha cópia da chave e o cartão de visitas do meu advogado.

Acho que não resta muito a dizer a não ser agradecer você por ter feito aquilo que eu não consegui.

D.

Deixo o bilhete sobre a mesinha. Volto a levantar os pés. Tiro a jaqueta com dificuldade. Jogo os sapatos bem longe. Recosto a cabeça. Respiro.

Acho que não teria conseguido pôr um fim no meu casamento se não fosse Evelyn Hugo.

Acho que não teria conseguido enfrentar Frankie se não fosse Evelyn Hugo.

Acho que não teria a chance de escrever um livro que com certeza vai ser um best-seller se não fosse Evelyn Hugo.

Acho que não teria conseguido entender a dimensão da dedicação do meu pai a mim se não fosse Evelyn Hugo.

Então acho que Evelyn está errada em pelo menos uma coisa.

Meu ódio não é nem um pouco simples.

Quando chego ao apartamento de Evelyn pela manhã, não consigo lembrar nem de quando tomei a decisão de vir.

Simplesmente acordei e peguei o caminho de sempre. Quando virei a esquina depois de sair do metrô, me dei conta de que não existia a opção de *não* vir.

Eu não posso e não vou fazer nada que possa comprometer minha posição na *Vivant*. Não lutei para conseguir o posto de repórter especial para amarelar no último minuto.

Chego na hora marcada, mas mesmo assim sou a última a aparecer. Grace abre a porta para mim, e está com uma cara de quem foi atingida por um furacão. Seus cabelos estão escapando do rabo de cavalo, e ela parece fazer um esforço maior que o habitual para manter um sorriso no rosto.

"Eles apareceram quase quarenta e cinco minutos adiantados", Grace me avisa, sussurrando. "Evelyn marcou com uma maquiadora logo de manhãzinha, para antes de o pessoal da revista chegar. E com um especialista em iluminação às oito e meia para ver qual é o melhor ponto da casa. E parece que é o terraço, mas como anda muito frio eu acabei deixando a limpeza para lá. Enfim, faz duas horas que estou esfregando o terraço de ponta a ponta." Grace apoia a cabeça no meu ombro, com um jeito brincalhão. "Graças a Deus estou saindo de férias."

"Monique!", Frankie exclama quando me vê no corredor. "Por que a demora?"

Olho para o relógio. "São 11h06." Lembro do dia em que conheci Evelyn Hugo. De como estava nervosa. De como ela parecia uma figura que pairava acima da humanidade. Mas agora para mim ela é dolorosamente humana. Para Frankie, porém, tudo ainda é novidade. Ela nunca viu a verdadeira Evelyn. Ainda acha que vamos fotografar um ícone, e não uma pessoa.

Saio para o terraço e encontro Evelyn no meio das luzes, dos refletores e das câmeras. Há um monte de gente ao seu redor. Ela está sentada num banquinho. Os cabelos loiros e grisalhos estão sendo soprados por um ventilador potente. Seu vestido é verde-esmeralda — sua marca registrada —, dessa vez um de seda com mangas compridas. Em algum lugar, há uma caixa de som tocando Billie Holiday. O sol brilha com força atrás de Evelyn. É como se ela fosse o centro do universo.

Ela está em seu ambiente natural.

Quando sorri para a câmera, seus olhos brilham de um jeito diferente do que vi em qualquer outro momento. Ela parece em paz, se mostrando por inteira, e chego a me perguntar se a verdadeira Evelyn *não é* a mulher com quem passei as últimas duas semanas conversando, e sim a que está diante de mim agora. Mesmo com quase oitenta anos, ela comanda as atenções de uma forma como nunca vi antes. Uma estrela sempre será uma estrela.

Evelyn nasceu para ser famosa. Acho que ter um corpão ajudou. E que seu rosto ajudou. Mas, pela primeira vez, ao vê-la em ação, se postando diante da câmera, fico com a impressão de que ela foi modesta nesse sentido: Evelyn poderia ter nascido com atributos físicos bem menos impressionantes e talvez chegasse lá mesmo assim. Ela simplesmente tem *carisma*. Uma qualidade indefinível que faz todo mundo parar para prestar atenção.

Evelyn me vê atrás do pessoal da iluminação e interrompe o que está fazendo. Ela acena para que eu me aproxime.

"Pessoal, pessoal", avisa Evelyn. "Precisamos de algumas fotos de Monique comigo. Por favor."

"Ah, Evelyn", digo. "Eu não quero fazer isso." Não quero chegar nem perto dela.

"Por favor", ela pede. "Para se lembrar de mim."

Uma ou outra pessoa dá risada, como se Evelyn estivesse fazendo uma piada. Porque, claro, ninguém seria capaz de esquecer Evelyn Hugo. Mas eu sei que ela está falando sério.

Então, de calça jeans e blazer, eu me sento ao seu lado e tiro os óculos. Sinto o calor das luzes, que incomodam meus olhos, e o vento no meu rosto.

"Evelyn, sei que isso não é novidade nenhuma para você", o fotógrafo comenta, "mas a câmera te ama."

"Ah", diz Evelyn, encolhendo os ombros. "Ouvir isso mais uma vez nunca é demais."

O vestido dela é decotado, revelando os seios ainda volumosos, e me vem à mente que é justamente isso que vai causar o seu fim.

Evelyn flagra meu olhar e sorri. É um sorriso sincero e gentil. Tem um aspecto cativante, como se ela estivesse querendo saber como estou, como se isso importasse para ela.

E então percebo que ela se importa, sim.

Evelyn Hugo quer saber se está tudo certo comigo. Se, depois de tudo o que aconteceu, vou ficar bem.

Em um momento de vulnerabilidade, eu a envolvo com um dos braços.

Assim que faço isso, sinto vontade de me afastar, me dou conta de que não estou pronta para esse tipo de proximidade.

"Adorei!", diz o fotógrafo. "Assim mesmo."

Não posso recolher o braço agora. Então preciso fingir. Em uma fotografia, finjo que não estou uma pilha de nervos. Finjo que não estou furiosa, confusa, triste, dividida, decepcionada, chocada e desconfortável.

Finjo que estou simplesmente cativada por Evelyn Hugo.

Porque, apesar de tudo, isso ainda é verdade.

Depois que a equipe de fotografia vai embora, e tudo já está limpo, e Frankie já saiu do apartamento — tão contente que poderia perfeitamente criar asas e sair voando até a redação —, me preparo para ir também.

Evelyn está lá em cima, trocando de roupa.

"Grace", digo quando a vejo recolhendo os copos descartáveis e os pratos de papel na cozinha. "Queria me despedir de você, porque Evelyn e eu já terminamos."

"Já terminaram?", pergunta Grace.

Faço que sim com a cabeça. "Ela terminou de contar a história ontem. A sessão de fotos foi hoje. Agora vou escrever", revelo, apesar de não fazer a menor ideia de como vou fazer isso, ou qual exatamente vai ser meu próximo passo.

"Ah", Grace diz, encolhendo os ombros. "Eu devo ter entendido errado, então. Pensei que você ia ficar fazendo companhia para Evelyn durante minhas férias. Mas, sinceramente, não consigo pensar em nada além das duas passagens para a Costa Rica que ganhei."

"Que legal. Quando você embarca?"

"Hoje de madrugada", responde Grace. "Evelyn me deu as passagens ontem à noite. Para mim e para o meu marido. Com todas as despesas pagas. Por uma semana. Vamos ficar perto de Monteverde. Sendo bem sincera, só precisei ouvir as palavras 'tirolesa' e 'floresta tropical' para me convencer."

"Você merece", diz Evelyn quando aparece no alto da escada e desce para se juntar a nós. Está de jeans e camiseta, mas manteve o cabelo e a maquiagem como estavam. Está linda, mas ao mesmo tempo parece uma pessoa comum. Duas coisas que apenas Evelyn Hugo consegue ser ao mesmo tempo.

"Tem certeza de que não precisa de mim aqui? Pensei que Monique fosse continuar vindo para te fazer companhia", diz Grace.

Evelyn faz que não com a cabeça. "Não, pode ir. Você anda trabalhando bastante ultimamente. Precisa de um tempinho para recarregar as baterias. Se eu precisar de alguma coisa, chamo alguém na portaria."

"Eu não preciso..."

Evelyn a interrompe. "Precisa, sim. É importante saber o quanto sou grata pelo que você fez por aqui. Então me deixa agradecer dessa forma."

Grace abre um sorriso tímido. "O.k.", ela diz. "Se você insiste."

"Insisto, sim. Inclusive, pode ir agora. Você passou o dia todo limpando, e com certeza deve precisar de mais tempo para fazer as malas. Então pode ir, dê o fora daqui."

Para minha surpresa, Grace não discute. Apenas agradece e vai pegar suas coisas. Parece uma situação corriqueira, mas então Evelyn a segura quando ela está saindo e lhe dá um abraço.

Grace parece um tanto perplexa, mas também contente.

"Você sabe que eu jamais teria conseguido sobreviver aos últimos anos sem você, não sabe?", diz Evelyn quando a solta.

Grace fica vermelha. "Obrigada."

"Divirta-se na Costa Rica", diz Evelyn. "Como nunca na vida."

E, quando Grace sai, desconfio que já sei o que está acontecendo aqui.

Evelyn jamais deixaria que aquilo que lhe deu a vida que quis fosse a causa de sua destruição. Jamais permitiria que coisa alguma — inclusive uma parte de seu corpo — tivesse tamanho poder.

Evelyn vai morrer quando achar conveniente.

E quer morrer agora.

"Evelyn", eu digo. "O que você..."

Não consigo insinuar e nem ao menos perguntar. Parece uma coisa absurda até de especular. Evelyn Hugo tirando a própria vida.

Me imagino falando isso em voz alta, e Evelyn rindo da minha cara, dizendo que tenho muita imaginação, e que sou muito tonta.

Mas também me imagino perguntando e ouvindo como resposta uma confirmação seca e resignada.

E não sei se estou pronta para digerir nem uma hipótese nem outra.

"Hã?", diz Evelyn, virando para mim. Não parece preocupada, nem incomodada, nem apreensiva. É como se fosse um dia como outro qualquer.

"Nada", respondo.

"Obrigada por ter vindo hoje", ela fala. "Sei que você não sabia se ia conseguir, e... fico feliz que tenha vindo."

Eu odeio Evelyn, mas também acho que gosto muito dela.

Queria que ela não existisse, mas mesmo assim a admiro muito.

Não sei o que fazer a respeito. Nem o que isso significa.

Ponho a mão na maçaneta da porta da frente. Só o que consigo dizer é um resumo do que quero falar. "Por favor, se cuida, Evelyn."

Ela estende o braço e pega minha mão. Aperta um pouquinho, e logo em seguida larga. "Você também, Monique. Porque tem um futuro excepcional pela frente. Vai conseguir o que o mundo tem de melhor a oferecer. Acredito nisso de verdade."

Evelyn me encara e, por uma fração de segundo, consigo ler sua expressão. É uma coisa sutil e fugaz. Mas está lá. E percebo que minha suspeita tem fundamento.

Evelyn Hugo está dando adeus.

Enquanto desço para o metrô e passo pela catraca, fico me perguntando se não é melhor voltar.

Será que devo bater na porta dela?

Será que devo chamar uma ambulância?

Será que devo *impedi-la*?

Posso dar meia-volta e subir para a rua. Posso voltar andando até a casa de Evelyn e dizer: “Não faça isso”.

A possibilidade existe.

Só preciso decidir se quero. Ou se devo. Se é a coisa certa a fazer.

Ela não me escolheu porque achava que me devia alguma coisa. Ela me escolheu por causa da minha matéria sobre eutanásia.

Ela me escolheu porque eu demonstrei compreensão a respeito da necessidade de uma morte digna.

Ela me escolheu porque acredita que entendo a necessidade de misericórdia, mesmo quando o motivo para isso é difícil de engolir.

Ela me escolheu porque confia em mim.

E fico com a sensação de que confia em mim para isso também.

Meu trem chega trepidando à estação. Preciso me apressar para pegá-lo e ir me encontrar com a minha mãe no aeroporto.

As portas se abrem. As pessoas descem. Outras pessoas sobem. Um adolescente com uma mochila no ombro me empurra do caminho. Não coloco os pés no vagão.

O apito soa. As portas se fecham. A plataforma se esvazia.

E aqui eu fico. Paralisada.

Se alguém está disposto a tirar a própria vida, não é nossa obrigação tentar impedi-lo?

Não é necessário chamar a polícia? Ou arrombar a porta para encontrá-lo?

Pouco a pouco, a plataforma começa a encher. Uma mãe com uma criança. Um homem com compras do mercado. Três hipsters de camisa de flanela e barba comprida. Tem mais gente do que consigo dar conta de ver.

Preciso pegar o próximo trem para encontrar minha mãe e deixar Evelyn para trás.

Preciso voltar e salvar Evelyn de seu próprio plano.

Vejo duas luzes fracas iluminarem o trilho, sinal de que o metrô está chegando. Escuto o barulho.

Minha mãe consegue chegar ao meu apartamento por conta própria.

Evelyn nunca precisou ser salva por ninguém.

O trem chega à estação. As portas se abrem. As pessoas saem. E só quando as portas se fecham percebo que estou dentro do vagão.

Evelyn confia em mim para contar sua história.

Evelyn confia em mim para deixá-la morrer.

E, no fundo do meu coração, sinto que seria uma traição tentar impedi-la.

Por mais que eu possa lamentar por Evelyn, sei que ela está lúcida. Sei que ela está bem. Sei que ela tem o direito de morrer como viveu, em seus próprios termos, sem deixar nada na mão do destino ou do acaso, e sim tomando todo o poder para si.

Seguro o cano de metal gelado à minha frente. Oscilo enquanto o trem pega velocidade. Faço baldeação. Entro no AirTrain. Só quando estou no portão de desembarque e vejo minha mãe acenando percebo que estou quase catatônica há uma hora.

É simplesmente coisa demais para processar.

Meu pai, David, o livro, Evelyn.

Assim que minha mãe se aproxima, lanço meus braços em torno dos seus ombros e choro.

As lágrimas que escorrem do meu rosto parecem ter sido acumuladas por anos. É como se uma antiga versão de mim estivesse se esvaindo, indo embora, se despedindo para dar espaço para uma nova pessoa. Uma pessoa mais forte e um tanto mais cínica em relação aos outros, só que também mais otimista em relação ao meu lugar no mundo.

"Ah, querida", diz minha mãe, tirando a bolsa do ombro e deixando cair no chão, sem se preocupar com quem pode estar à nossa volta. Ela me abraça com força, acariciando minhas costas com ambas as mãos.

Não me sinto pressionada a parar de chorar. Não sinto necessidade de me explicar. Ninguém precisa fingir que está bem para uma boa mãe; uma boa mãe faz tudo ficar bem. E a minha mãe sempre foi ótima.

Quando paro de chorar, eu me afasto. Limpo os olhos. Tem gente passando do nosso lado à direita e à esquerda, executivas com suas maletas, famílias com mochilas nas costas. Algumas pessoas olham para nós. Mas já estou acostumada a sentir olhares sobre mim e a minha mãe. Mesmo no caldeirão de etnias que é Manhattan, ainda tem muita gente que não acredita que nós duas somos mãe e filha.

"O que foi, querida?", minha mãe pergunta.

"Não sei nem por onde começar", digo.

Ela segura minha mão. "Que tal se eu deixasse de fingir que sei andar de metrô e chamasse um táxi?"

Eu dou risada e concordo com um gesto de cabeça, enxugando os olhos.

Quando estamos acomodadas no banco traseiro de um táxi malcheiroso, com manchetes das notícias do dia passando sem parar no painel, estou recomposta o bastante para conseguir respirar melhor.

"Então me conta", ela diz. "O que está te afligindo?"

E agora, o que é que eu digo?

Digo que o fato devastador em que sempre acreditei — que meu pai morreu por dirigir bêbado — não é verdadeiro? Será que troco uma transgressão por outra? Conto que ele estava tendo um caso com um homem quando sua vida chegou ao fim?

"David e eu vamos dar entrada no divórcio", digo.

"Eu lamento muito, querida", ela diz. "Sei que deve estar sendo difícil."

Não posso jogar sobre os ombros dela o fardo da minha suspeita a respeito de Evelyn. Simplesmente não posso.

"E sinto falta do papai", eu falo. "Você também sente?"

"Ah, nossa", ela responde. "Todos os dias da minha vida."

"Ele foi um bom marido?"

Sinto que a peguei desprevenida. "Foi um ótimo marido, sim", ela diz. "Por que a pergunta?"

"Sei lá. Acho que me dei conta de que nunca soube muita coisa sobre o relacionamento de vocês. Como ele era? Com você?"

Ela começa a sorrir, mas como se estivesse tentando evitar, só que sem sucesso. "Ah, era muito romântico. Comprava chocolate para mim todos os anos no dia 3 de maio."

"Pensei que o aniversário de casamento de vocês fosse em setembro."

"E era", ela confirma, aos risos. "Mas ele resolveu fazer mimos para mim em 3 de maio por algum motivo. Disse que as datas oficiais não bastavam para me homenagear. Que precisava inventar uma só para mim."

"Que fofo", comento.

O taxista entra com o carro na via expressa.

"E ele escrevia umas cartas de amor muito lindas", ela continua. "Lindas mesmo. Com poemas dizendo que eu era bonita, um verdadeiro absurdo, porque nunca fui bonita."

"Claro que foi", digo.

"Não", ela afirma de forma categórica. "Não era mesmo. Mas, puxa, ele fazia com que eu me sentisse a Miss América."

Eu dou risada. “Parece um casamento cheio de paixão”, comento.

Minha mãe fica em silêncio. Em seguida complementa, batendo na minha mão. “Não. Acho que não diria paixão. A gente se *gostava* muito. Foi como se, quando a gente se conheceu, eu também tivesse conhecido um outro lado de mim mesma. Alguém que me entendia e me passava segurança. Não tinha a ver com paixão, na verdade. Essa coisa de rasgar as roupas um do outro. Nós sabíamos como ficar felizes juntos. E como cuidar de uma criança. E que não ia ser fácil, e que nossos pais não aprovavam. Mas, em diversos sentidos, isso só serviu para nos aproximar. Era meio que nós contra o mundo.

“Sei que não é uma coisa das mais interessantes para dizer. E que todo mundo hoje em dia quer um casamento com uma vida sexual bem ativa. Mas eu fui muito feliz com seu pai. Adorava a sensação de ter alguém para cuidar de mim, e de ter alguém para cuidar. Ter com quem compartilhar meus dias. E sempre achei seu pai um homem fascinante. As opiniões, o talento que ele tinha. Podíamos conversar sobre quase tudo. Por horas a fio. A gente ficava acordado até tarde, mesmo quando você era pequena, só *conversando*. Ele era meu melhor amigo.”

“Foi por isso que você nunca casou de novo?”

Minha mãe reflete um pouco. “É engraçado, sabe. Essa conversa sobre paixão. Desde que perdemos o seu pai, eu me apaixonei por alguns homens, de tempos em tempos. Mas abriria mão de tudo por alguns dias a mais com ele. Por uma última conversa até tarde da noite. A paixão nunca fez muita diferença para mim. Mas o tipo de intimidade que nós tínhamos? Isso sim era precioso para mim.”

Talvez um dia eu conte a ela o que sei.

Talvez nunca conte.

Mas vou colocar na biografia de Evelyn, ou então contar o que ela fez sem revelar quem estava no banco do passageiro do carro.

Talvez eu deixe toda essa parte de fora. Acho que estaria disposta a mentir sobre a vida de Evelyn para proteger minha mãe. Acho que estaria disposta a omitir a verdade do público em nome da felicidade e da sanidade de uma pessoa que amo demais.

Não sei o que vou fazer. Só sei que vou me guiar pelo que considero melhor para minha mãe. E, mesmo se isso significar abrir mão da honestidade total, se isso roubar um pouco da minha integridade, não me importo. Por mais surpreendente que seja, não estou preocupada com isso.

“Acho que tive sorte de encontrar um companheiro como seu pai”, minha mãe continua. “De encontrar esse tipo de alma gêmea.”

Quando se escava um pouquinho abaixo da superfície, a vida de qualquer um pode ser original, interessante, cheia de nuances e impossível de encaixar numa definição fácil.

E talvez um dia eu encontre alguém que possa amar da mesma forma como Evelyn amava Celia. Ou então encontrar alguém que possa amar como os meus pais se amavam. Saber o que procurar, saber que existem vários tipos de amor por aí, e que todos são ótimos, já basta para mim por ora.

Ainda existe muita coisa que não sei sobre o meu pai. Talvez ele fosse gay. Talvez se visse como um hétero que por acaso se apaixonou por outro homem. Talvez ele fosse bissexual. Ou um monte de outras definições. Mas isso na verdade não importa, e é essa a questão.

Ele me amava.

E amava a minha mãe.

E nada do que eu possa ficar sabendo a seu respeito muda isso. Nada mesmo.

O taxista nos deixa diante do meu prédio, e eu pego a bolsa da minha mãe. Nós entramos.

Ela se oferece para fazer sua famosa sopa de milho para o jantar, mas, ao ver que não tenho quase nada na geladeira, concorda em pedir uma pizza.

Quando a comida chega, ela pergunta se quero ver um filme da Evelyn Hugo, e quase dou risada, mas então percebo que é uma proposta séria.

"Estou com vontade de ver *Tudo por nós* desde que você me contou que ia fazer uma entrevista com ela", minha mãe conta.

"Não sei não", respondo, sem querer pensar em Evelyn, mas por outro lado torcendo para minha mãe conseguir me convencer, porque sei que, em alguma medida, ainda não estou pronta para dizer adeus de verdade.

"Vamos lá", ela insiste. "Por mim."

O filme começa, e fico impressionada ao ver como Evelyn parece dinâmica na tela — é impossível olhar para outra coisa quando ela está em cena.

Depois de alguns minutos, preciso me esforçar para não calçar os sapatos, invadir o apartamento dela e tentar convencê-la a não fazer aquilo.

Mas reprimo essa vontade. E a deixo em paz. Respeito seu desejo.

Fecho os olhos e adormeço ao som da voz de Evelyn.

Não sei exatamente quando acontece — acho que compreendi tudo enquanto sonhava —, mas quando acordo de manhã percebo que talvez não seja tarde demais. Algum dia eu vou conseguir perdoá-la.

NEW YORK TRIBUNE

Morre Evelyn Hugo, musa lendária do cinema

Por Priya Amrit

26 DE MARÇO DE 2017

Evelyn Hugo morreu aos setenta e nove anos. Os primeiros relatos oficiais não confirmam a causa da morte, mas fontes diversas afirmam que o caso está sendo tratado como uma overdose acidental, já que vários medicamentos que não podem ser ingeridos de forma simultânea foram encontrados no organismo da atriz. Os boatos de que Hugo estava lutando contra um câncer de mama em estágio inicial não foram confirmados.

A estrela de Hollywood será enterrada no cemitério Forest Lawn, em Los Angeles.

Ícone do estilo da década de 1950 que se tornou símbolo sexual nos anos 1960 e 70 e vencedora do Oscar nos anos 1980, Hugo ganhou fama por sua silhueta voluptuosa, seus filmes ousados e sua vida amorosa tumultuada. Ela foi casada sete vezes, e sobreviveu a todos os maridos.

Depois de se aposentar da carreira de atriz, Hugo dedicou boa parte de seu tempo e de sua fortuna a organizações que abrigam mulheres vítimas de abuso, à comunidade LGBTQ+ e à pesquisa de combate ao câncer. Recentemente foi anunciado que a Christie's vai promover um leilão de seus vestidos mais famosos em benefício da Fundação Americana do Câncer de Mama. O evento, destinado a arrecadar milhões, agora tende a se tornar ainda mais concorrido.

Não é exatamente surpresa que Hugo tenha deixado a maior parte de sua herança à caridade, excluindo as generosas somas destinadas às pessoas que trabalhavam para ela. Entre os maiores beneficiários está a organização GLAAD, que faz o monitoramento do tratamento dispensado pela mídia às pessoas LGBTQ+.

"Consegui muita coisa na vida", Hugo declarou no ano passado em um discurso para a Human Rights Campaign. "Mas tive que lutar com unhas e dentes para conseguir. Se eu for capaz de deixar este mundo um pouco mais seguro e um pouco mais fácil para aqueles que vierem depois de mim... bom, então acho que tudo vai ter valido a pena."

VIVANT

Evelyn e eu

Por Monique Grant

JUNHO DE 2017

Quando a lendária atriz, produtora e filantropa Evelyn Hugo morreu, alguns meses atrás, ela e eu estávamos em pleno processo de escrita de suas memórias.

Sendo bem sincera, afirmar que foi uma honra passar com Evelyn suas duas últimas semanas de vida seria ao mesmo tempo subestimar — e até certo ponto omitir — a verdade.

Evelyn era uma mulher de uma complexidade tremenda, e o tempo que passei com ela foi tão complicado quanto sua imagem, sua vida e a lenda que se construiu ao redor de sua figura. Até hoje me esforço para entender quem foi Evelyn e o impacto que exerceu sobre mim. Em determinadas ocasiões pareço convencida de que a admiro mais que qualquer pessoa que conheci, e em outras penso nela como uma mentirosa e traidora.

Acho que Evelyn teria ficado contente com isso, inclusive. Ela demonstrava não ter mais interesse em despertar adoração ou escândalo. Seu foco principal passou a ser a verdade.

Depois de reler centenas de vezes as transcrições de seus relatos, e de repassar na minha mente cada momento que passamos juntas, acho que posso dizer que conheço Evelyn melhor do que a mim mesma. E sei que o que Evelyn gostaria de revelar nestas páginas, junto com as fotos lindíssimas feitas pouco antes de sua morte, seria uma verdade surpreendente, mas muito bonita.

E a verdade é a seguinte: Evelyn Hugo era bissexual e passou a maior parte da vida loucamente apaixonada por sua colega atriz Celia St. James.

Ela gostaria de revelar isso porque o amor que sentia por Celia era do tipo de tirar o fôlego e partir o coração.

Ela gostaria de revelar isso porque seu amor por Celia St. James talvez tenha sido seu ato mais político.

Ela gostaria de revelar isso porque, ao longo da vida, se conscientizou da importância de dar visibilidade à comunidade LGBTQ+.

Mas, acima de tudo, ela gostaria de revelar isso porque era a coisa mais sincera, real e profunda de sua vida.

E, perto do fim, ela se sentiu pronta para expor a realidade.

Então cabe a mim revelar a verdadeira Evelyn.

As páginas a seguir são um trecho da biografia *Os sete maridos de Evelyn Hugo*, a ser lançada no ano que vem.

Escolhi esse título porque certa vez perguntei a ela se não tinha vergonha de ter se casado tantas vezes.

Eu disse: "Isso não te incomoda? Que seus maridos tenham se tornado um assunto tão importante, mencionado tantas vezes nas manchetes, que quase ofuscaram você e seu trabalho? Que aquilo que todo mundo menciona quando fala de você são os sete maridos de Evelyn Hugo?".

E a resposta foi pura Evelyn Hugo.

"Não", ela me disse. "Porque eles são só maridos. A Evelyn Hugo sou *eu*. E, de qualquer forma, acho que, quando souberem a verdade, as pessoas vão se interessar muito mais pela minha esposa."

Agradecimentos

Este livro é uma prova da graciosidade, da confiança e da determinação inabalável da minha editora, Sarah Cantin. Quando falei para ela que queria fazer uma coisa completamente diferente, que expusesse aos leitores o ponto de vista de uma mulher que se casou sete vezes, ela disse: "Vá em frente". Com a certeza desse voto de confiança, me senti livre para criar Evelyn Hugo. Sarah, é com a mais profunda gratidão que reconheço a sorte que tenho por você ser minha editora.

Agradeço imensamente a Carly Watters por tudo o que fez pela minha carreira. É uma alegria continuar trabalhando com você em tantos livros.

À minha incomparável equipe de representantes: vocês são tão bons no que fazem e parecem trabalhar com tanto entusiasmo que me sinto amparada por todos os lados. Theresa Park, obrigada por entrar no time e já começar a resolver tudo com uma força e uma elegância que são de fato inigualáveis. Com você no comando, me sinto extremamente confiante de que sou capaz de alçar voos mais altos. Brad Mendelsohn, obrigada por conduzir tudo com tanta confiança em mim, e por lidar com os detalhes intricados das minhas neuroses com tanto carinho. Sylvie Rabineau, sua inteligência e capacidade talvez só sejam menores que a sua compaixão.

Jill Gillett, Ashley Kruythoff, Krista Shipp, Abigail Koons, Andrea Mai, Emily Sweet, Alex Greene, Blair Wilson, Vanessa Martinez, e todo mundo na WME, no Circle of Confusion e na Park Literary & Media, fico perplexa com a capacidade constante e incessante que vocês têm de produzir excelência. Um agradecimento especial para Vanessa *por el español. Me salvaste la vida.*

A Judith, Peter, Tory, Arielle, Alfred e todo mundo na Atria que trabalha para ajudar meus livros a encontrar seu caminho no mundo, minha profunda gratidão.

Crystal, Janay, Robert e demais integrantes da BookSparks, vocês são máquinas de divulgação incansáveis e brilhantes, além de seres humanos maravilhosos. Um milhão de emojis de mãos rezando para vocês e tudo o que fazem.

A todos os amigos que compareceram vez após vez em sessões de leituras, lançamentos de livros, e que recomendaram minhas obras para outras pessoas, e que de forma discreta colocaram meus livros mais perto da vitrine da loja, meus eternos agradecimentos. Para Kate, Courtney, Julia e Monique, obrigada por me ajudar a escrever sobre pessoas diferentes de mim. É uma tarefa difícil, que encaro com muita humildade, e ter vocês ao meu lado é de muita ajuda.

Aos blogueiros que escrevem, tuítam e postam fotos para divulgar meu trabalho a outras pessoas, vocês são o motivo para eu continuar fazendo o que faço. E me sinto obrigada a dar meu reconhecimento a Natasha Minoso e Vilma Gonzalez por serem excepcionais nisso.

Às famílias Reid e Hanes, obrigada pelo apoio, pela torcida e por sempre se fazerem presentes quando precisei.

À minha mãe, Mindy, obrigada por se orgulhar deste livro e por sempre se mostrar tão disposta a ler o que escrevo.

Ao meu irmão Jake, obrigado por me ver da maneira como eu gostaria de ser vista, por entender de forma tão profunda o que estou tentando fazer e por manter a minha sanidade.

Ao primeiro e único Alex Jenkins Reid: obrigada por entender por que este livro foi tão importante para mim e por curtir *tanto*. Mas, acima de tudo, obrigada por ser o tipo de homem que me incentiva a gritar mais forte, sonhar mais alto e aceitar menos desaforos. Obrigada por nunca deixar que eu me diminuísse para que os outros se sentissem melhor. É um orgulho e uma alegria absolutamente sem paralelos saber que nossa filha está sendo criada por um pai que vai apoiá-la a ser o que for, que vai mostrar a ela como deve ser tratada, e servindo de exemplo para isso. Evelyn não teve essa sorte. Eu não tive isso. Mas ela vai ter. Por sua causa.

E, por fim, à minha garotinha. Você era bem pequenininha — com mais ou menos o tamanho do ponto-final desta frase — quando comecei este livro. E, quando terminei, estava a poucos dias de entrar neste mundo. Você me acompanhou a cada passo. Acho que, em grande parte, *você* me deu forças para escrevê-lo.

Prometo que vou retribuir o favor te amando incondicionalmente e sempre te aceitando, para que você se sinta forte e confiante para fazer o que quiser. Evelyn iria querer isso para você. Ela diria: “Lilah, saia para o mundo, seja gentil e agarre aquilo que você quer com as duas mãos”. Bom, talvez ela não enfatizasse muito a parte da gentileza. Mas, como sou sua mãe, preciso insistir nessa parte.

TIPOGRAFIA Adriane por Marconi Lima
DIAGRAMAÇÃO Verba Editorial
PAPEL Pólen, Suzano S.A.
IMPRESSÃO Gráfica Santa Marta, junho de 2024

FSC
www.fsc.org
MISTO
Papel | Apoiando o manejo florestal responsável
FSC® C005648

A marca FSC® é a garantia de que a madeira utilizada na fabricação do papel deste livro provém de florestas que foram gerenciadas de maneira ambientalmente correta, socialmente justa e economicamente viável, além de outras fontes de origem controlada.